《当代少数民族小说的汉语写作研究》国家社科基金项目号：12BZW095

当代少数民族小说的汉语写作研究

杨　彬◎著

中国社会科学出版社

图书在版编目(CIP)数据

当代少数民族小说的汉语写作研究/杨彬著.—北京:中国社会科学出版社,2018.12
ISBN 978-7-5203-3643-7

Ⅰ.①当… Ⅱ.①杨… Ⅲ.①少数民族文学—小说研究—中国—当代 Ⅳ.①I207.42

中国版本图书馆 CIP 数据核字(2018)第 271169 号

出 版 人 赵剑英
责任编辑 郭晓鸿
特约编辑 邱孝萍
责任校对 周 昊
责任印制 戴 宽

出 版 中国社会科学出版社
社 址 北京鼓楼西大街甲 158 号
邮 编 100720
网 址 http://www.csspw.cn
发 行 部 010-84083685
门 市 部 010-84029450
经 销 新华书店及其他书店

印 刷 北京明恒达印务有限公司
装 订 廊坊市广阳区广增装订厂
版 次 2018 年 12 月第 1 版
印 次 2018 年 12 月第 1 次印刷

开 本 710×1000 1/16
印 张 20.25
插 页 2
字 数 242 千字
定 价 86.00 元

凡购买中国社会科学出版社图书,如有质量问题请与本社营销中心联系调换
电话:010-84083683

目　录

绪　论

一　当代少数民族小说汉语写作的独特内涵

当代少数民族小说的汉语写作是一个在当代中国文学范畴中具有独特内涵的写作现象。当代少数民族小说的汉语写作，包含着两项重要内涵，即“少数民族”和“汉语写作”。有了“汉语写作”，这一概念就与一般的“少数民族小说”概念有了重要区别。和当代少数民族小说的汉语写作相对应的是少数民族小说的母语写作，这两种状态都属于少数民族小说，当代少数民族小说又是当代少数民族文学的一个门类。因此，要深入研究当代少数民族小说的汉语写作现象，首先必须厘清实际上存在歧义的“当代少数民族文学”这一文学概念。

什么是当代少数民族文学？“中国少数民族文学是对中国境内除汉族以外的各兄弟民族文学的总称。它包含着几方面的含义：中国少数民族文学是相对汉族文学而言的。中国少数民族文学是由历代各少数民族人民创作的。它包含了民间口头文学和书面文学两部分。中国少数民族文学是中国文学的有机组成部分。就中国文学发展史而言，汉族文学是其主体，但各少数民族文学也有其不可忽视的地位和作用，它反映出中国文学的丰富性”。[①] 这是百度百科中对“中国少数民族文学”所做的定义。如何对当代少数民族文学做界定，学界有不同的意见，归纳起来大致有以下三种：一是着眼于题材，有点“题材决定论”的意思，即凡是描写少数民族生活的文学作品都是少数民族文学，这种界定以单超为代表。1983 年，单超发表《试论民族文学及其归属问题》的文章，他在该文中指出：“既然少数民族文学和其他文学一样，都是社会生活的反映，就可以说，凡反映某一民族生活的作品，不管是（作者）出身于什么民族，使用何种文字，采用什么体裁，都应该是某民族的文学。”[②] 这种观点将少数民族题材作为界定少数民族文学的依据，范畴比较宽泛，但其最大的问题是将汉族作家写作的少数民族题材文学认定为少数民族文学，这实际上模糊了少数民族文学的根本特点。二是“作者族属论”，认为只要是身份证上标明是少数民族，那么他们所写的文学作品就是少数民族文学，也就是说，划分少数民族文学的标准很简单，只要作者是少数民族身份就行。这种观点最先由蒙古族作家玛拉沁夫提出，他说：“少数民族文学，顾名思义，是少数民族人民创作的文学。由此我们得出这样一点理解，即作者的族别（作者的少数民族身份）是我们确定少数民族文学的基本依据。”[③] 在族属身份的基础上，玛拉沁夫又提出“作品的少数民族生活内容”和“作品使用的少数民族语言文字”两个因素，他写道：“作者的少数民族族属、作品的少数民族生活内容、作品使用的少数民族语言文字这三条，是界定少数民族

---

① 《中国少数民族文学》，百度百科，http：//baike. baidu. com/view/125634. htm。

② 单超：《试论民族文学及其归属问题》，《中央民族学院学报》1983 年第 2 期。

③ 玛拉沁夫：《中国新文艺大系 1976—1982 少数民族文学集 · 导言》，中国文联出版社 1985 年版。

文学范围的基本因素；但这三个因素并不是完全并列的，其中作者的少数民族族属应是前提，再加上民族生活内容和民族语言文字这二者或二者之一，即为少数民族文学”。[①] 这种观点，指出少数民族文学起码必须具备两个条件，第一是少数民族身份，第二是描写少数民族生活或者使用少数民族语言。也就是说，少数民族身份作家写作少数民族生活的作品是少数民族文学；少数民族作家用少数民族语言写作的作品也是少数民族文学。这个观点比第一种观点要客观和具体，但是没有将少数民族作家的汉语写作这个主要现象突出出来，因而少数民族作家的汉语写作现象就令很多人迷惑。从 1949 年到玛拉沁夫提出这种观点的 1985 年，有许多少数民族作家用汉语创作了大量优秀的少数民族文学作品。十七年中最著名的少数民族小说主要是用汉语写作的，比如彝族作家李乔的《欢笑的金沙江》、壮族作家陆地的《瀑布》以及玛拉沁夫的《茫茫的草原》都不是分别运用彝语、壮语、蒙语创作而是用汉语写作的，这些作品一直都被称作少数民族文学。因此如果强调以民族语言作为划分少数民族文学的标准是不符合中国当代少数民族小说的创作实际的。与玛拉沁夫的观点类似，学者吴重阳在 1986 年出版的著作《中国当代少数民族文学概观》中明确表示“少数民族文学就是少数民族人民创造的文学。划分少数民族文学归属的主要标志，是看作者的民族出身。换言之，无论用的什么文字，反映的是哪个民族的生活，凡属少数民族作家创作的作品，都应归于少数民族文学的范畴”。[②] 此后，著名少数民族文学研究学者李鸿然也坚持和支持这种观点，他在《中国当代少数民族文学史稿》和《中国当代少数民族文学史论》这两本著作中都以

① 玛拉沁夫：《中国新文艺大系 1976—1982 少数民族文学集·导言》，中国文联出版社 1985 年版。

② 吴重阳：《中国当代少数民族文学概观》，中央民族学院出版社 1986 年版，第 7 页。

这一标准对少数民族文学进行界定，认为“民族文学的划分，不能以作品是否使用了本民族语言或者是否选择了本民族题材为标准，正确的标准只能是作者的民族成分。作者属于什么民族，其作品就是什么民族的文学；少数民族出身的作家创作的所有作品，不管使用哪种语言，反映哪个民族的生活，都属于少数民族文学”①。马公良、梁庭望、张公瑾等人在他们主编的《中国少数民族文学史》中也坚持把少数民族族属身份作为划分少数民族文学的唯一条件，并强调少数民族作家用汉语写作的作品，即使没有少数民族思维，没有少数民族意识，没有少数民族特色，也属于少数民族文学。从这里可以看出，这类观点的最大问题在于忽略了当代文学研究中一些具体而细致的问题，那就是中国当代少数民族文学是一个相对性的概念，它是相对于中国汉族文学而出现的一个文学概念。当代少数民族作家中有一些人具有少数民族族属身份，但他们写作的作品从未描写少数民族特色和展示少数民族意识，在中国当代文学史和文学研究中，他们的作品也很少被称为少数民族文学，他们只是拥有少数民族族属身份。比如李准（蒙古族）的小说、王朔（满族）的小说、池莉（回族）的小说等，如果把他们的作品划归少数民族文学明显有牵强之感。三是作者族属身份和民族题材相统一。这样的界定扩大了少数民族文学概念的内涵，将具有少数民族族属身份的作家描写的任何题材的作品和汉族作家描写少数民族题材的作品都划为少数民族文学。值得注意的是，20 世纪 90 年代后一批少数民族文学研究者不再用单一的标准划分少数民族文学而开始多向思维。1997 年王炜烨在《拓深与扩大：少数民族文学评论对策》一文中指出：“对于少数民族文学创作的定位，我们着眼于两个方面：一是从作家的民族成分而言，

① 李鸿然：《中国当代少数民族文学史论》上卷，云南教育出版社 2004 年版，第 13 页。

指少数民族作家的作品；二是从作品的题材来说，包括生活在少数民族地区的汉族作家创作的反映少数民族生活的作品。它不同于‘草原文学’的概念，氛围要比它广，也不同于‘边疆文学’的概念，地域也比它宽。由此可以看出，就以上对于少数民族文学创作的定位来看，不妨说，它所指的就是少数民族作家和少数民族题材的作品。”① 其实，这种界定也有问题，最大的问题就是没有坚持少数民族作家身份这一基本条件，将“生活在少数民族地区的汉族作家创作的文学”也认定为少数民族文学，这种观点降低了少数民族作家族属身份对于少数民族文学界定的重要性。我们知道，少数民族文学是相对于汉族文学的一个概念，汉族作家大都站在汉族的角度，以汉族意识对少数民族生活进行描写，缺乏少数民族作家基于自己血缘和文化对自己民族的热爱，也缺乏少数民族作家对自己民族的熟悉，更缺乏少数民族作家那种对自己熟悉的生活的质感，只能用汉族观念去想象少数民族生活。因此，不能将汉族作家所创作的少数民族题材作品划归少数民族文学范畴。②

少数民族文学，应该是少数民族作家创作的具有少数民族意识和少数民族特质的作品。这样来规定少数民族文学，更符合中国当代少数民族文学的实际。首先，少数民族文学作家必须具有少数民族族属身份，这是几代少数民族文学研究者的共识。只有少数民族作家才具有独特的少数民族审美追求、独特的少数民族意识、独特的少数民族的思维方式和心理方式，也就是说只有少数民族作家才能写出具有民族意识和民族特质的文学作品。其次，只有少数民族作家认同自己的少数民族族属，在自己作品中张扬少数民族的意识，才会运用少数民族思维来创作小

---

① 王炜烨：《拓深与扩大：少数民族文学评论对策》，《内蒙古社会科学》1997 年第 2 期。

② 杨彬：《少数民族文学入史现状与入史策略》，《湖北大学学报》2013 年第 4 期

说，才能写出具有少数民族特质的作品。最后，并不是所有少数民族作家都会在创作中自觉追求少数民族的特质，只有那些自觉追求少数民族特色的作家才会创作出具有少数民族民族内涵和少数民族民族特质的作品，这些作品才具有区别于汉族文学的少数民族文学的特色。如果要再进一步细分，则要考虑到一些具体情况。第一，少数民族文学是相对于汉族文学而言的，因此具有汉族思维和汉族特色的作品不是少数民族文学，少数民族文学不包括虽具有少数民族族属身份但在作品中没有展现民族意识和民族特质的作家的作品，比如具有蒙古族身份的李准、具有满族身份的王朔、具有回族身份的池莉、具有仫佬族身份的鬼子等的作品就不应该属于少数民族文学。第二，具有少数民族族属身份的作家运用母语写作和汉语写作的都是少数民族文学。少数民族文学分为母语写作和汉语写作。运用少数民族母语写作的作品毫无疑问是少数民族文学，少数民族作家运用汉语写作的具有少数民族意识和少数民族特质的作品也是少数民族文学。在当代少数民族文学创作中，由于汉语在运用和传播方面的强大地位，少数民族作家运用汉语写作的少数民族文学数量上达所有少数民族文学的90%以上，这是当代少数民族文学创作中的一个突出现象，这些作品应当属于少数民族文学。第三，汉族作家写作的少数民族题材作品不属于少数民族文学，它们适宜于被称作少数民族题材文学。比如马健的藏族题材小说、迟子建的鄂温克族题材小说都不属于少数民族文学。而具有少数民族族属身份的作家，不管他们描写的是不是自己民族的生活，只要是描写少数民族生活，具有少数民族的意识，其作品就都属于少数民族文学。比如回族作家张承志描写蒙古族生活的作品，白族作家杨苏描写景颇族生活的作品都属于少数民族文学。第四，具有少数民族族属身份的作家，早期写作的作品没有少数民族意识和少数民族特质，那么他们早期的作品就不是少数民族文学。有很多少数民族作家后来逐渐开始关注自己的少数民族意识和少数民族特质，写出了具有少数民族意识和少数民族特质的作品，那么他们后来的作品就是少数民族文学。比如具有回族身份的霍达早年的作品《鹊桥仙》《扶苏公子》《红尘》就不是少数民族文学，甚至她后来创作的著名长篇小说《补天裂》也不是少数民族文学，但她创作的《穆斯林的葬礼》则是少数民族文学；比如著名的军旅作家朱春雨，在他写作《血菩提》以前，所有的文学评论家都把他的作品称为军旅文学，而没有人称之为少数民族文学，但他的小说《血菩提》因为描写了满族的一个分支——巴拉人的历史变迁、生活状态、生命意识以及他们的图腾崇拜、宗教信仰而具有浓郁的满族意识和满族特质，因此就是满族文学。这种现象比较普遍。有很多具有少数民族族属身份的作家在开始写作时，并没有强烈的少数民族意识，作品中也没有鲜明的少数民族特质，但后来他们开始关注自己的民族身份，追溯自己的民族血缘，展示少数民族意识和特质，成为优秀的少数民族作家。

由此可以认定，当代少数民族小说的汉语写作，就是当代具有少数民族族属身份的少数民族作家运用汉语写作的写作状态。当代少数民族作家运用汉语写作的作品，笔者称为少数民族汉语小说。当代少数民族汉语小说就是具有少数民族族属身份的作家用汉语创作的具有少数民族意识和少数民族特质的小说。用汉语写作的少数民族小说，是少数民族小说的一种普遍的形态。以下关于少数民族小说的汉语写作的研究，都建立在这一界定基础之上。在以下论述中，在说明写作状态时，研究对象称为少数民族小说的汉语写作，在称呼这种小说门类时，则称为少数民族汉语小说。

二　当代少数民族小说汉语写作的研究缘由

（一）研究现状

中国当代少数民族小说创作呈现出两种写作状态，即母语写作和汉语写作。运用母语写作的主要有蒙古族、藏族、维吾尔族、朝鲜族、哈萨克族、柯尔克孜族、彝族等族作家，即便以上这些民族的作家也有很大一部分采用汉语写作。其他少数民族作家则主要运用汉语写作。从比例上来看，少数民族小说汉语写作占 90% 以上，这是当代少数民族小说发展的一个独特现象。针对这个文学现象，关于少数民族小说汉语写作的研究迄今为止有以下几方面的研究成果：

第一，针对某一个少数民族小说作家汉语写作状况的研究。

当代文学十七年关于某一个少数民族作家的汉语写作的研究不是很多。比如对玛拉沁夫的研究，主要是从其蒙古族文化、蒙古族风俗风情、草原文学、国家主流意识对个人意识的消解等方面研究，没有对玛拉沁夫的汉语写作进行专门研究。对李乔的研究，主要就李乔的《欢笑的金沙江》对彝族文学的贡献、作品的彝族特色等方面进行研究，没有专门从汉语写作这个角度研究李乔的创作。对陆地的研究主要集中在壮族特色、地方特色等方面，没有具体对陆地小说的汉语写作进行专门研究。对少数民族小说汉语写作这一现象的关注是在新时期以后。关于少数民族小说的汉语写作现象，最先开始的是对阿来小说的汉语写作进行的研究。阿来不仅仅是作家，其实他也是少数民族文学研究者，阿来对少数民族作家的汉语写作有自己独到的见解，并发表过数量不少的研究文章。2001 年，阿来发表了《阿来：穿行于异质文化之间》的文章，强调自己是用汉语写作的藏族作家，他在该文中说："我是一个用汉语写作的藏族人。"[①] 将藏族作家进行汉语写作的现象明确地提出来，而此前还没有研究者对他的小说从汉语写作这个角度进行研究，可以说是阿来自己开启了关于藏族小说的汉语写作的研究。从这以后他反复提出这个问题，并对此进行了深入的阐述。比如2011年，《西湖》杂志上刊登了姜广平对阿来的访谈，题目是《我是一个藏族人，我用汉语写作》[②]，就再次强调自己的汉语写作状态。从此，有研究者陆续注意到阿来小说汉语写作的特点。2009年，杨敏、梁佳发表论文《〈尘埃落定〉与少数民族作家汉语写作的几个问题》，对阿来采用汉语写作并受汉文化影响的状态做了论述，尤其是对作品中"傻子"受汉文化的儒家文化、道家文化的影响做了详细的研究。同年，杨琳发表论文《阿来小说语言的多文化混合语境》，从汉语写作角度研究阿来小说的语言，探讨阿来用汉语表达藏族思维的独特方式，从语言学角度研究阿来的汉语写作。2010年，梁海发表了《世界与民族之间的汉语写作——阿来的〈尘埃落定〉和〈空山〉的文化解读》，研究阿来用汉语寻找民族和世界对接密码的努力，探讨现代汉语写作在新的语言环境下的新内涵。同年，胡志明、秦世琼发表《族群记忆与文化多样性书写》一文，研究阿来小说运用汉语对藏族文化、汉族文化的多样化书写，探讨阿来用汉语表达藏汉文化碰撞的独特性问题。张直心的《语言杂媾与文化混血——查拉独儿小说的文体描述》，通过对藏族作家查拉独儿的小说使用混杂藏汉语言的特色研究，探讨查拉独儿小说受藏汉多重文化影响的"杂媾"特色以及查拉独儿在运用汉语时的独特之处。研究乌热尔图小

① 阿来：《阿来：穿行于异质文化之间》，http：//www. people. com. cn/GB/wenyu/66/134/20010510/461502. html。

② 姜广平、阿来：《我是藏族人，我用汉语写作》，《西湖》2011年第6期。

说的文章很多，但大都是从其小说的民族意识、生态意识以及即将失去家园的忧患意识等方面研究。徐俐俐的文章《汉语写作何以成就少数民族优秀作品——以鄂温克作家乌热尔图为例》从少数民族作家的汉语写作角度，研究鄂温克族作家乌热尔图的汉语小说的写作策略，探讨乌热尔图的汉语小说的写作特色。该文研究乌热尔图运用鄂温克族意识、鄂温克族思维等方法传承鄂温克族文化的特点，探讨用汉语如何成就少数民族优秀作品的途径。这篇论文在研究少数民族小说汉语写作的历程中具有重要的作用。有关回族作家张承志的研究很多，从知网上搜索，学术期刊文章就达580多篇，但是从汉语写作这个角度研究的并不多。有的文章只是在研究他小说的其他特色时从某一个方面涉及汉语写作的问题，比如李咏吟在《生命体验与张承志的语言激流》中，研究张承志小说的语言特色，从汉语表达回族的历史文化角度研究了张承志的汉语写作；比如黄发有的《诗化品格与多语混融——张承志小说的语言风格》，研究张承志小说在汉语中融汇回族的宗教语言、维吾尔语、哈萨克语等少数民族语言，对于扩大汉语的少数民族内涵和为多民族文化的交流和对话所做的独特贡献；另外还有李莎的《试论回族作家张承志汉语创作下的回族透视》，研究张承志运用汉语对汉文化、草原文化和回族文化的多种透视，探讨张承志给汉语赋予更多文化内涵、给汉语增加更多少数民族文化内涵的创作特点。新疆维吾尔族作家阿拉提·阿斯木是双语作家，他既用汉语写作，又用维吾尔语写作。张治安、翟晓甜的文章《阿拉提·阿斯木汉语作品创作述论》，对阿拉提·阿斯木小说的题材、情节尤其是汉语中夹杂维吾尔语言的表达方式做了详细的研究，探讨维吾尔作家汉语写作特色。对霍达、郭雪波、叶梅、李传峰、朱春雨等著名作家的小说，还没见到从汉语写作这一角度研究的文章。

第二，针对某一个民族小说的汉语写作研究。

对某一个民族小说的汉语写作研究的学术论文、著作和博士学位论文较多，主要集中在对藏族作家的汉语写作、蒙古族作家的汉语写作、彝族作家的汉语写作的研究。对藏族汉语小说的研究主要从藏汉文化交流等方面进行研究，比如朱霞、宋卫红的《身份、视觉、对话——浅论藏族作家的汉语创作》，从藏族身份、藏族视觉和藏汉文化对话等三个方面研究当代藏族作家的汉语写作；朱霞、宋卫红的《当代藏族汉语文学的转型及其意义》研究藏族汉语文学的三次转型，探讨藏族汉语文学在既表达藏族特色又融入中华民族文化方面的努力和贡献。比如藏族学者丹珍草的学术专著《藏族当代作家的汉语创作论》，既从宏观角度研究当代汉语作家的汉语创作特色，又对藏族作家饶阶巴桑、降边嘉措、益希单增、扎西达娃和阿来的汉语写作做了单独的具体的研究。兰州大学徐美恒的博士学位论文《论藏族作家的汉语文学》对藏族作家的汉语文学做了整体研究，对藏族汉语文学的产生和发展做了细致研究，并对藏族汉语诗歌、藏族汉语小说和藏族汉语散文做了分别的研究。中央民族大学于宏的博士学位论文《试论当代藏族汉语文学的三维结构和双重品格》，从藏族汉语文学与藏族文化、文学的关系，以及与汉文化、汉文学的关系，与西方文化、西方文学关系的三维结构和具有藏汉双重品格来研究藏族汉语文学，探讨藏族汉语文学的多重文化特性。研究蒙古族汉语小说的主要有内蒙古大学带兄的博士学位论文《当代蒙古族汉语小说创作研究》，论文从草原写作策略、黄金家族情结和宗教意识三个方面研究蒙古族汉语小说的创作特色。罗庆春、徐其超的《从“文化混血”到“文学混血”——论彝族汉语文学的继承、创新、发展》研究彝汉文化交融对彝族汉语文学的影响，研究彝族汉语文学的“混血”特征。

第三，针对某一地区的少数民族小说的汉语写作研究。

对某一地区少数民族小说的汉语写作研究主要集中在少数民族文学较多的少数民族地区和边疆省份的少数民族小说研究。比如彝族学者罗庆春的文章《“第二母语”的诗性创造——四川当代少数民族汉语小说语言艺术论》对四川少数民族小说的汉语写作现象的语言艺术做了深入的研究，尤其是对四川的藏族、彝族、羌族等少数民族汉语小说的语言做详细的分析，探讨这些少数民族小说对“第二母语”即汉语的创造性使用；罗布江村、徐其超的文章《和而不同——新时期四川少数民族文学与汉文化》，研究新时期四川少数民族小说在保持少数民族文化特色的同时接受汉族文化，从而形成和而不同的文化特色，探讨少数民族运用汉语写作的小说和中华民族关系等问题；徐其超的《“文化混血”——新时期四川少数民族作家素质论》，从少数民族汉语作家的文化因素“混血”构成，研究其少数民族汉语作家的文化素质，从而探讨用汉语写作的少数民族小说的多文化交融特性。佟中明的《论新疆锡伯族用汉语创作的当代中青年作家群》，对锡伯族作家的汉语写作做了全面的研究，总结出锡伯族作家汉语写作的特点；伶加·庆夫的《双语与锡伯族创作文学》，主要研究锡伯族古代、现代和当代的双语创作，即锡伯语和汉语创作，并且指出锡伯族当代作家汉语写作越来越多的趋势。翟晓甜、翟新菊的文章《对新疆少数民族双语作家创作的几点思考——以伊犁双语作家创作为例》，通过对新疆伊犁地区少数民族双语作家的创作成就的研究，探讨用汉语写作的少数民族作家在双语写作中的双重文化生态，少数民族作家对汉文学的模仿与学习以及少数民族单边叙事和多重叙事等问题。新疆大学冯冠军的博士学位论文《坚守与超越——新疆少数民族双语作家研究》，对新疆的少数民族作家的双语写作主要是汉语写作做了详细的研究，从文化语境、历史叙事、本土意识、文化内涵等方面研究新疆维吾尔族、哈萨克族、柯尔克孜族、塔吉克族、锡伯族等少数民族作家的汉语写作。

第四，从综合角度研究少数民族小说的汉语写作现象。

从综合角度研究范围比较广，研究的成果也比较多。有的从少数民族作家的身份建构研究少数民族小说，比如复旦大学罗四鸰的博士学位论文《当代少数民族作家的身份建构与小说创作》，其研究对象是少数民族作家用汉语写作的小说，虽然没有从少数民族小说汉语写作这个角度进行研究，但是其研究的对象、研究的内涵，已经有很多方面涉及少数民族作家的汉语写作这个问题；有的从多民族文化的角度研究少数民族作家汉语写作的特点，说明少数民族汉语小说是中华民族文学多族别小说的一种。比如王勇的《另一种身份的汉语文学写作》，从汉族作者之外的另一种身份即少数民族身份作家的角度，从中华文化多元化角度研究少数民族小说的汉语写作，说明少数民族作家是另一种不同于汉族作家的族属身份的汉语文学写作，他们有其不同于汉族作家汉语写作的特点。张直心在《“汉化”？“欧化”？——少数民族作家汉语写作的文体探索》一文中，研究少数民族作家汉语写作受汉文化和西方文化的双重影响，说明少数民族作家首先受到的是汉族文化影响，采用汉语写作，必将受到汉族文学的影响，其次受到西方文化的影响。有的研究者将少数民族小说的母语写作和少数民族汉语写作对比，将美国的华裔英文写作和中国的少数民族作家的汉语写作对比，探讨少数民族小说汉语写作的特色。比如马卫华的《论民族文学的跨语际写作》从母语写作和汉语写作的对照，研究少数民族小说跨语际写作的特色；陈一军的论文《论少数民族作家的汉语创作》主要探讨少数民族汉语作家运用汉语表达少数民族文化的方法和策略。中央民族大学朱华的博士学位论文《中国少数民族汉文创作与美国华裔英文创作比较研究》，通过对少数民族汉语创作和美国华裔英文创作的比较，探讨两种跨文化写作的异同，强调在跨文化写作中坚守自己民族特色的重要性。

虽然有关少数民族小说的汉语写作的研究越来越深入，也越来越细致，但是，对当代少数民族小说的汉语写作现象做整体研究，即将 55 个少数民族小说作为一个整体，从文化、文学、语言等多方面深入、完整地研究少数民族小说汉语写作现象的成果，尚未见到。

（二）研究缘起

当代少数民族小说研究在当下已经进入成熟的阶段，对当代少数民族小说的具体内涵、当代少数民族作家的族属意识、当代少数民族小说的审美特征、当代少数民族小说的民族性与现代性、当代少数民族小说的民族意识和宗教意识、当代少数民族小说的跨文化特色以及跨境民族的少数民族小说等方面都有深入的研究，可以说几乎涵盖了少数民族小说研究的各个方面。中国是一个有 56 个民族的多民族国家，除汉族全部使用汉语以外，其他 55 个少数民族使用语言的情况十分复杂。按理说，少数民族小说应该使用少数民族本民族语言进行创作，即母语写作。但是，中国是一个多民族国家，在这个有着 56 个民族的大家庭里，必须有一种大家都通用的语言，这样才便于交流和沟通，这就是多民族国家的族际共同语。在中国，因为历史原因，汉语的适用面广，因此汉语就成了中国各民族的族际共同语。因此少数民族小说有 90% 运用汉语写作，进入研究者视野的主要是用汉语写作的少数民族小说，我们能够看到的少数民族母语小说也是翻译成汉语的少数民族小说。当今的少数民族小说研究者们，大多没有将少数民族小说的汉语写作现象单独列举出来，没有将少数民族小说的汉语写作和母语写作区别开来，而是笼统、含混地都称作少数民族小说。从当代少数民族小说写作的实际情况来看，中国当代少数民族作家分为母语写作和汉语写作两种写作状态，因此当代少数民族小说就有汉语小说和母语小说之分。有的少数民族作家只用母语写作，有的少数民族作家只用汉语写作，还有些少数民族作家可以进行双语写作，既用母语写作又用汉语写作。这些运用双语写作的少数民族作家，用汉语写作的是具有浓郁少数民族意识和特色的本民族的汉语小说，用母语写作的就是民族的母语小说。据相关资料，现在少数民族小说汉语写作（包括只用汉语写作和双语写作中的汉语写作）占整个少数民族小说写作的90%左右。因此少数民族母语写作的小说和汉语写作的小说构成了当代少数民族小说的整体。研究当代少数民族小说，去掉汉语写作的少数民族小说或者去掉母语写作的少数民族小说，都是不客观的，也是不全面的。因此将少数民族汉语写作的小说从少数民族小说中剥离出来，将少数民族汉语写作的小说和少数民族母语写作的小说区别开来，对少数民族汉语写作的小说这样具有独特文化张力的现象进行整体的独立的研究，从写作学角度，对当代少数民族小说的汉语写作现象做深入的研究，是当下研究少数民族小说的一个重要课题。

自古以来，主要的文学创作大都采用母语写作。比如，俄罗斯作家主要采用俄语写作，英美作家主要采用英语写作，拉丁语作家主要运用拉丁语写作，中国汉族作家主要采用汉语写作。但是中国当代少数民族作家的写作却呈现出特殊状态。那就是中国当代少数民族作家主要不是用母语写作而是运用汉语写作，这是当代少数民族小说创作的一个特殊现象。我们知道，中国是一个统一的多民族国家，是由55个少数民族和一个汉族组成的多民族国家。在这个多民族国家中，汉族是主体民族，汉族人口占全国人口总数的92%，55个少数民族人口却只占全国人口总数的8%，但是少数民族的生活区域却占有全国土地总面积50%—60%。55个少数民族中，有53个民族有自己的语言，有两个少数民族现在完全使用汉语，这两个少数民族就是回族和满族。当代中国，使用文字的情况也有其独特之处。首先，汉字是汉语的文字，是国际活动中代表中国的法定文字。汉字是全国使用最多的文字，是55个少数民族大都通用的文字。其次，少数民族90%使用汉字。少数民族使用汉字有以下几种情况：第一，通用汉语的少数民族都使用汉字，也就是说，回族、满族全部使用汉字；第二，南方的少数民族大都只有语言，没有文字，这些只有语言没有文字的少数民族主要使用汉字。中华民族是56个民族的共同称谓，汉语是中华民族的“共同母语”。“自古以来，我国境内一些少数民族一直有着在保留本民族的‘第一母语’的同时逐步习得并使用这一‘共同母语’进行本民族历史文化叙事的传统。新中国成立后，汉语自然成为法定的国家语言供56个民族共同平等使用。”① 汉语是国家的法定语言，因此中国55个少数民族都在保留自己母语的情况下使用汉语。

从一般角度来说，用母语写作的少数民族小说是少数民族小说的核心组成部分，母语具有与生俱来的少数民族特质。运用母语写作，在描写本民族生活，表现和传播本民族文化，表达本民族意识等方面具有天然优势。但是，在中国当代多民族文化的现状中，在当代多元

① 罗庆春、王菊：《“第二母语”的诗性创造》，《小说评论》2008年第3期。

一体的中华民族语言环境中，汉语具有更强大的传播能力和传承能力，用汉语写作的少数民族小说便成为少数民族小说的主体部分。当代中国，还有一些少数民族具有完善的母语表述能力，他们运用母语进行文学创作，用母语描述少数民族的历史、文化和社会生活，展示少数民族在当今的精神风貌。他们用母语写作，能够更加鲜明、准确地描述少数民族生活，表达少数民族的心理状态。语言和文字的统一，使得他们的创作具有更多少数民族文化的质感。但是少数民族小说的母语写作只在部分民族中得到较好的发展，相对于当代少数民族小说的发展整体来说，比例很少，分布也不广。中国 55 个少数民族有两个民族（回族、满族）没有自己的语言，其他的 53 个民族中，有 29 个民族既有语言又有文字，就是这 29 个有语言有文字的少数民族的作家，也有很大部分不用母语写作而采用用汉语写作。“据统计，当今中国，只有 11 个少数民族还在用本民族文字创作长篇小说，其中维吾尔族、蒙古族、朝鲜族、哈萨克族、柯尔克孜族、乌孜别克族、塔吉克族等用母语创作的作品经常被翻译到国家级文学刊物《民族文学》上来。”① 虽然当代运用母语写作的少数民族小说比例很小，但因为有少数民族小说母语写作现象的存在，用汉语写作的少数民族小说就不能笼统地被称为少数民族小说，少数民族小说当然不能就是少数民族汉语小说的总称或是少数民族母语小说的总称。因此，少数民族小说的汉语写作现象就凸显出来，成为当代少数民族文学中的一个急需研究的文学现象。少数民族作家不运用第一母语民族语言写作而用“第二母语”汉语写作，少数民族小说的汉语

① 钟进文:《中国少数民族母语文学现状与发展论析》,《北方民族大学学报》2012 年第 1 期。

写作就成了一个具有文化张力的现象。研究用汉语写作的少数民族小说如何用汉语传承、传播少数民族文化，采取哪些策略保持少数民族文化，少数民族小说运用汉语写作具有哪些独特贡献，为什么少数民族作家运用汉语写作的小说还是少数民族小说等问题，就成为重要的研究课题。

从前面的研究现状可以看出，迄今为止的少数民族小说汉语写作研究，有对一些少数民族小说作家汉语写作现象的研究，有对一些具体民族小说的汉语写作现象的研究，有对一些地区的少数民族小说汉语写作现象的研究，有对少数民族小说汉语写作中的某一些现象的分别研究，但都只是从某一个方面进行研究，只是从语言、文化或是文学等单方面进行研究。从写作学角度对当代少数民族的小说的汉语写作现象做整体研究，即将 55 个少数民族小说作为一个整体，深入、完整地研究少数民族小说汉语写作现象的成果，尚未见到。因此，从文学、语言、文化多重角度对 55 个少数民族小说的汉语写作现象整体进行研究，尤为重要。

三　当代少数民族小说汉语写作的研究思路与研究内容

（一）研究思路

1. 研究思路

提出当代少数民族小说汉语写作研究的具体问题。

当代少数民族小说汉语写作取得了骄人的成就，但是少数民族小说的汉语写作作为一个有文化张力的文学现象，有以下问题需要研究：少数民族小说的汉语写作何以成为少数民族文学中突出的现象？少数民族小说运用汉语写作如何根植少数民族土壤、传承少数民族文化传统？少数民族小说运用汉语写作如何恰当地表达少数民族意识？少数民族小说汉语写作采用哪些策略保持少数民族文学特色？少数民族作家用汉语写作如何防止汉语强大意识的冲击而保持少数民族内涵？少数民族小说汉语写作如何拓展中国当代小说的描写领域？少数民族小说的汉语写作在中国当代文学史上有哪些独特的贡献？这些都是当代少数民族文学研究的重要问题，也是当代文学研究的重要问题，是需要厘清和研究的重要学术课题。

确定当代少数民族小说汉语写作研究主题框架。

对少数民族小说汉语写作现象进行总体和个案研究。研究少数民族小说汉语写作现象的民族分布、发展态势、形成原因、写作策略，以及少数民族小说的汉语写作现象的多重文化思维和跨文化写作的内涵及意义。本文的研究思路是：第一，厘清当代少数民族小说汉语写作的内涵和概念，提出当代少数民族小说汉语写作如何用汉语传承和传播少数民族文化、采取哪些措施保持少数民族文化特色，如何拓展中国当代小说的描写领域等问题。第二，描述少数民族小说汉语写作的现状及成果，包括民族分布、成就地位等，即展示少数民族小说汉语写作这一独特的文学现象并研究少数民族小说汉语写作现象的发展态势。第三，分析这种独特文学现象及成果出现的原因，即解决为什么会出现这种文学现象的问题。第四，研究当代少数民族小说如何用汉语传承和传播少数民族文化的策略，即解决怎样用汉语传承和传播少数民族文化的问题。第五，总结当代运用汉语写作的少数民族小说在传承和传播少数民族文化等方面所做的贡献，包括对当代文学多元化发展的贡献，对少数民族文化传承和传播的贡献，对汉语跨文化交际实践的语言学的贡献，对促进民族交流、民族团结的贡献，等等。

总结与提升：研究当代运用汉语写作的少数民族小说在传承和传播少数民族文化，表现少数民族人民的生活及心路历程，在少数民族文化、文学、语言等方面的贡献，以及少数民族小说汉语写作为民族交融和文化交流所做的贡献，探讨其对促进中华民族多元一体文化和谐发展的理论意义和现实意义。

总之，本研究立足于运用汉语写作的少数民族小说文本，选取符合少数民族小说汉语写作内涵界定的作品，即选取“少数民族作家用汉语写作的具有少数民族意识和少数民族特质的作品”作为研究对象，总体上采用写作学研究方法，采用文本解读和个案分析为主、理论分析与个案研究相结合的方法；同时采取对比方法，将少数民族作家汉语写作和汉族作家汉语写作进行对比，将少数民族小说的汉语写作和少数民族小说的母语写作进行对比，将中国当代少数民族小说的汉语写作和其他国家采用非母语即族际共同语写作相对比，将当代少数民族小说置于当代的社会历史文化背景中，即置于中华民族多元一体的文化氛围中，总体考察当代用汉语写作的少数民族小说的主观态度和现实环境，研究用汉语写作的少数民族小说传承、传播少数民族文化的策略和贡献，探讨用汉语写作的少数民族小说跨文化写作的内涵及意义。

2. 研究内容

论著对当代少数民族小说的汉语写作现象进行总体和个案研究，探讨用汉语写作的少数民族小说在表达本民族文化方面的特点及蕴含的文化含义，研究当代少数民族小说的汉语写作态势、当代少数民族小说运用汉语写作的原因、当代少数民族小说运用汉语写作的策略、当代少数民族小说运用汉语写作的独特贡献等，试图解决少数民族小说如何用汉语传承和传播少数民族文化、如何拓展中国当代小说的描写领域等问题，研究该文学现象对于建构中华民族多元一体文化框架，加强民族团结、民族交流所做的积极贡献以及对于传播中华民族多元一体国家形象的巨大贡献。

下面是论著研究的主要内容：

第一，研究当代少数民族小说汉语写作的发展现状。

中国当代少数民族小说迄今为止取得了骄人的成绩。中国当代少数民族小说创作呈现出两种状态，即母语写作和汉语写作。运用母语写作的主要有蒙古族、藏族、维吾尔族、朝鲜族、哈萨克族、柯尔克孜族、彝族等族作家，即便以上这些民族的作家也有很大一部分采用汉语写作，他们被称为双语作家。其他少数民族作家则主要运用汉语写作。从比例上来看，少数民族作家用汉语写作者已占90%以上，这是当代少数民族小说发展的一个独特现象。本文研究占90%的运用汉语写作的少数民族作家的具体族裔分布和地区分布，研究有母语的少数民族作家的汉语写作和以汉语为母语的少数民族作家汉语写作等不同类别的同异之处。在中华民族多元一体文化语境中，当代少数民族作家在汉语普及的历史语境下进行创作有四种状态：一是只用母语写作的少数民族作家，他们用自己母语写作，如蒙古族、藏族、维吾尔族、朝鲜族、彝族、柯尔克孜族等一些具有母语优势的作家坚持用母语创作原生态的少数民族文学。二是娴熟掌握自己的母语又娴熟掌握汉语的双语作家，他们既用母语创作，又用汉语创作。有的少数民族作家能熟练用母语交流，但写作则只用汉语，如蒙古族、藏族、彝族的一些作家。三是拥有少数民族族属身份，但已不会用母语写作而直接用汉语写作的少数民族作家，如土家族、苗族的一些作家。四是拥有少数民族族属身份，但全部以汉语为母语的少数民族作家，比如回族作家和满族作家。这些少数民族小说，除了第一种是母语写作之外，其他三种都汉语写作。研究当代少数民族小说汉语写作取得的成就，展示这种独特的文学现象，为下面研究这种现象的成因打好基础。

第二，研究当代少数民族小说汉语写作现象形成的原因。

当代少数民族小说的言说主体是具有少数民族族属身份但用汉语写作的作家。不管少数民族作家运用汉语写作的原因如何不同，他们都具有为少数民族文化代言的强烈意识。他们采用汉语写作，是为了更好地传承和传播本民族文化，也是为了在中华民族这个大家庭中展示自己独特的文化。当代少数民族作家都具有传承和传播本民族文化的强烈愿望，也有表达民族走向现代化的强烈追求，同时他们也是各少数民族认同国家政治、热爱中华民族的代言人，也是民族团结、民族进步的积极践行者。因此，少数民族作家运用汉语写作，一是为了更好地传承本民族的文化；二是为了能在更大范围内传播本民族文化；三是为了表达本民族在走向现代化进程中的热切期盼；四是为了更好地为民族团结、民族进步做出自己的贡献。在中华民族文化多元一体的历史语境中，当代少数民族作家具有多重文化素养，既有少数民族文化素养，又有中华民族文化素养，既有汉族文化素养，也有西方文化素养，从而形成少数民族作家独特的文化追求。这种跨文化的素养，使得少数民族作家在用汉语进行文学创作时，具有在更大范围内传承和传播少数民族文化的民族性追求和超越少数民族文化的中华民族文化共性追求的复合性特征，这种复合性特征是当代少数民族小说汉语写作最大的贡献。

第三，研究当代少数民族小说的汉语写作策略。

研究当代少数民族小说的汉语写作为保持少数民族文化内涵和本质、在更大范畴传播少数民族文化所采取的一系列写作策略：策略一，在主流意识形态写作中展示少数民族的风情风俗。20 世纪 50—70 年代少数民族小说的汉语写作主要采取这种策略，在中国当代文学为政治服务的主流意识形态指导下，少数民族小说的汉语写作策略首先是充分描写少数民族风俗风情，在少数民族地区和少数民族场域中设置与当时主流意识形态一致的阶级斗争叙事、翻身解放叙事、新人新风尚叙事等，从而让当时的少数民族小说汉语写作具有不同于汉族小说汉语写作的独特之处。策略二，将少数民族的民族意识和宗教意识上升为文化书写。到了 20 世纪 80 年代，少数民族小说汉语写作中风俗风情上升为少数民族文化，少数民族的风俗风情不再仅仅是陪衬和背景，而成为当代少数民族小说的真正主角。作品中少数民族的风俗习惯已成为标示着该民族本质的文化特色，描写也从表层深入深层，不仅仅展示外在的色彩，而是展示各个民族内在的心灵和灵魂。最重要的是，在这个阶段少数民族作家开始具有自觉的民族意识，少数民族的民族意识已成为少数民族小说汉语写作的普遍追求。同时还从少数民族的宗教信仰方面思考少数民族的文化特质，从宗教角度探索本民族的审美追求。因此新时期的少数民族小说的汉语写作对宗教不再采取回避或者完全的批判态度，而是将宗教作为本民族的文化现象和审美对象来进行观照，并用汉语表达出来，以达到全国范围甚至全世界范围的传播。如此运用汉语写作描写少数民族生活，就不再需要给少数民族打上风俗风情的标签，而是从本质和内涵方面展示少数民族文化，这样用汉语写作就不再只是外在的描写，而是深入本质的表达。极力张扬少数民族的民族意识和宗教意识是80年代少数民族小说汉语写作的主要策略，这是80年代少数民族小说汉语写作区别于汉族小说汉语写作的主要标志。母语写作的少数民族小说因为其语言就具有浓郁的少数民族特色特质，不需要专门采用这样的策略来进行写作，因此张扬民族意识和宗教意识是少数民族小说汉语写作的主要策略。策略三，在现代书写中表现少数民族独特思维。进入90年代后，少数民族小说的汉语写作在对少数民族的民族意识和宗教意识进行文化观照和审美审视的同时，随着时代的发展，开始更多地展示和描写少数民族的现代追求。一批少数民族汉语作家学习西方现代派、后现代派的写作技巧，超越汉族文学的现实主义传统，用现代主义的写作技巧描写少数民族生活和历史，用现代的手法，表达少数民族的民族思维，追求少数民族文学的民族血脉，并且探讨在追求保持民族特色中如何实现文化交融，在现代汉语中探索少数民族写意技巧的作用和价值等新的策略。在学习现代、后现代手法的过程中，少数民族汉语作家发现可以用这些新的手法描写少数民族的民族意识，甚至在很多方面，少数民族的民族意识和这些现代方法不谋而合。在寻根文学思潮中，拉丁美洲的魔幻现实主义等手法，给予很多少数民族作家很大的启迪。他们运用现代手法描写本民族生活，如鱼得水，从而让少数民族小说的汉语写作达到一个新的高度。策略四，保持民族特色与文化交融的共同追求。进入新世纪后，少数民族小说汉语写作超越只站在少数民族的立场、只是挖掘少数民族文化内涵的写作追求，看到当今少数民族的文化交融和文化混血的状态，站在中华民族文化多元一体的历史语境中，以和而不同、美美与共的胸怀，展示少数民族文学和汉族文学的融合共通之处，以跨文化的姿态，用汉语进行少数民族小说的写作，以汉语写作的少数民族小说表达融入中华民族共同体的努力以及在多元一体语境中的个体贡献。策略五，增加汉语的少数民族的内涵，这是新时期少数民族小说汉语写作在语言方面所采用的写作策略。少数民族小说的汉语写作采取运用少数民族俗语、口头语、宗教语强化少数民族特色，用汉字表达少数民族文化写意内涵，汉语与少数民族语言混合使用等策略。少数民族作家用汉语去表现少数民族“母语”所积淀下来的精神文化遗产，具有跨越汉族和少数民族两种文化的表达特点，为当代汉语的跨文化交融提供了鲜活的例证，为中华民族文化交融、中华民族语言交流、中华民族团结进步做出了基于文学方面的独特贡献。

第四，研究当代少数民族小说汉语写作的独特贡献。

当代少数民族小说的汉语写作对当代文学具有独特的贡献，本文主要研究当代少数民族小说汉语写作的四方面贡献。一是对文化的独特贡献。当代少数民族作家运用中华民族通用的汉语写作，用有利和恰当的方式传承和传播少数民族文化，使少数民族文化在更大范围内传播，对中华多元一体的民族文化和谐发展做出了巨大的贡献。二是对当代文学发展的独特贡献。当代少数民族小说用汉语表现少数民族的生活和文化内核，为当代文学提供了新的描写领域，为中国文学丰富了写作空间和审美内涵，为中国文学写作的多元化发展找到切实可行的形式和方法。三是对语言学的独特贡献。汉语是中华民族通用的语言，当代少数民族作家在保留本民族“母语”的同时，使用“第二母语”汉语写作，用汉语描述本民族历史文化，为更好传承传播少数民族文化做出了语言学的贡献，从而具有独特的语言学意义。由于汉语具有更加广泛的使用空间和认知范围，少数民族作家用汉语表现“母语”所积淀下来的精神文化遗产，为当代汉语的跨文化交融提供了鲜活的例证。四是对促进民族沟通、理解和民族团结的贡献。运用汉语写作的少数民族小说为民族交融和文化交流提供了丰富的文化、文学、语言学例证，可以更大范围传播少数民族文化，促进各民族之间的交流沟通，促进民族团结和民族和谐，对促进中华民族多元一体文化和谐发展，促进社会主义精神文明建设做出了重要的贡献。

（二）研究意义

1. 具有独特的文化意义

少数民族小说的汉语写作现象是一种文化现象，具体说是一种跨文化、跨语言的文化现象。当代少数民族小说的汉语写作是为了传承和传播少数民族文化。当代少数民族汉语作家首先凸显自己的少数民族身份，主要表现在在公开场合公开少数民族身份、发表作品时在姓名后面标示民族身份，以此表明自己的族属身份。更为重要的是，少数民族汉语作家都认同自己的民族文化，追溯自己的民族血缘，希望通过自己的创作弘扬少数民族文化。他们采用汉语创作，既希望能在更大范围内传播少数民族文化，又希望在现代化和全球化过程中保持少数民族文化，同时希望自己的创作为中华民族多元一体格局做出独特的贡献。当代少数民族小说的汉语写作是传承和传播少数民族文化的一种有利的方式，运用中华民族通用的汉语写作，能够将少数民族文化在更大范围内传播。中国各民族的读者可以从汉语写作的少数民族小说中了解、理解中国各民族的伦理道德、情感表达、思维模式、人生态度等方面的文化，不仅具有传承、传播少数民族文化的意义，还有促进中国各民族之间相互理解、相互信任，民族团结进步，从而共同发扬光大中华民族文化的重要意义。

2. 具有独特的文学意义

当代少数民族小说增加了少数民族汉语小说这一新兴文学门类，将其从少数民族小说中分离出来，将少数民族小说和母语小说分别开来，从而扩大了当代文学的版图，丰富了当代作家的少数民族成分，为当代文学提供了少数民族优秀小说作品，具有促进民族沟通理解和民族团结的作用。研究当代少数民族小说如何用汉语表现少数民族的生活和文化内核，可以为当代文学提供新的描写领域，为中国文学丰富写作空间和审美内涵，为写作的多元化发展找到切实可行的形式和例证。

3. 具有独特的语言学意义

汉语是中华民族通用的语言，当代少数民族在保留本民族“母语”的同时进行汉语写作可以提高少数民族文化的传承力度和扩大少数民族文化的传播范围。由于汉语具有更加广泛的使用空间和认知范围，研究少数民族作家用汉语去表现“母语”所积淀下来的精神文化遗产，可以为当代汉语的跨文化交融提供鲜活的例证。具体说，从语言学角度研究少数民族小说的汉语写作现象，研究其对增加汉语的少数民族文化内涵、增加汉语的少数民族的民族词汇和宗教词汇等的贡献，从而扩展汉语的研究范畴，打破以往研究中只是研究汉语对少数民族语言影响的单一性，而是研究少数民族语言对汉语的影响，形成汉语文化和少数民族语言文化的双向性研究。

4. 具有促进民族沟通理解和民族团结的作用

研究少数民族小说汉语写作能为民族交流和文化交融提供丰富的文

化、文学、语言例证，对促进中华民族多元一体文化和谐发展，促进社会主义精神文明建设具有重要理论意义和现实意义。加强少数民族文化和汉族文化的交流和融合，促进各少数民族之间、少数民族和汉族之间的沟通理解，在中华民族的大家庭里共同繁荣中华民族文化，共同兴旺中华民族文学，共同完成中华民族伟大复兴的中国梦。这种促进各民族沟通理解和民族团结和谐的写作方式，是当代少数民族小说汉语写作的突出作用。

第一章　当代少数民族小说汉语写作的发展态势

第一节　汉语写作和母语写作构成当代少数民族小说整体

新中国成立后，中国共产党颁布了一系列有关民族平等、民族团结、民族共同进步的政策，在这样的文化语境下，当代少数民族小说汉语写作成为一种突出的写作形式。这样的文学现象，是新中国才出现的特殊文学现象，也是在中国共产党的民族平等、民族团结政策指导下，当代少数民族文学出现的新气象，也是少数民族小说的新状态。母语写作和汉语写作的当代少数民族小说构成了当代少数民族小说写作的全貌。母语写作的少数民族小说是具有原汁原味少数民族特色的小说，汉语写作的少数民族小说也是具有少数民族内涵和少数民族特质的小说，因此，母语写作和汉语写作都是少数民族小说的重要组成部分，都对当代文学做出了突出的不可替代的贡献。

少数民族母语小说是指“用本民族母语讲述、记录和创作的[①]”的小说。小说是语言的艺术，一般情况下，作家大都运用母语写作，母语是英语的作家用英语写作，母语是俄语的作家用俄语写作，母语是拉丁语的作家运用拉丁语写作，母语是汉语的作家用汉语写作，这样的情况很普遍。但是不用母语写作而采用非母语写作的情况也有很多，尤其是在多民族国家这种采用非母语创作的作家更多。比如苏联很多母语为非俄语的作家运用俄语写作，欧美国家很多母语不是英语的作家运用英语写作。中国90%的人是汉族，汉族的母语是汉语，因此中国作家大都用汉语写作。但是中国的少数民族作家写作运用语言情况则比较复杂。中国是一个有56个民族的统一的多民族国家，有55个少数民族，汉族人口占全国绝大多数（占全国人口总数的92%），55个少数民族却只占很少部分（占全国人口总数的8%），但是少数民族居住区却占有全国土地总面积的50%—60%。55个少数民族中，有53个民族有自己的语言，有两个少数民族现在完全使用汉语，这两个少数民族就是回族和满族。当代中国，使用文字的情况也有其特点。首先，汉字是汉语的文字，是国际活动中代表中国的法定文字，是全国使用最多的文字，是各个少数民族大都通用的文字，也就是说，汉语是中华民族的族际共同语。其次，少数民族使用汉字的情况则很复杂：第一，通用汉语的少数民族都使用汉字，满族和回族都通用汉语，因此，回族和满族都使用汉字；第二，只有语言没有文字的少数民族大多也使用汉字。在中华文明的漫长发展过程中，56个民族都属中华民族，汉语的使用面极其广泛，是整个中华民族使用

① 钟进文：《中国少数民族母语文学现状与发展论析》，《北方民族大学学报》（哲学社会科学版）2012年第1期。

的族际共同语。“自古以来，我国境内一些少数民族一直有着在保留本民族的‘第一母语’的同时逐步习得并使用这一‘共同母语’进行本民族历史文化叙事的传统。新中国成立后，汉语自然成为法定的国家语言供56个民族共同平等使用。”①

在这样的情况下，中国当代少数民族作家写作运用语言就有很多种状态。首先，既有语言又有文字的少数民族，比如，维吾尔族、蒙古族、藏族、朝鲜族、哈萨克族、乌孜别克族、柯尔克孜族等民族，有一部分作家采用本民族语言写作，他们的写作便是母语写作。他们中间有一部分采用汉语写作。他们的写作便是汉语写作。他们中间有一部分既用母语写作又用汉语写作，他们的写作便是双语写作。其次，有语言没有文字的少数民族，比如大部分南方少数民族作家，因为没有自己民族的文字，只能使用汉语写作，因此他们的写作主要是汉语写作。最后，满族、回族一直使用汉语，因此满族、回族作家全都采用汉语写作。这样看来，运用汉语写作是少数民族作家的主要写作方式，但是还有少部分既有语言又有文字的少数民族作家进行母语写作。少数民族母语小说因其直接使用少数民族语言而具有最好的少数民族特色。语言是承载文化最好的载体，因此使用少数民族语言写作必然具有原汁原味的少数民族特色，能在使用这种少数民族语言的地区更好传承该民族的文化，具有少数民族独特的不可替代的质感和韵味。少数民族小说的汉语写作，则运用汉语传承和传播少数民族文化。在中华民族多元一体的文化语境中，少数民族作家运用汉语写作时，坚持少数民族意识、少数民族思维，坚持表达少数民族文化，同时又认可和融合中华民族文化，承认自己既是少数民族又是中华民族的一员，这样，少数民族小说的汉语写作

---

① 罗庆春、王菊：《“第二母语”的诗性创造》，《小说评论》2008年第3期。

就具有更大的传承力度和更广的传播范围。因此，少数民族母语小说和少数民族汉语小说二者缺一不可，共同构成当代少数民族小说的全貌。

第二节　当代少数民族小说母语写作的发展状况

应该说，运用母语写作的少数民族小说理所当然是少数民族小说的核心组成部分。母语具有与生俱来的少数民族特质。运用母语创作，在描写本民族生活、传承和传播本民族文化、表达本民族意识等方面具有天然优势。但是，在中国当代多民族文化的现状中，在当代多元一体中华民族的语言场域中，汉语具有更强大的传播能力和传承能力。因为各种原因，90% 的少数民族作家运用汉语写作，但是还有 10% 的少数民族作家坚守自己的民族文字，运用母语写作。这些运用母语写作的少数民族作家，用母语书写本民族的生活、历史，极力传承本民族的文化，呈现出一批优秀的当代少数民族母语小说。当代中国，汉语是中华民族的共同的母语，90% 的少数民族都会使用汉语，运用汉语和汉族及其他少数民族进行沟通。当然，有很多少数民族既有本民族的语言又有本民族的文字，他们在沟通、写作等方面都运用本民族语言文字，因此这些少数民族的作家也有很大部分进行母语写作，用母语描述少数民族的历史、文化和社会生活，展示少数民族在当今的精神风貌。他们用母语写作，能够更加鲜明、更加准确地描写少数民族生活、表达少数民族的心理状态，语言和文字的统一，使得他们的创作具有更多少数民族文化的质感。但是，少数民族小说的母语写作只能在懂本民族语言的少数民族中传播，因而传播范围小，传播力度弱，尤其中国是一个拥有56个民族的多民族国家，一个民族的语言文字在其他民族就难以传播。如今，中国作家协会、《民族文学》杂志社，在大力提倡少数民族母语文学创作方面采取了很多措施，为少数民族母语作家发表母语文学作品提供更多的平台。《民族文学》杂志社，除了继续办好传统的《民族文学》杂志外，还创办了蒙古文版、维吾尔文版、藏文版、朝鲜文版、哈萨克文版的《民族文学》，专门发表这五种文字的少数民族母语文学，为少数民族的母语文学发展提供了良好的机遇。著名彝族诗人、学者罗庆春（彝族名：阿库乌雾）也在一篇文章中清楚地概括了母语文学的现状和贡献。①

当代运用母语写作的少数民族作家主要集中在少数民族聚居区，包括少数民族自治区、少数民族自治州等地区和一些少数民族聚居比较多的边疆省份。新疆维吾尔自治区的维吾尔、哈萨克、柯尔克孜、塔吉克等少数民族作家90%运用母语写作。新疆维吾尔族作家穆罕默德·巴格拉希、阿拉提·阿斯木，凯斯尔·柯尤木，买提明·吾守尔等用维吾尔语创作。塔吉克族作家阿提凯姆·翟米尔运用塔吉克语创作小说。西藏自治区和四川、青海等地的藏族作家南色、拉先加、才仁郎公、班觉、扎西班典等用藏语创作小说。广西壮族自治区的壮族作家用壮语创作的小说有几千部之多。2007年壮族作家蒙飞和黄新荣共同创作了第一部壮文长篇小说《节日》，是壮族母语写作的重要收获。内蒙古自治区蒙古族作家运用蒙语写作的很多，著名的有阿云嘎、满都麦、布林等用蒙语创作小说。还有些多民族混居的省份比如

---

① 罗庆春：《永远的家园——关于中国当代少数民族母语文学的思考》，《中国民族》2002年第2期。

四川、云南、贵州等以及延边朝鲜族自治州等少数民族自治州，少数民族小说的母语写作也有很好的发展。四川是一个多民族聚居的省份，四川的藏族作家和彝族作家，分别运用藏语写作和彝语写作的藏语小说和彝语小说取得了突出的成就。彝族作家贾瓦盘加、阿蕾、时长日黑等用彝语创作。云南的傣族、哈尼族，贵州的布依族等也有许多作家运用母语创作小说。朝鲜族作家有95%以上运用朝鲜族语进行创作。朝鲜族作家中运用朝鲜语写作的金锦姬、许连顺、李慧善等创作的朝鲜语小说是其代表。

近年来，少数民族小说的母语写作得到较大的发展，以近四届少数民族文学骏马奖的获奖情况为例，获奖作品中母语写作的文学作品占三分之一多的比例。第八届少数民族文学骏马奖中有30部获奖，其中母语写作的文学作品有10部，恰好占获奖作品的1/3。语言则包含了蒙古、朝鲜、藏、维吾尔、彝、哈萨克、柯尔克孜等语种。运用母语写作的获奖小说有：柯尔克孜族作家沙坎·玉买尔的《光辉的路程》用柯尔克孜语写作，彝族贾瓦盘加的《火魂》用彝语写作，维吾尔族克优木·阿布都卡德尔·夏里《秀发》用维吾尔语写作。第九届少数民族文学骏马奖有35部获奖，用母语写作的少数民族作品有14部，占获奖作品总数的40%，语言包含维吾尔、朝鲜、哈萨克、蒙古、壮、景颇等7种语言。用母语写作的小说作品有：维吾尔族帕尔哈提·伊力牙斯的《楼兰之子》用维吾尔语写作，壮族蒙飞、黄新荣的《节日》用壮语写作，景颇族女作家玛波的《罗孔札定》用景颇语写作，藏族女作家次仁央吉的小说集《山峰云朵》用藏语写作，藏族作家南色的小说集《蜿蜒的小河》用藏语写作。第十届少数民族文学骏马奖有25部作品和4位翻译家获奖。其中有9部母语文学作品获奖，占获奖总数的

36%。用母语写作的小说作品有：蒙古族作家白金声的《阿思根将军》用蒙古语写作，维吾尔族作家亚生江·沙地克的小说《诸王传》用维吾尔语写作，藏族作家扎巴的《寂寞旋风》用藏语写作，哈萨克族作家乌拉孜汗·阿合买提的《骏马之驹》用哈萨克语写作。第十一届少数民族文学创作骏马奖总共有28部作品获奖，其中有8部母语文学作品获奖，占获奖总数的32%。用母语创作的小说作品有：蒙古族作家乌·宝音乌力吉的长篇小说《信仰树》用蒙古语创作，藏族作家旦巴亚尔杰的长篇小说《昨天的部落》、藏族作家德本加的中短篇小说集《无雪冬日》用藏语创作，哈萨克族作家旦巴亚尔杰的中短篇小说集《幸福的气息》用哈萨克语创作。

总的来说，少数民族小说的母语写作只在部分有少数民族文字的民族中得到比较好的发展，相对于当代少数民族小说的发展整体来说比例还是很少，分布也不宽。中国55个少数民族有两个民族（回、满）没有自己的语言，其他53个民族虽然有自己的语言，在53个有自己语言的民族中只有29个民族有自己的文字。而且有自己民族文字的少数民族，也只有少部分民族使用本民族文字。在这种情况下，少数民族作家大多运用汉语写作，何况由于汉语传播力度的广泛，很多原来有自己语言的少数民族也开始大量使用汉语。“据统计，当今中国，只有11个少数民族还在用本民族文字创作长篇小说，其中维吾尔族、蒙古族、朝鲜族、哈萨克族、柯尔克孜族、乌孜别克族、塔吉克族等用母语创作的作品经常被翻译到国家级文学刊物《民族文学》上来。”① 相对于当代55个少数民族小说整体而言，当代运用母

① 钟进文：《中国少数民族母语文学现状与发展论析》，《北方民族大学学报》（哲学社会科学版）2012年第1期。

语写作的少数民族小说比例是很小的。90% 的少数民族小说是用汉语写作的，这是当代少数民族小说创作的独特状态。

第三节　当代少数民族小说汉语写作的创作成就

运用汉语写作的少数民族小说与中国当代文学同步发展演进，同时又有其自身的独特性与艺术规律。当代少数民族汉语小说随着中国当代文学六十多年前进的步伐，发生了惊人的变化，取得了辉煌的成就。概括地说，六十多年来少数民族汉语小说包含了一系列发展演进：作家队伍从单一到群体、思想内容从政治到文化、创作方法从一元到多元、地位成就从边缘到前沿。用汉语写作的少数民族汉语小说在不断探索中积聚了十分丰富的内涵与十分宝贵的经验，取得了不凡的成就。当代少数民族小说的汉语写作呈现出快速发展的兴盛态势，取得了突出的成就。

一　作家队伍从单一到群体

在新中国成立以前，历代统治者都推行民族压迫、民族歧视的政策，少数民族文学几乎没有代表性的作家，有书面文学和作家文学的少数民族不到 20 个，其他少数民族只有口头文学和民间文学。因此 20 世纪五六十年代撰写的少数民族文学史，基本上都是少数民族民间文学史。新中国成立以后，翻身得解放的各少数民族作家，开始大量运用文学尤其是小说形式表达翻身解放的喜悦，反映各民族人民的社会主义新生活，因此新中国成立后才出现了很多少数民族作家，少数民族作家的作品开始大量出现，而少数民族作家中汉语写作的占90%以上，因此中国当代少数民族小说作为作家文学中的一种，运用汉语写作的少数民族小说成为当代少数民族小说的主力。

20世纪50—70年代，和新中国一同成长起来的少数民族作家主要运用汉语写作，母语写作占有比例较少。运用汉语写作的少数民族作家创作了很多优秀的少数民族汉语小说。蒙古族玛拉沁夫的《春的喜歌》《花的草原》《茫茫的草原》等小说开创当代文学史上的蒙古族汉语写作的先河，创造了别具一格的汉语蒙古族小说，让全国人民都看到蒙古族人民在革命斗争中的贡献以及浓郁蒙古族的风俗风情；彝族作家李乔用汉语创作了长篇小说《欢笑的金沙江》，最先开始用汉语反映彝族人民由奴隶制到社会主义制度的巨大变化；壮族作家陆地则用汉语发表了壮族长篇小说《美丽的南方》，反映了解放初期壮族人民的生活与斗争。

20世纪50—70年代的少数民族汉语作家，他们以各自的小说创作站立在中国当代文学史上，为我们提供了大量的用汉语写作的中国当代少数民族小说，展示出少数民族小说特有的亮丽风景。但是，这个时期的少数民族作家不是很多，不是所有少数民族都有自己的作家，就是以上介绍的少数民族作家，也仅仅是某个少数民族中的单个或几个，没有形成少数民族作家的创作群体。

进入新时期后，少数民族文学得到长足的发展，少数民族作家队伍呈几何级数增长。改革开放30多年来，少数民族作家的发展呈现出崭新的态势。少数民族作家人才辈出，队伍空前壮大。我们从一组数字可以看出这个变化：中国作协中的少数民族作家会员，1980年为125人，1986年为266人，1998年为625人，2008年分别在水族、赫哲族、毛南族、基诺族、德昂族、门巴族和珞巴族等发展了这些民族第一位中国作协会员，2009 年中国作协又分别发展了独龙族、布朗族、高山族、塔塔尔族、俄罗斯族 5 个人口较少民族的第一位作协会员。2009 年，中国 55 个少数民族都拥有了本民族的中国作协会员，这一年中国作协会员总数为 8930 人，有少数民族会员 988 人。到 2012 年，中国作家协会会员 9686 人，少数民族会员达到 1117 名。少数民族作协会员占中国作协会员的 10% 左右，可见新时期少数民族作家队伍的逐渐壮大。而这些少数民族作家则有 90% 以上采用汉语写作，有 10% 左右采用母语写作。

新时期运用汉语写作的少数民族作家队伍呈现出老中青共同发展的态势，老作家在新时期焕发青春，创作了很多优秀的长篇小说，如蒙古族作家玛拉沁夫的《活佛的故事》《茫茫的草原》（下部），彝族作家李乔的《破晓的山野》，壮族作家陆地的《瀑布》，蒙古族作家敖德斯尔和斯琴高娃的《骑兵之歌》，扎拉噶胡的《草原雾》《嘎达梅林传奇》，朝鲜族作家李根全的《苦难的年代》，土家族作家孙建忠的《醉乡》等。中青年作家则在中篇和长篇小说方面都取得突出的成就，如藏族作家扎西达娃的《系在皮绳扣上的魂》，回族作家张承志的《黑骏马》《北方的河》《心灵史》，满族作家朱春雨的《血菩提》，回族作家霍达的《穆斯林的葬礼》，回族作家石舒青的《清水里的刀子》，藏族作家阿来的《尘埃落定》，满族作家叶广芩的《黄连厚朴》《采桑子》，藏族作家央珍的《无性别的神》，土家族作家李传峰的《最后一只白虎》《白虎寨》《武陵王》系列，土家族作家叶梅的《最后的土司》，满族作家庞天舒的《落日之城》，朝鲜族作家金仁顺的《春香》，等等。

新时期少数民族汉语作家在 30 年的发展中，不仅仅是 55 个少数民族都有了自己的作家，而且还形成了少数民族的汉语作家群，使得当代少数民族汉语作家队伍呈现出从单一到群体的态势，出现了藏族作家群、蒙古族作家群、满族作家群、壮族作家群、维吾尔族作家群、哈萨克族作家群、回族作家群、土家族作家群、朝鲜族作家群、景颇族作家群、傈僳族作家群、达斡尔族作家群、鄂温克族作家群、鄂伦春族作家群等。尤其是少数民族汉语女作家群十分引人注目，霍达、叶广芩、边玲玲、萨仁图亚、巴莫曲布嫫、景宜、杜梅、梅卓、央珍、叶梅、金仁顺、马金莲等少数民族女作家，她们不仅用汉语展示各自的民族生活和民族文化，还展现出独特的少数民族女性意识，为当代的女性文学创作增添了少数民族女性文学这一亮丽的风景。

少数民族汉语作家队伍，经历了从几乎没有作家到少数几个民族有单一或几个作家，再到55个少数民族都有自己的作家并形成少数民族作家群的壮大过程。

二　主题内容从政治到文化

新中国成立之初的少数民族汉语作家，都经历了各个少数民族翻身得解放的喜悦，欣喜地感受到新中国社会主义建设的奇迹，他们迫切想表达这种喜悦和心声。同时，各个少数民族独特的民族风俗和特色，使得这些少数民族作家欣喜地发现颇具特色的写作资源。因此在20世纪50年代，出现一批歌颂新中国、歌颂翻身解放、歌颂社会主义建设且颇具民族特色的少数民族小说，其中运用汉语写作的少数民族小说占据很大的比例。这个时期，运用汉语写作的少数民族小说的代表作家有满族著名作家老舍、蒙古族作家玛拉沁夫、彝族作家李乔、壮族作家陆地、土家族作家孙建忠等。

玛拉沁夫在20世纪50年代发表了长篇小说《科尔沁草原的人们》《茫茫的草原》以及短篇小说集《春的喜歌》《花的草原》等作品，这些小说都是运用汉语写作的。《科尔沁草原的人们》是中国当代文学史上第一部用汉语描写蒙古草原新生活的蒙古族小说，是中国当代运用汉语写作蒙古族小说的开山之作。这篇小说描写新中国成立之初一位蒙古族姑娘为了保卫革命新政权和草原人民的幸福生活，只身追捕一个潜逃的反革命分子的故事。该作品和20世纪50年代其他小说一样，具有很强的政治色彩和阶级斗争特色，但是它最突出的特色是蒙古族特色，营造了一种中国小说历史上从没有过的蒙古草原氛围。诗人臧克家评论该小说时说，在该小说中“我们仿佛闻到了大草原喷放出来的香味，看到牛马在风前飘动的鬃毛，听到了猎犬在草原奔跑的足音”。[①] 这就是浓郁的蒙古族草原特色。而玛拉沁夫的《茫茫的草原》描写的是1946年抗日战争胜利后察哈尔草原上复杂的阶级斗争，反映了中国共产党领导下的内蒙古人民争取翻身解放的伟大革命斗争。这和当代文学史上十七年中的红色经典小说有异曲同工之处。该小说的独特之处在于将革命斗争叙事设置在蒙古草原上，具有独特的蒙古族风俗风情特色，因为这部作品超越了一般的红色小说，而具有浓郁的蒙古族特色。李乔在20世纪五六十年代出版了长篇三部曲《欢笑的金沙江》，包括《醒了的土地》《早来的春天》《呼啸的山风》三部，全方位描写彝族人民在中国共产党领导下翻身得解放的历史，描写了凉山彝族地区民主改革以及平息奴隶主叛乱的历史事件，描写彝族人民从奴隶制到社会主义幸福生活的历史进程，热情歌颂了彝族人民从奴隶到主人的伟大变化，质朴流畅地描绘了彝族地区的风俗画、风景画和彝族特有的民族性格和传统色

---

① 臧克家：《可喜的收获》，《新观察》1952年第4期。

彩。李乔是彝族当代第一个小说作家，也是当代第一个彝族的汉语小说家。著名少数民族文学研究学者、评论家李鸿然称赞李乔为“彝族小说之父”。壮族作家陆地《美丽的南方》描写的是中国南方少数民族——壮族地区的土地改革运动，通过一个壮乡——长岭乡的土地改革运动，展现了广西壮族地区土地改革运动时期特有的风貌，蕴含着特有的壮族风情，陆地也是新中国最早用汉语写作壮族小说的小说家。

20 世纪 50—70 年代的少数民族汉语小说，随着新中国文学的步伐一同前进。当时中国当代文学的主体部分，依照毛泽东的文艺方针进行创作，因此作为中国当代文学中一个门类，运用汉语写作的少数民族小说有着 20 世纪 50—70 年代当代文学的共同特性，那就是文学为政治服务。此阶段运用汉语写作的少数民族汉语小说也有着鲜明的政治色彩，其主要内容是歌颂新中国、描写各民族在翻身得解放中的阶级斗争以及少数民族解放后的故事。此阶段少数民族小说的独特之处是这些斗争故事都在少数民族地区展开，具有浓郁的少数民族风俗特征和色彩。但是这些少数民族的风情和色彩只是这些少数民族地区的阶级斗争生活的载体，是阶级斗争故事展开的独特环境，是小说政治色彩的陪衬，少数民族的风情和文化没有成为当时少数民族小说的主角。

新时期是少数民族汉语小说得到长足发展的时期，其最主要的表现就是少数民族风情和文化不再仅仅是陪衬和背景，而是走上前台成为主角。民族习俗和民族风情不再是政治的附属品，而是每个民族文化的本体。

蒙古族作家玛拉沁夫的《活佛的故事》通过“我”的伙伴“玛拉哈”从人变成神，而后又从神变成人的描写，展示了作者独特的思考。故事不再是政治的附庸，而是包含了宗教、历史、哲学的多种层面的内涵，民族文化已经成为作家要表达的主要内容。鄂温克族作家乌热尔图在20世纪80年代发表了《一个猎人的恳求》《七岔犄角的公鹿》《琥珀色的篝火》等小说，以鄂温克族特有的文化心理，描写被现代社会日益削弱的民族文化的忧患意识。鄂温克民族独特的生活历史，具有独特民族心理素质的猎人和猎区，大森林色彩绚丽的自然风景，构成乌热尔图汉语小说独有的民族文化世界。回族作家霍达的《穆斯林的葬礼》详尽地描写了北京一带回族的穆斯林传统，以无比尊敬和自豪的语气描写了穆斯林的精神追求和节操，详尽地展现了浸透于衣食住行婚丧嫁娶等日常和意识中的宗教习俗，具有浓郁的穆斯林文化内蕴，开始全面、正面地描写回族人民的宗教生活。而著名作家张承志的《心灵史》通过描写回教中“哲合忍耶”教派坚贞的信仰，深刻展示回族人民的精神世界，熔历史、宗教、文学于一炉，“企图用中文汉语创造一个人所不知的中国”（张承志语）。而藏族作家阿来的《尘埃落定》凭借丰富的历史文化渊源和深厚而独特的民族特色获得了2000年的茅盾文学奖。在这部作品中，阿来以麦琪土司家“傻子”儿子的独特视角，描写了一个藏族土司家族由盛至衰，并最终走向灭亡的故事，蕴含了历史、文化、宗教、人性等丰富内涵。《尘埃落定》深层地展示了川西藏族的民族文化、宗教文化和历史文化，这种风情不是为了表现其他主题的载体，它本身就是小说的本体。作品所描写的藏族地区的风俗习惯，也不是小说的背景，而是小说的主角。《尘埃落定》以浓郁民族特色和文化内涵，揭示出人性的共性，尤其是作者塑造了一个“大智若愚”的“傻子”，包含了作者对藏汉文化交融的深层次思考。

纵观少数民族汉语小说的发展进程，主题内容具有从政治到文化的发展态势，反映了新中国成立六十多年来各少数民族汉语小说从表现翻身得解放的喜悦到追求民族文化内蕴的心路历程。

三 创作方法从一元到多元

当代少数民族汉语小说随着中国当代文学的步伐一同发展。在当代文学的20世纪50—70年代，现实主义创作方法是唯一合法的创作方法，它以其独特的地位和影响，完全排斥其他的文学创作方法，成为这一时期唯一的文学思潮。在这一时期，中国当代文学就是现实主义文学。除浪漫主义还偶被提起以外，其他文学思潮基本销声匿迹，现实主义文学思潮具有一元化独尊的地位。1949年7月第一次文代会召开，在这次大会上，毛泽东的《在延安文艺座谈会上的讲话》被确定为新中国文艺工作的总方针，确定文艺为人民大众首先是工农兵服务为新中国文艺运动的总方向。从此，文学为工农兵服务，尤其是为政治服务的方向被写进文件，成为束缚新中国文学近30年发展的桎梏。在新中国成立的大好时机下，文学创作出现了一批歌颂新中国、歌颂领袖、描写革命斗争历史的现实主义文学作品。20世纪50年代少数民族小说随着这股浪潮，创作了大批反映少数民族生活和斗争的现实主义小说。

20世纪50—70年代文学发展过程中，少数民族汉语小说运用现实主义创作方法，取得了较大的成就，这些作品热情歌颂各民族为新中国浴血奋战的英雄，热情歌颂歌各民族人民走社会主义道路的创举，塑造了一系列少数民族的英雄形象，也描画了许多具有浓郁少数民族特色的生活场景。很多少数民族作家如玛拉沁夫、李乔、陆地等的作品达到了那个时代思想与艺术的较高高度，到现在这些作品还具有特殊的艺术魅力。

但是，由于当时遵循苏联的现实主义创作方法本身的严重缺陷，加上文学与政治关系的进一步强化，现实主义文学思潮被政治化、庸俗化甚至严重畸形化。20世纪50—70年代的少数民族现实主义汉语小说有明显的缺点。其主要表现为：第一，主题先行。以方针政策来图解、演绎生活，将丰富多彩的多样化少数民族生活统统纳入敌我双方斗争的框架之中。将同样丰富多彩的少数民族人物按照阶级划分法来设计，少数民族生活的丰富性、多重性被概念化、公式化、雷同化。第二，在真实性和倾向性关系上，着重以倾向性来带动真实性，以所谓“反映生活本质”来回避、掩盖、粉饰少数民族生活与政治宣传不一致的真实性的一面。各少数民族生活的宗教特性、独特风俗习惯统统被政治性所代替。第三，人物塑造方面，以主要人物来表达政治倾向和图解现实，人物不是典型化，而是类型化。写英雄人物“神化”，写反面人物“丑化”“漫画化”。少数民族人物和汉族人物除了名字不同以外，没有什么本质的区别。第四，艺术表现上，手法单一，情节雷同，美学底蕴严重不足。

80年代中后期以后，随着浪漫主义的萌发和现代主义、后现代主义的崛起，新时期文学进入了多元化发展时期。

浪漫主义思潮的萌发并在一个较短的时间内逐渐发展为一股颇有声势的文学潮流，是新时期文学中格外引人注目的现象，可以说，新时期少数民族汉语小说开启了新时期少数民族文学的浪漫主义思潮。80年代初，张承志以他的《黑骏马》开始了他的浪漫主义文学创作，乌热尔图的《七岔犄角的公鹿》《琥珀色的篝火》等作品，表现出回归大自然和传统的倾向。新时期的浪漫主义文学首先是从少数民族小说开始的，并开始了新时期少数民族汉语小说的多元化历程。

在1985年文化寻根的小说创作思潮中，少数民族汉语作家起到了非常重要的作用。达斡尔族作家李陀，是最早开始高举“寻根”大旗的作家。李陀在1984年就表达了寻根意向：“渴望有一天能够用我已经忘记的达斡尔语，结结巴巴地和乡亲们谈天，去体验达斡尔文化给我的激动”。[①] 李陀既是寻根思潮的理论骨干，又是寻根小说思潮的主要创作者。在寻根小说思潮中，还有“张承志的《黑骏马》吹送了内蒙古草原文化的劲风，乌热尔图笔下的马嘶、篝火和暴风雪，带来了鄂温克族地区的文化色素，扎西达娃的《西藏，隐秘岁月》《西藏，系在皮绳扣上的魂》，对古老西藏奇异故事的描写中，透出马尔克斯魔幻现实主义的明显烙记”[②] 等。这些少数民族汉语小说，以少数民族特有的浪漫主义特色，为新时期带来一批著名的浪漫主义小说。

随着西方现代、后现代文学思潮的引进，新时期汉语小说和新时期文学一样，接受西方现代、后现代创作手法，出现了意识流、现代派、先锋派、新历史主义、魔幻现实主义、女性主义等多元化的创作方法，少数民族汉语小说的创作走向了多元化时期。

藏族作家扎西达娃的作品《西藏，系在皮绳扣上的魂》《西藏，隐秘岁月》《去西藏的路上》等，明显受到魔幻现实主义的影响，具有比较典型的魔幻现实主义特色。他的作品把虚构与现实、神话与现实，历史与现在交替在一起，同时糅合西藏的奇异自然、民族风情和神秘的宗教文化。《西藏，系在皮绳扣上魂》将民间传说、神话故事、宗教经典与神秘的自然相互交融，再加上扎西达娃特有的“魔幻”叙述方法，

---

① 李陀：《创作通信》，《人民文学》1984年第2期。

② 朱寨、张炯主编：《当代文学新潮》，人民文学出版社1997年版，第279—280页。

打破时空顺序，把幻觉中的现实和客观现实融合在一起，因而具有明显的魔幻现实主义特色。

阿来的《尘埃落定》同样运用魔幻现实主义手法，将川西藏族土司的兴盛和灭亡写得亦真亦幻。《尘埃落定》运用傻子的视角叙述故事，傻子既是叙述者，又是经历者，从而产生一种奇异的叙述效果。阿来在这部作品中，大量运用象征手法，作品中关于傻子和聪明人的象征具有鲜明的人生寓言特色。同时，阿来在作品中大量运用意象来激起语言的张力，将文字难以用写实表达的意蕴运用意象表达，从而引起阅读者的深层思考，具有朦胧但又有暗示性的特征，这些都超越了现实主义的创作成规，开启了新时期少数民族汉语小说的多元化格局。正如中国作家协会原常务书记鲍昌在为《新时期中国少数民族小说选》所作的序中所说："中国少数民族作家，在开掘作品的主题上是不断深入的。他们从一般的社会现象，推进到文化现象乃至人的生命现象，与此同时，他们在表现人的心理时，层次更多了。各类人物的丰富情感、细腻的感受、意识的流动，以及变态的心境、梦境、幻觉和潜意识，近年来都出现在少数民族文学中，呈现出百花争妍似的不同的风格、形式和手法。即使在这本选集里，我们也可以看到小说的抒情化、象征化、隐喻化以及魔幻现实主义手法的运用。"①

从以上分析可以看出，当代少数民族汉语小说创作经历了从现实主义创作方法的一元化到现实主义、浪漫主义、现代主义、后现代主义创作手法等多元化的发展态势。

---

① 鲍昌：《将要实现渴望的种子——〈新时期中国少数民族小说选〉序言》，《民族文学》1978 年第 8 期。

四 成就地位从边缘到前沿

从20世纪50年代开始出现的少数民族汉语小说，在很长一段时期都处于中国当代文学边缘地带。在50—70年代，少数民族小说一直都是紧随中国当代文学的主流思潮发展，是中国当代文学主流文学思潮中的一个分支。少数民族小说的这种边缘地位，在进入新时期以后被打破了。80—90年代，有一大批优秀的少数民族汉语小说出现，以其独特的思想内涵和艺术成就，直抵中国当代文学的前沿。正如评论家周政保所言："也许因为传统与文学沿袭的缘故，少数民族的长篇小说一向显得相对薄弱，而且到了八十年代中国长篇小说开始重新起步的时候，少数民族长篇小说仍然给人以滞后之感。但到了八十年代末，情势则呈现出一种喷薄的转机——霍达（回族）的《穆斯林的葬礼》、张承志（回族）的《金牧场》、孙建忠（土家族）的《死街》、朱春雨（满族）的《血菩提》等，都是八十年代末的作品。到了九十年代，优秀的或比较好的少数民族长篇小说更是纷至沓来，如阿来（藏族）的《尘埃落定》、央珍（藏族）的《无性别的神》、吴恩泽（苗族）的《伤寒》、庞天舒（满族）的《落日之城》、布和德力格尔（蒙古族）的《青青的群山》、蔡测海（土家族）的《三世界》、赵雁（满族）的《空谷》等。特别是，在中国长篇小说的创作数量出现前所未有的急剧膨胀的情势下，少数民族长篇小说不但没有被湮灭，反而显示了独特的创作实力或潜力——在我提及的相当有限的长篇中，就有着真正体现当下中国长篇小说创作性及艺术水准的优秀作品。可以毫不夸张地说，虽则少数民族长篇小说创作在新时期起步较晚，且少有这一领域的民族文学传统，但它奇迹般地站立到了中国长篇小说世界的前沿……”① 从周先生的评论可以看出，从 80 年代末到 90 年代直至新世纪，中国少数民族小说取得了突出的成就，已经抵达了中国文学的前沿。从中国长篇小说最高奖项茅盾文学奖看，截至 2009 年，茅盾文学奖已评了七届，在这七届中有两部少数民族汉语小说获奖——霍达（回族）的《穆斯林的葬礼》、阿来（藏族）的《尘埃落定》。这两部作品都是汉语小说。

中国少数民族文学有自己的奖项，“骏马奖”是我国少数民族文学的最高奖项。该奖项设立于 1980 年，每三年评选一次，其指导思想是：“全国少数民族文学创作奖的评选工作，高举邓小平理论伟大旗帜，以马列主义、毛泽东思想和邓小平理论为指针，坚持四项基本原则，维护祖国的统一，民族的团结，贯彻‘百花齐放，百家争鸣’的方针，弘扬主旋律，提倡多样化，鼓励和倡导关注现实生活、体现时代精神，反映少数民族新的精神风貌的好作品。坚持导向性、权威性、公正性，扶植人口较少民族文学出新人新作。评选出思想性、艺术性、民族多样性都完美统一的优秀作品。”迄今为止，“骏马奖”已评了十一届，55 个少数民族的几百个作家获得过这一全国性的大奖，获奖作品包括小说、诗歌、散文、报告文学、儿童文学、报告文学等，其中长篇小说就有 50 多部。这些少数民族小说，都具有中国当代小说的前沿水平，取得了突出的成就。在十一届少数民族文学骏马奖获奖作品中，少数民族汉语小说获奖作品占所有获奖作品的 60% 左右。

少数民族汉语小说取得了突出的成就，呈现出从边缘到前沿的发展态势。六十多年来少数民族汉语小说既展示了中国少数民族文学的辉煌

---

① 周政保：《抵达中国文学的前沿——新时期以来部分少数民族长篇小说读札》，《民族文学》1999 年第 5 期。

成就，随着中国当代文学六十多年的发展步伐，形成了高举爱国主义旗帜、凸显民族团结的主题、开掘民族文化内涵、探索多元创作手法的少数民族小说特色，取得了少数民族小说的辉煌成就。①

当代少数民族汉语小说是中华民族文化的多元一体结构的突出表现。当代少数民族作家克服了语言交换思维和符合汉语表述模式等困难，使得当代少数民族汉语小说取得很大的成就，在克服汉化趋势并找到更好提升少数民族小说的发展途径等方面做了很多有益尝试。当代少数民族汉语小说不仅对现代汉语新表述做出了贡献，而且对更大范围内传承和传播各民族文化和表现少数民族生活探索了一条可行的方式。更重要的是，使得各个少数民族文化在中华文化的大家庭里能相互沟通和相互理解，为我国多元一体文化和谐发展做出了表率。

第四节 当代少数民族小说汉语写作的民族分布

中国有55个少数民族，他们分别是藏族、回族、蒙古族、维吾尔族、壮族、苗族、朝鲜族、彝族、布依族、满族、瑶族、白族、侗族、土家族、哈萨克族、哈尼族、傣族、黎族、傈僳族、佤族、畲族、东乡族、高山族、景颇族、拉祜族、水族、柯尔克孜族、土族、纳西族、达斡尔族、仫佬族、羌族、布朗族、撒拉族、毛南族、仡佬族、锡伯族、阿昌族、保安族、普米族、京族、塔吉克族、怒族、独龙族、赫哲族、

① 杨彬：《从边缘到前沿——中国当代少数民族小说六十年的发展演进》，《名作欣赏》2009年第12期。

乌孜别克族、珞巴族、俄罗斯族、鄂温克族、德昂族、裕固族、塔塔尔族、鄂伦春族、门巴族、基诺族。我不厌其烦地将55个少数民族列在这里，是为了后面说明少数民族语言的使用状态，然后分别说明少数民族小说汉语写作的民族分布状态。迄今为止，我国55个少数民族都有作家加入中国作家协会，说明55个少数民族都有了自己民族的作家。那么这55个少数民族作家写作小说时都运用什么语言呢？他们有多少作家是采用母语写作？又有多少采用汉语写作？各个少数民族作家运用汉语写作的状态如何呢？其中使用母语写作和汉语写作的比例又如何呢？这是下面的论述中要解决的问题。

少数民族小说的汉语写作状态与少数民族使用语言的情况有紧密的联系。中国55个少数民族中，有2个少数民族没有自己的语言而完全使用汉语，这两个民族就是回族和满族。其他53个少数民族虽然都有自己的语言，但大都会使用汉语。因此，我国这个多民族国家使用语言的情况如下：“我国是一个统一的多民族国家，民族多、语言多、文字多。除汉族外，已确定民族成分的有55个少数民族，约占全国人口总数的8%，分布在占全国总面积50%—60%的土地上。55个少数民族中，除回族、满族已全部转用汉语外，其他53个民族都有自己的语言。有些民族内部不同支系还使用着不同的语言（不包括转用或者兼用汉语的情况）：瑶族的不同支系分别使用勉语、布努语和拉珈语；高山族的不同支系分别使用泰耶尔语、赛德语、邹语、沙阿鲁阿语、卡那卡那布语、排湾语、阿眉斯语、布农语、鲁凯语、卑南语、邵语、萨斯特语、耶眉语共13种语言；景颇族的不同支系分别使用景颇语、载瓦语；怒族的不同支系分别使用怒苏语、阿侬语、柔若语；裕固族使用东部裕固语、西部裕固语；门巴族使用门巴语、仓拉语。因此，全国55个少数民族，共使用72种语言。这些语言分别属于五个语系：汉藏语系、阿尔泰语系、南岛语系、南亚语系和印欧语系。”① 由于我国少数民族语言的使用情况如此复杂，因此必须有一种语言作为族际共同语言，才能在全国范围内沟通和交流。中华民族多元一体格局中，汉族人口最多，使用汉语的人口也最多，因此汉语也就成为中华民族的族际共同语，各个民族和民族之间在交流和沟通过程中，都运用汉语做族际共同语。

少数民族使用文字情况也呈现出复杂的状况。“在我国，汉字不但是汉族的文字，也是全国各个少数民族通用的文字，是在国际活动中代表中国的法定文字。全民族都通用汉语的几个少数民族，很自然地以汉字作为自己的文字，没有与自己语言相一致的文字的少数民族，大多也选择了汉字作为自己的文字。现在中国55个少数民族中，除回族、满族主体（回辉语、满语除外）主要部分不使用自己民族的文字外，有29个民族有与自己的语言相一致的文字。由于有的民族使用一种以上的文字，如傣语使用4种文字，景颇族使用2种文字，所以29个民族共使用54种文字。”② 少数民族使用语言文字的情况具体如下。

第一，回族、满族普遍使用汉语汉字。回族是一个由波斯人、阿拉伯人来中国后和中国的汉族以及其他民族交融后形成的民族，他们形成过程中就使用汉语汉字；满族本来有自己的语言文字，但在清朝入关以后，清政府大力提倡学习汉族文化、使用汉语汉字，最后成为全部使用汉语汉字的民族。第二，有29个民族既有语言又有文字。这29个少数民族中又有12个文字使用历史长、使用范围广，他们是蒙古、藏、维吾尔、朝鲜、哈萨克、彝、柯尔克孜、俄罗斯、锡伯、拉祜、傣、景颇

① 《少数民族语言文字》，百度百科，http：//baike. baidu. com/view/3117338. htm。

② 同上。

等12个少数民族，这12个民族主要使用自己的语言文字，但随着时代的发展，这12个民族也有越来越多的人使用汉语和汉字。另外17个少数民族本来只有语言没有文字，他们的文字主要是解放后新创的文字，这17个少数民族是：布依族、佤族、壮族、傈僳族、哈尼族、瑶族、侗族、羌族、白族、土家族、苗族、黎族、水族、纳西族、土族、独龙族、基诺族。“目前，我国已正式使用和经国家批准推行的少数民族文字有19种，它们是蒙古文、藏文、维吾尔文、朝鲜文、壮文、哈萨克文、锡伯文、傣文、乌孜别克文、柯尔克孜文、塔塔尔文、俄罗斯文、彝文、纳西文、苗文、景颇文、傈僳文、拉祜文和佤文。”① 这19种少数民族文字中，壮文、纳西文、苗文、景颇文、佤文是解放后新创的文字。新中国成立后，党和政府根据很多少数民族的要求，为那些只有语言没有文字的少数民族创制文字，这是民族团结和民族进步的重要举措。但是，新创文字的使用情况却不尽如人意。“到2006年止，除了少数新创文字（如壮文、侗文）仍在部分地区用于成人扫盲教育外，其他新创文字多已不在扫盲教育中使用。目前黔东南州苗文报刊已停止出版，自20世纪90年代中期至今，已经没有新的黔东苗文电影和电视节目。滇东北苗文、川黔滇苗文、湘西苗文的试行情况也不乐观。目前，哈尼文、傈僳文、纳西文、佤文、载瓦文使用程度都不高，有些甚至被弃置多年。土族新创文字的使用出现了严重滑坡。使用新创文字的报纸、杂志大多出版量有限，部分甚至停刊多年。在社会用字方面，新创文字使用率也很低”②。新创文字使用低的原因是汉语汉字的强大。在少数民族地区，报纸杂志、书籍教材、影视节目、互联网都是使用汉语

---

① 《少数民族语言文字》，百度百科，http：//baike. baidu. com/view/3117338. htm。

② 赵金灿：《语言态度与少数民族新创文字的前景》，《北方民族大学学报》2010年第5期。

汉字，南方少数民族地区的教育也基本上使用汉语，而且在国家各种教育考试中都是使用汉字，因此新创文字使用越来越少。现在除新创的壮文和侗文还在小范围使用外，其他的新创文字已很少使用了。这些少数民族一般在家里和村子里使用本民族语言，上学、上班或者公共场合都使用汉语，而文字则主要使用汉字。第三，有 24 个少数民族有自己的民族语言但没有文字，他们使用其他民族的文字或汉字。这 24 个少数民族是：塔吉克族、撒拉族、裕固族、乌孜别克族、毛南族、东乡族、塔塔尔族、保安族、畲族、高山族、鄂温克族、普米族、仡佬族、达斡尔族、鄂伦春族、珞巴族、仫佬族、布朗族、阿昌族、门巴族、怒族、德昂族、赫哲族、京族。这些少数民族地区都实行双语教育，因此受过教育的人都既使用本民族语言，也使用汉语，但主要使用汉语。一般来说，这些少数民族在家里和本民族内部说母语，在单位、在公共场合、与其他民族交流时使用汉语。在这样的情况下，这些少数民族的作家在写作时自然都运用汉语写作。

根据少数民族使用汉语和母语的不同情况，少数民族小说的汉语写作呈现出以下不同的民族分布情况。

一　以汉语为母语的少数民族小说的汉语写作状态

回族、满族作家全部采用汉语写作。这是因为回族、满族是以汉语为母语的少数民族。也就是说，满族小说、回族小说 100% 采用汉语写作。回族是一个在中华民族大家庭中成长起来的民族，是西域波斯人、阿拉伯人来华后和中华民族中的汉族、维吾尔族、蒙古族等民族相互融合而形成的民族，汉语在回族形成过程中起到很重要的作用。回族开始也有使用西域民族语言的过程，14 世纪末 15 世纪初，回族开始普遍使用汉语，回族也就在那个时候成了中华民族中的一个新的民族。“西域回回在来中国内地后，在语言上可能也经历过双重语言制的过渡时期，即在家庭中或在同一来源的人们内部讲自己原来的母语，而在家庭外边或与另一种来源的人们及当地汉族人交际时又讲汉语。久而久之，汉语也进入了家庭，最后完全遗忘了原来的母语，而普遍使用了汉语。”①因此，汉语也是回族的母语。基于此，当代回族作家全部采用汉语写作。著名回族作家张承志、霍达、石舒清、马金莲创作的具有浓郁回族意识和回族特色的小说，比如《心灵史》《穆斯林的葬礼》《清水里的刀子》《碎媳妇》都是用汉语写作的。满族作为独立的民族形成于16世纪17世纪初，是以女真人为主体的民族。满族原本具有自己的民族语言满语，但是清入关建立政权以后，由于政治、军事、统治的需要，开始部分地使用汉语。到了康熙年间，满族开始使用满汉双语，而到了咸丰年间即19世纪后半叶，满族开始全部使用汉语。这以后满族全部转用汉语，不再使用满语，因此当代满族作家全部采用汉语写作。满族著名作家老舍的《正红旗下》、满族作家叶广岑的《采桑子》《梦也何曾到谢桥》、赵大年的《公主的女儿》、朱春雨的《血菩提》等具有浓郁满族意识和满族特色的小说都是用汉语写作的。

二　既有语言又有文字的少数民族小说汉语写作状况

藏族、蒙古族、维吾尔族、朝鲜族、彝族、哈萨克族、拉祜族、锡伯族、柯尔克孜族、俄罗斯族、傣族、景颇族等12个民族既有语言又有文字。藏族、维吾尔族等12个少数民族因为有自己民族的语

① 马卫华：《论满族文学的跨语际研究》，《广西民族大学学报》（哲学社会科学版）2012年第1期。

言和文字，相对于其他少数民族而言，他们运用母语创作的能力比其他少数民族强，运用母语写作的小说比其他少数民族运用母语写作的小说比例要大。但是，这12个少数民族的作家也有很多进行汉语写作，因此这些少数民族的小说就呈现出双语写作的状况。他们既用母语写作，又用汉语写作。从这12个少数民族小说写作的整体状况来看，这些具有自己民族文字的当代少数民族作家，也是运用汉语写作的居多，母语写作所占比例较少。蒙古族“有自己的语言文字。蒙古语有内蒙古、卫拉特、巴尔虎布利亚特三种方言。现在通用的文字是十三世纪初用回鹘字母创制的。13世纪初，经蒙古学者却吉·斡斯尔对原有文字进行改革，成为至今通用范化的蒙古文。”① 解放后内蒙古自治区一直非常重视蒙汉双语教学，在小学、初中都实行蒙汉双语教育，蒙古族孩子在学习蒙古文的同时学习汉文，学校强调蒙古族学生要达到蒙汉双通的标准，因此受过教育的蒙古族人民都兼通汉语，相对而言，蒙古族人民的汉语水平普遍较高。因此，蒙古族小说的汉语写作比例较高。在50—70年代，用汉语写作的蒙古族小说，有玛拉沁夫的《茫茫的草原》、扎拉嘎胡的《红路》、乌兰巴托的《草原烽火》等作品。新时期后出现一批新的蒙古族小说，也有大量的作家运用汉语写作。比如郭雪波的《锡林河女神》、巴根的《僧格林沁亲王》、千夫长的《长调》、包丽英的《成吉思汗》等作品都是运用汉语写作。即使如阿云嘎这样主要用母语写作的蒙古族小说家，也用汉语写作了长篇汉语小说《拓跋力微》。满都麦、阿云嘎都是运用蒙汉双语写作的双语作家。藏族有自己的语言和文字，藏语是一种拼音文字，属汉藏语系藏缅语族的藏语支。藏族地

① 《蒙古族》，百度百科，http：//baike. baidu. com/view/2675. htm。

区解放后实行双语教育，藏族作家和藏区人之间口头交际主要使用藏语，但离开藏区后大都使用汉语，有部分作家用母语写作，但大多数采用汉语写作。藏族的小说创作从20世纪80年代才开始出现，降边嘉措的《格桑梅朵》、益西单增的《幸运的人》、多杰才旦的《又一个早晨》、丹珠昂奔的《吐蕃史演义》、扎西达娃的《西藏，隐秘的岁月》、阿来的《尘埃落定》等小说都是用汉语写作的。尤其是阿来的《尘埃落定》2000年获得了茅盾文学奖，其汉语写作水平达到了前所未有的高度，给少数民族小说的汉语写作树立了典范。维吾尔族有自己的民族语言，其语言属阿尔泰语系突厥语族。在新疆，从西汉开始，汉语就作为官方语言在维吾尔地区使用，维吾尔族也从这个时候开始了学习汉语的历史。新中国成立后，国家通用的汉语普通话及规范汉字和新疆维吾尔自治区通用的维吾尔语和维吾尔文字并行使用。维吾尔作家大多是双语作家，但使用汉语写作的维吾尔小说也占一定的比例，比如穆罕默德伊敏·托和塔耶夫的《血地》、阿扎提·苏里坦的《死鹿》、麦买提明·吾拉尔的《胡子的风波》、阿拉提·阿斯木的《蝴蝶时代》等作品都是用汉语写作的。阿拉提·阿斯木是用维汉双语写作的作家。他的小说集《阳光如诉》《蝴蝶时代》《时间悄悄的嘴脸》等则是运用汉语写作的，他用一种浸透着维吾尔文化和情韵的汉语描写维吾尔族人的生活，在汉语和维吾尔语之间找到一条通道，让读者从他的汉语写作中读出新鲜感和惊喜。他的小说在跨文化写作即运用汉语表达维吾尔族的民族意识和民族风格方面做了切实的贡献。帕蒂古丽也是用汉语写作的维吾尔族作家，其实她是维吾尔和回族的混血，会说维吾尔语、哈萨克语，也会说汉语，但她用汉语写作。她的作品《百年血脉》用汉语写作，获得了“北京市优秀长篇小说”“第三届向全国推荐百种优秀民族图书”“北京市优秀图书奖”。她的作品鲜明地表达了民族融合中各民族个体的生命力度。哈萨克族有自己的语言和文字。哈萨克语是阿尔泰语系突厥语族的克普恰克语支。“哈萨克族从汉朝起就开始与汉语的接触。目前，新疆境内的哈萨克族主要使用哈萨克语，但兼通汉语、维吾尔语及其他少数民族语言。作为新疆的世居民族，哈萨克族接触汉语的历史久远，使用汉语的范围广泛”。[①] 艾克拜尔·米吉提是一位用汉语写作的哈萨克族著名作家，他的小说《努尔曼老汉和他的猎狗巴利斯》《哦！十五岁的哈丽黛哟……》、短篇小说集《存留在夫人箱底的名单》分别获得全国第二届优秀短篇小说奖、全国第二届少数民族文学创作一等奖和全国第三届少数民族文学奖。其他运用汉语写作的哈萨克族作家还有哈伊霞·塔巴热克、叶尔克西·库尔班别科娃等。锡伯族最早生活在东北大兴安岭一带，18 世纪中叶，清廷将锡伯族西迁至新疆伊犁河谷地区以及新疆察布察尔地区。锡伯族现在还保留着自己的语言文字、风俗习惯和宗教信仰，锡伯语属阿尔泰语系满语支，跟满语很接近。锡伯族兼用汉语。锡伯文是民国三十六年（1947）在满文基础上改变而成的，一直沿用至今。解放后，锡伯族一直实行双语教育，除了锡伯语课本外，其他课本都是汉语教材，教师采用汉语、锡伯语双语授课。因此，锡伯族的汉语水平较高。锡伯族作家傅查新昌一直运用汉语写作，他的作品《父亲之死》《大迁徙》等小说都是运用汉语写作。锡伯族作家郭基南也用汉语创作出了长篇小说《流芳》，其他的锡伯族作家佘吐肯、关荣、

① 杜秀丽：《新疆哈萨克族使用汉语现状调查研究》，《伊犁师范学院学报》（社会科学版）2012 年第 3 期。

阿苏、阿吉等也都是采用汉语写作。彝族有自己的语言和文字，但是在解放前，彝文只有奴隶主能使用，使用范围很小。解放后，彝族使用汉语的人越来越多。由于彝族地区采用彝汉双语教育，受过教育的人基本上都会使用汉语。20世纪50年代著名的彝族作家李乔创作的《欢笑的金沙江》是用汉语创作的描写彝族人民从奴隶到主人巨大变化的长篇小说。其他用汉语写作的彝族小说还有苏晓星的《末代土司》、张坤华的《不愿纹面的女人》、杨苏的《没织完的筒裙》、普飞的《门》等作品。新时期出现一批年轻的彝族作家，这些彝族作家一般是双语写作，既用彝语写作，也有汉语写作。新时期彝族小说汉语写作的主要有巴久乌噶的《阳坡花》《梦幻的星辰》、阿蕾的《嫂子》、马德清的《厚墙裂痕》等。阿蕾是彝语汉语双语作家，既用彝族语言写作，又用汉语写作。朝鲜族小说主要是母语写作，比如金学铁、李根全、林元春、李元吉、崔红一、金勋、禹光勋等都是使用朝鲜语写作，但是朴康平、白德成、金仁顺等作家则使用汉语写作。尤其是金仁顺运用汉语写作的小说影响较大，比如她获得第十届少数民族"骏马奖"的小说《春香》就是汉语写作的朝鲜族小说。金仁顺说："我写的《春香》是一部属于我自己的民间传奇，是生活在汉语中的我选择的特殊的回乡之路。"①金仁顺用汉语做桥梁，找到回归母族朝鲜族的回乡之路，可见这是一部用汉语表达朝鲜族意识、用汉语描写朝鲜族生活的朝鲜族小说。

① 蒋淑媛：《金仁顺凭借小说〈春香〉荣获长篇小说"骏马奖"》，《长春晚报》2012年12月13日。

三　有语言但文字为新创文字的少数民族小说的汉语写作状况

土家族、苗族、瑶族、纳西族、羌族，壮族、白族、哈尼族、黎族、傈僳族、佤族、布依族、基诺族、水族、侗族、土族、独龙族等17个少数民族，在解放前只有语言没有文字。解放后，伴随着民族识别工作，国家为这些少数民族新创了文字。但解放后这些新创的文字在各民族中使用情况有所不同。新创文字有的普及较好，有的普及较差。总的来说，新创文字使用效果都不尽如人意。由于这些少数民族地区多采用双语教育或者汉语教育，受过教育的少数民族大都会使用汉语和汉字，因此这些少数民族的作家大都使用汉语写作。壮族是我国人口较多的少数民族，壮族历史上使用过古壮字，但是古壮字只是在很小的范围内使用，在一些地名、谚语和宗教经典中还存在少部分，壮族老百姓已普遍不使用古壮字。壮族除了很少部分人使用新创壮文外，绝大多数使用汉字。新中国成立后，国家推行民族团结、民族平等的政策，为壮族新创了文字：壮文。壮族实行双语教育，既大力推广普通话，又在以壮族学生为主的学校实行汉语教学或者壮汉双语教学。壮族学生的汉语水平普遍很高。和其他民族相比，壮族是使用新创文字最好和最普遍的民族，建立有壮文学校，有壮文语言委员会，规定公共场所的文字，比如门牌、路标、招牌都使用壮汉双语标示，同时壮汉双语教学也推行得比其他民族要好。但是，随着现代化进程以及经济的发展，汉语占有绝对的地位。在现代经济发展的状态下，普通话得到大力普及，甚至壮族人学习汉语的人数大大多于学习状语的人数："壮族人为了更好地与壮族以外的世界交流，谋求更好的发展，主动地学习汉语和汉字，甚至某些家长对孩子学好汉语文的愿望强于学好本族语文。"① 在这样的情况下，壮族小说99%是汉语写作，但也有一部分作家坚持用壮语写作。2007年壮族作家蒙飞和黄新荣共同创作了第一部壮文长篇小说《节日》，这在壮族小说创作中属少数，主要的壮族小说都是采用汉语写作的。壮族作家陆地的《美丽的南方》《瀑布》，韦一凡的《姆姥韦黄氏》《劫波》等作品都是用汉语写作的。苗族有自己的语言，原有自己的民族文字，但后来丢失了。新中国成立后国家为之新创了拉丁形式的文字，但新创文字推广不普遍，现在主要通用汉字。苗族作家伍略的小说《蔓多朵蔓萝花》《麻栗沟》《泉水之歌》，李必雨的《野玫瑰与黑郡主》《苗寨新婚夜》《乡情》，吴雪恼的《怒怒·阿姐和那个人》等都是用汉语创作的。土家族所有作家都采用汉语写作，因为历史上土家族只有语言没有文字，解放后新创的土家文普及性很差，土家族教育普遍采用汉语教育。实际上，土家语只在很少部分土家人中使用，90%的土家人都不会使用土家语了，他们在平时生活中、在学校里都是使用汉语汉字。因此，土家族作家全部采用汉语写作。他们虽然大都采用汉语写作，但是土家族小说的汉语写作具有浓郁的土家意识、土家特色。土家族著名作家孙建忠的作品《舍巴日》《醉乡》，蔡测海的《母船》《远处的伐木声》，李传锋的《白虎寨》《最后一只白虎》《武陵王》，叶梅的《最后的土司》《撒忧的龙船河》《歌棒》《玫瑰庄园的七个夜晚》等作品都是用汉语写作的。布依族解放前只有语言，布衣文是解放后新创的文字。布依族小说到80年代才开始出现，全都是用汉语写作。布依族汉语小说有王廷珍的《大古山的黎明》，罗国凡的《"节日"回到布依

---

① 黄南津、唐未平：《当代壮族群体使用汉字、古壮字情况调查与分析》，《广西大学学报》（哲学社会科学版）2007年第8期。

寨》，罗吉万的《茅盖王》《蛇·龙·人》等。瑶族有民族语言瑶语，但是瑶族支系很多，有平地瑶、布努瑶、茶山瑶、盘瑶四大支系，因此各地的瑶族差别很大，彼此不能通话。瑶族没有与瑶语一致的文字，通用汉文。1957 年，国家为瑶族设计了瑶族文字，部分地区的瑶族和美国的瑶族人使用瑶文，但大部分瑶族人还是使用汉文。瑶族作家主要是用汉语写作。瑶族汉语小说有蓝怀昌的《波努河》《布鲁伯牛掉下了眼泪》，莫义明的《溪边》《寨规》等作品。黎族有自己的语言黎语，但没有与之相应的文字。解放后新创了黎文，但没有得到推广就停止了，黎族主要通用汉字。因此，黎族小说都采用汉语写作。主要的黎族汉语小说有龙敏的《黎乡月》《黎山魂》，亚根的长篇《婀娜多姿》《老铳狗女人》，王海的《吞桃烔首》《帕格和那鲁》等。侗族有自己的语言侗语，属于壮侗语系。侗族没有与侗语相一致的文字，一直使用汉字。1958 年新创了拉丁字母形式的侗文，但没有得到全面的推广。现在主要使用汉字，侗族作家都使用汉语写作。20 世纪 50 年代就有著名侗族作家滕树嵩用汉语创作的小说《侗家人》，具有浓郁的侗族意识和侗族特色。新时期又出现了滕树嵩的《风满木楼》，张作为的《原林深处》，谭良州的《豪杰风云》等汉语小说。白族有自己的语言，属于汉藏语系藏缅语族白语支。白族历史上有自己的文字方块白文，但方块白文在元末明初被当时的汉族统治者采用灭绝性的手法消灭了。1958 年，国家为白族新创了拉丁字母的新白文，在白族地区发挥了一定的作用，但最主要使用的还是汉字。白族作家都采用汉语写作。主要的白族汉语小说有张长的《空谷兰》《皈依者的儿子》《太阳树》，景宜的《谁有美丽的红指甲》，杨亮才的《血盟》等。哈尼族有自己的母语哈尼语，属于汉藏语系的藏缅甸语族的彝语支，但没有与自己语言相一致的文字。

1957 年，国家为哈尼族新创了拉丁字母形式的哈尼文字，但是推行不是很普遍。哈尼族主要使用汉字，哈尼族小说都采用汉语写作。哈尼族小说在 80 年代才开始出现，汉语小说主要有艾扎的《爱，溢满红河谷》《阉谷》，存文学的《兽灵》，诺含的《白鹇梦》，朗确的《最后的鹿园》，冯德胜的《远方有个世界》等作品。拉祜族自己的民族语言拉祜语是汉藏语系藏缅语族的彝语支，历史上拉祜族没有与自己语言相一致的拉祜族文字。西方传教士曾在 20 世纪初为拉祜族创制了拉丁字母文字，但只在小范围内使用，没有得到大面积推广。新中国成立以后，国家为拉祜族新创了文字。拉祜族地区实行双语教育，拉祜族受过教育的人都使用汉文。拉祜族第一部长篇小说《母枪》是拉祜族女作家娜朵用汉语写作的。佤族有自己民族的语言佤语，属于南亚语系孟高棉语族。解放前的佤文是英国传教士创制的，粗糙而不实用。新中国成立以后，国家为佤族新创了文字。但是在“文化大革命”时期，新创的文字基本上没有被推广。到 1982 年，佤族地区开始进行佤汉双语教学。到 2000 年，佤文基本上不再用于扫盲。由于汉语的强大，报纸、电视、网络都用汉语，各种国家考试都使用汉语，群众更喜欢使用汉语，因此佤族的汉语水平较高。董秀英是著名的佤族女作家，她的小说《摄魂之地》《马桑部落的三代女人》等作品都是采用汉语写作。她采用独特的佤式汉语，用汉语直接描写具有佤族意识的生活，用佤族的思维连接汉语，形成独特的佤族式汉语，为少数民族作家运用汉语描写少数民族文化开辟了一条新路。其他的佤族汉语小说还有李明富的《鸡头恨》《落地的谷种开花的荞》《最后一封情书》《最后的魔巴》等作品。土族有自己的语言土族语，属于阿尔泰语系蒙古语族，但没有与土族语言相一致的文字，而通用汉字。80 年代，国家为土族新创了土族文字。现在的使用情况是，土族小学实行双语教学，高中后实行汉语教学，汉语普及率很高。基本上，土族人在学校、在单位和离开家乡的任何地方，都使用汉语。土族小说都是采用汉语写作，主要的土族汉语小说有鲍义志的《水磨沟里的最后一盘水磨》，刁桑吉的《斯让端主》，张英俊的《山里人》《孕院风波》等作品。

四　有语言但使用汉语和其他民族语言的少数民族小说的汉语写作状况

鄂温克族、达斡尔族、畲族、高山族、东乡族、珞巴族、塔塔尔族、鄂伦春族、京族、门巴族、阿昌族、怒族、仫佬族、赫哲族、布朗族、撒拉族、塔吉克族、仡佬族、普米族、德昂族、保安族、乌孜别克族、毛南族、裕固族等24个少数民族有语言但没有文字，他们主要通用汉字或其他民族的文字。这些少数民族和前面那些少数民族不同的是，他们没有自己民族的文字，除了使用汉字外，还使用临近民族的文字。比如，鄂温克族除了使用汉文外，还使用蒙文；仫佬族除了使用汉文外，还使用壮文；达斡尔族除了使用汉文外还使用蒙文和哈萨克文等。这些少数民族的小说多采用双语创作，而他们的双语写作情况比较特殊。他们的双语写作不是本民族语言和汉语双语写作，因为他们只有本民族语言没有本民族文字。而且由于这些少数民族和其他少数民族或者汉族比邻而居或者杂居，因此他们往往使用邻近民族的文字。所以，他们采用其他少数民族语言和汉语写作，比如，鄂温克族作家写作有用蒙文写作的，有用汉语写作的，但因为没有鄂温克文字，所以没有鄂温克语写作的。这些少数民族的小说创作呈现出不同的发展状态。有的少数民族小说成就比较突出，有的不甚突出。鄂温克族有语言无文字，鄂温克语属于阿尔泰语系满—通古斯语族通古斯语支。鄂温克族既使用蒙古文也使用汉文，著名的鄂温克族作家乌热尔图用汉语创作了很多优秀的鄂温克族小说。他创作的《一个猎人的恳求》《琥珀色的篝火》《七叉犄角的公鹿》《丛林幽幽》《你让我顺水漂流》等汉语小说在表现少数民族意识、表达少数民族思维等方面尤为突出，成为80年代至90年代少数民族小说汉语写作的优秀作品，体现出少数民族作家对自己民族和国家认同的双重特性，这是少数民族小说汉语写作最突出的特点。其他的鄂温克族汉语小说还有杜梅（杜拉尔·梅）的《风》《那尼汗的后裔》《我的先人是萨满》，安娜的《金霞和银霞》《牧野上，她发现一颗心》，涂克东·庆胜的《第五类人》《跨越世界的末日》《萨满的太阳》等。仡佬族有自己的民族语言但没有文字，仡佬族使用汉字，因此仡佬族作家都采用汉语写作。主要的仡佬族汉语小说有赵剑平的《困豹》，戴绍康的《在故乡的密林中》，王华的《桥溪庄》等作品。仫佬族有自己的民族语言仫佬语，大多数人会使用汉语，还有部分人使用壮语。仫佬族没有与仫佬语相一致的文字，普遍使用汉字。因此仫佬族作家都采用汉语写作，仫佬族小说都是汉语小说。主要的仫佬族汉语小说有包玉堂的《别脚马》，潘琦的《不凋谢的一品红》，刘冠蓝的《格佬洗泽》等。撒拉族有自己的民族语言撒拉语，没有与自己语言相一致的文字，撒拉族通用汉字。撒拉族小说都采用汉语写作。主要的撒拉族汉语小说有马学义的《鲁格娅》《撒拉爸》，闻采的《独眼猎人和独眼雪豹》《下玄月》等。毛南族有自己民族的语言毛南语，毛南族人大部分使用毛南语，少部分使用壮语，还有部分毛南族使用西南官话。毛南族没有与毛南语相一致的文字，通用汉字。毛南族小说都采用汉语写作，主要的毛南族汉语小说有谭亚洲的《狩猎毛南山》《血染的侬索花》等。达斡尔族没有与自己语言一致的文字，达斡尔语属于阿尔泰语系蒙古语族的一个独立语支，达斡尔人主要使用汉文、蒙古文和哈萨克文，使用汉文比例最大。达斡尔族作家使用汉文和蒙古文进行创作。比如达斡尔作家索依尔的《曾都老妈妈的家庭会议》《牧马人道尔吉》等小说就是用蒙语创作的。而被称为达斡尔当代文学创始者孟和博彦的《喀尔沁老人》《奔腾的激流》等小说则是用汉语写作的，其他用汉语写作的达斡尔族小说还有巴图宝音的《猎人的布票》《猎村歌声》，乌云巴图的《莫合尔吐河》《额吉的心愿》《红色江岸》，哈斯巴图尔的《君山雄鹰》《谢伦山上》，吉雅的《小猎人》《诺敏河畔扎莫花》，祁克尔林秀的短篇《达斡尔青年》《我们的时代》等作品。乌云巴图是蒙汉双语作家，著有长篇小说《草原人的爱》，中篇小说集《红色江岸》，中短篇小说集《乌云巴图作品集》等作品。裕固族有自己的民族语言裕固语，裕固语分为东部裕固语和西部裕固语，没有与裕固语相一致的文字。裕固族通用汉文，因此裕固族作家都采用汉语写作。裕固族汉语小说有杜曼的《相见在山中》《牧人》《山地民谣》，铁穆尔的《魔笛》《牧人捷尔达拉》，达隆东智的《猎豹》《古老的冬营地》，杜曼的《牧人》《山地民谣》，苏柯静想的《白房子黑帐篷》《白骆驼》等作品。京族有自己的民族语言京语，京语与越南语有很多相似性。京族没有与京语相一致的文字，京族通用汉字，京族作家都用汉语写作。李英敏是京族作家，他的小说集《椰林蕉雨》用汉语写作。鄂伦春族有自己的民族语言鄂伦春语，但没有与语言相一致的文字，鄂伦春族通用汉文，鄂伦春作家都用汉语写作。主要的鄂伦春族小说的汉语写作有敖长福的《遥远的白桦林》《孤独的“仙人柱”》《猎人之路》等作品。敖长福的小说运用汉语写作。但作品描写的是鄂伦春社会形态，是鄂伦春民族由狩猎时代向现代社会文化转型的真实记录。他用浓郁的鄂伦春民族意识塑造鄂伦春人的艺术形象，表达鄂伦春人的思想情怀，描写鄂伦春这个狩猎民族的历史命运，是典型的鄂伦春汉语小说。

第二章　当代少数民族小说汉语写作的文化语境

第一节　中华民族多元一体的文化语境

一　中华民族多元一体的文化语境

中华民族是一个由56个民族组成的大家庭，汉族和55个少数民族在中国的土地上平等和睦地生活，形成了多元一体、和而不同的中华文化。1988年，费孝通在香港大学参加学术会议，在大会上宣读了《中华民族的多元一体格局》（此文后来发表于《北京大学学报》1989年第4期）一文。在这篇文章中，费孝通提出了著名的“中华民族多元一体”的观点。中华民族整体是“一体”，56个民族即为多元，“多元”是指中华民族这个整体是由56个民族即56个元组成的。中华民族既是

56 个民族的总称，又是一个整体。其核心是祖国的统一。1990 年，国家民族事务委员民族问题研究中心举办了“中华民族多元一体专题研讨会”，会上就这个话题展开广泛探讨和研究，会后参会人员达成共识。这以后，“中华民族多元一体格局”的观念得到广泛认同，同时其内涵又得到进一步充实：“多元是指各兄弟民族各有其起源、形成、发展的历史，文化、社会也各具特点，区别于其他民族；一体是指各民族的发展相互关联，相互补充，相互依存，与整体有不可分割的内在联系和共同的民族利益。这种一体性，集中表现为祖国的统一和整个中华民族的大团结，表现为共同争取与关心祖国的完整统一与繁荣富强，大陆上各民族坚持党的领导和社会主义道路。所以，中华民族的一体，是指各兄弟民族的多元中包含着不可分割的整体性，而不是其中某个民族同化其他民族，更不是汉化，或者马上实行民族融合……各民族的差异和中华民族的共同发展是辩证的统一关系”。[①] 费孝通在这次会议上对中华民族多元一体格局的观点做了更加深入的阐述，他强调汉族是中华民族多元一体格局的核心，因为汉族人口占全国人口的绝大部分，但是少数民族聚居区面积却占全国面积的一半，汉族和少数民族杂居在一起。少数民族大都有自己的母语，但在历史发展过程中，在语言使用过程中，随着中华民族大家庭的形成，汉语已成为中华民族的族际共同语。汉族和少数民族当今已经形成了民族融合的趋势，其主要原因是社会原因和经济原因。中华民族多元一体格局不是古来就已有之的，是在历史进程中逐步形成的。新中国的民族团结、民族平等政策，是中华民族的多元一体格局形成至关重要的因素。在以后的时间里，费孝通对中华民族多元

① 费孝通主编：《中华民族研究新探索》，中国社会科学出版社 1991 年版，第 422—424 页。

一体理论继续做更深入研究。1997年，费孝通对此理论做了进一步阐述：“第一是中华民族是包括中国境内56个民族的民族实体，并不是把56个民族加在一起的总称，因为这些加在一起的56个民族已结合成相互依存的、统一而不能分割的整体……第二是形成多元一体格局有个从分散的多元结合成一体的过程，在这过程中必须有一个起凝聚作用的核心。汉族就是多元基层中的一元，由于它发挥凝聚作用把多元结合成一体，这一体不再是汉族而成了中华民族，一个高层次认同的民族。第三是高层次的认同并不一定取代或排斥低层次的认同，不同层次可以并存不悖，甚至在不同层次的认同基础上可以各自发展原有的特点，形成多语言、多文化的整体。”① 费孝通的这种概括是对中华民族多元一体的现实状态的总结。其主要观点是，中华民族多元一体格局由原来的汉族为中心逐渐上升为中华民族为中心，中华民族多元一体中的一体不是汉族，而是中华民族，汉族也是中华民族中的一元，56个民族分别是中华民族的一元，56个民族的整体是中华民族，不管你是汉族、藏族、蒙古族还是回族，还是56个民族中的任何一个民族，都是中华民族。这种认识将更加符合各民族的根本利益，也更加鲜明地体现了中华民族的整体性特色。既强调了祖国统一，又体现了各个民族多元化特色，真正具有和而不同、美美与共的中华民族多元一体的特色。中国共产党坚持民族平等、民族团结的政策，经过民族识别等工作，形成56个民族的多元一体的中华民族的格局。当代少数民族作家在这样的多元一体的文化语境中，既在中华民族这个大家庭中和平共处，又在多元文化的氛围中发扬光大各个少数民族的文化传统。

当代少数民族小说的汉语写作现象就是中华民族多元一体格局的

① 费孝通：《简述我的民族研究经历和思考》，《北京大学学报》1997年第2期。

一个好例证。首先，少数民族汉语作家创作具有民族特色的小说，这是多元的表现。55 个少数民族的小说的汉语写作具有 55 种民族特色，从而使得少数民族小说的汉语写作丰富多彩，为当代文学史提供了超越汉语单一状态的文学的多元的文学景观。其次，少数民族汉语作家都认同中华民族，在他们作品中表达热爱社会主义中国，加强民族团结、民族进步的愿望，以作为中华民族的一元而自豪。少数民族小说的汉语写作都表现出既认同中华民族又凸显少数民族特色的双重特性。尤其是随着社会经济、文化的发展，少数民族为了融入现代化进程，主动学习汉族文化、汉族技术，而学习汉族文化和汉族技术首先必须掌握汉语。因此在现代化的进程中，汉语的地位愈加强大，作为少数民族作家，在进行小说创作时，想要在更大范围内传播，想要得到更大的关注，用汉语写作比用母语写作将具有更大的优越性。随着时代的发展，汉语被 56 个民族作为族际交际语广泛使用，现在有学者提出汉语已不仅仅是汉族的语言，而是中华民族的共同语言，以后可以用“华语”代替“汉语”的称谓，这种提法有一定的合理性。

因此，在这样的文化语境下，当代少数民族作家在进行小说创作时，必须遵循两个创作原则。第一，少数民族文学创作的基本原则是爱国主义，少数民族文学的最基本主题应该是祖国统一、民族团结。我们是一个统一的多民族国家，不管是土家族、苗族还是藏族、回族，不管是什么民族，都是中华民族。不管什么民族文化，都属于中华民族文化。这就是中华民族多元一体文化语境中少数民族作家创作的基本原则。第二，文学的最高标准是审美性，少数民族文学首先是文学，然后才是少数民族文学。是文学就必须追求文学性、艺术性和审美性，不能因为文化性遮蔽文学性。我们是搞文学创作，必须具有杰出的文学价值，而不仅仅是杰出的文化价值。文学必须具有诗意，具有审美性，具有震撼人心或者温暖人心的人物形象或者情感力量。当代少数民族小说的汉语写作都是在两个原则的指导下进行的，这是当代少数民族文学发展的基本状况。

二　中国共产党平等、团结的民族政策

新中国成立以后，中国共产党的民族政策是：民族平等、民族团结、各个民族共同繁荣、民族区域自治。所谓民族平等，是指“不同民族在社会生活和交往联系的相互关系中，处于平等的地位，具有同样的权利，是指各民族在社会生活的各方面的地位、待遇、利益的平等”。[①]新时期，中国共产党更加重视民族工作，在《中共中央国务院关于进一步加强民族工作，加快少数民族和民族地区经济社会发展的决定》[②] 的文件中，对“民族平等、民族团结”做了如下详尽的界定：“各民族不分人口多少、历史长短、发展程度高低，一律平等。国家为少数民族创造更多更好的发展机会和条件，保障各民族的合法权利和权益，各民族人民都有义务维护宪法和法律的尊严。”[③] 民族平等是民族团结、民族发展进步的基础，只有民族平等，才能带来民族团结、民族发展进步和共同繁荣。为了实现民族平等和民族团结，新中国成立以来，中国共产党采取了一系列保障民族平等、民族团结、民族共同繁荣进步的措施。

首先，在制度和法律上保障民族平等。在 1949 年颁布的《中华人

---

① 金炳镐：《民族理论通论》（修订本），中央民族大学出版社 2007 年版，第 480 页。

② 《中共中央国务院关于进一步加强民族工作，加快少数民族和民族地区经济社会发展的决定》，《光明日报》2005 年 6 月 1 日。

③ 同上。

民共和国政治协商会议共同纲领》中有如下关于民族平等、民族团结的规定："中华人民共和国境内各民族一律平等，实行团结互助，反对帝国主义和各民族内部的人民公敌，使中华人民共和国成为各民族友爱合作的大家庭。反对大民族主义和狭隘民族主义，禁止民族间的歧视、压迫和分裂民族团结的行为。"① 这里就明确表示各民族一律平等，既反对大民族主义，也反对狭隘的民族主义，奠定了中国民族平等政策的基础。解放初期，少数民族地区首先进行民主改革和社会主义改造，推翻剥削人、压迫人的社会制度，为少数民族的民族平等奠定基础。同时实行少数民族区域自治的制度，从 1952 年中央人民政府批准《中华人民共和国区域自治实施纲要》以来，截至 2008 年底，我国成立了 5 个少数民族自治区、30 个自治州、120 个自治县（旗）。"在民族自治区域内，各民族都有使用和发展自己的语言文字的自由，都有保持或改革自己的风俗习惯的自由。民族自治地方的自治机关不仅行使宪法赋予的一般地方国家机关的职权，同时还依法行使自治权，即可根据本地的实际情况，自主地管理本地方、本民族内部事务。"② 可见民族区域自治制度充分保障少数民族的平等地位和平等权利，保障国家的集中统一，这样能很好地将少数民族人民热爱本民族的感情和热爱中华民族的感情融合在一起，为民族平等和民族团结提供了制度保障。

其次，在政策措施上具体实施民族平等。为了保障民族平等，必须将少数民族从混沌无序的状态中识别出来，因此最先采取的保障民族平等的措施是进行民族识别工作。民族识别工作经过了四个阶段：第一阶段是 1949 年至 1954 年，这个阶段是少数民族识别工作的起步阶段，也

---

① 中共中央统战部编：《民族问题文献汇编》，中共中央党校出版社 1991 年版，第 1290 页。

② 《民族区域政策》，百度百科，http：//baike. baidu. com/view/636439. htm。

是成就突出的阶段。第一阶段识别了38个少数民族，这38个少数民族中，有8个民族是历史上已经公认的民族，他们是蒙古族、朝鲜族、藏族、维吾尔族、彝族、苗族、回族、满族，而哈萨克族、乌孜别克族、锡伯族、俄罗斯族、塔塔尔族、柯尔克孜族、景颇族、鄂温克族、佤族、黎族、布依族、拉祜族、侗族、保安族、白族、土族、哈尼族、撒拉族、羌族、傣族、傈僳族、塔吉克族、高山族、鄂伦春族、壮族、东乡族、纳西族、水族、裕固族等民族是这个阶段新确认的民族。第二阶段是1954年至1964年，这个阶段是民族识别最主要的阶段。这个阶段新确定了土家族、畲族、达斡尔族、仫佬族、布朗族、仡佬族、阿昌族、普米族、怒族、崩龙族（现改为德昂族）、京族、独龙族、赫哲族、门巴族、毛难族（现改为毛南族）、珞巴族等16个少数民族。第三个阶段是1965年至1978年，是少数民族识别工作受干扰和停滞的时期，这个阶段没有进行少数民族的识别工作。第四阶段是1978年到1990年，这个阶段是民族识别工作完成阶段，确定了基诺族为单一的少数民族。这个阶段，民族识别工作最突出的工作，是在1982年人口普查工作中，对四川、湖南、贵州、湖北等边界地区如湘西土家族苗族自治州、恩施土家族苗族自治州的土家族、苗族，对湖南、贵州两省的一些自治县和自治州的苗族和侗族以及贵州、云南两省的白族、彝族等少数民族进行了恢复和更改民族成分的工作。1990年全国第四次人口普查时，正式确认了55个少数民族，和汉族一起构成中华民族的56个民族。从此，我们开始唱的“56个民族56朵花”就基于1990年对56个民族的确认。民族识别工作为少数民族的平等和团结打下坚实的基础。在确立55个少数民族的基础上，清除历史上对少数民族的歧视性称呼，保障聚居区的少数民族平等进步、共同繁荣。同时颁布相关决定，保障散杂居的少数民族享有民族平等权利，并赋予少数民族参政议政的权利。针对少数民族地区的经济、教育的不发达，新时期的民族政策主要是大力发展少数民族地区的经济，逐渐去除少数民族事实上的不平等，因此新时期我国的民族政策是“坚定不移的关心、帮助各少数民族政治、经济和文化的全面发展，沿着社会主义道路不断前进，逐步实现各民族事实上的平等”①。1999 年，中央召开经济会议，针对中国经济发展东部发达、西部不发达的现状，提出了著名的“西部大开发战略”。少数民族主要居住在西部地区，可以说，西部大开发就是少数民族地区的大开放。如今著名的“一带一路”发展战略，为少数民族地区实现经济跨越式发展，减少少数民族地区与发达地区的差距提供了大好的机会。少数民族地区经济的大发展，必然带动少数民族地区的文化、教育的发展，也就必然会有更多的少数民族作家创作更多优秀的文学作品。新中国成立六十多年来，在中国共产党的民族平等、民族团结政策的指引下，我国的民族平等、民族团结工作取得了很大的成就，少数民族地区实行民族区域自治，少数民族能够参加党和国家的各项政治活动，国家给予少数民族地区很大的经济支援，大力发展少数民族地区经济，大力发展少数民族的文化事业。汉族和其他少数民族平等团结，共同进步。在这样良好的政治氛围中，少数民族作家深深为中华民族的团结和谐而欢欣鼓舞，为新中国各族人民的翻身得解放而放声欢歌。在每个阶段，都有少数民族作家基于内心的热望，创作出一批反映少数民族人民在新中国发展过程中的心路历程的优秀作品。

在中国共产党一系列民族平等、民族团结政策的指导下，各少数

---

① 国家民族事务委员会、中共中央文献研究室编：《新时期民族工作文献选编》，中央文献出版社 1990 年版，第 85 页。

民族在政治上翻身做主人，在经济上走上社会主义康庄大道，在文化上大力弘扬中华民族文化和少数民族文化，少数民族的生活发生了翻天覆地的变化。在民族平等、民族团结的氛围中，少数民族作家为自己的民族而自豪，为自己成为中华民族大家庭中平等的一元而欢欣鼓舞。他们拿起笔来，开始用文学作品尤其是小说表达自己民族的心声，描写自己民族的新生活。早年的少数民族作家大都是在革命历程中学习的汉语，因此20世纪50年代少数民族作家大都是用汉语写作，出现一批少数民族的汉语小说，比如蒙古族玛拉沁夫的《茫茫的草原》，彝族作家李乔的《欢笑的金沙江》等。进入新时期，少数民族地区的人们大都因为双语教育以及汉族文化的大面积普及而拥有很高的汉语写作水平。新时期开始写作的少数民族汉语作家大都是经过高等院校教育的熟练掌握汉语的少数民族人才，他们的汉语水平很高，可以用汉语娴熟地进行文学创作。张承志、霍达、阿来、乌热尔图、扎西达娃等著名少数民族作家都受过良好的汉语教育。他们拿起笔来，都选择用汉语描写少数民族生活，表达少数民族意志。他们是少数民族汉语写作的带头人，是少数民族文化的传承人和传播人，是民族团结、民族融合、民族共同进步的践行者，也是中华民族多元一体文化大力发展的推动者。

三　少数民族“大杂居、小聚居”的居住状态

中华民族是由56个民族组成的整体，汉族是中华民族的主体民族，汉语是中国最重要的族际共同语。中国各民族区域分布特点是“大杂居、小聚居”，少数民族主要生活在以五个少数民族自治区和云南、贵州、甘肃、青海少数民族人数众多的少数民族聚居区。维吾尔族主要聚

居在新疆维吾尔自治区，藏族主要聚居在西藏自治区，蒙古族主要聚居在内蒙古自治区，回族主要聚居在宁夏回族自治区，壮族主要聚居在广西壮族自治区。云南是一个多民族省份，有26个民族，分别是汉、彝、白、哈尼、壮、傣、苗、傈僳、回、拉祜、佤、纳西、瑶、藏、景颇、布依、普米、怒、阿昌、德昂、基诺、水、蒙古、布朗、独龙、满。全省少数民族人口占总人口的近1/3。贵州也是一个多民族的省份，除汉族外，少数民族有苗、布依、侗、彝、水、回、仡佬、壮、瑶、满、白、蒙古、羌、土家等17个。根据1990年的统计，全省总人口3239.1万人中，少数民族人口有1123.6万人，占全省总人口的34.7%。甘肃是一个多民族的省份，全省少数民族总人口219.9万，占全省总人口的8.7%。世居甘肃的少数民族有回、藏、东乡、土、裕固、保安、蒙古、萨拉、哈萨克、满等16个少数民族。其中，东乡族、裕固族、保安族为甘肃的独有民族。省内现有甘南、临夏两个民族自治州，有天祝、肃南、肃北、阿克塞、东乡、麦积山、张家川7个民族自治县，有39个民族乡，民族自治地方面积17.9万平方公里，占全省面积的39.8%。青海省是个多民族聚居的省份，总人口为528.6万人，其中少数民族人口占42.8%。少数民族聚居区占全省总面积的98%，有藏、回、土、撒拉、蒙古5个世居少数民族。除汉族外，藏、回、土、撒拉、蒙古族均超过万人。即使在少数民族聚居区，也有很多汉族居住，甚至占50%—60%，从而形成“大杂居、小聚居”的居住特色。在这种状态下，为了交往方便，汉语成为使用人数最多的语言。即使在少数民族聚居区，也有很多少数民族为了交往和交流方便，在保持母语的前提下，学习和使用汉语以及其他相近民族的语言。如此一来，中国各个民族使用语言的情况就很复杂。但有一点，所有的少数民族都学习和使用汉语。除了回族、满族全部使用汉语以外，其他的53个少数民族有很多会两种或多种语言的人，而最多的是会使用“民汉”双语的双语人。另外，少数民族还有一种状态称为“散杂居”的状态。散杂居有两种状况：一种是某些少数民族有一定程度的聚居区，但还构不成一级自治地方，在以汉族为主的地区有一部分少数民族聚居，人数不是很多，有的是一个乡，有的是一个镇，比如湖北省仙桃市的沔城回族镇、江苏高邮市菱塘回族乡、湖南常德市北连青林回族维吾尔族乡等；另一种是还有一些散居在汉族地区或其他民族自治地方的少数民族，随着时代的发展，很多少数民族聚居区的少数民族随着升学、就业、工作调动等原因，最后在都市定居，散居在汉族地区或者其他少数民族地区，这些人被称为散居的少数民族。这两者统称为散杂居少数民族。散杂居的少数民族基本上全部会使用汉语，他们只会在家里使用母语，或者遇到其他会讲母语的少数民族时使用母语，其他情况下完全使用汉语。

根据少数民族使用语言和聚居的具体情况，除了回族、藏族以外，其他的53个少数民族中有很多少数民族使用双语。因为“大杂居、小聚居”的地域便利，他们在两个甚至多个民族之间杂居。为了交流方便，他们自然而然地掌握了两种语言。一种是汉语，因为汉语使用面积大，是族际共同语，所有杂居区的少数民族除了掌握母语外，都掌握汉语；另一种就是他们自己民族的母语。因此，他们就是掌握“民汉”双语的双语人。

掌握两种语言的少数民族双语人有以下几种情况：

第一，使用本民族语言，兼用汉语。这是最多的一种使用“民汉”双语的人。人口最多、民族最多，分布也最广。只有语言但解放后新创文字的少数民族，有自己语言但没有与自己语言相一致的文字，使用汉字或其他民族的文字的少数民族，大都使用双语，包括苗族、壮族、布依族、侗族、瑶族、白族、土家族、哈尼族、拉祜族、黎族、撒拉族、傈僳族、佤族、仫佬族、水族、毛南族、阿昌族、纳西族、土族、羌族、鄂温克族、基诺族，畲族、高山族、赫哲族、东乡族、保安族、塔塔尔族、乌孜别克族、达斡尔族、鄂伦春族、布朗族、仡佬族、普米族、塔吉克族、怒族、门巴族、德昂族、裕固族、京族、独龙族、珞巴族等民族。这些少数民族大都具有双语能力，他们既能使用本民族语言，又能使用汉语。其原因一方面是他们和汉族杂居，因此在和汉族频繁的交往中学会了汉语，即使他们没有受汉语教育，也会使用汉语。另一方面，少数民族地区的双语教育使得他们掌握了娴熟的汉语，尤其是掌握了汉字及使用汉字写作的能力。因此当这些民族的作家拿起笔来写作时，既能用母语写作，又能用汉语写作。这种杂居的状态，使得少数民族和汉族有很多的交往，在和汉族交往过程中，自然学会了汉语。再一方面，杂居区的汉族也学会了少数民族语言。杂居区的汉族也是掌握“民汉”双语的双语人。因为杂居，一个少数民族和杂居区的另一个少数民族也有交流的需要，但又不可能学会所有少数民族的语言。比如，白族人和彝族人交流，傣族人和拉祜族人交流，在这种情况下最好的方法就是使用族际共同语，而汉语就成为各个少数民族之间交流和沟通的族际共同语，成为各个少数民族都愿意掌握的语言。还因为很多少数民族只有语言没有文字，他们接受的大都是汉语教育，因为没有文字，所以使用汉字，那么写作自然就采用汉语。这些少数民族一般在家里或族内使用本民族语言，但和其他民族交流则使用汉语，他们是掌握“民汉”双语的双语人。

这些掌握“民汉”双语的少数民族作家基本上是采用汉语写作。

但他们创作时往往在两种语言之间徘徊。他们在使用汉语时，常常会用自己母语思考，试图找到一种用汉语表达自己民族文化、民族思维的最好的方式，这种过程实则是在两种文化之间穿梭，从而形成一种独特的表达张力。他们用汉语创作时，会自然地想到如何用汉语表达本民族的思维，因此会采取在汉语中夹杂少数民族语言，或者直接将少数民族语言音译为汉语等方法来进行创作。他们也会在两种文化之间“流浪”，创作出具有少数民族思维和少数民族特质的汉语小说。比如佤族汉语作家董秀英，她创作的《摄魂之地》和《马桑部落的三代女人》就具有这个特征。董秀英是佤族人，她的母语是佤族语言，董秀英还精通拉祜族语，她在云南电台担任拉祜族语的播音员时间很长。董秀英用汉语描写佤族人鲜为人知的生活，用佤族思维写作，表达强烈的佤族意识。她常常将佤族思维用汉语表达，形成具有佤族意味的汉语小说。她将佤族的方言土语用汉语表达，在一般的汉族人看来不符合汉语规范，但却能看得懂，同时还觉得具有常规汉语所没有的新鲜感。这种新鲜感和陌生感就是董秀英所创造的具有佤族内涵的汉语，或者叫佤式汉语。比如在《摄魂之地》中，将娶妻子叫“拿婆娘”，形容时间还早叫“大白青天的”，形容竹子或者树既高又直的状态叫“直苗苗的”，等等，从而创造出独特的佤族式汉语。正如黄尧先生所说：董秀英的佤族小说语言“最直接的感受是它像一条打满结子的绳子，疙挖瘩瘩的，不那么顺畅，然而它的整体状态可以传导一种仿佛木鼓似的咚咚声——沉滞但不呆板，且弥漫着广远的恢宏，佤族的那种无尽的灵性就在每一个音符的间隔里蹦了出来……”① 董秀英在汉语和佤语之间找到的新的文学语言，增加了汉语的佤族内涵，同时增加了文学陌生化效果，这是文学创作的

① 黄尧：《好人董董》，《文学界》1997 年第 1 期。

一种独特的优秀气质。

第二，使用本民族语言，兼用其他少数民族语言。有的少数民族除了会使用本民族语言外，还会使用其他少数民族语言，主要是因为很多少数民族是杂居的，彼此相邻而居，为了交往方便，自然会兼通杂居区相邻民族的语言。比如，“各地回族因所杂居的民族不同，分别兼通东乡、土、撒拉、保安、裕固、维吾尔、藏等民族的语言；门巴族、普米族兼通藏语；哈萨克族、塔吉克族、锡伯族和新疆的部分蒙古族兼通维吾尔语；乌孜别克族大部分兼通维吾尔语和哈萨克语；东北、西北的达斡尔族分别兼通蒙古语和哈萨克语；鄂温克族兼通蒙古语和达斡尔语；鄂伦春族兼通达斡尔语；白族兼通傈僳语、彝语和纳西语；傣族兼通哈尼语；哈尼族兼通傣语和彝语；德昂族、瓦族兼通傣语；拉祜族、阿昌族、基诺族、傈僳族兼通白语；纳西族兼通彝语、傈僳语和藏语；布朗族兼通瓦语和傣语；苗族兼通布依语、瑶语和彝语；侗族兼通苗语、水语、布依语和瑶语；瑶族兼通壮语、水语和侗语；仫佬族、毛南族、京族兼通壮语；仫佬族兼通苗语、布依语和彝语。”① 这些少数民族是使用多语的民族，他们既能使用自己的母语，还能使用靠近自己地区民族的语言，也就是说他们和本民族人说自己的母语，和相邻民族人交往说相邻民族语，和汉族人交往说汉语。其实称呼他们为双语人是不恰当的，他们是三语人甚至是多语人。正因为杂居区的语言如此复杂，所以这些少数民族使用语言情况更加复杂。因此，在这些地方就需要各个民族能共用族际共同语言，不然交流就会出现障碍。因为汉族文化强大、汉语使用范围广泛，就

---

① 滕星：《中国少数民族双语教育研究的对象、特点、内容与方法》，《民族教育研究》1996 年第 2 期。

自然而然成了他们交流的公共语言，也就是族际共同语。因此以上这些使用复杂民族语言的地区人民大都会使用汉语，汉语成为他们的公共交际语言。

当代少数民族作家多是双语人或多语人，他们既懂自己民族语言，又懂汉语，有的还懂一些靠近自己居住地的其他民族的语言。在这样杂居和散居的状态下，少数民族要想和周边其他民族交往必须会其他民族的语言。但是，因为彼此学习对方少数民族语言也会带来一些沟通不顺畅，因此往往杂居地或散居地的少数民族都学习汉语，用汉语作为他们沟通的公共语言，加上汉语的强大，以及双语教育等的措施，这些没有自己文字只有自己语言的少数民族的汉语水平很高，甚至有些少数民族作家的汉语水平还高于母语水平。从地域上说，少数民族作家有的在聚居区生活，有的在散杂居地生活，有的在汉族地区生活，他们熟练掌握汉语，为少数民族作家的汉语写作打下坚实基础。

比如鄂温克族作家乌热尔图，他生活的大环境是鄂温克族与汉族、蒙古族杂居的内蒙古兴安盟乌兰浩特，出生在嫩江畔莫力达瓦达斡尔族自治旗，后来长时间生活在额尔古纳旗敖鲁古雅鄂温克民族乡。他会达斡尔语、鄂温克语、蒙古语和汉语，是真正的多语人。在杂居过程中，他接受了多民族语言和多民族文化的滋养。但是他却选择用汉语写作，就在于汉语是各民族的族际共同语。他只有初中学历，而初中主要是受汉语教育，他在和汉族及其他民族交往过程中，很好地掌握了汉语。他对鄂温克文化有基于民族血缘的熟悉和认同，有强烈的鄂温克族意识。他用一个文学家的心灵去感受自己的民族，感受这个世世代代生活在森林里的民族的思维、情感和生活方式，但是却是用汉语去表达自己的民族意识。他用汉语创作，但他创作的小说具有浓郁的鄂温克特色，他创作的鄂温克族汉语小说是少数民族小说汉语写作的典范。

四　少数民族的“民汉”双语教育

所谓双语教育，是指在多民族的国家里，对少数民族进行政府规定的官方语言（即族际语）或主流文化民族语言和本民族母语两种语言的教育。新中国实施的民族平等政策中就包含保障少数民族语言文字平等的政策。一方面，在少数民族地区推广和使用少数民族语言文字；为那些只有语言没有文字的少数民族新创文字。另一方面，在少数民族地区进行民汉双语教育。因此，中国当代少数民族的双语教育就是“民汉”双语教育，也就是汉语和少数民族语言的双语教育。

中国当代少数民族的双语教育是伴随着新中国民族平等政策开始实施的。1952 年国家发布了《中华人民共和国区域自治实施纲要》，纲要中有尊重少数民族的语言文字的明确规定。1951 年政务院批准颁布了《关于第一次全国民族教育会议的报告》，其明确指出：“关于少数民族教育中的语文问题，会议规定凡有现行通用文字的民族，如蒙古、朝鲜、维吾尔、哈萨克、藏族，小学和中学的各科课程必须用本民族语文教学。有独立语言而尚无文字或文字不全的民族，一面着手创立文字和改革文字；一面得按自愿原则，采用汉族语文或本民族所习用的语文进行教学……各少数民族的各级学校按照当地少数民族的需要和自愿设汉文课。”① 从此，少数民族地区开始大面积双语教育。这个时期主要是尊重少数民族的语言，进行少数民族语言教育时兼以汉语教育。对历史

① 戴庆厦、董艳：《中国少数民族双语教育的历史沿革》，《民族教育研究》1996 年第 4 期。

上既有自己民族语言也有文字的少数民族，主要是编撰少数民族语文教材（包括小学、初中、高中的教材），比如藏文教材、维吾尔文教材、朝鲜文教材等。同时也编写“民汉”双语教材。20世纪50年代，青海就编写出藏汉双语教材，新疆也出版了维汉双语教材。对于有语言无文字、解放后新创文字的少数民族主要是运用汉语授课，同时开展少数民族文字的推广工作，少数民族文字推广较好的地区开始实施“民汉”双语教育。因此在1949年至1957年间的少数民族双语教育的实践，为少数民族双语教育从政策、语言文字建设、双语师资培养等方面打下了良好的基础。1958年至1976年，由于极“左”路线的影响，少数民族双语教育受到很大冲击，很多少数民族地区出现了取消少数民族双语教育的错误做法，甚至有的地方少数民族文字停止试行，有的地方甚至在不懂汉语的民族中直接用汉语授课，导致文盲率回升，成为少数民族双语教育的沉重历史教训。进入新时期后，我国少数民族双语教育也进入了新的阶段。1980年以来，我国在少数民族地区的双语教育得以继续发展。凉山彝族进行彝汉双语教育，提出达到彝族语文和汉族语文都能使用的目标。傣族小学进行汉语拼音和傣语拼音的双拼教学，进行傣语和汉语的双语教学，并采用拼音学话等方法加强双语教育。苗族小学进行苗汉双语教学。拉祜族进行拉汉双语教学实验。这些措施，极大地丰富了少数民族的双语教育，为培养少数民族双语人才做出了很大贡献。这以后还组织编写了一批优秀少数民族语言教材，出版了一些优秀的“民汉”双语教材，培养了大批热爱少数民族双语教育，并具有双语教育能力的优秀的少数民族双语教师，少数民族双语教育研究也取得了可喜成果。

本来，双语教育的初衷是加强少数民族语言的教育，但是，随着双语教育的发展，少数民族的汉语水平突飞猛进。这个原因很复杂，一方面，汉语是中华人民共和国的法定语言，是中国这个多民族国家的族际共同语，因此汉语就有很高的地位，各少数民族都必须学好汉语才能更好地和其他民族沟通交流。另一方面，汉语在少数民族升学、就业、交际和生活中占有强势地位，汉语成为必须使用的语言。双语教育一般在小学和初中进行，到高中后就基本采用全汉语教学了，因此，双语教学中汉语教育比重是大于少数民族语言教学的，这样的少数民族学生才能在高考中考上好的大学。可见，双语教育实则加强了汉语教育。著名作家张承志在散文《夏台之恋》中描写了一个会五种语言的柯尔克孜族小姑娘佳娜，她会蒙语、俄语、哈萨克语、维吾尔语和汉语，而学校教育也是双语教育或者是多语教育："夏台的小学比世界上任何一所摆架子的大学都棒；它同时用维吾尔语、哈萨克语、蒙古托忒语以及汉语四种语言在各个年级授课——不同民族的儿童在入学时，可以和家长商定自由选择一种进入学习。佳娜挑选的是汉语。这种对汉语的重视，我在内蒙古深处的乌珠穆沁草原也见过。"① 这样的双语教育的状态之下，少数民族的汉语水平得到很大的提高，为少数民族作家的双语写作和汉语写作打下了很好的基础。新时期开始写作的少数民族作家多是受过双语教育的。少数民族地区的作家大都因为双语教育、和汉族的交往以及汉族文化的大面积普及而有很好的汉语写作水平。新时期开始写作的少数民族汉语作家的汉语水都很高，一方面是因为几十年的双语教育在此阶段已见成效，少数民族汉语作家从小受双语教育，有较高的汉语水平；另一方面，大部分少数民族汉语作家受过高等教育，而他们的高等教育基本是汉语教育，他们的汉语水平和汉族人一样好，能娴熟地使用

① 张承志：《清洁的精神》，安徽文艺出版社 1996 年版，第 6—7 页。

汉语写作。阿拉提·阿斯木、哈依霞·塔巴热克、阿蕾、帕蒂古丽等都受过很好的汉语教育，他们既可以用母语写作，又可以用汉语写作，他们是双语作家。而且他们的汉语小说因为用汉语表达了母族意识，具有更多的文化张力，传播范围更广且更受关注。维吾尔作家阿拉提·阿斯木出生于新疆南部的于田，在维吾尔族聚居区伊犁长大，从小学习维吾尔语言和汉语。1979 年他开始发表作品，就是采用维、汉文双语创作。1985 年，阿拉提·阿斯木考入伊犁财贸学校，他学习的是维汉翻译专业，使得他的汉语和维吾尔语都达到更高的水平，能娴熟地运用维吾尔语和汉语创作。很有意思的是，阿拉提·阿斯木开始进行创作时用汉语，创作了一批具有维吾尔文化滋养的汉语小说后，又用维吾尔语创作了维吾尔族小说。他的小说集《阳光如诉》《蝴蝶时代》都是用汉语创作的，他用汉语创作的长篇小说《时间悄悄的嘴脸》获得第十一届少数民族文学创作“骏马奖”。这部作品弥漫着浓郁的维吾尔族意识，语言、故事、人物、氛围都是典型的维吾尔风格。他用汉语和维语创作的小说，都让读者感受到维吾尔族的民族意识，感受到新疆土地的广阔、天山的雄伟以及维吾尔这个民族热爱生活、幽默诙谐的民族特性。

第二节　当代少数民族汉语作家的多重文化素养

在当代中华民族多元一体的文化语境中，少数民族汉语作家具有多重文化素养，包括本民族的文化素养、汉文化素养和西方文化素养，这三种文化素养在少数民族汉语作家身上交融在一起，形成了中国当代少数民族汉语作家独特的文化素养。少数民族汉语作家常常在几种文化中穿行，形成了少数民族小说汉语写作的独特状态，用汉语描写少数民族文化、生活和少数民族的思维，用汉语表达少数民族在现代化进程中的心路历程，以及少数民族在接受汉文化和西方文化过程中发生的不同变化等，因此少数民族小说家的汉语创作具有多重文化交融的特色。

一　本民族文化素养

当代少数民族汉语作家最基本的素养是本民族文化素养。少数民族汉语作家的民族文化素养主要来源于他们的民族，来源于他们的血脉，来源于他们从小就耳濡目染的民族文化，来源于他们对自己民族血缘的不懈追寻，来源于他们传承和传播本民族文化的不竭动力。当代少数民族汉语作家获得民族文化素养有几种不同的状态。

第一，在少数民族地区度过青少年时期的少数民族汉语作家，他们的少数民族文化素养与生俱来。在少数民族地区度过青少年时期的少数民族汉语作家在少数民族地区土生土长，从小耳濡目染少数民族文化，本民族的语言、文字、风俗、文化深深镌刻在心灵深处，他们具有本民族独特的看待万物、看取世界的思维。少数民族文化是少数民族作家的根本文化素养，少数民族作家了解本民族的历史进程和文化源流，认识本民族历史文化的外在形式和内在灵魂。从小在自己民族的文化习俗和生活习惯中长大，热爱自己的民族，为自己的民族而自豪。他们的长处是非常熟悉本民族的历史、文化、现状，短处是太过执着于自己民族的文化，缺乏更远的眼光和视角。当他们拿起笔，首先观照的是自己的民族文化、民族生活，因此他们的小说就具有浓郁的少数民族特色。这类作家主要包括20世纪50—70年代的少数民族汉语作家，也包括少部分

80年代以后出生的少数民族汉语作家。从20世纪50年代走上文坛的少数民族作家在青少年时期大都生活在少数民族地区。比如蒙古族作家玛拉沁夫、彝族作家李乔、壮族作家陆地等，他们是因为参加革命或者参加工作才走出少数民族地区，在青少年时期对本民族生活耳熟能详，在浓郁的民族风俗风情中成长，形成了本民族的文化思维和民族意识。80年代走上文坛的少数民族汉语作家在青少年时期也主要生活在少数民族地区，他们大都是因为参加高考或者参加工作到内地上学才离开少数民族地区。比如藏族作家扎西达娃、阿来，瑶族作家蓝怀昌，土家族作家叶李传锋等。他们都因为在少数民族地区度过了青少年时期，对本民族文化熟悉程度很高。他们一开始写作，就描写自己熟悉的少数民族生活，以自己的民族生活为题材，希望能用自己的笔描写和反映自己民族的历史和现状，写作具有少数民族意识和少数民族特色的小说，因此他们创作的少数民族小说具有浓郁的少数民族特色。这些少数民族汉语小说家具有来自骨子里的民族文化素养。这种少数民族文化素养使得他们和汉语作家有了鲜明的差异，也使得他们的小说有了鲜明的少数民族特色。

第二，在汉族地区或杂居区出生并成长的少数民族汉语作家，他们的民族文化素养源于他们对自己民族血缘的追寻。

这类少数民族汉语作家主要是90年代以后开始写作的作家。他们具有少数民族身份，但他们因为不在少数民族聚居区而是在汉族或杂居区生活，因此从小受到的汉族文化影响大于本民族的文化影响。他们生活在大都市之中或者远离民族聚居区，属于离开少数民族聚居区的第二代或者第三代少数民族。但这类作家大都生活在传统的少数民族家庭，因为家庭的影响，因为父母的言传身教，他们从小从父母那里接受到自己民族的文化习俗和生活习惯，因此他们热爱自己的民族，时刻为自己的民族而自豪，比如回族作家张承志、霍达，满族作家朱春雨、赵大年等。这些小说家在写作时，一开始并没有写作少数民族生活或少数民族意识的小说，而是先写作了很多没有少数民族生活和少数民族意识，甚至是汉语意识和汉族题材的小说。但是他们在经过一段时间的写作后，对本民族的热爱、对自己民族血缘的追寻成为一种动力，使得他们回归自己的民族，追寻自己民族的血脉，开始关于自己民族的小说创作。比如回族小说家霍达，早期主要创作电影文学作品《秦皇父子》《鹊桥仙》，小说《红尘》《未穿的红嫁衣》《补天裂》等作品，这些作品并没有描写和表现回族生活、回族意识。但是回族的血脉最终牵引着霍达去观照回族的生活，探寻回族的心灵，因此，在霍达发表了很多非回族小说以后，1988 年，用汉语创作发表了她的第一部回族小说《穆斯林的葬礼》。这是一部具有浓郁回族特色和回族意识的长篇汉语小说，是霍达回归、追寻其母系民族的血缘在小说写作上的努力。比如满族小说家朱春雨，他最先进入读者和评论家视野的是他的军旅小说，一般评论家都称朱春雨为著名的军旅作家。他创作的《沙海绿荫》《亚细亚瀑布》《橄榄》等军旅小说是新时期军旅小说的重要收获，当然这些作品没有任何满族特色和满族意识。但是，朱春雨是满族，是正蓝旗乌苏额尔敦氏的子孙，他的血缘牵引着他走向他的母族。1989 年他发表了《血菩提》，这部作品饱含对自己母族的热爱，描写了满族的一个分支——巴拉人的历史变迁、生活状态和民族意识。这样的例子还很多。比如张承志、赵大年，这些少数民族小说家虽然从小不在少数民族聚居区生活，青少年时期没有全面接受本民族的文化习俗、生活方式的熏陶。但他们是少数民族，少数民族的血缘牵引着他们追寻自己母族的历史，深入自己民族文化深处，去描写自己民族的生活和心灵，去表现自己民族的历史和现状。这类作家是少数民族汉语作家中很突出的一类。他们从小远离少数民族地区，但是他们的民族血缘和民族意识总会牵引他们走向本民族，写作少数民族汉语小说，传承和传播少数民族文化。随着现代化发展，随着城市化进程，很多少数民族将离开聚居区到杂居区或大都市生活，因此这类主动追溯自己民族血缘的作家将逐渐成为少数民族汉语作家的主流，他们的汉语小说也是少数民族文化传承与传播的主要方式。从某种角度来说，他们是少数民族文化生生不息不断发展的传承人。比起生活在聚居区和大都市的拥有普通少数民族身份的人来说，这些少数民族作家，具有更清晰的传承和传播少数民族文化的意识，具有更强烈的表达少数民族意识和少数民族身份的愿望，因而也就更具有超常和传播少数民族文化的能力。他们在用汉语写作少数民族小说的时候，会更加注重如何用汉语表达少数民族文化、表达少数民族意识。采取独特的少数民族汉语写作策略，形成独特的少数民族汉语小说创作风格。

二　汉文化素养

中国是一个以汉族为主体的多民族国家，汉族人口占中国人口的92%，汉族文化在中华民族中占有强大的地位。汉族文化对少数民族的影响很大。中华民族多元一体格局中，汉族是中华民族的多数（人口）民族，汉族文化在中华民族中占有主体地位。汉族文化经过几千年的凝聚和发展具有强大的力量，汉文化不仅在汉族地区传承和传播，而且在很多少数民族地区以不同方式进行传承和传播。文化和语言有深刻的联系，汉语本身就承载着汉族文化。当代少数民族汉语作家都或多或少地受汉族文化的影响，具有较高的汉文化素养。

20 世纪 50—70 年代开始创作的少数民族汉语作家，他们大都出生在少数民族地区，在少数民族地区度过了青少年时期。他们的汉文化素养伴随着他们学习汉语的过程不断提高。不同的少数民族接受汉文化的途径和程度不同。具有语言和文字的少数民族作家，他们学习汉语和他们的革命经历有关。他们当中很多作家是在参加革命事业或者参加工作后开始学习汉语的，他们在学习汉语的过程中逐渐接受汉族文化，并在学习汉语过程中开始接触汉语的经典文学作品，接受传统汉文学和汉译西方文学经典作品，在学习汉语、汉族文学作品、西方文学作品过程中培养了文学能力。汉语经典文学作品开启了这些少数民族作家的写作理路，开始用汉语描写自己的民族生活。比如蒙古族作家玛拉沁夫原先只上过几年蒙文学校，因为家贫而没有继续读下去。他参加八路军后在战争的间隙努力学习汉文，后来进入内蒙古文工团工作，大量阅读了郭沫若、鲁迅、托尔斯泰、高尔基、肖洛霍夫等文学名家的文学作品，这些作品都是汉语作品或者翻译成汉语的作品。这些文学名著启迪了他的文学智慧，于是他便用汉语创作了《科尔沁草原上的人民》《茫茫的草原》等汉语小说。玛拉沁夫属于一种比较典范的少数民族汉语写作，他自己说他是用蒙语思考，用汉语表达，也就是在思考时习惯用蒙语，但写作时则用汉语，其实就是在脑子里进行了蒙汉翻译，写出来就是用汉语表达蒙文的意义，形成一种少数民族作家在进行汉语写作时，在头脑中进行“民汉”之间思维和语言转换的新的写作途径。有语言没有文字或者解放后新创文字的少数民族，在解放前就有汉语教育，因此这些少数民族作家从小就受到汉语教育。他们在生活中浸染少数民族文化，在教育中则接受汉族文化教育。比如壮族作家陆地在青年时期考上了广东省立第一师范学校，青年时期开始直接接受汉语教育。1938 年到达延安后，系统学习马列主义文艺理论和文学专业知识。陆地的汉语水平很高，汉族文化素养也很高。陆地在解放前的 1948 年就出版了短篇小说集《北方》，这部小说集没有壮族特色。但是他 1960 年出版的小说《美丽的南方》是用汉语描写的壮族人民土地改革的故事，具有鲜明壮族特色。以后他一直致力于壮族汉语小说的写作，1980 年出版了长篇壮族小说《瀑布》，这部小说获得了 1981 年的少数民族长篇小说奖。还有部分少数民族作家，处在杂居状态，平日的生活就和汉族交融在一起，因此他们在受到本民族文化的熏陶时，也受到汉族文化熏陶，而且他们受到的教育主要是汉语教育。比如土家族小说家孙建忠，少年时代在湘西土家族地区就接受汉族文化，他少年时代念的是“私塾”，接受的是典型汉族文化教育，因此孙建忠具有双重文化素养。他出生在土家族家庭，居住在湘西土家族苗族自治州，土家族风俗习惯、历史传说给予他丰富的少数民族文化素养，但他从小接受的是汉语教育，因此他具有很高的土家族文化素养和很高的汉文化素养，这种双重的文化素养使得孙建忠写作汉语土家族小说得心应手。

20 世纪 80 年代后开始写作的少数民族汉语作家，他们有的出生在少数民族地区，有的出生在汉族地区、杂居区或者大城市，他们的汉文化素养比 20 世纪 50 年代开始写作的少数民族作家高，因为他们大都受过高等教育，中国的高等教育基本是用汉语教学，因此他们的汉语水平相当高，有的达到了娴熟的水平。出生在少数民族地区的少数民族作家，他们具有与生俱来的少数民族文化素养，但他们从小接受双语教育，并且大都接受了高等教育，汉语水平很高，因此文化素养比起玛拉沁夫们要高得多。比如藏族作家降边嘉措，1954 年他 15 岁时被送到西南民族学院学习。在大学期间，他大量阅读了中国文学名著和世界文学名著，接受大量的汉文学作品，尤其是汉语小说《新儿女英雄传》给他很大的影响。因此，他于 1980 年发表了用汉语写作的藏族小说《格桑梅朵》。藏族作家益西单增出生在四川甘孜藏族自治州的贫苦家庭，1951 年加入中国人民解放军，1957 年进入中央民族学院和中央美术学院学习，在大学期间阅读了大量的汉族文学作品，也接触了大量的汉族文化，他用汉语创作了藏族小说《幸存的人》《迷茫的大地》等。而出生在杂居区或都市的少数民族汉语作家，他们的汉语水平和汉族几乎没有两样，他们的少数民族小说汉语写作特点是用汉语去追寻本民族的血缘。他们汉语使用得非常娴熟，不仅能流利地使用汉语，还能对汉语进行创新，增加汉语的少数民族文化内涵。藏族作家阿来出生在四川西部藏区的马尔康县这个汉藏文化结合的地区，他在小学、中学、师范学校都学习汉语、接受汉语教育。阿来生长在藏区，具有与生俱来的藏族文化素养，同时后天又习得了丰富的汉文化素养。正如阿来所说："正是在两种语言间不断穿行，培养了我最初的文学敏感，使我成为一个用汉语写作的藏族作家。"① 阿来接受汉语文学的滋养，也接受汉文化的滋养，藏文化和汉文化合并成一种独特的文化资源，深深滋养着阿来，形成阿来独有的其他人难以企及的跨文化写作素养。阿来说："不管我们属于中国这个民族大家庭中的哪一个民族，只要你用汉语进行创作，就要从这个传统中寻求启示和滋养。……我们说这是个资源共享的时代，我想绝不仅仅是指物质资源的共享，更为重要的是文化资源的共享。所

① 阿来：《阿来：穿行于异质文化之间》，中国作家协会编，《作家通讯》1998 年夏秋合刊。

以，我非常乐于承认自己通过汉语受到汉语文学的滋养”。[①] 阿来对汉文化素养的认识，代表了少数民族作家对汉族文化资源的认识，也说明了中国少数民族作家运用汉语写作的缘由。阿来《尘埃落定》就是在藏族文化、汉族文化和外国文学的共同影响下写出的著名的藏族汉语小说，因此他的藏族小说的汉语写作具有丰富的跨文化特色，是少数民族作家运用汉语写作少数民族小说的成功范例。在自己民族的文化素养和汉文化素养共同滋养下的少数民族汉语作家，将汉文化资源运用到描写和表达少数民族生活、少数民族情感和少数民族意识中，少数民族汉语作家形成了一种跨越两种文化、融合两种文化而形成的既具有本民族特色又具有中华民族特色的文学作品，从而给中国文坛带来一种颇具陌生效果和新鲜感的少数民族汉语小说，扩展了中国文学的表现领域。

三　外国文学名著滋养

当代少数民族汉语作家除了具有本民族文化素养、汉文化素养之外，还受到外国文学的滋养，而最突出的是外国文学名著的滋养。20 世纪 50 年代开始汉语小说写作和 80 年代开始汉语小说写作的少数民族作家，接受外国文学名著的滋养有不同特点。

20 世纪 50 年代开始写作的当代少数民族汉语作家，在他们接受汉文化、汉文学滋养的同时，也接受很多外国文学滋养。他们在学习汉语的过程中，开始接触很多汉译世界文学名著。和我国 50 年代的时代一致，他们此时接触的外国文学作品主要是西方现实主义文学名著和苏联的文学作品。比如玛拉沁夫在青年时期阅读和学习了托尔斯泰、巴尔扎

---

① 阿来：《文学表达的民间资源》，《民族文学》2001 年第 9 期。

克、高尔基、肖洛霍夫的作品，这些作品培养了玛拉沁夫的文学素质，启发了他的创作热情。这些外国文学作品，开启了玛拉沁夫的视野，提供了可供借鉴的方法，成为玛拉沁夫小说创作的“良师”，也直接影响了玛拉沁夫的创作风格。我们从玛拉沁夫的《茫茫的草原》中可以看出该作品受到苏联肖洛霍夫、高尔基等的影响，可以说《静静的顿河》开启了他创作《茫茫的草原》的冲动，哥萨克草原和蒙古草原的相同之处引发玛拉沁夫描写草原的热望，并且给予玛拉沁夫艺术上的直接指导。彝族作家李乔，1930 年在上海期间，受“左”翼文艺运动的影响，阅读了很多苏联优秀的文学作品，为他的文学创作提供了丰富的文学滋养。壮族作家陆地，在 1933 年就读于广东省立第一师范学校期间，广泛阅读了古今中外的文学名著。尤其是阅读了西方很多现实主义文学名著。陆地早年非常喜欢高尔基的作品，他开始写散文和诗歌就是受高尔基的影响，可以说苏联文学名著开启了他的文学智慧，成为他写作不可或缺的外国文学素养。

20 世纪 80 年代开始创作的少数民族作家，他们接触外国文学的途径大大地被扩展了。新时期以来，西方现代、后现代思潮涌进中国，使得中国读者在短短的几年时间内就浏览和阅读了西方近一个世纪文学思潮中的文学作品。西方现代、后现代文学思潮不仅对汉文学给予很大的冲击，也对少数民族文学以全新的影响。新时期外国文学对少数民族汉语作家的影响主要体现在两方面：

一是西方现代、后现代文学的影响，存在主义、符号学、结构主义、意识流、黑色幽默、魔幻现实主义等西方现代主义、后现代主义创作方法给很多少数民族汉语作家提供了除现实主义之外的新方法。少数民族汉语作家们发现，用这些现代、后现代手法描写少数民族的民族意识和思维、宗教生活和意识更加得心应手。因此，一大批 80 年代走上文坛的少数民族汉语作家开始借鉴现代、后现代文学创作手法，深入挖掘少数民族的民族之根，描写少数民族独特的精神世界。比如藏族作家扎西达娃，就自然采用魔幻现实主义手法，描写藏族的奇异自然、民族风情和神秘的宗教文化，创作出一系列具有魔幻色彩的藏族汉语小说，比如《西藏，系在皮绳扣上的魂》《西藏，隐秘岁月》《去西藏的路上》等作品。他采用魔幻现实主义手法，将西藏描写得亦真亦幻，他将西藏的历史、现实、神话、宗教、传说糅为一体，然后用魔幻的形式再现出来，营造出具有浓郁藏族文化特色的魔幻氛围。阿来的文学视野非常宽泛，他阅读了大量的外国文学作品，美国当代文学对他影响最大。他说："对我个人而言，应该说美国当代文学给予我更多的影响……因为我长期生活其中的那个世界的地理特点与文化特性，使我对那些更完整地呈现出地域文化特性的作家给予更多的关注。在这个方面，福克纳与美国南方文学中波特、韦尔蒂和奥康纳这样一些作家，就给了我很多启示。换句话说，我从他们那里，学到了很多描绘独特地理中人文特性的方法。"① 描绘独特地理中的人文特性，是少数民族汉语作家描写少数民族人物特性的基本方法。还有很多少数民族汉语作家吸收现代、后现代文学的创作方法进行创作，有的采用象征、隐喻、魔幻等手法，描写少数民族的颇具象征意味和神秘色彩的历史和现实，比如，蔡测海的《茅屋巨人》就用茅屋巨人象征湘西古老的文化；有的采用意识流手法，不再采用线性的现实主义方法，而是按照心理流程不断转换叙事方式，比如蒙古族作家王书林的《血恋》就采取意识流手法，用叙述者的心理流动回忆悲壮的历史，时空不断变化，给人以真实与神

① 阿来：《穿行于异质文化之间》，中国作家协会编，《作家通讯》1998 年夏秋合刊。

秘交织、历史和现实交织、生活亦真亦幻的感觉。

二是新时期的少数民族汉语小说家在寻根文学思潮中，受拉美文学的影响很大，可以说拉美文学的滋养开启了少数民族汉语作家对本民族的寻根之旅。阿根廷的博尔赫斯、秘鲁的略萨、哥伦比亚的马尔克斯等描写自己民族、自己地域独特文化的作品开启了新时期的寻根文学。对汉族作家而言，寻根文学主要是描写各自的地域文化，比如韩少功描写楚文化、李杭育描写吴越文化、贾平凹描写秦汉文化等。而少数民族汉语作家则在拉美文学的影响下，寻找少数民族文化之根，追溯少数民族血缘，深刻地描写少数民族文化。可以说，在20世纪90年代以前，少数民族小说汉语写作主要是向汉族文学学习，不断追随汉族小说思潮。在寻根文学思潮中，少数民族汉语寻根小说已和汉族作家并驾齐驱，并撑起寻根文学的半壁江山。比如鄂温克族作家乌热尔图对鄂温克族文化的追寻，阿来、扎西达娃对藏族文化的追寻，张承志对回族文化的追寻，朱春雨对满族文化的追寻，李传峰、叶梅对土家文化的追寻等。这些少数民族作家通过对自己民族文化的追寻，超越以往只是对少数民族风情风俗的外在描写，深入到本民族的文化内里，通过小说表达对自己民族文化的热爱之情，传承和传播少数民族文化，少数民族的寻根小说探讨出少数民族小说汉语写作的新途径。同时，少数民族汉语小说家在寻根小说思潮中，找到了少数民族小说汉语写作最具特色的策略，那就是追寻少数民族血缘，追寻少数民族文化之根，这种“根”，便是少数民族文化之“根”，“根”即文化。著名土家族作家叶梅说，她的写作是“有根的写作”，就是指的文化之根。少数民族文化从以往在少数民族小说中作为背景和陪衬，一跃成为少数民族小说的主角，从而超越了以往少数民族小说汉语写作仅仅限于风俗风情描写的局限，进入文化描写的深层次表达之中，从而提高了少数民族小说汉语写作的水平。

除此之外，还有很多优秀的外国文学作品对少数民族汉语作家产生很大的影响。比如苏联的吉尔吉斯籍作家艾特玛托夫对回族作家张承志、藏族作家意西泽仁都有很大的影响。艾特玛托夫作品的淳朴真诚的人道主义情怀，他始终探求人性本质中的善与美以及他描写的很多伟大的母亲形象都给张承志创作以很大的影响。如《查米莉亚》女主人公查密莉，《大地——母亲》中母亲与儿媳的形象，《死刑台》中充满母性光辉和求生欲望的母狼阿克巴拉，这些母亲形象可以说直接影响了张承志的《黑骏马》和《骑手为什么歌颂母亲》等作品的创作。而艾特玛托夫的人道主义情怀也深深影响了新时期成长起来的藏族青年作家意西泽仁。意西泽仁说过，在所有的外国作家中，他最喜欢的是艾特玛托夫。艾特玛托夫以自己的民族心理和民族思维方式描写自己的民族，同时又不局限于自己的民族，而以全人类的情怀来观照自己的民族。这些写作观念深深影响了意西泽仁的创作。意西泽仁描写草原上的普通人的命运，用满怀人道主义的情怀关怀他们的灵魂，同时歌颂藏族这个马背上的民族真善美的特性。从他的《野牛》《梦中的荒原》等作品可以看出受艾特玛托夫小说《永别了，吉利萨雷!》《断头台》等作品的影响。但意西泽仁是站在自己的民族立场上，深深挖掘藏族人民朴实、真诚、善良的情怀。

第三章　当代少数民族小说的汉语写作策略

第一节　政治叙事中少数民族的风情风俗展示

一　20世纪50—70年代少数民族小说汉语写作的发展现状

新中国成立以后，中国共产党解放了包括少数民族在内的全国人民，中国土地上的各少数民族和汉族人民一起进入了社会主义时期。中国共产党采取了一系列民族平等、民族团结的政策，让少数民族切实感受到翻身得解放、当家做主人的喜悦。新中国的诞生，让各族人民对新政权充满激情和期待，人们对新的民族国家充满了高度的认同感，各族人民满怀激情，满怀深情，加入对新中国、对社会主义、对党、对国家的歌颂之中，小说写作是一种很好的歌颂方式，因此新中国成立之初的文学只有一种文学，那就是颂歌文学，少数民族文学也处在这样的歌颂氛围中。再者，新中国为了证明和宣传新政权的合理性和合法性，也为了展示共产党的光荣伟大，加强意识形态建设，强调文学的政治性，文学创作被纳入新的民族国家的新型大合唱之中。第一次文代会确定毛泽东1942年发表的《在延安文艺座谈会上的讲话》作为新中国文艺工作的总方针，确定毛泽东文艺思想为新中国文艺的指导思想。因此1949年至1976年的二十七年被称作毛泽东文艺时代，这个时代的文学也就被称作毛泽东时期文学。毛泽东时期文学的要求是为政治服务、为工农兵服务。这是1949年至1976年二十七年文学的大背景，也是当代少数民族文学二十七年的背景。而这二十七年的少数民族汉语小说，主要成就出现在十七年，“文化大革命”十年少数民族文学没有很大发展，因此下面评述的主要是十七年的少数民族小说的汉语写作状况。

小说创作首先需要作家。新中国成立前，少数民族文学主要是口头文学和民间文学，只有蒙古族、藏族、维吾尔族、哈萨克族、朝鲜族等十多个民族有作家文学。尤其是小说这种形式，新中国成立前大多数少数民族没有。新中国成立后，少数民族小说大量出现。十七年少数民族小说主要是汉语写作，作家主要有两类：第一类是新中国成立前就开始创作的少数民族作家，这些作家在新中国成立前创作的文学作品没有民族特色，也没有表明过自己的少数民族身份，因为在新中国成立前少数民族备受歧视，他们不仅不公开表明自己的少数民族身份，还想尽办法遮蔽掩藏。新中国成立后，党的民族平等、民族团结的政策，以及少数民族翻身得解放的喜悦之情，使得这些作家在进行描写少数民族的新生活、歌颂新中国的小说写作时，开始在自己的名字前标明民族成分。这些作家有老舍（满族）、赛·音朝克图（蒙古族）、玛拉沁夫（蒙古族）、李乔（彝族）、陆地（壮族）等。第二类是和新中国一同成长起来的少数民族作家，他们的创作一开始就主要是描写少数民族生活，具有鲜明的少数民族特色，主要是用汉语写作，也有少部分用母语写作，比如柯尤慕·图尔迪的《战斗的年代》就是用维语写作的。在这个时期，母语写作占少部分，从事汉语写作的作家是大部分。汉语作家有老舍（满族）、玛拉沁夫（蒙古族）、扎拉嘎胡（蒙古族）、安柯钦夫（蒙古族）、孟和博彦（达斡尔族）、孙建忠（土家族）、胡奇（回族）、哈宽贵（回族）、伍略（苗族）、普飞（彝族）等。20 世纪 50 年代我国少数民族小说运用汉语写作的主要有蒙古族、满族、回族、维吾尔族、壮族、土家族、苗族、白族等少数民族作家，其他的少数民族进行小说写作的还很少或者没有。在十七年中，有很多少数民族作家用汉语创作诗歌，用汉语创作少数民族小说的还不多，比如藏族十七年中主要有藏族汉语诗人饶阶巴桑、丹真贡布、伊丹才让等，用汉语创作的藏族小说出现在新时期以后。除了以上的少数民族汉语作家以外，很多少数民族是新时期才有自己的第一代小说家，开始用汉语进行少数民族小说创作。

十七年中少数民族汉语小说家不是很多，主要集中在蒙古族、满族、回族、维吾尔族、壮族、土家族、苗族、白族等少数民族中，并且还形成了一定数量的少数民族作家群，比如，以老舍为代表，包括宋春雨、颜一烟、寒风等作家的满族汉语作家群；以玛拉沁夫为代表，包括扎拉嘎胡、安柯钦夫、敖德斯尔等作家的蒙古族汉语作家群；以李乔为代表，包括苏晓星、普飞、李纳等作家的彝族汉语作家群；以伍略、陈靖为代表，包括石太瑞、潘俊龄、曾仕龙、秋阳等作家的苗族汉语作家群；以壮族作家陆地、土家族作家孙建忠、白族作家杨苏、侗族作家滕树嵩等为代表的南方少数民族汉语作家群等。

十七年中满族小说汉语写作的带头人当推老舍，由于在现代文学史上突出的创作成就，老舍在新中国成立后任中国文联副主席、北京文联主席等职务。作为少数民族，新中国成立后老舍大力推进少数民族文学的建设工作。作为文艺界的领导者，他积极培养少数民族作家，大力提倡少数民族文学创作，为繁荣少数民族文学做出了突出的贡献。1956年3月，以老舍牵头撰写了《关于兄弟民族文学工作的报告》，第一次将少数民族文学纳入了中国文学的发展范畴。1960年8月，老舍又代表中国作协起草了作为大会报告的《关于少数民族文学的工作报告》。这是新中国少数民族文学的发展纲领，对新中国少数民族文学的发展具有指导性作用。这都是老舍对新中国少数民族文学做出的巨大的贡献。作为满族作家，他也在寻找时机创作具有满族特色的小说。他在写作一些符合十七年歌颂新中国、歌颂共产党作品比如《龙须沟》《茶馆》等以后，于1961年至1962年创作了具有浓郁满族特色的长篇小说《正红旗下》。老舍是满族人，父亲舒永寿是正红旗人，母亲舒马氏是满族正黄旗人。老舍从小就在满族文化氛围中长大，具有浓郁的满族意识，对满族具有深厚的感情。在现代文学史上，在旧社会，老舍身处一个歧视少数民族的社会环境中，没有公开承认和标明自己的满族身份。新中国成立后，老舍真切地感受到新中国民族平等、民族团结的伟大政策，他不仅利用自己的作协领导的身份，为少数民族文学建设摇旗呐喊、身体力行，而且自己写作了满族小说《正红旗下》。因此，是满族的血液和文化促使他创作了一部具有浓郁满族意识的长篇小说，可惜因为“文化大革命”开始，老舍遭受非人的迫害，在太平湖投水自杀，使得《正红旗下》没有写完，只完成了十一章，字数只有八万多字，但是这部作品真实地描写了清末民初满族下层旗人的生活，描写了北京浓郁的满族风俗风情，具有浓郁的满族意识，塑造了具有满族文化特质的满族人物形象，是一部颇具满族特色的满族小说。满族是一个汉化很严重的少数民族，从咸丰年间开始全面使用汉语汉文。因此，满族是一个完全使用汉语的少数民族。老舍是汉语写作的高手，《正红旗下》是老舍留给我们的少数民族小说汉语写作的典范作品。除了老舍以外，满族作家马加也是具有满族意识的满族汉语作家，他的著名小说《开不败的花朵》，描写的是解放战争时期一支赴东北的干部队伍在东北草原上发生的故事，歌颂了王耀东副团长这样的革命英雄，具有强烈的革命英雄主义和革命浪漫主义精神。但是作为满族人的马加，在作品中抑制不住地表现出对故乡草原的深深依恋和歌颂之情，那种浓郁的东北草原特色，蕴含着马加对于故乡、对于满族故土的依恋和热爱之情。

除了满族小说汉语写作之外，十七年中还有蒙古族作家玛拉沁夫用汉语写作的《科尔沁草原上的人们》《茫茫的草原》等蒙古族小说，蒙古族作家扎拉嘎胡用汉语创作的蒙古族小说《红路》，蒙古族作家朋斯克用汉语创作的蒙古族小说《金色兴安岭》等反映蒙古族革命斗争历史的汉语蒙古族小说。还有彝族作家李乔用汉语创作的《欢笑的金沙江》、壮族作家陆地用汉语创作的《美丽的南方》等描写彝族、壮族地区的土地改革运动的小说。还有彝族作家普飞、土家族作家孙建忠、侗族作家滕树嵩分别用汉语描写南方少数民族翻身得解放、民族团结、移风易俗等新生事物的小说。

二　政治叙事中少数民族地理空间设置

1949 年至 1976 年，是当代少数民族小说汉语写作的第一个发展时期。这个时期的少数民族小说的汉语写作随着新中国文学的步伐一同发展和前进。中国当代文学的主流思潮都遵循毛泽东的文艺方针，按照当时的文学为政治服务的原则进行创作。此阶段少数民族小说的汉语写作作为中国当代文学中一个突出现象，题材和同时代汉族文学一样，具有文学为政治服务的鲜明的意识形态特征。此阶段的少数民族小说的汉语写作主要是描写少数民族人民翻身得解放的现实生活，少数民族人民的革命斗争历史，少数民族人民在新中国争取婚姻自由的新风尚，少数民族人民进行土地改革、合作化运动的历史经历等，这些创作随着当时的国家政治意识形态，具有鲜明的政治色彩。如果只是这些特点，那么用汉语创作的少数民族小说就和汉族汉语小说一样，没有什么独特之处了。此阶段的少数民族小说汉语写作的独特之处在于：这些阶级斗争故事发生在少数民族地区，是少数民族地区和少数民族人民的阶级斗争故事和新生活故事。作者都是具有少数民族族属身份的少数民族作家，他们在这些政治书写中，尽量在作品中大量展示少数民族的风俗风情，大量描写少数民族地区的物象和景色，大量穿插汉语直译的少数民族语言，塑造具有少数民族特点的人物等。虽然，此阶段的少数民族小说汉语写作的风俗风情描写还只是作为阶级斗争故事展开的少数民族环境，是这些少数民族地区阶级斗争的背景，是小说政治主题的少数民族场域，没有上升为文化描写，少数民族文化也只是政治叙事的陪衬。但是，当时少数民族小说汉语写作的这些努力还是让全国读者感受到了清新的少数民族特色，为全国读者提供了少数民族的差异化、陌生化审美体验，为中国当代文学添加了少数民族文学的异样风景，使得十七年的少数民族小说的汉语写作独立出来，凸显出和当时汉族小说的汉语写作不同的文学风景。

十七年中少数民族小说汉语写作随着此阶段中国当代文学的政治

性表达的同时，少数民族汉语小说一直在试图尽量多地表现少数民族特色。于是十七年的少数民族汉语小说家采取一系列策略，在中国当代文学政治一体化的叙事中尽量地凸显少数民族特色。在当时采取的第一个策略，就是少数民族叙事的设置。所谓空间就是少数民族小说叙事的具体场域，分为地理空间和文化空间。在十七年政治意识形态超越一切的情况下，文化空间没有办法运用民族意识加以充分表达。因此十七年中少数民族小说汉语写作的空间设置，最明显的表现就是地理空间设置。这是在政治一体化束缚下少数民族小说汉语写作的突出而独到的策略，具体地说就是将少数民族小说叙事地理空间设置在少数民族地区。这是少数民族小说汉语写作保持少数民族特色的最基本也是最简单的策略。运用母语写作的少数民族小说因其少数民族语言就具有浓郁的少数民族特色，不需要刻意去采取这样的策略，汉族作家运用自己的母语汉语写作，也不需要这样的策略。因此这种设置就成为少数民族小说汉语写作的独特的策略，其目的就是和同时代当代文学的汉族小说区别开来。从十七年中少数民族小说汉语写作情况来看，地理空间都设置在少数民族地区：蒙古草原、彝族山水、土家山寨、壮族乡村……这些具体少数民族地理空间，将读者带到异于汉族的少数民族地区，给读者带来不同于汉族地区的异域之感，从而带来陌生化感觉，带来新鲜的审美内涵。

十七年的少数民族汉语小说取得的突出成就有满族汉语小说、蒙古族汉语小说、彝族汉语小说、壮族汉语小说、土家族汉语小说等。这些小说的汉语写作都采用在少数民族地理空间来进行小说叙事。十七年中少数民族汉语小说政治叙事的主要类别是革命斗争叙事、土地改革叙事、农业合作化运动叙事、新人新风尚叙事、歌颂新婚姻法叙事等，设置在少数民族地区，这种叙事设置扩大了当代文学的内涵和描写领域。此阶段少数民族小说的汉语写作，采用少数民族空间叙事，凸显少数民族特色的方法有以下几种类型：

（一）革命斗争叙事在蒙古草原展开

蒙古族作家玛拉沁夫是十七年中蒙古族小说汉语写作的代表作家。玛拉沁夫出生在辽宁省土默特旗的贫苦农民家庭，15 岁时参加了八路军，在革命队伍里成长，是少数民族作家中的老革命。他小时候学过一点蒙文，在战争的间隙里努力学习，在八路军中向汉族官兵学习汉文，汉语水平不断提高，为他的汉语写作打下了基础。1946 年玛拉沁夫被送进内蒙古自治学院学习，在这里他的汉语水平得到突飞猛进的发展，不久被分配到内蒙古文工团工作，他的汉文就已达到写作小说的水平。在这期间，玛拉沁夫阅读古今中外大量的文学名著，为他文学创作打下了坚实的基础。1950 年，科尔沁草原上发生了一件蒙古族姑娘只身追捕一个反革命分子的事情，这个故事当时在报纸上给予了报道。玛拉沁夫便以此为原型用汉语创作了他著名的汉语蒙古族小说《科尔沁草原上的人们》。小说写好后，玛拉沁夫将小说投稿到《人民文学》。《人民文学》编辑慧眼识珠，该小说发表在 1952 年 1 月《人民文学》的头条上，引起了很大的反响。后来《科尔沁草原上的人们》改编成电影《草原上的人们》，获得很好的反响，该影片中的电影插曲《敖包相会》成为一直传唱至今的经典歌曲。成为中国当代文学史上最早成名的蒙古族汉语作家，《科尔沁草原上的人们》是中国当代文学史上第一部描写蒙古族人民解放后新生活的汉语小说，也是中国当代蒙古族作家运用汉语写作小说的最早的成功之作。该小说描写解放初的蒙古草原上，一位蒙古族姑娘在放牧途中发现了一个潜逃的反革命逃犯，为了保卫草原人民的幸福生活，不畏危险，在没有其他人帮助的情况下一人追捕逃犯的故事。该作品和20世纪50年代的汉族小说一样，其内容都是阶级斗争故事，但是该故事发生的空间却在蒙古草原上，主人公是蒙古族姑娘，作品具有浓郁的蒙古族的风情风俗，是蒙古族作家用汉语创作的蒙古族小说。玛拉沁夫用汉语描写蒙古族的风俗风情，让当时的汉族及其他少数民族从中领略到蒙古族的风俗风情，给读者描绘了一幅关于新中国蒙古族的民族阶级斗争图景以及新中国蒙古族人民的新生活图景。之后，玛拉沁夫创作了长篇小说《茫茫的草原》，其描写的是抗日战争胜利后，蒙古族人民跟随中国共产党打败国民党反动派的故事，作品描写内蒙古人民在复杂的阶级斗争环境下找到了正确的道路，即在共产党的领导下坚持走民族解放的正确道路。该作品塑造了一批具有典型蒙古族特征、蒙古族意识的人物形象。作品主人公铁木儿是一个从贫苦牧民成长为一个革命战士的典型形象。这个故事和十七年的汉族地区的阶级斗争故事在内容上有很多相似之处。其独特之处在于，在这样一个20世纪50年代普遍的阶级斗争故事中，展示独特的蒙古族风俗风情：作品地理空间设置在茫茫草原上，故事在蒙古族人民中展开，描写充满鲜明的蒙古族的风俗习惯和独特的蒙古族生活图景，作品饱含蒙古族的民族精神，具有浓郁的蒙古民族文化意蕴。玛拉沁夫将革命斗争历史叙事设置在蒙古草原上，以此作为表达少数民族特色的基本策略。这种革命斗争题材在十七年的汉族题材小说中很普遍。这个作品特殊之处就在于这个革命斗争历史故事发生在蒙古草原上，具有蒙古族的独特的地理空间特色。和当时著名的红色经典作品《保卫延安》《红日》比较起来，二者在政治意识形态上有相似之处。二者都是描写抗日战争胜利后人民解放军和国民党的斗争，最终打败了国民党反动派，取得了革命的胜利。甚至在一些结构上都有异曲同工之处，比如，《保卫延安》通过一个连队贯穿整个延安保卫战，而《茫茫的草原》也是通过一支骑兵中队的成长和壮大的过程贯穿了整个小说结构。可以说，《茫茫的草原》是一部蒙古族革命战争的红色经典，但是和当时汉族红色经典不同的是，该作品具有浓郁的蒙古族特色。

> 一九四六年的春天，察哈尔草原的人们生活在多雾的日子里，每天清晨，浓雾湮没了山野、河川和道路；草原清净而凉爽的空气，变得就像马群踏过泉水一样，又混沌又肮脏！人们困惑地、焦急地期待着晴朗的夏天。①

作品开宗明义地说明了该小说的叙事空间是蒙古察哈尔草原，把读者一下子带到了浓雾笼罩的察哈尔草原上，从而为以后蒙古族的空间叙事拉开了序幕。

扎拉嘎胡也是一个用汉语创作的蒙古族作家。他是一个 1947 年就参加革命、在革命队伍里成长起来的蒙古族汉语作家。他从小就喜欢文学，受到很多蒙古族说唱艺人的熏陶，学到很多蒙古族文学和文化知识，如《蒙古秘史》和蒙古族民间故事；也从汉族文学《水浒》《三国演义》中学到很多汉族文学和文化知识。扎拉嘎胡创作了长篇小说《红路》，其题目就鲜明地表现出当时的政治意识形态思维，那就是跟随中国共产党，走革命的道路，这是十七年中国当代文学的主要内涵。“红色是一个象征性的词语，代表的是中国共产党成为执政党所从事的

---

① 玛拉沁夫：《茫茫的草原》（上），人民文学出版社 1980 年版，第 3 页。

革命活动的性质，简而言之就是革命。”① 因此“红路”就是革命的道路。作品描写蒙古草原上雅鲁河畔工业专科学校的师生在临近解放时，在共产党代表额尔顿的领导下，揭穿国民党特务、工业专科学校扎兰屯校校长八达尔夫的煽动和挑唆，终于走上红路，走向社会主义新中国。这部作品和十七年的红色经典有太多相似的地方，在取名方面和《红日》《红岩》《红旗谱》有异曲同工之妙。不同的是，《红路》故事发生在蒙古草原上。这是发生在蒙古草原上、具有蒙古族特色的红色革命历史故事。这部作品在开头就采用鲜明的草原景物描写，来说明小说的蒙古草原地理空间。

> 1947 年春天，扎兰屯多雾，阴暗，几乎整天都不见阳光，人民生活在彷徨中。坐落在雅鲁河畔的工业专科学校的师生们，正酝酿着一场令人莫测的斗争，两股风头，你来我往，争执不下。

作品鲜明地标明了叙事空间是蒙古草原上的扎兰屯，坐落在雅鲁河边的工业专科学校。扎拉嘎胡的这部小说，其特别之处，还在于描写蒙古族知识分子在寻找理想之路时彷徨、坎坷以及终于在共产党领导下走上革命之路——红路的过程，塑造了一系列蒙古族的知识分子形象，有原先受骗但终于认清敌人真面目的胡格吉勒图，有坚持真理勇敢而坚韧的敖斯尔，有性格单纯最后被敌人杀害的梅其其格。这些蒙古族的知识分子的不同境遇在 1947 年的蒙古草原上展开，具有独特的蒙古族特色。

朋斯克也是蒙古族汉语作家。朋斯克从小既学习蒙文又学习汉文，1947 年参加革命，曾是中国人民解放军内蒙古骑兵师政治部的文化教员。1953 年，朋斯克发表了他的第一部中篇小说《金色兴安岭》，这也

---

① 黄伟林：《中国当代小说家群论》，中央编译出版社 2004 年版，第 56 页。

是一部革命斗争历史小说，描写内蒙古一支骑兵师在兴安岭消灭一支蒙古反革命匪帮的故事，作品歌颂了解放军蒙古骑兵的革命英雄主义和革命乐观主义精神。这是一部描写蒙古族革命军人的小说，作品塑造了侦查班长巴特尔这个蒙古族的英雄形象，这是一个由贫苦牧民成长为中国人民解放军英雄的典型形象。作品还塑造了一系列其他蒙古族人物形象，如原来有很多旧军人习气但在解放军的大熔炉里成为解放军坚强战士的哈尔夫，和匪徒不共戴天、和解放军亲如一家人的那顺乌力吉老人等。作品描写革命队伍里各族人民团结如同亲兄弟般的革命友谊，描写了民族团结的美好情景，将解放军的英雄故事设置在蒙古族的大兴安岭一带，让读者了解到蒙古族骑兵的英雄主义事迹，从而扩大了解放军英雄人物的民族成分，为当代文学扩展了描写空间。

（二）人民翻身解放叙事在彝族地区展开

彝族作家李乔是十七年中著名的彝族汉语作家。李乔是一个在20世纪30年代就开始写作的彝族作家。因为生活艰难，他很小就走出云南石屏的彝族山寨，从昆明到达上海，在上海期间开始文学创作，曾发表过报告文学《锡是如何炼成的》。抗战期间，他跟随著名的彝族将领张冲将军参加台儿庄保卫战，写下了大量的战地通讯。抗战胜利后，李乔参加了共产党领导的滇桂黔边区游击队，是一位老革命作家。解放后，李乔为社会主义新中国而欢欣鼓舞。因为他是彝族，使得他得以从彝族的角度描写彝族人民翻身得解放的伟大事业。因此，他在20世纪五六十年代，用汉语创作了长篇彝族小说《欢笑的金沙江》。《欢笑的金沙江》一共三部，第一部《醒了的土地》，1956年出版；第二部《早来的春天》，1962年出版；第三部《呼啸的山风》，1965年出版。这是一部全方位描写彝族人民翻身得解放的宏大史诗。作品用汉语描写了彝族人民在中国共产党领导下，从奴隶到主人的巨大变革，描述了彝族人民翻身解放的欢乐和幸福。和其他少数民族小说相比，这部作品全面、宏大，是中国历史上第一部用汉语创作的彝族长篇小说，也是当代文学史上第一部彝族汉语长篇小说。李乔对彝族人民的生活非常熟悉，作为一位彝族作家，对自己民族在中国共产党领导下，从奴隶到主人的翻天覆地的变化有深切的感受，也有莫大的欢欣。因此他全面描写了四川凉山彝族地区的民主改革运动，描写了在这个改革过程中奴隶和奴隶主之间的阶级斗争，歌颂了共产党给少数民族带来幸福生活的伟大成就。李乔用汉语写作，但是该作品具有丰富的彝族文化内涵，对于彝族人民的风俗习惯、历史文化、宗教信仰都有全面而深入的把握，是一部有鲜明彝族特色的用汉语写作的长篇小说。正如著名评论家冯牧所说："这部作品的作者李乔是一位彝族作家，虽然他是用汉文写作的，但他是在彝族人民中长大的。这件事，一方面使我们为彝族人民在历史上第一次出现了自己的作家而感到高兴；另一方面也说明了，这位作家在表现彝族生活这一点上，具备着别人无可比拟的优越条件。他对于自己所写的生活是熟知的，他对于自己在作品中所安排的各种彝族人物的理解，都有着直接而可靠的生活基础；因此，他对于自己所要处理的题材，就不必像有些作家那样，首先得艰难地克服和跨越那种不同民族之间的语言、生活习惯和心理状态的隔膜和距离。"① 这段话清晰而准确地说明了李乔的彝族小说汉语写作的独特之处。

李乔将一个奴隶翻身得解放的故事设置到彝族地区，这是李乔表达

① 冯牧：《谈〈欢笑的金沙江〉》，《冯牧文集》第一卷，解放军出版社 2002 年版，第 114 页。

彝族特色的基础，也是他在十七年间彝族小说汉语写作保持彝族特色的基本策略。

（三）土地改革运动叙事在壮乡展开

陆地是十七年中壮族汉语作家的代表，他的小说《美丽的南方》是用汉语创作的壮族小说的代表作。该作品将土地改革叙事设置在壮族地区，就使得陆地的小说和同时代描写土地改革运动的汉族小说有了很大的区别。其主要区别就是将新中国农民土地改革故事设置在壮族地区，因而具有壮族特色。陆地出生于广西扶绥县的壮族农民家庭，曾考入广东省立第一师范学校，接受过新文学的熏陶，1938 年奔赴延安，成为“鲁艺”的学生，后来跟随革命队伍转战南北，从延安到东北，其间发表过《从春到秋》《落伍者》《钱》《叶红》等小说。这几部小说没有涉及壮族生活，也没有壮族特色。新中国成立后，陆地调任广西区委宣传部，历任处长、秘书长和副部长等职务。1960 年陆地发表了长篇小说《美丽的南方》，这是陆地的第一部长篇小说，也是中国当代文学史上的第一部用汉语写作的壮族长篇小说。《美丽的南方》描写土地改革运动在壮族地区开展的过程，描写壮族农村——长岭乡的土地改革运动，通过对一个在旧社会备受欺压的壮族农民韦廷忠在土地改革运动中，从忍受苦难到逐步觉醒并最终投入土地改革的火热斗争之中的过程，以及在土地改革运动两个阶级的生死斗争图景的描写，揭示了土地改革运动在壮族农村引起的深刻变化，反映了壮族人民在共产党领导下翻身得解放，消灭地主阶级土地所有制的历史进程。该作品和周立波的描写土地改革运动的长篇小说《暴风骤雨》在题材上是相似的，都是描写农民在土地改革运动中，从不觉悟到觉悟，从害怕到积极参加，最后投入社会主义土地改革的伟大运动中，但是《暴风骤雨》描写的是汉族地区农村的土地改革运动，《美丽的南方》描写的是壮族人民的土地改革运动。《美丽的南方》在具有浓郁的壮族风情的民族氛围中描写土地改革运动，作品用充满热爱的笔触描写广西壮乡的风俗风情，描写具有南国风情的壮乡图景，并详尽地描写了壮族人民的日常生活场景和独特的风俗风情。陆地用汉语描写浓郁的壮族风俗风情，将当时主流国家政治意识形态的土地改革运动叙事放置到少数民族地区，使一个在当代文学史上普遍描写的土地改革运动小说充满了壮族的风俗风情，这是在十七年小说创作中少数民族作家在跟随国家的意识形态进程中，保持少数民族文化特色的一种特殊策略。

（四）农业合作化运动叙事在蒙古草原展开

在20世纪50年代，中国当代文学有一个显性的叙事，那就是歌颂农业合作化运动。这个叙事和革命历史叙事，构成了20世纪50年代小说叙事的两翼。而歌颂农业合作化叙事占20世纪50年代描写现实生活作品中的绝大部分。描写农业合作化运动的汉族作品有赵树理的《三里湾》、柳青的《创业史》、周立波的《山乡巨变》等。这类作品热情歌颂农业合作化运动的伟大变革，真诚歌颂组织起来的农民的新生活。虽然历史证明农业合作化运动有着很复杂的状态，但是在当时，这种集体化的道路却让很多人欢欣鼓舞，也让很多作家热情歌颂。这种描写也是当时政治意识形态的一种强烈表现。农（牧）业合作化运动在全国展开，少数民族地区也进行了农（牧）业合作化运动。1957年蒙古族小说家扎拉嘎胡发表了他的第一部中篇小说《春到草原》，这是一部描写牧业合作化运动的小说，和当时汉族以及其他民族的描写农业合作化运动的小说一样，作品描写呼伦贝尔草原上乌兰托噶牧业社在合作化初期，先进牧民静格、德吉德等积极入社，而落后牧民丹巴则不理解牧业合作社这个新生事物，但通过先进牧民的帮助和教育，落后牧民经过一番思想斗争终于入社，呼伦贝尔草原上成立了第一个牧业合作社的故事。该作品内容、题材和20世纪50年代当代文学反映农业合作化的主流文学一样，都是为当时政策和政治服务，都是为农业合作化运动唱赞歌。其不同的是，蒙古族小说家扎拉嘎胡的牧业合作化运动的故事发生在蒙古族草原上，作品中有浓郁的蒙古族风俗风情展示，语言具有蒙古族的民族特点，作品中运用大量的蒙古族俗语和口语，是牧业合作社运动叙事在蒙古草原展开的代表作品，也是20世纪50年代蒙古族小说汉语写作的典型代表。

（五）移风易俗叙事在少数民族地区展开

当代文学十七年阶段的小说叙事类型除了革命斗争历史、农（牧）业合作化运动这两类主要题材外，还有一类比较普遍的叙事类型就是歌颂新社会的新人新风尚，比如歌颂新婚姻法，提倡婚姻自主；比如破除旧风俗，建立新风尚等。这钟叙事类型的汉族汉语小说比较多，赵树理的《小二黑结婚》《登记》，李准的《李双双小传》等。这类叙事在少数民族小说的汉语写作中也有表现。少数民族汉语作家将移风易俗的故事设置在少数民族地区，将少数民族的一些旧风俗用新社会的新风俗代替。用社会主义的新风尚代替旧风尚，表达少数民族人民跟随社会主义前进的步伐，以崭新的面貌走在社会主义大道上的内涵。此阶段的少数民族作家以此作为表达少数民族特色的基本策略。

蒙古族作家浩·巴岱也是一个在革命队伍里成长起来的蒙古族汉语

作家。他在担任很多行政职务的间隙写作，创作了很多蒙古族汉语小说，其用汉语写作的蒙古族小说代表作是《幼嫩的花》。该作品描写一对相爱的蒙古族年轻人冲破传统势力的阻挠，在新中国的新婚姻法的支持下，有情人终成眷属的故事。作品内容和当时这类汉族小说相同，尤其是和赵树理的《小二黑结婚》《登记》相似。作品描写主人公吉尔格拉爱上了勤劳、优秀的青年巴特尔，但吉尔格拉的父亲非要将女儿嫁给酗酒闹事、懒惰成性的富人儿子瓦其尔。后来巴特尔成为劳动模范，吉尔格拉和巴特尔也在婚姻法的支持下举行了婚礼，吉尔格拉的父亲最后也终于转变了思想。这是在新中国成立之初，新婚姻法颁布后中国当代文学最主要的叙事类型，歌颂新婚姻法，反对父母包办，提倡婚姻自主，描写新旧风俗的冲突，描写移风易俗的新时代和新生活。尤其是作品中的女主角都是爱上进步的、勤劳的青年，反对父母包办婚姻。在婚姻观上，年轻人相爱的基础不是钱财，而是是否思想进步、劳动积极，和父母爱好钱财的婚姻观格格不入。最突出的是，这些年轻人都是在新中国的新婚姻法、在人民政府的支持下获得婚姻自由。从内容来看，这类题材小说内容上几乎差不多。但浩·巴岱的独特之处，是将这样一个移风易俗的故事安排在蒙古族地区，发生在蒙古族人民中间，具有蒙古族的风俗特色。

彝族作家普飞，解放前是贫苦的彝族农民，解放后做过县文化馆馆员、地区文联主席等职务，他发表过短篇小说集《重赶峨山街》《飘去的云》等。普飞的成名作是《门板》，这篇短篇小说结构短小，内容也简单，作品描写彝族老人普连光为了给生产队积肥料，在经过一番思想斗争后主动拆掉自己的旧房子，并且在生产队的板车遇到沟坎时，不顾彝族门板不能踩踏的风俗，主动将自己家旧房拆下来的门板给生产队的板车做垫板。这样一个移风易俗的故事主要是通过彝族特色的物象——门板来结构全篇，通过门板这个物象来表达彝族人民在新社会移风易俗的故事，描写新中国彝族人民在社会主义新中国去除旧习俗、发扬新风尚的特点。作品从彝族人民真实的生活基础出发，既有彝族人民生活的具体风俗风情的描写，又有彝族人民在新中国过上新生活的喜悦，是一部用汉语描写彝族人民在新社会移风易俗的彝族汉语小说。

三　政治叙事中少数民族风情风俗展示

运用汉语写作的少数民族汉语小说保持少数民族文化特质的最突出的策略是少数民族风情风俗的展示，这是十七年中少数民族小说汉语写作不同于汉族汉语小说的最主要的特点。除了将革命斗争历史、农业合作化运动、人民翻身做主人、新社会新人新风尚等故事设置在少数民族地区，从空间设置凸显少数民族特色以外，另一个主要的策略是在作品中展示少数民族的风俗风情，成为少数民族小说汉语写作特征的主要表现。

（一）少数民族自然风光描写

十七年中少数民族汉语作家最突出的凸显少数民族特色的策略，是在作品中大量描写少数民族地区的自然风光。读者通过阅读这样的描写，了解到少数民族地区独特的风景，从而得到陌生化的美的享受。十七年中运用汉语写作的少数民族汉语小说主要描写少数民族的自然风光，自然风光描写成为少数民族汉语作家展示少数民族风情的一种最简单而又最鲜明的方法。读者读后，对少数民族风光充满了憧憬，这种陌生化效果引起读者对少数民族自然风光的向往之情。少数民族汉语作家在描写少数民族的自然风光时，对自己民族特有的自然风光注入了热爱、自豪、美好的感情，读者从中可以读到作者那热爱自己的民族的情感。因此少数民族自然风光在十七年中少数民族汉语作家的描写下，充满了雄伟、壮丽、辽阔、清新、奇峻等审美特点。同时，这些自然风光是十七年中少数民族小说故事发生的场域，和地理环境一起构成少数民族独特的地域特色。

十七年中蒙古族汉语作家用美丽的语言描写草原，给读者展示了独特的蒙古草原风光。十七年中蒙古族小说汉语写作都将故事设置在草原上，从而形成了中国当代文学史上蒙古族小说汉语写作的草原特色。著名蒙古族作家玛拉沁夫的小说开启了这种写作特点。他著名的用汉语写作的蒙古族小说《科尔沁草原上的人们》《茫茫的草原》《春的喜歌》等作品都大量地描写蒙古草原的自然风光，开启了中国当代文学史上的蒙古草原小说先河。他发表于1951年的《科尔沁草原上的人们》，一开头就用充满诗意的笔触描写草原风光：

> 夕阳被遥远的大地吞没了。西北风偷偷地卷起了草浪，草原变成了奔腾的海洋；空中密布着乌云，好似一张青牛皮盖在头顶，人们都知道：草原的秋雨将要来临了。①

这是作品开端的景物描写，这不仅仅是一般的草原景色的描写，而是具有“预叙”的效果。这段描写表明一场风波将要在草原上发生，预示着蒙古族姑娘萨仁高娃将要遇到一场严峻的阶级斗争考验。

在小说结尾，当萨仁高娃历尽艰辛，在草原人民的齐心协力下抓住

---

① 中国作家协会编：《新中国成立60周年少数民族文学作品选——短篇小说卷》第1卷，作家出版社2009年版，第1页。

反革命分子宝鲁时，玛拉沁夫则这样描写草原：

> 弥天的乌云一团一团地向南飞去，草原的东边天际显出了黎明的曙光；遍地的花朵微笑着抬起头来，鸿雁在高空歌唱。太阳出来了。①

可见小说叙事和草原风光有密切关系，它既是故事发生的场域，又是作者表达情感的载体。

玛拉沁夫的长篇小说《茫茫的草原》描写的是察哈尔草原上发生的故事，作品描写了很多察哈尔草原的独特风光。玛拉沁夫在描写草原风光时不仅客观地描写风景，而是带有很强的主观色彩。这里的风光描写带有拟人化的特色，有时作者情不自禁地在草原风光描写过程中充满激情地大声歌唱：

> 天暖了。向阳山坡的积雪融化成千百条混浊的溪流，弯弯曲曲地向大草甸子流去，从远看就像无数条黑蛇在爬行。这些溪流在山下很自然地互相汇合，吞并，最后合并成了两条小河，一东一西，各流各的。从此草原上出现了两条河流。天底下，有造福于人民的河流，也有给人民带来灾难的河流。……白天潺潺流水声，虽然使人仿佛闻到了春的气息，但是一早一晚还很冷，昨天的雪水，早晨又冻成冰了。②

作者描写的草原景物具有象征意义，两条河流象征着草原上人们即将选择的两条不同的道路，因此，风光描写和作品叙事联系起来，既展

---

① 中国作家协会编：《新中国成立 60 周年少数民族文学作品选——短篇小说卷》第 1 卷，作家出版社 2009 年版，第 17 页。

② 玛拉沁夫：《茫茫的草原》上部，人民文学出版社 1980 年版，第 153 页。

示出《茫茫的草原》的蒙古族特色，又紧扣主题，表达作者的主观倾向。

> 这时，黎明的光，征服着夜的黑暗，草原的壮阔，无边的身影，渐渐显现出来。啊！壮阔、无边的草原，你那千万条凹凸不平的山岭、沟坡，是伟大的力的源流！即使在严寒的冰雪天，它们也穿过冻裂的地层，向这里的人吐放滚滚的热流，是它，滋养着这里的人民，是它，陶冶着这里的人民。自古至今，我们的人民——草原儿女，曾经蒙受过多少灾难，然而他们依然生存下来了。严寒，只不过是在他们那粗糙的手背上，留下几条冻伤的痕迹，但是没有能够把他们的生命窒息的荒火，只不过是烧毁这里的几根枯草，但是第二年青草长得更茂盛，花卉开得更鲜艳！①

这是《茫茫的草原》上部结尾处的一段抒情文字，这段文字充满激情地表达了作者热爱草原的情感，体现了一个蒙古族儿子对生养自己的草原的无比热爱之情，同时也预示着蒙古草原上那即将到来的新生活的美好前景。

壮族作家陆地则在他的小说《美丽的南方》中，大量描写南方壮族地区的风光。这里的风光不同于蒙古族地区的草原，也不同于汉族地区的山水，这里是壮族人民世世代代生活的地方。广西山水的地方性特质，构成了陆地壮族小说独特的地理特色。那和桂林山水一样美丽的山村，那秀丽挺拔的山、清澈碧绿的水；那如轻纱一样缥缈的雾，那如图画一般美丽的村子，构成了陆地壮族小说的美丽风光。陆地描写壮乡的春天，极力突显南方壮族地区的特色："'蜜蜂在花丛中嗡嗡喧闹，鹧

---

① 玛拉沁夫：《茫茫的草原》上部，人民文学出版社 1980 年版，第 402 页。

鸪远远地传来求偶的呼唤’，斑鸠‘不时唱着咕咕的悠长而安逸的调子’，画眉‘尽情地唱着它的快乐的清唱’，‘有节奏的水声从小溪流过’，而村头、野地里，静静立着‘结了小小的发青的果子的桃树，换着新嫩的阔大的叶子的芭蕉，‘没有脱竿的竹笋、银色的金英、粉红的杜鹃花’，‘散发着浓烈的香气’的鹰爪兰”。[①] 这里的蜜蜂、鹧鸪、斑鸠、画眉、桃树、芭蕉、竹笋、鹰爪兰等都是典型的壮乡春天特有的物象，陆地将它们组成一幅美丽的壮乡春之图：

> 这是一片平坦的田野，从好远的山脚那边流下来的一条小河绕过这几个错落的村庄，一些高大的榕树、松柏、杧果和扁桃的乔木和果树，常年以葱茏浓绿的叶子缀成如画的风景。特别是，将岭尾和长岭两个村子连成半个绿色圆周的橄榄林，在这夕阳斜晖的映照下，更是显示着它的丰饶、绮丽、优美和宁静。[②]

作者通过对颇具南方壮乡特色的风光的描写，歌颂美丽的南方，表达作者热爱壮乡之情。

十七年的少数民族小说汉语写作的风光描写，主要是作为当时小说主题政治叙事的陪衬，作为阶级斗争故事发生的地理背景。因为在当时文学为政治服务、为工农兵服务的大背景下，少数民族小说的汉语写作也必须遵守这一大的政治规则。即使风光描写只是政治叙事的背景和陪衬，但用汉语写作的少数民族小说还是在描写少数民族风光时，尽可能地突显少数民族特色，在描写少数民族风情风景时，尽量用只有少数民族地区才有的自然景物来描写，让少数民族的风光成为十七年的少数民

① 陈丽琴：《壮族当代小说民族风情描写的审美意蕴（之一）》，《广西社会科学》2002年第6期。

② 陆地：《美丽的南方》，广西人民出版社1979年版，第58页。

族小说汉语写作不同于汉族小说的一种明显标志。

（二）少数民族风俗描写

十七年的少数民族小说汉语写作突显少数民族特色的另一个主要的策略是少数民族的风俗描写。所谓风俗，是“一种传统力量而使社区分子遵守的标准化的行为方式”。① 风俗是一个民族文化的重要组成部分。东汉班固《汉书》卷二八下《地理志》上说：“凡民察五常之性，而有刚柔缓急音声不同，系水土之风气，故谓之‘风’。好恶取舍动静无常，随君上之情欲，故谓之‘俗’。”其明确地说明了因自然条件不同而形成的特点称为“风”，由社会环境不同而形成的特点称为“俗”。少数民族人民在几千年的发展过程中，形成了和汉族不同的风俗。在衣食住行、婚丧嫁娶、节日礼仪、信仰禁忌等方面都有各自独特的地方。不同的风俗是区别各族人民的最主要的标志，因此十七年的少数民族汉语作家在进行少数民族小说创作时，在跟随新中国文学的政治叙事的时代节拍以外，描写独特的少数民族风俗成为少数民族汉语作家突显少数民族特色的重要策略之一。

十七年的蒙古族汉语作家在进行小说创作时，尽量将蒙古族的风俗习惯融入政治叙事，将蒙古族的民俗作为政治叙事的一种道具或推进叙事的一种策略。蒙古族恋人之间用烟荷包传达爱情，这是蒙古族青年恋爱的风俗。在《科尔沁草原上的人们》中以蒙古族姑娘萨仁高娃带着烟荷包去和心上人桑布约会的路上碰上反革命分子、萨仁高娃英勇地抓获反革命分子的故事为主要线索。烟荷包在作品中出现过两次，第一次

---

① ［俄］马林洛夫斯基：《文化论》，费孝通等译，中国民间文艺出版社 1987 年版，第 30 页。

是萨仁高娃带着烟荷包傍晚在敖包等待心上人桑布；第二次是萨仁高娃和反革命分子宝鲁搏斗丢掉了烟荷包，烟荷包恰巧被桑布捡到，从而引导村长、民兵队长、桑布追赶上萨仁高娃并和萨仁高娃一块儿追踪并抓住反革命分子宝鲁。蒙古族的烟荷包在这里作为推动阶级斗争故事发展的道具，从而将少数民族的风俗和当时的阶级斗争叙事结合起来，形成20世纪50年代少数民族小说汉语写作的特色。正因为这样，这个风俗在内蒙古草原上的中国当代文学史上的阶级斗争故事，才不同于当时汉族的阶级斗争故事而具有蒙古族特色。玛拉沁夫的《茫茫的草原》因为是长篇小说，因此作品中的风俗描写更加丰富多彩。在作品中大量描写蒙古族牧民的风俗习惯，展示蒙古族的草原文化。作品描写蒙古族草原人民在共产党领导下翻身得解放的伟大斗争，是一部具有新中国文学史诗性的作品。但作品和同时代汉族的红色经典不同之处在于，作品在一个充满硝烟氛围的阶级斗争中，描写了蒙古草原上颇具自然美和浪漫气质的蒙古族特色。作品中有很多蒙古族风俗的描写，比如关于那达慕的描写，具有很丰富的民俗学意味。那达慕是蒙古族最喜庆的节日，是蒙古草原文化最具特色的活动形式。关于那达慕，作品中这样写道：

> 哈布嘎，这草原的城镇，沉浸于节日的气氛之中。几千个牧民，从察哈尔八旗，坐着车，骑着马和骆驼，赶来参加大会。哈布嘎的周围，架起几百座帐篷和蒙古包，白花花一片，看去好像是漫山遍野的羊群。夜晚，你站在附近小山上下望，灯火和篝火连成一片，宛如规模巨大的不夜城。[①]

作品还详细描写了蒙古族民间传统的“好汉三艺”——赛马、射

① 玛拉沁夫：《茫茫的草原》上部，人民文学出版社1980年版，第283页。

箭、摔跤，尤其是重点描写了摔跤。摔跤是蒙古族人最喜欢的体育运动，也是那达慕上最有特点的运动形式。作品描写主角铁木尔和洛卜桑师长的摔跤，既展示了蒙古族摔跤运动的特点，又表现了革命军队官兵平等的良好关系。

> 摔跤场里向来不分老少，不留情面，铁木尔一个箭步窜了过去，抓住那个老头儿的宽皮带，接着就是一阵狂风暴雨般的猛攻。老摔跤手，毕竟经验丰富，在这样的被动局面，仍能稳住脚跟，守中有攻。较量不多时，老摔跤手使出绝招，把进攻点从脚下移到手上，他那两条路膊像两根炮筒似的坚硬，一左一右，一推一拉，仿佛要把铁木尔扯碎！铁木尔见他使用“臂战”，即刻也以其人之道还治其人之身，但是当他刚把注意力转到“臂战”时，那老摔跤手却防不胜防地转变为“腿攻”，顿时，铁木尔脚底下乱了，险些摔倒，赶忙转攻为守，压住阵脚。他心中暗想：这老家伙，好厉害！……又经几个回合，铁木尔的优势渐渐显露出来，老摔跤手开始有些力不从心了。乘此机会，铁木尔声东击西，脚绊一个猛子，终于将老头儿摔倒在地上。①

玛拉沁夫用充满感情的笔触，详细地描写蒙古族特有的风俗——摔跤，将一个中国当代文学史上的革命斗争历史故事和蒙古族的风俗紧紧结合起来，使得这部阶级斗争的文学作品包含丰富的蒙古族民俗学内涵。

李乔的彝族汉语小说《欢笑的金沙江》是一部描写彝族人民在共产党的领导下翻身得解放的作品。李乔在彝族地区长大，是地道的彝族

① 玛拉沁夫：《茫茫的草原》上部，人民文学出版社1980年版，第224页。

人，因此非常熟悉彝族人民的风俗习惯，在这一点上，李乔有着同时代其他人无可比拟的条件。他可以直接将彝族的语言和思维用汉语表达出来，实际上这种转化在他脑子中就直接实现了，他能用最恰当的汉语描写彝族的风情风俗和彝族人的具体表达内容，他将彝族人的风俗习惯用质朴无华的语言、流畅简洁的文字描写出来，展示了20世纪50年代彝族地区的独特风俗画。作品第一部《醒了的土地》的结尾，因为民族工作队的努力，因为党的民族平等政策的宣传到位，原本是冤家的磨石家和沙马家和好了，因此他们采取了彝族人杀牛盟誓的风俗：

> 蓦地，一个头上留着一撮天菩萨，穿着一件大襟衣的毕摩，走到黄牛跟前，喃喃的不知在念什么。木锡骨答大爹在掌心里呸地吐了一口唾沫，搓了一搓，便高高的举起铁锤猛然向那牛头上打下去。牛头上迸裂起一个火花，那头大黄牛嗡的叫一声，便颓然倒在地上。
>
> 人们哄的一声叫起来，拔出刀子，争着向那头大黄牛跑过去。刀子在飞舞，人在拥挤，不多一会，一层黄爽爽的牛皮被剥下来，绷在四棵木桩上，散发出一阵难闻的腥气。
>
> 这时，那棵黄角树下，响起了一阵欢腾的锣鼓声。接着，震耳的鞭炮噼噼啪啪的响起来，沙马木扎、木锡骨答、磨石拉萨和阿陆西支，从人群中走出来，他们严肃地立在那棵黄角树下，向毛主席像鞠了一躬，便摊开手，从那层牛皮下钻过去：
>
> “从今天起，我们团结了，以后哪个不团结，就让他像这头牛一样的结果”。①

---

① 李乔：《欢笑的金沙江》，人民文学出版社1956年版，第193页。

这段文字将彝族人杀牛盟誓的过程详细地描写出来，让读者清晰地了解彝族人特有的风俗习惯以及民族特色。作品突出的特点在于不是脱离作品主题而专门去描写彝族人的风俗习惯，而是在彝族人翻身得解放、民族团结的主题中融会贯通地与民族工作队为解放彝族人所做的工作联系起来。这是作者将母族耳熟能详的习俗融会在彝族人民翻身得解放的故事中、突出彝族文化特色的方法。这是作为彝族人的李乔在进行政治叙事过程中，极力展示民族特色的举措，也是他运用风俗化描写展示小说民族特色的重要策略。

和十七年中少数民族小说汉语写作风俗描写一致的是，这些少数民族风俗描写还只是外在描写，只是作为政治叙事的背景或者衬托。少数民族风俗本身的文化特性在十七年的少数民族小说汉语写作中还没有突显出来。也就是说风俗描写还只是停在表层，还只是罗列民俗事项，而没有挖掘少数民族风俗的历史内涵和文化底蕴，也没有将风俗描写从背景中脱离出来成为民族文化的主角，没有将民俗事项审美化。这种现象在新时期的少数民族小说汉语写作中得到极大的改善。

（三）少数民族典型物象描写

"所谓物象，是指大千世界里各种事物所表现出来的形象或情景，其范围可广可狭。广而言之，自然界的一切存在物都可以归属其中，狭而言之，物象仅指在人之外的客观事物的表现形态。"① 人之外的物象进入小说之中和人物一起共同表达主题是小说的一个重要叙事手段，是小说家常用的方法。从文化角度来说，物象选择是一种文化选择。作家

① 郑庆君：《从〈骆驼祥子〉看汉语话语中的物象描写》，《湖南社会科学》2004 年第 1 期。

选择的物象和本民族的文化特色以及生活习惯一致，与作品的主题以及作品所要表达的情感一致。一方面，小说选择什么样的物象表达作家的情感是与作品的主题和内容有关的，也就是说，物象的选择要符合作品的主题；另一方面，小说选择什么样的物象表达情感，则与作家对什么物象熟悉有关，也就是说作家一般选择自己熟悉的物象表达情感。十七年中少数民族汉语作家为了凸显自己民族的特色，在创作小说时，常常选择自己民族典型的物象，突出民族特色。因为少数民族小说家对自己民族的典型物象非常熟悉，运用起来得心应手。少数民族汉语作家将自己熟悉的典型物象写进小说，成为少数民族作家运用汉语表达少数民族特色的另一个重要策略。

十七年的少数民族汉语作家在写作时，首先选择本民族典型性的物象，此物象是本民族的标志性物象，只要一说出来就知道是这个民族的典型的物象，从而具有标示民族特色的作用。

蒙古族小说汉语写作出现最多的物象是草原、骏马。草原是十七年中蒙古族小说汉语写作出现最多的物象，汉语写作的蒙古族小说多用草原命名。比如玛拉沁夫的小说《科尔沁草原上的人们》《花的草原》《茫茫的草原》，乌兰巴干的《草原烽火》，扎拉嘎胡的《春到草原》等。草原是蒙古族人民的母亲，是生养蒙古族人民的美好的家园。蒙古族人民世世代代生活在草原上，对草原有着深厚的感情。因此在十七年的蒙古族小说汉语写作中，草原无处不在。草原是蒙古族小说汉语写作中故事展开的场域，是蒙古族作家抒发情感的对象，也是在十七年的政治叙事中和汉族小说区别的主要物象。在蒙古族小说的汉语写作中，随处可见作者对草原的歌颂、对草原的赞美：

好像从昨天开始草原进入了春天的境界：天空显得又高又蓝，

镶在天边的雪白云朵像是哪个灵巧的姑娘锈的图案。成群的百灵鸟在你头上扇动着翅膀，向你唱着春的喜歌。那湿润的风，在人们不留意的当儿，把山坡上的花草从枯叶下面吹出娇嫩的绿叶来，大地散发着一种使人神怡的清香气味……①

这是春的草原。

千里平坦的草原，看上去绿油油、软绵绵的，仿佛从这高山上跳落下去，也不会摔痛似的。草浪在翻滚！山下，风也不小呵！这时，西北方上空一道闪电划过，又响起轰轰雷声；这是暴风骤雨的前奏曲。风啊，雨呀，暴风啊，骤雨呀，来吧！②

这是夏的草原。

夕阳被遥远大地吞没了。西北风偷偷地卷起了草浪，草原变成了奔腾的海洋；空中密布着乌云，好似一张青牛皮盖在头顶。人们都知道；草原的秋雨将要来临了。③

这是秋的草原。

他看见辽阔的草原披上了洁白的冬装，山丘起伏的轮廓，已经隐没在苍茫的暮色中，灰褐色的地平线接上了灰褐色风，天边不能分辨。从那边的圣山脚下，走过一大片羊群，在白雪地上斑斑点点，就像是无数的珍珠滚动在柔软发光的白缎子上。④

---

① 玛拉沁夫：《春的喜歌》，《玛拉沁夫小说选》，内蒙古人民出版社1986年版，第21页。

② 玛拉沁夫：《茫茫的草原》上部，人民文学出版社1980年版，第275—276页。

③ 中国作家协会编：《新中国成立60周年少数民族文学作品选——短篇小说卷》第1卷，作家出版社2009年版，第1页。

④ 同上书，第53—54页。

这是冬的草原。

四季草原在玛拉沁夫、安柯钦夫等蒙古族作家的笔下，诗情画意、深情厚谊。草原成为这些作家表达蒙古族特色的最主要的物象，也成为蒙古族汉语作家突显蒙古族特色的主要策略。

骏马也是十七年中蒙古族小说用汉语表达蒙古族特色的主要物象。蒙古族是马背上的民族，骏马是蒙古人最亲密的伙伴，这是游牧民族最鲜明的特征。骏马是蒙古人的坐骑，也是蒙古人的兄弟，对蒙古族人民来说，草原是故乡，马背是摇篮。因此骏马在十七年的蒙古族小说汉语写作描写中也是必不可少的物象。在玛拉沁夫的小说《科尔沁草原上的人们》中，女主人公萨仁高娃一出场就是骑着一匹大红马，而《茫茫的草原》中男主人公铁木尔的黄骠马则和主人一样英勇顽强，是铁木尔的亲密战友：

> 铁木尔拉过黄骠马，拍了拍它的脖子："今天，就看咱们哥儿俩的啦！"黄骠马会意地点了点头，老老实实站在原地，看来就像一个温柔的少女；但是当主人在出发前，按照惯例顺一顺鞍鞯，紧一紧肚带时，这温柔的少女，瞬间变成狂暴的老虎，粗野嘶吼着，又抖尾巴，又呼喘，两只前脚直刨地。善骑的主人，刚一跨上鞍，它就像颗子弹般，躯肢平成一条直线，向南跑去。人常说，什么性情的人，骑什么样生情的马。即使完全陌生的人，看见那匹黄骠马，也能猜到它的主人是一个风雨拦不住、水火吓不倒的好汉。[①]

这种马和人合二为一，马如人、人如马的特点，是典型蒙古族的特

① 玛拉沁夫：《茫茫的草原》（上部），人民文学出版社 1980 年版，第 241 页。

色。蒙古族作家用骏马作为表达蒙古族生活的主要物象，鲜明地展示出蒙古族这个马背上的民族的独特之处。

十七年中彝族汉语作家有李乔、苏晓星、李纳、普飞等。他们在进行小说创作时，注重用彝族特有的物象作为展示彝族文学特色的重要叙事方法。金沙江是彝族人民的母亲河，被认为是彝族文明的源头和文化象征。因此，《欢笑的金沙江》用金沙江命名，就是用金沙江这个物象来标示彝族人民生活的地方，表达强烈的热爱金沙江的感情："金沙江文明对彝族文学有影响，彝族文学又提高了金沙江文化的知名度。无论是否生长在金沙江两岸，彝族人民对金沙江一直情有独钟。"①《欢笑的金沙江》不仅用金沙江命名，而且描写了居住在金沙江两岸的彝族人民在中国共产党领导下，从奴隶到主人翻身得解放的巨大变化，开创了中国当代彝族文学弘扬和捍卫江河文化的先河。后来很多彝族作家极力歌颂和挖掘金沙江的彝族文化内涵，应该都与李乔的《欢笑的金沙江》有关，都与彝族人民独特的金沙江情结有关。在《欢笑的金沙江》的开篇，李乔用充满激情的笔触描写金沙江的雄伟景象：

> 那条从万山丛里奔流而来的金沙江，像一条巨龙被太阳晒得在翻滚，现出一股粗野的不可阻挡的气势，岔岔地冲击着江心的岩石，发出巨大的吼声，震撼着寂静的山野，溅起无数银沫，然后又滔滔滚滚向东奔流而去。②

这里不仅写出了金沙江奔腾不息的壮观景象，而且也暗示着彝族人民在共产党领导下翻身得解放的不可阻挡的历史潮流。同时，这部作品

---

① 阿牛木支：《金沙江文化在彝族文学中的表述》，《大众文艺》2012 年第 2 期。

② 李乔：《欢笑的金沙江》，人民文学出版社 1956 年版，第 1 页。

还丰富了金沙江文化的内蕴。小说结尾处，作品再一次描写金沙江：

> 那闪着一片金红荡漾着的江水，好像被人们的快乐感染了，不断发出巨大的欢笑声，震撼着那高不可攀的悬崖绝壁。①

在彝族人民翻身得解放的时候，金沙江也发出欢笑声，变成了一条“欢笑的金沙江”，这是和以往不同的金沙江，是翻身得解放的金沙江。此时的景色和作品开始描写的景色比较起来，金沙江充满了欢乐，金沙江充满笑声。这样的描写既和开头对应，又和作品中民族工作队“政策过江”给彝族两岸人民带来幸福的生活的主题结合起来。在这里金沙江承载了彝族人民翻身得解放的喜悦，承载了彝族人民如江海辽阔的民族意识，使得作品具有鲜明的彝族文学的特色。

除了运用金沙江这个物象标示彝族特色以外，十七年的用汉语写作的彝族小说中，彝族作家们还运用了许多具有彝族特色的典型物象来展示彝族特色，这是十七年中彝族汉语作家在政治叙事中极力突显的彝族特色。比如李乔的《欢笑的金沙江》第一部《醒了的土地》中描写彝族特有的服饰百褶裙。百褶裙不仅仅是彝族妇女的典型服饰，而且是彝族古老规矩中平息争斗的物象，所以当国民党残匪阴谋挑拨煽动，沙马木扎和磨石拉萨两家成为冤家，即将发生血案的关键时刻，沙马大妈手上挥动百褶裙时，沙马木扎和磨石拉萨就停战了，从而平息了一场族人内斗的血腥争斗。百褶裙可以平息争端的这种文化内涵，只有彝族人民才具有，彝族作家李乔在作品中充分展示了彝族小说的独特之处。

门、门板、门槛是彝族传统中象征祖先、财路、幸福、崇拜等具有神圣内涵的物象。门、门板、门槛是不能随便拆、不能随便踩的，

① 李乔：《欢笑的金沙江》，人民文学出版社1956年版，第205页。

否则就是侮辱先祖，就会带来灾难。彝族作家普飞，有两篇小说分别以《门》《门板》命名。在小说《门》中，作者描写旧社会，地主恶霸崔四老爷恶意踩了山嫂嫂家的门槛，以此侮辱他们一家。山嫂嫂丈夫矣果果和崔四老爷发生争斗时被崔四老爷开枪打死。山嫂嫂到官府告状，但官府不会替穷人做主，愤怒的山嫂嫂用丈夫留下的双面刀杀死了崔四老爷。新中国成立后山嫂嫂在党的教育下，竟然主动踏了踏自家的门槛，以此表达山嫂嫂移风易俗的决心。普飞的另一篇小说《门板》也是用门板这个具有彝族特有意蕴的物象描写移风易俗的故事，描写彝族人在解放前后对门板这个物象的不同态度，展示彝族人民的新生活。移风易俗故事发生在彝族地区，发生在彝族人民中间，运用彝族特有的物象推动故事发展，从而区别同时代汉族的移风易俗故事。可见，具有彝族特色的物象在十七年的彝族汉语小说叙事中的重要作用。

（四）少数民族风情风俗展示的缺失

从以上分析可以看出，十七年的少数民族小说的汉语写作，紧随国家主流文学发展脉络，也紧随汉族文学的发展框架，和着文学为政治服务的政治叙事建立了新中国文学的少数民族汉语小说的一元。因此在题材、内容、创作方法方面都和主流文学即汉族文学步调一致。为了和汉族文学相区别，十七年的少数民族汉语作家采取将少数民族的革命斗争历史叙事、翻身得解放叙事、歌颂新中国人民幸福生活叙事、新中国移风易俗叙事、民族团结叙事等设置在少数民族地区，并在这些政治叙事中极力展示少数民族的风俗风情等以显示少数民族特色，以区别汉族文学。这种策略展示了少数民族特色，描写了少数民族风情，在和汉族文学比较的过程中，具有鲜明的少数民族特色，从而给十七年的中国当代文学提供了少数民族汉语小说这种小说类型，扩大了中国当代文学的版图。但是，十七年的少数民族汉语作家在当时采取显示少数民族特色的策略也有很多缺点。总的来说，十七年的少数民族小说的风俗风情展示的策略存在着背景化、表面化、配角化、意识形态化的缺点。

第一，少数民族风情描写的背景化。

十七年的少数民族小说汉语写作采用展示少数民族风情风俗来显示少数民族文学特色的策略，这些策略只是从表面描写了少数民族的风俗风情，没有从民族意识、民族文化的深度开掘少数民族特色。也就是说，这些少数民族风情风俗只是政治叙事的背景，只是意识形态叙事的陪衬，少数民族风俗风情没有成为民族文化的主角。而且十七年的少数民族汉语小说以汉族文学为榜样，具有汉化趋势，有的少数民族汉语小说还具有只是将少数民族风情风俗、少数民族物象作为点缀，整个作品具有汉族思维的特点。因此，十七年的少数民族小说只是表面的少数民族特色，没有深入少数民族文化内里，没有将少数民族风情风俗上升到少数民族文化层面。

从十七年的少数民族小说汉语写作来看，其作品的主题和汉文学的基本主题相同，不同的只是将汉族政治叙事设置在少数民族地区，少数民族风俗风情只是十七年的少数民族汉语小说的背景，没有成为少数民族文化的独特审美观照。少数民族的风俗风情只是十七年的革命斗争历史、土地改革运动、歌颂新中国幸福生活、维护民族团结局面等故事发生的地理背景。其主要内容和汉族同时代的小说是相似的。十七年的少数民族小说汉语写作还处在发展的初期，呈现出不成熟的特点。如少数民族文学研究专家向云驹所说，此阶段的少数民族小说还处在摹仿阶段。其原因有两方面：主观原因是少数民族小说家创作还不成熟，少数民族小说还处在初级阶段，因此当时最简单和最明智的方法就是按照当时的主流意识进行创作，甚至有的套用主流文学的主题、概念和价值判断，而不是从自己的民族意识进行思维和创作。客观原因是当时少数民族刚刚走向新生活，确确实实需要向汉族学习，向主流思潮靠近，尤其是党和国家给少数民族带来翻身解放的巨大变化，让少数民族从心底里愿意向汉族文化学习，向主流文化靠近。因此这个时期的少数民族小说汉语写作是少数民族汉语作家将汉族文学主题、概念套用和摹仿的结果。“这一切构成这类文学将摹仿作为最有效的艺术模式和艺术思维手段，诱导了审美的判断依赖，在牵强、生硬、概念化、拼凑中使主体的敏感触角陷入平庸的泥沼，浪费了对象生动的原始丰富性。症结并不在于摹仿的艺术观，而在于艺术摹仿过程中具体理解运用上的偏差和错觉。”① 因此少数民族风俗风情的描写不是从少数民族历史文化的深度中展示少数民族的文学内核，而只是和汉族小说主题和概念相同的少数民族背景；同时由于十七年中文学的政治主体和汉族文化主体的特点，导致十七年少数民族小说的汉语写作只能将少数民族风俗风情作为背景，而不能将少数民族文化主体化，从而导致少数民族汉语小说民族意识的表面化。

第二，少数民族风情描写的表面化。

由于十七年中少数民族小说的汉语写作主题导致少数民族风俗风情背景化等原因，因此少数民族小说汉语写作的风俗风情描写就具有表面化的特点。所谓表面化，就是少数民族风俗风情描写在少数民族汉语小

① 向云驹：《幕仿的产生与深化——当代少数民族文学发展理论思考之二》，《固原师专学报》1995 年第 2 期。

说中主要是作为点缀或风景描写，没有更深入地表现少数民族意识和历史文化。这阶段的少数民族风俗风情描写，只是从表面描写风俗风情的外在形态，描写少数民族的风景，只是将一些具有少数民族地区物象的景致做平面的描写，而没有将作品主题和风景在少数民族意识和文化上紧密联系起来。这种平面化的描写，只是外在的景物描写，更多的是地域化而非民族化。比如陆地的《美丽的南方》有一段景物描写：

> 道路两旁被橄榄树的浓荫覆盖着，橄榄树长的挺拔、魁梧、傲岸，树干呈现出光洁的灰白色，近看给人以高傲、严正的感觉。远看，是一带苍葱丰盈，衬着附近一片嫩绿的平川和白色的河流，给人的印象留下一幅秀丽的图画。路边附近的菜园长着娇绿的生菜、芥蓝和丝瓜，鱼塘堤岸的竹子才长出青青的新叶；果树园或屋前的柚子树，在浓绿的叶子下开着香气馥郁的白花，梨花还没有完全凋谢，青绿的树叶已经长出来了；八哥鸟在高高的木棉树饮着花蕊的蜜露，把艳红的花瓣弄坏了，轻轻地落下。①

这段描写，我们读后，除了具有浓郁的南方色彩外，并没有多少壮族文化特色，如果不是专门标示说是壮族地区风景，说是南方地区的风景也未尝不可。因此有人说，十七年中有些少数民族风情描写是地域化而不是民族化。

第三，少数民族风情描写的意识形态化。

十七年中少数民族汉语小说的风俗描写，要么选择一些让汉族读者看起来能接受的或者和汉族文化比较接近的风俗，要么选择在当时的政治环境下所允许描述的风俗。比如，十七年的少数民族小说汉语写作描

① 陆地：《美丽的南方》，广西人民出版社1979年版，第211页。

写的风俗主要是生活风俗，而宗教风俗要么不提及，要么只是做一些表面化的描写。比如蒙古族是一个信仰藏传佛教的民族，藏传佛教是蒙古地区占支配地位的宗教。藏传佛教在蒙古族人民的日常生活、思想观念等方面都有巨大的影响。另外蒙古族人民还信仰萨满教，萨满教在蒙古族下层人民中的影响也是巨大的。但是十七年的蒙古族小说汉语写作没有从正面去描写这种宗教习俗，描写的大都是生活习俗。即使有少量少数民族的宗教信仰的描写，也是从宗教欺骗人民的角度去描写的，没有描写宗教在少数民族人民生活中的重要作用，也没有从少数民族人民的主体角度去描写宗教信仰。玛拉沁夫的《茫茫的草原》中，描写刚盖老太太奄奄一息时还围着蒙古包转圈，忠实于自己的“新誓”，但是：

> 刚盖老太太呀！你在这遮盖一切的浓浓的晨雾里在祈求什么？是在祈求人间的荣华富贵？还是你晚年的幸福康乐？是在祈求上天搭救你贫苦的同胞，或者你苦难的民族？……不是！全不是！贫困和苦难把她的背都压弯了，那是无法解脱的！至于荣华富贵和幸福康乐，在这人间她从来不曾得到过！因此，她以奄奄一息的生命中的全部力量，在为比今天这浓雾更为渺茫的、不可理解的来世祈祷着，祈祷着……①

作者在这里将宗教描写成为人民解脱所受到的精神苦难的工具，和当时主流文学对宗教的判断是一样的，因此十七年的蒙古族汉语小说还没有从历史文化深度去描写宗教风俗，也没有从正面的、审美的角度描写宗教风俗，从而导致少数民族风俗风情描写的表面化。

十七年的少数民族汉语作家为建立统一多民族国家、为新中国的新

---

① 玛拉沁夫：《茫茫的草原》（上部），人民文学出版社 1980 年版，第 5 页。

生活而写作，因此不断向主流意识形态靠拢，这是一种积极进步的努力。但对民族性，没有从民族意识和民族思维方面进行描写，因此从十七年的少数民族小说的汉语写作来看，其民族色彩大于民族性。也就是说，十七年的少数民族汉语小说采取的展示少数民族风俗风情的策略，只是加强了少数民族色彩的鲜明性，而没有从民族的深度去表现民族意识。同时，这阶段的少数民族风俗风情描写，只是文学政治化的点缀，并且也只能在当时的意识形态所允许的范畴内描写，成为组成当时符合主流意识形态的文学的文本材料。

第二节　少数民族意识从自然流露到自觉追求

一　20 世纪 80 年代少数民族小说汉语写作的发展现状

1976 年粉碎“四人帮”之后，尤其是 1978 年党的十一届三中全会召开以后，中国当代文学进入新的历史时期。1979 年 10 月，第四次文代会召开，对文艺与政治的关系作了重大的调整。《人民日报》在 1980 年 1 月 26 日发表社论，用“文艺为人民服务，文艺为社会主义服务”的口号，代替了毛泽东时代“文艺为政治服务”“文艺为工农兵服务”的口号，这个口号比以往的口号要宽泛得多，其最大可能地拓展了文艺的服务对象范围和文学的描写范围，中国当代文学从文学政治化的单一状态进入文学的多元化发展时期。伴随着新时期文学的由一元到多元的发展进程，少数民族小说汉语写作也得到长足的发展，少数民族小说也进入长足的发展时期。

进入新时期以后，党和国家十分重视少数民族文学事业的发展，从多个方面加强少数民族文学发展的工作。首先，建立一批少数民族文学创作和研究机构，为少数民族文学发展搭建良好的平台。第四次文代会后，中国作家协会设立了中国作家协会民族文学委员会；1980年，中国作协又创刊了专门发表少数民族文学的杂志——《民族文学》，成立了中国少数民族作家学会；与此同时中国社科院则成立了少数民族文学研究所，创办少数民族文学研究学术杂志——《民族文学研究》，成立了中国少数民族文学学会、中国当代少数民族文学研究会等少数民族文学研究的学术团体。其次，召开少数民族文学工作会议，组织少数民族作家培训。1980 年 7 月，中国作家协会组织召开了第一届全国少数民族文学创作会议。这次大会，是中国少数民族文学工作者参加的第一次全国性大会，有 48 个民族 102 人的少数民族文学工作者参加会议。这次会议总结了 1949 年至 1980 年 31 年间当代少数民族文学的成绩与经验，为新时期少数民族文学提出了新的任务，指出了少数民族文学前进的方向，为广大少数民族作家提出了描写少数民族生活、传承少数民族文化的殷切希望。此次会议的代表都是少数民族作家，他们在改革开放的大好形势下，在少数民族文学发展的千载难逢的大好机遇中，热情展望新时期少数民族文学发展的美好前景，热烈讨论新时期少数民族文学发展的各种问题。这次大会结束后，中国作家协会创办了《民族文学》杂志，从此少数民族作家有了专属自己的发表少数民族文学作品的平台；成立了少数民族文学所，设立了少数民族文学班，同时还组织少数民族作家出国访问，开阔少数民族作家的视野。最后，设立少数民族文学创作奖。在第一届少数民族文学创作会议上，为了促进少数民族文学的发展和鼓励少数民族作家出精品，中国作家协会和国家民族事务委员会联合创立全国少数民族文学奖，这是一个意味深长的合作。中国作家协会，这个纯粹的作家机构，国家民族事务委员会，这个与文学没什么关系的国家机构，二者联合设立文学奖。可见，我们国家对少数民族文学的重视程度。全国少数民族文学奖规定每三年举办一次。全国少数民族文学创作奖的评选工作，“高举邓小平理论伟大旗帜，以马列主义、毛泽东思想和邓小平理论为指针，坚持四项基本原则，维护祖国的统一，民族的团结，贯彻‘百花齐放，百家争鸣’的方针，弘扬主旋律，提倡多样化，鼓励和倡导关注现实生活、体现时代精神，反映少数民族新的精神风貌的好作品。坚持导向性、权威性、公正性，扶植人口较少民族文学出新人新作。评选出思想性、艺术性、民族多样性都完美统一的优秀作品”。1981 年 12 月，颁发了第一届全国少数民族文学创作奖。到第五届全国少数民族文学创作奖评奖时，时任国家副主席乌兰夫提名将“全国少数民族创作奖”名称更名为“骏马奖”，以后全国少数民族文学创作奖就称为“骏马奖”。迄今为止，全国少数民族文学“骏马奖”已经评了十一届，为我国少数民族文学的发展和繁荣起到强有力的推动作用。

在以上的良好政策激励、良好创作氛围浸染下，越来越多的少数民族作家积极创作，80 年代的少数民族小说的汉语写作呈现出蓬勃发展的态势，取得了以下几方面的突出成绩。

（一）少数民族汉语作家大幅度增加

和十七年的少数民族汉语作家相比，80 年代少数民族汉语作家人数不断增加。中国作协中的少数民族会员，1980 年为 125 人，1986 年为 266 人。少数民族作家队伍呈几何级数增长，除了少数几个人数较少的少数民族没有作家外，90% 的少数民族有了自己的作家，而这些作家中汉语写作的占 90% 以上。在 80 年代，在十七年中没有作家的少数民族比如鄂温克族、鄂伦春族、裕固族、景颇族、佤族等也都有了本民族的作家。80 年代的少数民族汉语小说家主要有两批，第一批是从 20 世纪 50 年代就开始创作，在十七年中就创作了优秀作品的少数民族汉语作家，如玛拉沁夫、陆地、孙建忠等作家。他们焕发青春，在新时期之初创作出一批优秀的少数民族汉语小说。他们为新时期的少数民族小说的汉语写作发展起到承先启后的作用。第二批是新时期走上文坛的少数民族汉语作家。有白族的景宜，蒙古族的白雪林、佳俊，藏族的扎西达娃、益希单增、降边嘉措，土家族的蔡测海、李传峰，哈萨克族的艾克拜尔·米吉提，满族的关庚寅，鄂温克族的乌热尔图，回族的张承志和霍达等，他们是 80 年代少数民族小说汉语写作领域的文学新人。他们一走上文坛就出手不凡，用汉语创作出更多的更有特色的少数民族汉语小说，作品在 80 年代的全国少数民族文学创作奖中屡屡获奖。这些少数民族作家不再如十七年中那样只是某个少数民族的个别作家，而是形成了新时期的少数民族汉语作家群，比如，蒙古族作家群、藏族作家群、土家族作家群、回族作家群、满族作家群等。《民族文学》评论员对以上两类少数民族作家在 80 年代所做贡献都做了较高的评价："少数民族作家群的出现，在我国文学发展史上具有划时代的意义。这支少数民族作家队伍在新中国成立初期即已出现，经受了历史和时间的考验，在 80 年代得到迅速的发展和壮大。在少数民族作家群中，既有经过革命斗争的考验，富有创作经验的老作家，也有富于朝气和创新精神的中青年作家。他们从事各种体裁的文学创作。这些多梯队、多门类的特点，保证了少数民族文学能够不断发展并获得全面繁荣。”① 这个评论是恰当和准确的。

（二）少数民族小说汉语写作题材的扩展

进入新时期后，少数民族小说汉语写作得到进一步的发展，创作题材进一步扩大，民族意识逐渐加强，视野更为开阔。尤为重要的是，此阶段用汉语写作的少数民族小说在民族意识方面从自然流露到开始自觉的追求，和十七年间运用汉语写作的少数民族小说以主流文学或者以汉族文学为榜样，或者以靠近主流文学为追求的特点不同，这个阶段已经开始了少数民族意识的自觉追求。虽然此阶段还处于承先启后的阶段，但是自主的民族意识的追求已经开始，为90年代少数民族小说的繁荣以及民族意识的强烈表达开了先河。80年代运用汉语写作的少数民族小说题材主要有三类。第一类，描写少数民族的历史命运与生活巨变。这类作品主要描写少数民族的历史和新中国给少数民族带来翻天覆地的变化，歌颂新中国给少数民族带来的幸福生活。代表作品有蒙古族作家玛拉沁夫的《茫茫的草原》《活佛的故事》，藏族作家益希单增的《幸存的人》《迷茫的大地》，藏族作家降边嘉措的《格桑梅朵》《十三世达赖》，藏族作家丹珠昂奔的《吐蕃史演义》，壮族作家陆地的《瀑布》，满族作家赵大年的《公主的女儿》等。第二类，描写“文化大革命”给少数民族造成的灾难和创伤。这类作品和新时期的伤痕文学内容一致，主要描写“文化大革命”给人民带来的身心创伤，只不过这类作

① 本刊评论员：《新中国的产儿——三十五年来的少数民族文学》，《民族文学》1984年第2期。

品描写少数民族人民所受到的身心创伤，可以说是少数民族题材的伤痕小说。代表作品有哈萨克族作家艾克拜尔·米吉提的《努尔曼老汉和猎狗巴力斯》《哦，十五岁的哈丽黛哟》，土家族作家李传峰的《退役军犬》等。第三类，描写少数民族在改革开放过程中的心路历程。这类作品描写改革开放初期，少数民族人民在改革开放过程中生活、思想因为改革而发生变化的状态，和新时期改革文学题材一致，实则是少数民族的改革小说。代表作品有土家族作家孙建忠的《醉乡》《甜甜的刺莓》，土家族作家蔡测海的《远处的伐木声》，瑶族作家蓝怀昌的《波鲁河》，白族作家景宜的《谁有美丽的红指甲》等。第四类，表达少数民族意识的自觉追求。这类作品和前三类相比有了很大的变化，不再只是紧紧跟随汉族文学思潮，是汉族文学思潮在少数民族地区的移植；也不仅仅描写少数民族的风俗风情，而是深入少数民族文化内部，描写独特的少数民族文化内涵。这类少数民族小说汉语写作有了不同于汉族汉语写作的独特追求，那就是自觉追求少数民族意识。代表作品有鄂温克族作家乌热尔图的《瞧啊，那一片绿叶》《琥珀色的篝火》《七叉犄角的公鹿》，藏族作家扎西达娃的《西藏，系在皮绳扣上的魂》《没有星光的夜》《去拉萨的路上》，回族作家霍达的《穆斯林的葬礼》，满族作家朱春雨的《血菩提》，回族作家张承志的《黑骏马》，蒙古族作家白雪林的《蓝幽幽的峡谷》，满族作家边玲玲的《德布达理》等。

二　承先：少数民族意识的自然流露和逐渐觉醒

80 年代少数民族小说的汉语写作，处于承先启后的时期。所谓承先，就是说此阶段少数民族小说的汉语写作，依然继承新中国头二十七年的运用汉语写作少数民族小说的传统，小说地理设置仍然主要在少数民族地区，作品主人公主是少数民族成分，同时也采用展示风俗风情的策略显示少数民族特色。所谓启后是在头二十七年少数民族小说的基础上有所发展，有所超越。其发展表现在小说的题材扩大，视野开阔，创作方法多元化；其超越表现在对少数民族意识的自觉追求，这种对少数民族意识的自觉追求，将少数民族小说从学习汉族文学、靠近汉族文学的框架中提升到追求少数民族的独立品德的状态中，将十七年少数民族风俗风情作为政治附属品变成文化主体，成为具有少数民族文化风尚的生活文化。少数民族风俗风情描写从表层描写到具有文化底蕴的深层挖掘，从罗列各种少数民族的风俗风情到将少数民族的风俗风情审美化，少数民族汉语小说实现了质的飞跃。虽然这种超越，在 80 年代还不普遍，还只是部分作家的追求，但是在中国当代少数民族文学史上的意义是非凡的，它直接开启了 90 年代少数民族文学张扬民族意识、张扬宗教意识、认同民族文化、传承民族文化和传播少数民族文化、表达少数民族族群体验等少数民族小说的独立品格。这种主体性的追求，使得少数民族汉语小说成为不可替代、难以逾越、具有独一无二的品格和价值的文学类型。

80 年代前期少数民族小说的汉语写作，其小说中民族意识主要是自然流露。首先是传承新中国头二十七年的少数民族小说汉语写作的传统，即随着主流文学的发展脉络一同前进，在主流文学体裁范畴内描写少数民族生活，民族意识还没有达到自觉追求的程度，是在描写少数民族生活中的自然流露。新时期之初的少数民族汉语小说就是采取这种写作方式，前面所分析的 80 年代少数民族汉语小说概述中所说的第一、二、三类都是这种特点。首先，第一类作品描写少数民族的历史命运与生活巨变。这种题材和十七年的少数民族小说有很多相似的地方，主要是描写少数民族历史、少数民族新旧社会的巨大变化、少数民族的新生活等题材，是对头二十七年少数民族汉语小说的传承。这类作品的作者有在十七年中就取得很大成就的蒙古族作家玛拉沁夫、壮族作家陆地等，也有新时期才开始写作的藏族作家益希单增、降边嘉措，满族作家赵大年等。新时期才开始写作的少数民族汉语作家也分为两类，一类是一开始就写作少数民族小说的作家，如益希单增、降边嘉措、蔡测海等。另一类是进行了长时间非少数民族小说创作后再进行少数民族创作的作家，如赵大年、朱春雨、霍达等。

（一）少数民族意识的自然流露

蒙古族作家玛拉沁夫的《茫茫的草原》在20世纪50年代出版了上部之后，一直笔耕不辍，努力写作，因此他在20世纪60年代完成了《茫茫的草原》下部。但在“文化大革命”中，玛拉沁夫因为被批判、被抄家和被监禁而将文稿丢失了。进入新时期后，玛拉沁夫开始边回忆边重写，终于完成了《茫茫的草原》的下部，下部在新时期之初出版了，总的来说下部和上部的写作风格大致是相同的，都是阶级斗争故事加蒙古草原风俗风情。玛拉沁夫在新时期有较大变化的小说是《活佛的故事》，这部作品描写“我”少年的伙伴变成活佛，后来又由活佛变成“人”的故事。这部作品还没有全面深入描写蒙古族宗教意识，但已具有象征意味。在80年代拨乱反正、破除个人迷信的浪潮中，玛拉沁夫用一个蒙古族活佛的故事表达自己对个人崇拜以及宗教的理解。但是《活佛的故事》已不同于他在20世纪50年代的短篇小说，作为作品的宗教风俗——寻找活佛转世灵童的描写已不仅仅是某个主题的外在背景了，其风俗已成为主角玛拉哈的生活主体，民族意识开始自然流露。

进入新时期后，少数民族小说汉语写作得到很大的发展，很多在十七年中没有小说家的民族有了自己民族第一代的小说家。在十七年中，藏族的汉语文学主要是诗歌创作，还没有藏族汉语小说创作。但进入新时期以后，很快就出现了一批用汉语写作的藏族小说，而且运用汉语写作的藏族长篇小说取得了突出的成就。藏族作家降边嘉措发表了当代文学史上第一部用汉语写作的藏族长篇小说《格桑梅朵》。作品描写解放军的一支小分队从怒江到拉萨进军途中解放藏族同胞的故事。作品没有重点描写解放军的军事行动，而是重点描写藏族同胞获得解放的过程。同时重点描写藏族人民在旧社会的苦难生活，也描写了得到解放的藏族同胞的幸福生活。通过新旧社会对比，歌颂新中国的民族平等、民族团结政策。这种主题通过对作品中藏族青年边巴和娜珍的生活的改变来结构小说，“格桑梅朵”是草原上的幸福花，是边巴和娜珍爱情的见证，也是藏族人民向往吉祥幸福生活的象征。这部小说和十七年中彝族作家李乔的汉语小说《欢笑的金沙江》题材和结构都类似，都是描写一支小分队进入少数民族地区后发生的故事，描写少数民族人民在共产党领导下，打败压迫阶级获得解放的故事，这是藏族人民的解放叙事。这部小说传承了十七年中少数民族小说汉语写作翻身得解放叙事的创作题材和内容。《格桑梅朵》同时传承了描写藏族风俗风情、详细描写藏族地区的典型物象以及穿插很多藏族典型的民歌、谚语和神话传说等方法展示少数民族特色。但是这部小说和《茫茫的草原》《欢笑的金沙江》相比，在人物形象塑造、故事情节设置、风景描写等方面，更注重藏族意识的挖掘，虽然和90年代极力张扬少数民族意识相比还不是很鲜明，但是，已经具有部分超越十七年中同题材少数民族作品的独特性，那就是藏族意识的自然流露和独特展示。

藏族人民有一种不同于其他民族的特色，那就是注重精神生活超过注重物质生活。在那极端恶劣的环境中，藏族人民用神来慰藉自己的灵魂，用充满诗意的心灵看待一切事物，追求自己内心的宁静。作品描写娜珍和边巴恋爱时的谈话，充满了只有藏族人才有的诗情画意，他们平时说的话都如诗一样的美妙：

> 娜珍望着美丽的晚霞，街边的云彩，又看看边巴那身破烂的衣服，深情的说："如果天上的白云，变成洁白的羊毛，我要扯下来一片，给你织成衣服；如果绿色的草原变成氆氇，我要剪下来一块，给你缝件衣服。可是我这个农奴的女儿，连块巴掌大的补丁都没有。"边巴感激的说："你快别这么说。你虽然没有云彩那样洁白的羊毛，但你的心比白云还纯洁；你虽然没有草园那样美丽的氆氇，但你对我的情谊比草原上的鲜花更珍贵，你们一家人对我的恩情，我一辈子也忘不了。"①

娜珍和边巴平时说话就是如此的诗意，既不是作家故意把他们写得如此诗意，也不是作者本人采用充满诗意的笔触描写，而是藏族人本身就具有如此美妙的诗意思维。这段描写，深入藏族文化的内核中，表达了作者超越十七年少数民族小说汉语写作只是外在描写少数民族风俗风情的缺陷，作品自然流露出只有藏族人民才有的诗意意识，表现出降边嘉措小说写作中民族意识的自然流露，这种自然流露其实已经说明了藏族汉语小说家在进行汉语写作时民族意识已成为一种自然流露，成为自觉追求民族意识的桥梁。

---

① 降边嘉措：《格桑梅朵》，人民文学出版社1980年版，第5—6页。

（二）少数民族意识的逐渐觉醒

新时期之初，少数民族汉语小说随着伤痕小说和改革小说的步伐，出现一批少数民族的伤痕小说和改革小说。代表作品有哈萨克族作家艾克拜尔·米吉提的《努尔曼老汉和猎狗巴力斯》《哦，十五岁的哈丽黛哟》，土家族作家李传峰的《退役军犬》等。哈萨克族作家艾克拜尔·米吉提的《努尔曼老汉和猎狗巴力斯》描写在“文化大革命”中，县委书记为了讨好上级将努尔曼老汉相依为命的猎狗巴力斯抢走，送给他的上级。但他喜爱的猎犬巴力斯却千里迢迢地回到他的身边，作者以这个很小的故事，表达当时揭批极“左”思潮的主题。从这个角度来说，这篇用汉语写作的哈萨克族小说传承了十七年少数民族汉语小说随着主流文学思潮进行描写的传统。但是这个独特的选题却包含着哈萨克族对自然对动物的独特意识。猎狗对于哈萨克族人来说，是哈萨克人的帮手，甚至是兄弟，因此，作品描写猎狗巴力斯被带到了城里，它也能千里迢迢回到主人身边。虽然作品主题是批判极“左”思潮，但是只有哈萨克族作家才会用猎犬作为小说的主角之一，这是哈萨克族意识使然，这种人和动物和谐相处的图景，也是哈萨克族人热爱动物的独特民族意识。很巧的是同时代土家族作家李传锋的小说《退役军犬》也是写犬，李传锋从这篇小说开始了他的动物小说系列。从主体上来看，《退役军犬》和《努尔曼老汉和猎狗巴力斯》是一致的，都是通过一只犬和其主人的遭遇批判极“左”路线。题材和十七年的少数民族小说汉语写作相似，将伤痕文学的叙事设置到少数民族地区，这是对十七年少数民族文学的一种传承。但《退役军犬》不同于十七年的少数民族小说之处在于，作品充盈着对天地间生灵万物的悲悯情怀，这是土家族特有的情怀，土家族视动物为自己的朋友。因此，李传锋运用动物的视角，看取土家人世世代代居住的山林，描写山林、动物与土家人相依相生的和谐。这篇小说开启了李传峰的动物小说的先河，在他后期的《最后一只白虎》《红豺》等小说中，充分表现了土家族和山林、动物和谐相处的独特意识。1989 年李传锋发表了小说《最后一只白虎》，继续表现土家族和山林、动物和谐相处的独特意识。《最后一只白虎》和《退役军犬》相比，不再只是将一个主流意识形态的主题安排在少数民族地区，或者只是将一个动物故事安排在土家山岭。作者深入土家族的文化图腾、民族思维中，表达出作者对土家族在现代化过程中面临山林毁坏、人和动物和谐关系破坏现状的焦虑心情和忧患意识。作者选择用白虎作为小说的主角，是因为白虎是土家族的图腾，是土家族文化的象征。白虎实际上是华南虎，是生活在湘、鄂、黔交界的崇山峻岭中土家族的图腾。土家族珍爱白虎，在白虎身上涌动着土家族的热血，寄托着土家族的历史和希望。

描写少数民族在改革开放过程中的心路历程的小说即少数民族的改革小说。这种改革小说在文学史中被划归到乡土改革小说中，其实是少数民族改革小说。土家族作家孙建忠的《醉乡》就是这类作品的代表。作品描写一个叫雀儿寨的土家山寨在农村实行联产承包责任制后的巨大变化。这部作品在描写土家族的风俗画和风景画的方面颇具特色，对土家人的婚丧嫁娶、饮食起居、鬼神祭祀和民间歌舞等都有详细的描写。这部作品继承十七年的少数民族小说汉语写作的传统，将主流文学思潮的题材设置在土家山寨，同时描写土家族的风俗风情以显示土家族特色。该书和他写作的十七年的土家族小说不同的是，在这些土家族的风俗风情描写中，孙建忠尽量描写土家族的独特意识，而不只是外在的风俗风情描写。《醉乡》的主人公贵二，具有土家人独特的纯朴善良、淳厚真诚、重情重义的特点。除了描写风俗风情以外，孙建忠已经开始思考如何在小说中展示土家族的民族意识，并开始了有益的尝试。在他后来发表的《舍巴日》和《死街》中，孙建忠深入土家族民族文化的深处，深入挖掘土家族独特的民族意识，反思土家族民族文化中的优缺点，表现出对自己民族的深沉的忧患意识。

白族作家景宜的《谁有美丽的红指甲》是一篇描写白族女性生活的小说。作品描写一个叫白姐的女性勇敢冲破传统束缚、追求自己幸福的故事。白姐和丈夫生活不幸福，爱上了一直爱自己的阿黑，但是当她和自己丈夫离婚，和阿黑相好后，却受到舆论的指责，全村人都骂她是坏女人，在巨大的压力下，阿黑娶了其他的女人，白姐只好离开家乡，走向远方去寻找自己的幸福。这类作品和 80 年代很多描写女性和具有女性意识的小说有相似的地方。这篇小说情节和著名作家陆文夫的小说《井》有很多相似之处，但是《井》中的徐丽莎最后投井自杀了，白姐却走向远方，去勇敢寻找自己的幸福。因此白姐比徐丽莎更勇敢、更有韧性，其实是更有少数民族女性的特点。白族作家景宜写出白族女性的独特之处，那是不同于汉族女性的独特之处。作者在题记中写道："如果是火把节染不红手指的女人，她将被视为不贞洁。"白姐能冲破这古老的白族传统对女性的束缚，勇敢地追求自己的幸福，可见白族女性比汉族女性更勇敢，景宜在一个婚姻爱情故事中流露出不同于汉族的白族独特的民族意识。

瑶族作家蓝怀昌的《波努河》是瑶族的第一部长篇小说，这是一部瑶族改革小说。作品描写瑶族姑娘玉梅在改革开放过程中，走出古老的瑶家山寨，到大城市从商开办公司并取得成功的故事。和当时汉族文学的改革小说相比，这部作品不仅描写瑶族的改革生活，将改革故事设置在少数民族地区，同时也采用描写瑶族的风俗风情以展示瑶族的特色。《波努河》还不仅如此，作为瑶族作家，蓝怀昌已经开始超越一般的少数民族汉语写作，他开始自觉地挖掘瑶族意识，表现瑶族文化。作品在改革开放过程中去描写瑶族的民族意识、神话意识，展示其民族意识、神话意识和现代意识的碰撞。作者在塑造人物时就明显地注重瑶族意识的展示。作者不是简单地塑造玉梅这个瑶族成功女性形象，玉梅是瑶族神话在瑶族作家蓝怀昌心灵的投射，是瑶族女神文化在瑶族作家笔下的现代描绘。瑶族有一部创世史诗叫《密洛陀》，这部作品是描写女神密洛陀开天辟地、创造瑶族人和万事万物的瑶族史诗，展示了瑶族上古社会母系氏族时代人们的生活，包含瑶族人民思想、哲学、宗教、文学、美学等丰富的内涵。密洛陀创造天地万物、日月星辰、五谷杂粮，还带领瑶族人民修房子让瑶族人民安居乐业。密洛陀是瑶族人的女神。《波努河》中玉梅的形象塑造，就是蓝怀昌深受《密洛陀》影响的表现。蓝怀昌说："史诗中的神母形象，几乎在波努人中间达到家喻户晓的地步。很大程度上，神母的力量可以超过任何文化的渗透力。"① 这种瑶族文化也深深渗透到作家头脑中，这是典型的瑶族意识，因此作家运用这种具有深厚文化内涵的女神意识塑造了新时代的女神玉梅的形象。玉梅和《密洛陀》女神有很多相似之处，比如，女神具有创造精神，玉梅则在改革开放中，勇敢地走出瑶族山寨，大胆地创造性地从事瑶族从未有过的事业，为改变瑶族人的贫困状态敢作敢为。再比如，女神具有一切女性的优秀品质，勤劳善良、正直勇敢、聪明诚实等，玉梅也具有这些优秀品质。这是内在的民族意识在少数民族小说汉语写作中

① 蓝怀昌：《希望，在淡淡的哀愁中走来》，《南方文坛》1988 年第 6 期。

的表现，这比那些只是描写少数民族的风俗风情来展示民族特色的作品要深入得多，是一种民族意识的自觉追求，也是民族意识在少数民族作家心灵中的投射。

在《波努河》中，作者运用瑶族特有的神话思维推进小说的情节发展，这种瑶族的神话思维表现在对女神的敬畏以及对亵渎女神规范后果的恐惧上。作者描写玉梅及玉竹几次不慎违背了密洛陀禁忌，最终应验了禁忌中所说的惩罚。作品中描写了神秘的波努温泉。波努人的禁忌是，绝对不能到波努温泉去洗澡，不然："种的玉米会枯死，种的柑橘结出的果是酸的，养的牛羊会得瘟疫。要是女人看见，将来生孩子就会缺少半边屁股，要是男人看见，一辈子也讨不上老婆……"① 玉梅胆大妄为，带着妹妹玉竹偷偷跑到波努温泉洗澡，果然玉梅和玉竹的婚姻和生活都出现了灾难。玉梅丈夫病逝，玉梅成为寡妇；玉竹的命运就更加悲惨，失去意中人，被骗失身，第二次结婚后不久新郎就发疯，导致玉竹守活寡等。另外，波努的瑶族人结婚时是不能听到雷声也不能看到电闪的，否则会不吉利。所以一般瑶族人不在夏天结婚，就是害怕碰上电闪雷鸣。而作品中的玉竹和杨成的婚礼却偏偏碰上了电闪雷鸣，结果真的碰上大不吉利的事情。在电闪雷鸣中，杨成的公司仓库起火爆炸，杨成发疯。蓝怀昌描写这些违背禁忌的后果，并不是宣传迷信，而是一种瑶族神话意识以及瑶族民族心理的深层次描写，用这样的情节推进小说发展。同时，作者对于自己民族的神话意识，没有采取汉族意识、主流意识的判断，既没有采取批判的态度，也没有采取所谓科学态度来对待这些瑶族禁忌，从而超越了十七年的少数民族汉语小说中将少数民族神话、禁忌、灵魂等作为迷信的描写，真正用少数民族意识思考和想象，

① 蓝怀昌：《波努河》，漓江出版社 1987 年版，第 7 页。

使得少数民族主体意识逐渐觉醒。这是80年代少数民族小说汉语写作，对当代文学头二十七少数民族小说汉语写作从外在到内核、从依附主体到自己成为主体的超越。

三　启后：少数民族意识的自觉追求

80年代，另一批用汉语写作的少数民族小说，和前面第一点"承先：少数民族意识的自然流露"中所分析的少数民族小说汉语写作相比，有了很大的变化。这类作品描写少数民族意识不再是自然流露，而是自觉追求。少数民族作家明确自己的民族身份，明白自己作为本民族的作家有为自己民族立言、传承传播本民族文化的责任。在深入描写民族文化心理的基础上，追求本民族的意识。他们不只是在主流文学思潮中展示少数民族风俗风情，而是在少数民族历史、文化的内核中自觉描写少数民族意识、少数民族文化心理，从而昭示着新时期少数民族小说汉语写作的一种新的内涵出现，那就是开始表达少数民族族群文化，自觉描写少数民族意识。这个时期的少数民族小说的汉语写作，因为作品描写了浓郁的少数民族意识，因此汉语在这里就不再只是传达汉族文化的工具，而成为表达少数民族意识、描写少数民族文化的工具，并扩展了汉语的表现功能，使得汉语具有了表达少数民族文化内涵的能力。因此少数民族意识的自觉追求，是80年代后期少数民族小说用汉语传达少数民族文化的重要策略，从而使得少数民族小说汉语写作从外在的对少数民族风俗风情的展示，进入少数民族文化内核描写的阶段，从而导致新时期少数民族小说汉语写作质的飞跃，并为90年代少数民族小说汉语写作张扬少数民族的民族意识和宗教意识奠定了良好的基础。

（一）民族意识的自觉追求

最先开始不以靠近汉族文学为追求，而自觉地描写本民族的文化心理、追求本民族意识的小说家是鄂温克族作家乌热尔图。鄂温克族是东北的狩猎民族，随着山林的不断被砍伐，山林的动物不断减少，这个以狩猎为生的民族在现代化的发展过程中逐渐失去了自己的家园和自己以打猎为生的生活状态，选择搬到山下定居，基本上失去了狩猎生活。乌热尔图以饱含着深沉忧患意识的笔触，描写鄂温克族的狩猎生活、民族意识以及那种特有的人和自然、人和动物相依相生的关系。乌热尔图以鄂温克族的文化心理选择题材、塑造人物，推动故事情节，也用鄂温克族的意识看待和解释小说中的人物的所作所为，用鄂温克族意识建构独特的鄂温克族文学特质。

乌热尔图具有强烈的鄂温克族民族意识，他在自己民族中成长，他以自己的民族而自豪。鄂温克族特有的狩猎文化、原始文化是乌热尔图创作的源泉。鄂温克族特有的对自然敬畏、对森林热爱、和动物相依相生的观点是乌热尔图的生命本能，是乌热尔图的民族文化心理的表现。乌热尔图说："我出生在大兴安岭的北坡，养育我的文学土壤是大兴安岭北坡敖鲁古雅河畔的鄂温克族村落"，"我力求通过自己的作品让读者能够感觉到我的民族的脉搏的跳动，让他们透视出这脉搏里流动的血珠，分辨出那与绝大多数人相同，但又微有特异的血质。我希望我的读者能够听到我的民族的跳动的心音，让他们看到那样一颗——与他们的心紧密相连的同样的心。"① 乌热尔图努力地追寻自己民族的独特文化意蕴和民族意识，以敖鲁古雅鄂温克族独特的民族生活、民族心理、文

① 乌热尔图：《写在〈七岔犄角的公鹿〉获奖后》，《民族文学》1983 年第 5 期。

化经验为自己创作的土壤，对鄂温克族的意识开始自觉描写和自觉的追求。

乌热尔图在20世纪70年代后期开始写作，这时的写作也和很多运用汉语写作的少数民族作家一样，在题材选择上追随主流文学思潮，将主流文学思潮的小说题材设置在鄂温克族地区，然后通过描写鄂温克族的风俗风情来展示小说的鄂温克族特色。1978年，乌热尔图发表了小说《森林里的歌声》，这是一部描写新中国鄂温克族人民翻身得解放、当家做主人以及歌颂民族团结为主题的小说，通过鄂温克族老猎人在新旧社会生活的巨大变化，歌颂新中国民族团结、民族平等的政策。但是作者运用两首鄂温克族的民歌描写不同时代鄂温克族的不同命运，这是乌热尔图和其他这类少数民族汉语小说的不同之处。《一个猎人的恳求》是鄂温克族的伤痕小说，作品描写“文化大革命”中，老猎人被没收了猎枪，驯鹿被人套死，给鄂温克族人民带来了巨大的灾难。作者在这里还是采取将鄂温克族的命运放在整个国家命运之中进行表现的策略，是学习十七年少数民族汉语小说的一种有益尝试。

进入80年代后，乌热尔图的小说创作进入自觉表现鄂温克族民族意识和民族文化心理的阶段。1982年乌热尔图发表了《七岔犄角的公鹿》，1983年又发表了《琥珀色的篝火》。这两部小说奠定了乌热尔图在中国当代文学史上的地位。从此乌热尔图的小说以鄂温克族的文化心理、鄂温克族的民族意识为主旨创作，不再只是跟随汉族文学思潮和汉族主流意识，而是沉浸到自己民族的文化中，表达真正的鄂温克族意识，成为新时期少数民族小说汉语写作超越十七年的少数民族小说汉语写作的代表作品。《七岔犄角的公鹿》描写了一个鄂温克族少年和一头公鹿的故事，作品中的鄂温克族少年“我”和一头有着七叉犄角的公鹿之间演绎着只有鄂温克族人和动物才会有的纠葛。“我”在猎鹿过程中，发现这头有七叉犄角的公鹿太棒了，是一个真正男子汉：

> 我着迷的瞅着它，它那一叉一叉支立着的犄角，显得那么倔强、刚硬；它那褐色的、光闪闪的眼睛里，既有善良，也有憎恶；既有勇敢，也有智慧。它那细长的脖子，挺立着，象征着不屈；它那波浪形的腰，披着淡黄色的冬毛，真叫漂亮；四条直立的腿，似乎聚集了全身的力量。啊，它太美了。我想起了特吉的话：“公鹿，那才是真正的男子汉，它就是死也不会屈服。”是的，它是勇士，同时是英雄。①

因此，在和狼的搏斗中，“我”帮助公鹿打败狼，并从这头神奇的公鹿身上获得神奇力量，成为一个真正的鄂伦春男子汉。这部作品题材不再跟随主流文学或者汉族文学思潮，不再是少数民族翻身得解放、当家做主人的故事，也不是少数民族的伤痕小说或者少数民族的改革小说，而是只有鄂温克族才有的人和动物的故事。这种动物和人和谐相处、共同守护家园以及动物是人的朋友的文化心理，是鄂温克这个居住在森林中、世世代代以狩猎为生的民族特有文化意识的积淀。这部小说不需要单独描写鄂温克族风俗风情来展示鄂温克族特色，这个故事只有在鄂温克族才会发生，这种氛围只有鄂温克族才会具有，这样的思维只有鄂温克族才会出现。因此，乌热尔图这个作品，不需要专门在外表上贴上鄂温克族标签，也不用刻意描写鄂温克族物象，让读者一看就能够感受充分的鄂温克气息，这就是鄂温克族独特的民族意识。这是乌热尔

---

① 中国作家协会：《新中国成立60周年少数民族文学作品选——短篇小说卷》第1卷，作家出版社2009年版，第266页。

图汉语写作的突出贡献，其超越了十七年的少数民族小说汉语写作只是用风俗风情进行外在民族特色表现的局限，真正以本民族的思维和本民族的文化心理作为民族小说的灵魂，从而创作出从内核到外表都具有民族特色的小说，这也是很多少数民族汉语作家一致追求的目标。

《琥珀色的篝火》是乌热尔图 20 世纪 80 年代发表的另一部具有真正鄂温克族意识的小说。这部小说故事很简单，描写鄂温克族人尼库在送病重妻子下山治病途中，发现三个迷路的外来陌生人——三个勘测队员。他在妻子的支持下，离开妻子儿子去救助三个陌生人，自己却因劳累和饥渴昏迷。面对三个人的感谢，尼库觉得很平常，因为每一个鄂温克族人遇到这种事情都会这样做。尼库的妻子也是一个真正的鄂温克族人，她自己身患重病，却支持丈夫去救助别人。这不是一个简单的舍己救人的故事，而是描写出鄂温克族特有的无私的品德的故事。这是鄂温克族特有的人性的光辉，这种朴实、无私、助人为乐、不求回报、真心实意为他人提供帮助的品德，在当今金钱至上的社会里已经很少了。但是在鄂温克族中，在少数民族族群中，这种品德犹如森林一样繁茂和平常。因此，乌热尔图说："拿敖鲁古斯鄂温克族的这一部落和内地的一些民众相比，使你感到鄂温克民族在精神气质中有一种别的民族没有的东西，那就是一种无私的精神气质"。"这种无私精神，是比较普遍的，贯穿在他们的日常行为中，也可以看成是缺乏私有观念的无意识反映。比如猎人们从来没有积攒的习惯，有多少钱花多少钱，不计较个人的得失等。我是进行比较之后，在鄂温克猎人的精神特质中，挖掘他们无私奉献的进步一面，注入在我小说的故事框架中，就完成了今天的《琥珀色的篝火》的创作。"① 从乌热尔图这段话中，我们清晰地看到乌

① 黄任远等:《鄂温克族文学》，北方文艺出版社 2000 年版，第 362—363 页。

热尔图挖掘鄂温克族意识的努力和追求。乌热尔图不是在汉族或其他民族也能发生的故事中加上一些少数民族的风俗风情来展示民族特色，而是从鄂温克族的精神特质中，从只有鄂温克族才有的内在气质中，描写鄂温克族的故事。乌热尔图写作不需要贴标签，不需要用游离于主题的民族风俗、民族仪式来渲染民族特色，而是描写鄂温克族内在的思维、意识和本质。这种民族意识不是外在的展示，而是沉浸在民族文化心理中的特质，是其他民族无法替代的特质。这是少数民族小说汉语写作追求民族意识的有益尝试，也是80年代少数民族小说汉语写作的质的飞跃。

（二）寻找民族文化之根

1985年前后，中国文坛出现寻根文学思潮。这个以汉族文学为创作主体的文学思潮，其主要特征是运用文化主题取代政治主题，立足于民族文化传统，寻找中华民族之根。其目的是抵抗现代化过程中物欲横流、灵魂漂浮、与自然关系紧张等弊端。这种状态在少数民族地区和少数民族作家那里，具有更真切的感受，现代化对少数民族文化传统的冲击更加明显。因此在寻根文学思潮中，一批少数民族汉语作家加入寻根文学中，开始少数民族小说的寻根之旅。少数民族汉语小说加入寻根文学思潮，和以往追随主流文学思潮不同，不是一味地对主流思潮的追赶和靠近，而是汇入寻根文学思潮中，成为寻根文学主要的内容之一。从某种角度来说，少数民族的寻根文学占据了新时期寻根文学的半壁江山。

寻找少数民族的文化之根，满族小说的汉语写作有很好的表达。1986年，满族青年作家边玲玲发表了小说《德布达理》，这是一部在寻根文学思潮中运用汉语写作的满族小说。作品通过一位满族大学生寻找满族民间古歌“德布达理”的故事，表现作者对满族民族精神和满族历史文化之根的追寻。这是一部具有探访框架的作品：女大学生为了找到满族地道的古歌“德布达理”，前往东北最北部的多林霍洛，想找到能完整唱完“德布达理”的传人。在女大学生寻找“德布达理”的过程中，她经过了神秘的森林、古老的河床并遇到了在满族古老村子里生活的人们，终于到达了多林霍洛，但那位会唱“德布达理”的老人已经去世。但是她一路寻来，已经听了多种多样的“德布达理”，而且有很多人听过老人的歌唱并能传唱出来，可见“德布达理”已经传承到人们中间，形成了多种多样的“德布达理”，这种民歌传唱的多元性，才是少数民族文化世世代代传承下去的生生不息的源泉。这部作品在寻根的框架中，表达了少数民族文化活态传承的哲学意义。

达斡尔族女作家萨娜的小说《有关萨满的传说与纪实》也是一部典型的寻根文学作品。萨满教是北方少数民族的共同信仰。该小说通过塑造一个保存萨满宗教经典并为保护这部经典与外来者抗争的阿勒楚丹这个人物形象，用小说去追寻达斡尔的民族文化之根，探寻以萨满教为标志的独特的民族宗教信仰，以此追寻和传承达斡尔的民族文化和宗教文化。

满族作家朱春雨在80年代是以军旅作家的身份走上文坛的，他的《沙海绿荫》《亚细亚瀑布》《橄榄》等作品是著名的军旅小说，描写一代军人的英勇姿态，并在军旅生活中思考军队与人民、政治与和平等哲学问题。1989年，经过长时期的军旅小说创作之后，满族的血脉牵引着朱春雨走向母族，开始把目光回归到自己的母族——满族的历史文化中，创作了长篇小说《血菩提》，开始他的民族寻根之旅。作品描写满族的一支——巴拉人的历史，描写这支森林中的民族在日军入侵祖国后，义无反顾地投入抗日斗争中。巴拉人参加抗联，成立了巴拉人的抗联支队，他们浴血奋战，为保卫祖国前赴后继。作品还描写了另一支抗日队伍，一支巴拉人的土匪部队，他们不同于一般土匪，这支土匪队伍纪律严明、英勇顽强，他们和抗联队伍一起抗击日本侵略者。作品突出的部分在于描写共同抗日的过程中，巴拉人和汉人共同作战，共同抗击日本侵略者。作者要表达的是，民族和民族之间存在着很多相似的情感，在中国土地上的民族虽然生活习俗不同，但是热爱祖国，为祖国而战的情感是一致的，以此说明中华民族的共同美德。

朱春雨是满族，他对自己的母族有天然的基于血缘的亲近，因此他用充满崇敬的情感去描写他的民族，这是对民族的认同和对血缘的追寻。巴拉人——这支因为逃避女真人杀戮而藏匿在深山老林、无拘无束地生活在长白山的民族的生活状态、历史脉络以及他们的宗教信仰是作者重点描写的部分。作者通过这部分描写，追寻满族巴拉人的历史脉络、生活习俗、宗教信仰、图腾崇拜以及他们的生命意识。那对巴拉人的历史文化的追寻，那对巴拉人文化心灵的描绘，使得该作品具有满族的民族学、民俗学、文化学的价值。小说中详细描写了巴拉人的信仰萨满教，这是满族的原始宗教。作品中，作者用无比尊敬的情感描写了萨满教的庄严神秘：

他已非他，头戴饰有鹿角和明镜的神帽，帽后的风带在流泻的月光中飘动；穿着紫红色缀着六足蛇、四足蛇、断尾蛇和蛤蟆绣片的神衣，神衣上的图案在蠕动；系着宽摆神裙，三十六条璎穗随风飘摆；猪皮神靴尖上的铃铛，发出丁零零的响声；带着狍皮手套的手一只拄着四尺二寸镶铜人的神杖……他身子急遽地扭动起来，两臂也随之挥舞。我一直没有发觉它腰上有铿锵作响的腰铃，手上有铿锵作响的鼓，用那只有他和神才能通晓的密码传递出要求会面的信息。①

这段萨满跳神的描写，具有鲜明的民俗学意义。小说对巴拉人的风俗描写，不是仅仅作为一种风俗的对象描写，也不是如十七年中少数民族小说汉语写作那样，只是通过少数民族风俗风情的描写展示少数民族特色，抑或只是一种外在的背景描写。朱春雨是自觉地追求满族的民族意识，是一种民族性的自觉。最为深刻的是，作者没有一味地张扬满族历史文化的优点，也没有因为热爱自己的母族就只写自己民族的优点。作者对自己母族的民族特性做了客观的描述，对满族的民族性进行了冷静的解剖。作家既描写了满族先人的骁勇善战、威猛豪强，也描写他们的原始凶残；既描写满族人辉煌的过去，也描写满族人后来的游手好闲、无所事事的状态。这是朱春雨对自己民族的深层的思考和理性的解剖，表达出作者对自己的民族的深沉的情感。满人入关主宰天下后，民族性格和民族文化发生了巨大的变化，原先骁勇善战的马背上的民族，后来成为一无是处的八旗子弟。因此朱春雨将笔触伸向那一直在东北山林里生活的满族人的一支——巴拉人的生活，追寻自己民族那骁勇善战、威猛豪强的民族性，寻找满族文化之根。

扎西达娃是用作品寻找藏族文化之根的著名藏族作家，也是著名的藏族汉语作家，他小时候在重庆生活，长大后到拉萨和父母生活，因此他的汉语水平很高。但是扎西达娃是一个地道的藏人，对藏族文化有着深刻的理解。扎西达娃在汉文化和藏文化这两种文化中穿行，藏族是他

① 朱春雨：《血菩提》，作家出版社 1989 年版，第 23—24 页。

的母族，他回到拉萨，也就回到藏族文化之中。他用汉语创作具有典型藏族意识的小说，因此他的小说就是典型的藏族汉语小说。扎西达娃是最早采用魔幻现实主义方法并用汉语描写西藏历史与现实的藏族作家，他的《去西藏的路上》《西藏，隐秘岁月》《西藏，系在皮绳扣上的魂》等小说，具有比较典型的魔幻现实主义特色。他的作品将西藏神秘的藏传佛教和原始苯教文化、浓郁的藏族民族风情、纯净高远的高原自然环境结合起来，将神话、历史、魔幻、虚构、过去、未来等因素杂糅在一起，运用魔幻现实主义手法将西藏世界描写得亦真亦幻。《西藏，系在皮绳扣上的魂》打破时空顺序，打破幻觉和现实的界限，引导读者进入具有浓郁藏族神秘特色的氛围中，领略西藏的神秘宗教、神奇自然、魔幻现实、历史传说。有人将魔幻现实主义分作主观魔幻现实主义和客观魔幻现实主义，比如莫言小说的魔幻现实主义手法，有人就称其为主观魔幻现实主义，因为那种亦真亦幻的特色，是作家极具主观化的外现。而扎西达娃的魔幻现实主义小说被称为客观魔幻现实主义，因为藏族文化原本就有魔幻的一面，藏族文化中的藏传佛教和原始苯教都具有浓郁的魔幻色彩。扎西达娃并不是将魔幻色彩主观化，然后强加在他的藏族小说中而远离藏族文化特色，而是在藏族文化的内核中，找到藏族文化内在的文化心理，找到藏族文化的深层密码，直接将藏族文化的神秘特征描写出来，亦真亦幻，具有魔幻色彩。在此基础上，将藏族的现代和过去、神话和现实、宗教和心灵、历史时空和现代时空交相呈现，构成藏族小说汉语写作中独特的民族意识呈现。也就是说，扎西达娃只是客观地描写了藏族特有的魔幻特色。扎西达娃采用象征和隐喻等现代手法观照西藏的历史文化、神话传说、宗教信仰，在魔幻而清晰的氛围中，追寻母族的文化之根。扎西达娃运用这种魔幻现实主义手法，不断穿越时空，追寻藏族的历史，探寻藏族的文化，寻找藏族文化之根。

扎西达娃的《西藏，系在皮绳扣上的魂》发表于1985年，这正是新时期寻根文学出现的时候，扎西达娃用自己独特的文学创作为寻根文学思潮贡献了突出的实绩。该作品运用魔幻现实主义手法，通过对一男一女两个康巴人在寻找净土香巴拉过程中亦真亦幻的描写，将藏族的宗教传统和现代文明的复杂关系阐释得既魔幻又深刻，是对藏族文化具有象征意味的表达。苦修者塔贝是藏族民族文化和宗教文化传承者的典型，他目光坚定、一往无前、矢志不渝地找寻着人间的净土香巴拉。跟随者琼是因为不满现状而追随塔贝去寻找理想国，因为琼的生活了无趣味，每天就是挤奶、打茶、放牧、回家，周而复始。因此当塔贝来到这里时，她便离开这种沉闷的生活，跟随塔贝去寻找理想国。一路上，琼用皮绳计算时间。中途他们到达富裕的甲村，这里拥有现代化的设备：电子表、民航站、计算机、放声机等，琼被这些现代化的东西所吸引，留在了甲村，但塔贝依然继续前行寻找净土香巴拉，终于找到传说中的莲花生掌纹地带，沿着一条掌纹走出。而“我”却决定去莲花生掌纹地寻找塔贝。“我”失足摔倒，回到掌纹地，而掌纹地却是一片蛮荒之地，在这里“我”又碰上了塔贝和琼。塔贝已到了生命最后一刻，在弥留中听到神的声音，实际上是第二十三届奥运会开幕式的声音。最后“我”代替塔贝，带领琼往回走，时间又从头算起。扎西达娃在这样一个魔幻的氛围中，深层次表现藏族的民族文化心理和独特的宗教意识，塔贝是藏族执着追求信仰、用精神战胜现实苦难的代表。那系在皮绳扣上的魂，就是藏族文化之魂。扎西达娃用这种魔幻现实主义的手法，深层次追寻藏族意识、传承藏族文化之魂。扎西达娃的汉语藏族小说，和十七年的少数民族汉语小说不同的是，作品不是靠近主流文学或者将主流文学主题设置在少数民族地区，然后穿插一些少数民族风俗风情描写来展示少数民族特色，而是用藏族的意识来结构小说。塔贝和琼不是穿着藏族服装的汉人，也不是和主流意识一致或和汉族意识一致的藏族人，而是传承着藏族历史文化、具有藏族思维的藏族人代表。作品内容也不是藏族伤痕文学或藏族改革文学，它就是藏族文学，是用汉语书写的具有藏族意识、藏族思维的藏族小说。作品中，塔贝矢志不渝地寻找香巴拉，香巴拉是藏族人心目中的理想国，它在藏族人思维中是纯净、祥和、美好的圣地。在藏族的传说中，香巴拉在遥远而神秘的北方，那里长年被白雪覆盖，是藏族人民世世代代寻觅和追求的圣地。香巴拉既是藏民族终生寻觅的圣地，也是藏族人在苦难中安妥灵魂的地方。因此，扎西达娃选取一个虔诚的信徒塔贝为了追寻香巴拉一往无前、矢志不渝的过程来表达他的民族意识。这种追寻只有在藏族人中才会出现，这种意识只有藏族人才会具有。这部作品是扎西达娃作为一个藏族人对藏族历史文化、宗教信仰的深层次表达，是他对受现代化冲击的藏族人现状的深入思考。

《西藏，隐秘岁月》是扎西达娃有意识寻找藏族文化之根的小说。从这部作品可以看出扎西达娃受《百年孤独》的影响。作品描写一个藏族村庄中，达郎家族和四个名叫次仁吉姆的女子的命运纠葛。作者依旧在魔幻的氛围中描写藏族的历史变迁和人世沧桑。作品重点描写了次仁吉姆的神秘和虔诚。次仁吉姆一出生就与众不同，具有神秘的力量。她两岁时就画出了“人世轮回图”，一会走路就会跳已失传的“金刚舞”，她还可以用脚印踩出“天空星宿图”。她的这些神秘能力，在英国人闯入后就消失了。长大后，她又得到神秘的旨意，按时给隐居的高僧送饭。因为这种特殊的神性，次仁吉姆拒绝了深爱她的达郎。而年轻的女医生次仁吉姆以及达郎的子孙们却没有去重复老次仁吉姆的老路，开始了新的生活。扎西达娃运用魔幻现实主义手法，将西藏人独有的思维方式，将神话和幻想、意识和幻觉水乳交融到一起。首先，扎西达娃设置了一个具有神秘氛围的藏族村庄，这种神秘是藏族高原的特质。另一方面，扎西达娃塑造了在外人看来无比“神性”的人物，以此来表达藏族的民族性和宗教性特征。西藏人在西藏高原那苦寒之地生活，逐渐形成了用精神、信仰战胜现实苦难的思维。尤其是藏传佛教和藏族原始苯教的神秘性导致藏族人独特的神性思维。藏族原始自然崇拜和藏传佛教的追求来世幸福相结合，使得藏族人民用“神的眼”看世界，用“神的心”度人生，追求理想彼岸，祈求心神的安宁与灵魂的净化。扎西达娃在作品中用宗教的神性与思维去感受与思考人生，用藏族人的心灵和思维感受世界，在作品中展示了深刻的藏族民族意识和宗教意识。

（三）宗教意识的正面表达

在当代文学头二十七年中（1949 年至 1976 年），当时的意识形态对待宗教的观点比较单一和狭隘，没有看到宗教的文化特色，只强调宗教是欺骗人民的工具。这个阶段的少数民族小说的汉语写作一般把宗教和政治等同起来，认为如果政治是反动的，宗教也是反动的，而且主要描写宗教中摧残人性的消极因素，将宗教作为封建迷信或者少数民族人民的精神枷锁。因此在这段时间，少数民族小说的汉语写作对宗教要么不涉及，要么采取批判的态度，没有从少数民族主体的角度去描写宗教，没有去描写和宗教水乳交融的少数民族的独特的宗教意识和民族意识。宗教意识如何在文学作品中表达，是一个比较复杂的问题。在新时期以前，宗教意识在少数民族文学作品中的表达呈现出两种状态：第一，宗教是欺骗人民的鸦片，所以宗教是反动的；第二，只涉及民族意识，不涉及宗教意识。在少数民族地区，很多少数民族世世代代信仰宗教，宗教从某种角度来说，是很多少数民族的文化和生活状态。在头二十七年的少数民族小说的汉语写作中，没有正面描写宗教意识，这其实是当时少数民族小说的一大缺憾。进入新时期后，少数民族作家对宗教问题有了比较宽泛的认识，他们不再回避宗教问题，而是站在文化的高度认识宗教、描写宗教，从本民族的文化特质、审美追求、民族意识等方面考察宗教信仰。因此，新时期的少数民族小说汉语写作将宗教作为本民族一个突出的文化现象加以观照。对那些宗教信仰浓厚的少数民族的作家，比如回族的张承志、霍达，藏族的扎西达娃等，在他们的作品中将宗教的神秘性以及宗教的意象世界正面写入小说，让读者了解一种以往不了解或者误解了的少数民族宗教信仰和宗教意识，并用审美的、正面的、文化的角度描写宗教信仰和宗教意识，从而提升了少数民族小说汉语写作的文化内涵。

进入新时期的少数民族小说的汉语写作开始逐渐正面描写宗教意识。蒙古族作家玛拉沁夫在《活佛的故事》中描写了宗教，但是关于宗教的态度，还是处在承先启后的过程中，通过一个普通人变为活佛然后活佛又变成普通人的过程，具有象征意义地批判个人崇拜，但对宗教的态度还是和头二十七年一脉相承的，是站在唯物主义的高度来看待宗教。降边嘉措在藏族汉语小说《格桑梅朵》中，描写宗教的态度和十七年的少数民族小说汉语写作有了很大的变化。在十七年的少数民族小说的汉语写作描写宗教风俗的很少，即使有，也是将宗教作为反动派欺骗少数民族人民的一种工具，充满对宗教欺骗人民、作为压迫阶级的帮凶和工具、作为少数民族人民的精神奴役的工具的愤怒。比如，蒙古族作家玛拉沁夫在20世纪50年代发表的《茫茫的草原》中，刚盖老太太奄奄一息地围着蒙古包转圈，忠实于自己的“新誓”，表达自己对宗教的虔诚，但是却没有给她带来幸福的生活。因此这里不是按照蒙古族的宗教意识描写，而是按照当时主流意识形态对宗教的价值判断来描写的。在降边嘉措的《格桑梅朵》中，作者对宗教的态度还是按照主流意识形态即马克思主义辩证唯物主义观念看待宗教，将宗教描写成欺骗人民的工具，对宗教还是批判的态度。作品描写主人公边巴时，就是采取这种态度。边巴是藏族农奴，他一直都相信菩萨，相信佛教，相信身上的护身符，但是在他当农奴的时候，带着附身符也没有给他带来幸福和吉祥。参加解放军后，他将护身符丢进江中，却获得了幸福，并成为新中国的主人。从这种描写可以看出80年代的藏族作家对宗教的态度，还传承着50—70年代的特点。但是降边嘉措的《格桑梅朵》中对宗教的描写也有超越。作品中有一段藏族老阿妈朝圣的描写，写这位老阿妈磕着等身长头，历尽千辛万苦到达寺庙，拿出自己积攒了一辈子的三块大洋和一些藏币，献给活佛。当活佛用缎带在她头上轻轻拂拭一下后，老阿妈感到无比的幸福和激动，她的生命就在这幸福和激动中发出最后的光芒，然后倒地死去。对藏族人民的宗教信仰描写已经开始发生转变，有了较多的正面的描述。作品在这里描写出藏族人民对宗教的虔诚，运用藏族意识来描写藏族人民的宗教意识，描写出藏族人民信仰的力量。是用藏族人民的关于宗教的看法来描写宗教，没有按照主流意识形态来描写藏族人民对宗教的虔诚，表达出作者挖掘民族意识和宗教意识的追求。这里，超越了十七年的少数民族小说汉语写作中只有民族特色而宗教意识不强的缺陷，为以后的少数民族小说汉语写作张扬民族意识和宗教意识做了有益的尝试。

在藏族作家扎西达娃用汉语写作的藏族小说中，宗教意识描写趋于自觉，《西藏，系在皮绳扣上的魂》中义无反顾、一往无前地追寻净土香巴拉的“塔贝”是一个虔诚的信徒，这是一位具有强烈宗教色彩的人物。扎西达娃在魔幻的氛围中，将藏族的宗教意识描写得深刻而浓烈。而《西藏，隐秘岁月》中次仁吉姆则是一位只有在西藏的藏传佛教和原始苯教影响下才会出现的具有神秘力量的人物，作品用神的意识描写人物，用神的心灵感悟万事万物，就是宗教意识的正面表达。

对少数民族宗教意识全面正面地表达，当是1989年著名作家霍达发表的长篇小说《穆斯林的葬礼》。在当代少数民族文学汉语写作史上，霍达是一位对少数民族文学汉语写作做出重要贡献的优秀作家，她用娴熟美丽的汉语描写了以往为很多人所不知的回族人民的生活，并用审美的正面的、民族融合和民族团结的观点表达回族和中华民族血肉相连的关系。霍达在1989年以前，主要成就是电影剧本和电视剧剧本创作，著名的有《公子扶苏》《鹊桥仙》《江州司马》等电视电影作品，也发表过《红尘》等一些中短篇小说。这阶段霍达的文学创作还没有鲜明的回族特色。但是霍达是回族人，那回族人的血脉最终要牵引着她走向自己的母族。霍达在创作了一系列非回族小说后，1989年，创作了小说《穆斯林的葬礼》，这是一部具有浓郁回族意识的回族汉语小说。该作品描写一个穆斯林玉器匠人家族三代人悲欢离合的故事，作品全面描写回族的民族特色、宗教意识以及玉器匠人的生活习俗，对于穆斯林的伊斯兰信仰，作者采取正面的、无比尊敬的笔触进行描写，以无比骄傲的感情歌颂了穆斯林回族的圣洁。作品具有浓郁的悲剧特色，那是冰清玉洁的玉器的毁灭，那是宗教信仰的虔诚，那是月落玉碎的悲剧，作品具有优秀文学作品的艺术高度，因此《穆斯林的葬礼》获得了第二届茅盾文学奖。

回族是一个全民信仰伊斯兰教的民族，回族宗教文化就是伊斯兰宗教文化，伊斯兰教是回族的生命和灵魂。回族说汉语，用汉字，除了少部分是聚居在一起的以外，大多数回族杂居在汉族地区，他们的居住方式是“大杂居、小聚居”。因此回族的文化凝聚力就是伊斯兰教信仰，伊斯兰教信仰是回族的文化习俗，也是生活习俗。“对回民而言，是先有伊教后有民族，伊教既是回族形成的坚固前提，又是回族发展的凝和剂，更是回族确证自我的基点。因此，回族始终存有可以意会、心照不宣、不易言传的共同的心理意识。”① 因此描写回族的生活，不可避免地要描写伊斯兰信仰。

用什么态度描写宗教意识，是新时期少数民族小说汉语写作的一个重要问题。霍达的《穆斯林的葬礼》在中国当代文学史上第一次用正面的、审美的姿态，以尊敬的笔触描写伊斯兰教信仰。作品将宗教意识和民族意识结合起来，歌颂一个民族积极向上、追求美好的品德，并将民族的信仰和热爱中华民族文化结合起来，从人性、审美等角度描写回族的宗教信仰，虽然同时也描写宗教信仰束缚下人性的扭曲，但是，《穆斯林的葬礼》已经和以往对宗教意识持否定和批判的态度不同，对少数民族的宗教信仰开启了以尊敬的、审美的、正面的态度描写的先河，为90年代少数民族小说的汉语写作张扬宗教意识的特点奠定了坚实的基础。如何描写少数民族的宗教信仰？霍达在这个问题上可说达到了描写少数民族宗教意识的高度。第一，作家对自己的民族信仰——伊斯兰教不再采用批判态度，而是采用正面态度，对回族人民的信仰采用审美的姿态进行描写，歌颂回族人民追求圣洁、追求美好、不怕困难、

① 马丽蓉：《20世纪中国文学与伊斯兰教文化》，安徽教育出版社2000年版，第2页。

积极上进的美好品德。第二，作家将回族的民族信仰和热爱中华民族结合起来，形成中华民族的文化整体。回族是中华民族大家庭中的一个成员，回族的宗教意识已经是中华民族文化的一部分。第三，作家并不回避自己民族的缺点和问题，在作品中既描写宗教信仰束缚下人性的扭曲，也描写在当今时代民族融合的趋势。作者对梁君璧的描写大有深意，既描写了她身上的一些问题，又写出了她不知不觉中成为民族融合的一分子。

回族作家霍达是一个虔诚的穆斯林，她经名叫法图迈。她是一个信仰伊斯兰教的用汉语写作的回族作家。霍达的家族还是珠玉世家，因此她对珠玉文化有很深的了解。因为她对回族文化和玉文化都有很深的了解和造诣，因此，回族文化和珠玉文化的双重交汇使得霍达找到描写回族生活的最好方法。回族信仰的虔诚和玉器匠人的高洁，在作者笔下熠熠生辉。作者用"玉"和"月"交相辉映，标明作者对穆斯林宗教信仰的崇敬心态。回族文化的血脉使得霍达运用回族的主体视角，用尊敬的、审美的、正面的态度看待回族的宗教意识，她自己说自己"是回族当中普通一员，一名虔诚的穆斯林"。回族文化渗透在她的血液中，这种血液使得她的写作必须回归到回族本体写作。回族很长一段时间生存环境艰苦，比起中国本土形成的民族，回族在历史上经历了太多苦难与不幸，这种苦难的基因使得霍达用悲剧的眼光去描写回族人。其实霍达的家庭和个人生活是幸福的，但她的小说《穆斯林的葬礼》却充满了悲剧性，这种浓郁的悲剧情结表述与霍达回族的族别有关，而与自己个人生活无关。

《穆斯林的葬礼》将民族意识和宗教意识结合起来。首先，在作品中用正面的、审美的、无比尊敬的笔触描写穆斯林的宗教信仰。回族信仰伊斯兰教，信仰真主安拉，他们做念、礼、斋、课、朝五项宗教功课，俗称“五功”。回族是全面信仰伊斯兰教的民族，这种宗教信仰渗透到他们生活的方方面面，因此对回族人来说，伊斯兰教既是一种宗教信仰，又是一种生活方式。他们的婚丧嫁娶习俗，尤其是丧葬制度具有浓郁的伊斯兰教特点。霍达在作品中全面地展示回族的宗教文化，作品中大段大段地摘录《古兰经》经文并对经文做介绍式的描写，让读者从中了解与汉族迥然不同的婚丧嫁娶、饮食起居的宗教习俗等回族民俗，将信仰伊斯兰教的回族世界展示在我们面前，让我们清晰地了解回族独特的宗教信仰。作品取名为《穆斯林的葬礼》，是因为作品重点描写了两次回族穆斯林的葬礼。第一次是梁亦清的葬礼，第二次是韩新月的葬礼。这是作家突出回族宗教意识的鲜明表现。作品详细地描写了穆斯林葬礼的过程，以穆斯林主体的视角，以无比尊敬和审美的笔触描写回族丧葬文化的神圣和洁净。穆斯林的葬礼是伊斯兰教的葬礼，其葬礼的作用不仅仅是发送亡人，还是穆斯林用伊斯兰教凝聚回族成员、强化伊斯兰教的生死观以及对加强对真主虔诚的手段。

> 穆斯林的葬礼隆重、庄严而简朴，没有丝毫的浮华。它是为亡人举行的一次共祈……它没有鞠躬和叩头，只有站立和祈祷。没有音乐。穆斯林的祈祷不需要任何音乐来伴奏，它是对真主没有任何扰动的静默，它以特殊的形式而永垂不替，以庄严的站立去感觉真主的真实存在，去沉思他的伟大、光荣和慈爱……参加葬礼的穆斯林必须是洁净的，而且必须是男性。①

① 霍达：《穆斯林的葬礼》，人民文学出版社 2005 年版，第 542 页。

其次，作品通过塑造梁家三代人形象，展示了回族人民坚忍与敬畏的特点，歌颂回族人民的优秀品质。作品描写梁家第一代梁亦清手艺高超，性格内敛，深居简出，信仰坚贞，热爱自己的民族。梁亦清答应接下蒲绶昌《郑和航海图》这件难活儿，并为此耗尽了自己的生命，并不仅仅是为赚钱，只因为郑和也是回回，是回族的骄傲。梁家第二代韩子奇，在师傅去世后，冒着家人的不理解和误解，来到害得梁家家破人亡的仇敌蒲绶昌门下，卧薪尝胆，学会玉器销售的方法，还学会了一口流利的英语，并和英国商人亨特取得直接联系，将奇珍斋做大做强，奇珍斋成为北京最有名的玉器行。从弘扬穆斯林文化到弘扬玉器文化，从弘扬玉器文化到弘扬中华民族文化，霍达在这里将少数民族文化和中华民族文化结合起来，表达了作者既热爱民族文化又热爱中华民族文化的博大胸怀。梁家的第三代韩新月，自信、自立、自强，她努力考上了北京大学西语系，成为穆斯林中不多的大学生，在大学里努力学习，成为班上的第一名，她要成为中国最好的翻译家的理想，使她成为有理想、有抱负的回族青年的代表。这三代人物的典型刻画，把回民的心理结构体现得淋漓尽致，从回族主体性的角度歌颂了回族人民的优秀品质。

作品也描写宗教信仰下人性的扭曲，描写宗教导致的个人悲剧和爱情悲剧。但是霍达不是站在批判和否定宗教信仰的角度，而是作为穆斯林的主体对自己民族进行的反思，是作为一名穆斯林对于自己民族在现代化过程中的矛盾和困惑进行的深刻展示。作品描写特殊年代回族的宗教悲剧和爱情悲剧，用凄美动人、撼人心魄的悲剧美来表达对人生、对历史、对民族命运和前途的思索。

作品将民族悲剧和家庭悲剧结合在一起，因为战争，原本宁静的家庭四分五裂，从而导致两代人的爱情悲剧。韩子奇与妻妹的爱情违背了穆斯林的伦理，不仅导致韩子奇和梁君璧、韩冰玉的爱情悲剧，还直接加剧了韩新月的死亡。造成美丽善良、冰清玉洁的韩新月的死亡的悲剧原因：一是因为严重心脏病，二是因为韩君璧（姨妈）报复性地说出韩新月是韩冰玉和韩子奇的私生子身世而加剧韩新月的病情。作者在处理这个悲剧时，不是如十七年的少数民族小说汉语写作那样看待宗教，一概认为悲剧原因是宗教的罪恶或欺骗。作者在宗教和人性之间找到一条审美的桥梁，站在穆斯林的角度反思人性的深度。作者在描写悲剧时，依旧在歌颂穆斯林回族的美好品德如勤劳、善良、虔诚等，写出人性的深度。同时，也思考回族这样一个优秀民族在现代化的过程中有关民族融合、民族发展等前沿问题。

作品塑造的梁君璧是一个颇受争议的人物。她是一个虔诚的穆斯林，本来是一个贤妻良母，但丈夫和妹妹相爱还生下女儿梁新月，击破了她的幸福生活。在婚姻上，本来她是受害者，但是，她后来由受害者变成了施害者。她拆散了儿子的婚姻，宁可让女儿选择死亡，也不允许女儿同汉人楚雁潮相爱，由此给了新月致命的打击，导致韩新月病情加重，在不到 20 岁的美好年华死去。从她个人的角度来说，她认为她做这一切是有理由的。首先，她是虔诚的穆斯林，按照穆斯林的教规，丈夫和妹妹犯了极大的罪恶；其次，她是受害者，她可以报复。她因此扭曲人性，制造了儿子天星和女儿新月的悲剧。其最大的悲剧是，她不许韩新月和楚雁潮相爱，是因为回族不许和汉族通婚，而且她一直认为自己嫁的是回族人，自己儿子韩天星是纯粹的回族血统。但是韩子奇在临死时告诉他自己是汉族人，击破了她的所有的念想。也就是说她自己就嫁了按照教规不能嫁的汉族人，儿子韩天星也不是纯粹的回族血统。这对虔诚的韩君璧来说，无疑是致命一击。霍达通过这样的人生悲剧和宗教悲剧，表现了在现代社会中，对民族融合、民族血缘等难题的独特思考，同时也说明了在现代社会中，民族融合必将是民族发展的趋势。

《穆斯林的葬礼》开始了用正面的、审美的、尊敬的态度描写宗教，超越了以往文学作品一味否定、批判宗教的成规，从而构成少数民族小说汉语写作关于宗教意识的多向度描写。作品站在回族的主体立场上，描写汉文化和回族文化的相互影响，描写伊斯兰文化和汉族文化在现代社会中的协调互补和多元宽容，试图在两种文化心理的矛盾中，找到一种能包容两种文化的途径。其实霍达的作品展示了中华民族文化的特点，那就是多元一体，多元之间可能会有一些冲突、矛盾，但是在一体上，却毫无疑义是一致的。在玉文化的展示中，作者将中华民族的玉文化和回族的玉文化融为一体，回族对玉文化的贡献，就是对中华民族文化的贡献。由此推广，回族作为中华民族的一个少数民族，所有的文化贡献都是对中华民族的贡献。反过来说，中华民族是回族的母体，回族在中华民族的大家庭中，和汉族、其他民族一起和谐共处、繁荣发展。从文化发展来说，一体很重要，多元更重要。因此各个少数民族作家在以中华民族文化为主体的一体中，常常采用展示民族特色和宗教特色等少数民族特有的文化，来展示多元的丰富性，用少数民族特有的文化心理来表现本民族的特质，同时，各个少数民族作家在作品中弘扬爱国主义精神，认同和弘扬中华民族文化 。这是新时期少数民族小说汉语写作所追求的特色，也是新时期少数民族作家用汉语张扬少数民族意识的重要策略。《穆斯林的葬礼》在这方面做了很好的典范，为90年代少数民族小说的汉语写作张扬民族意识、张扬宗教意识，在展示少数民族思维的同时弘扬中华民族文化做出了极好的表率。

第三节　民族、宗教意识的张扬和神话思维的写作

一　20世纪90年代少数民族小说汉语写作的发展现状

90年代少数民族文学取得突出的成绩。从整体情况来看，第一，进入90年代后，我国55个少数民族都有了自己的作家，尤其是“人口较少民族”都有了自己民族的第一代作家。第二，许多少数民族有了自己的作家群，比如满族、蒙古族、藏族、壮族、回族、苗族、土家族、维吾尔族、哈萨克族都形成了颇具规模的作家群。第三，大批少数民族作家不再只是在少数民族文学范畴内的著名作家，而成为全国甚至全世界的著名作家，他们的作品经常获得全国性的大奖，在全国甚至世界上都有突出的影响。出现了张承志《心灵史》、阿来《尘埃落定》、扎西达娃《骚动的香巴拉》、央珍《无性别的神》、庞天舒《落日之战》、叶广芩《采桑子》、李传峰《最后一只白虎》《红豺》、叶梅《最后的土司》等著名作品。第四，少数民族文学研究已成为一个专门的学科，很多高校尤其是民族高校对少数民族文学研究已形成了阵势，并且培养了一批少数民族文学研究的硕士和博士，少数民族创作人才和研究人才大幅度增加，少数民族文学创作和少数民族研究都进入了繁荣发展的时期。

经过80年代少数民族小说汉语写作承先启后的发展，90年代少数民族小说的汉语写作也进入了繁荣发展时期。在少数民族小说汉语写作方面取得了突出的成就。在80年代小说汉语写作发展的基础上，90年代少数民族小说汉语写作在张扬少数民族的民族意识、宗教意识、认同少数民族的文化身份以及挖掘少数民族思维等方面取得突出的成就。90年代的少数民族小说汉语写作主要有以下几类创作特点。

（一）老作家继续创作

80年代开始写作的少数民族汉语作家继续写作，在80年代少数民族小说创作的基础上，继续用汉语创作少数民族小说。进入90年代以后，这些少数民族汉语老作家凭借自己对少数民族文学的热爱，以及对少数民族文学更加深入的理解而继续创作，为90年代贡献出一批优秀的少数民族汉语小说。他们在原有的创作基础上继续耕耘，以自己对少数民族生活和少数民族小说更加深入的思考和认识，以更加娴熟和精到笔力创作了一批优秀的少数民族汉语小说，这些代表作品有藏族作家扎西达娃的《骚动的香巴拉》、蒙古族作家扎拉嘎胡的《黄金家族的毁灭》、回族作家张承志《心灵史》、鄂温克族作家乌热尔图的《你让我顺水漂流》《丛林幽幽》；彝族作家苏晓星的《末代土司》，佤族作家董秀英的《摄魂之地》、土家族作家蔡测海的《三世界》等。

（二）新作家登上文坛

90年代一批新的少数民族汉语作家登上文坛，创作出一批优秀的少数民族汉语小说。90年代走上文坛的少数民族汉语作家以不俗的创作实绩为90年代的少数民族文学做出了突出的贡献。他们虽然此前没有创作过少数民族小说，但是80年代的少数民族小说汉语写作对民族意识和宗教意识的追求，给予他们很大的影响。因此，他们一开始创作，就跨越了只是描写少数民族风俗风情、对少数民族作外在和标签性描写的阶段，直接进入张扬民族意识和宗教意识以及追寻和认同民族身份的阶段。而且这批作家大都在创作时具有自己独特的创作特色，用人物、故事、情感和氛围表达对自己民族的热爱，小说的审美性开始超越民族性，达到这个时期全国小说创作的前沿水平。其代表作有藏族作家阿来的《尘埃落定》、央珍的《无性别的神》、梅卓的《太阳部落》、格央的《灵魂穿洞》；蒙古族作家郭雪波的《大漠魂》《沙狼》《银狐》《锡林河的女神》，巴根的《僧格林沁亲王》《成吉思汗大传》；维吾尔族作家阿拉提·阿斯木的《阳光如诉》；满族作家赵玫的《我们家族的女人》，叶广芩的《本是同根生》《梦也何曾到谢桥》《采桑子》《谁翻乐府凄凉曲》，庞天舒的《落日之战》《蓝旗兵巴图鲁》；回族作家石舒清的《清水里的刀子》，白山的《冷月》，马之遥的《开斋节》；土家族作家叶梅的《最后一个土司》《撒忧的龙船河》；彝族作家张坤华的《不愿纹面的女人》《西双版纳恋曲》，阿蕾的《嫂子》；白族作家张长的《太阳树》，杨亮才的《血盟》，锡伯族作家郭基南的《流芳》、傅查新昌的《父亲之死》、朝鲜族作家千华的《高丽女人》等。90年代进入文坛的除了以上这些人口较多的少数民族作家以外，还有一批人口较少的少数民族的汉语作家，为少数民族文学的整体发展做出了贡献。这些作家作品有鄂伦春族作家敖长福的《猎人之路》，纳西族作家蔡晓玲的《天边女儿国》，怒族作家彭兆清的《相约在雪山驿道》《女岩神祭》，鄂温克族作家涂志勇的《剑海柔情》《索伦骠骑》，杜梅（杜拉尔·梅）的《风》《那尼汗的后裔》《我的先人是萨满》，安娜的《金霞和银霞》《牧野上，她发现一颗心》，涂克东·庆胜的《第五类人》《跨越世界的末日》《萨满的太阳》，裕固族作家铁穆儿的《狂奔的彩虹马》，达隆东智的《茫茫群山》，普米族作家汤格·撒甲博的《野人泪》《远方，有棵相思树》，阿昌族作家罗汉的《蛊女》《蛊女的婚事》，黎族作家龙敏的《黎乡月》等。

（三）成就达到前沿地位

90 年代汉语写作的少数民族小说出现了很多优秀的作品，达到了这个时期小说的前沿地位，这个时期汉语写作的少数民族小说已经进入全国优秀小说的行列，有的甚至达到这个时期小说创作的最高水平。这个时期有藏族作家阿来的《尘埃落定》，回族作家张承志的《心灵史》，藏族作家扎西达娃的《骚动的香巴拉》，鄂温克族作家的《你让我顺水漂流》《丛林幽幽》，佤族作家董秀英的《摄魂之地》，满族作家叶广芩的《本是同根生》《梦也何曾到谢桥》《采桑子》，土家族作家叶梅的《最后一个土司》《撒忧的龙船河》等作品达到小说创作的最高水平。尤其是霍达的《穆斯林的葬礼》获得 1991 年茅盾文学奖，阿来的《尘埃落定》获得 2000 年茅盾文学奖，而张承志的《心灵史》在文学界引起极大的反响，可见汉语写作的少数民族小说的极高成就地位。1991 年发表的《心灵史》和 1998 年发表的《尘埃落定》，将 90 年代少数民族小说汉语写作带到一个辉煌的高度，也将整个少数民族文学创作带到一个辉煌的高度。

二　民族意识、宗教意识的张扬

90 年代少数民族小说的汉语写作，在 80 年代的基础上继续发展，其最鲜明的特点就是对民族意识和宗教意识的张扬。和 80 年代汉语写作的少数民族小说的民族意识还只是自然流露和逐渐觉醒不同，90 年代汉语写作的少数民族小说一开始就鲜明地张扬民族意识和宗教意识，而且这种追求不再是个别少数民族作家的行为，而是所有少数民族作家的追求。从文化角度描写少数民族生活，张扬少数民族的民族意识、宗教意识、神话意识等，成为 90 年代少数民族小说汉语写作的普遍追求。

90 年代的少数民族小说的汉语写作，在传承和表达少数民族文化的策略方面，继承了 80 年代少数民族小说汉语写作的传统并得以进一步加强。90 年代少数民族小说汉语写作，主要描写少数民族的文化内涵，张扬少数民族的民族意识、宗教意识、神话意识等。因此这个时期的少数民族小说的汉语写作不管是老作家还是刚刚走上文坛的新作家，都把张扬少数民族意识、展示少数民族文化作为创作的基本目的，也把这作为用汉语传承少数民族文化的基本策略，和 80 年代相比，这种意识不是逐渐觉醒和趋于自觉，而是已经成熟。

（一）张承志、扎西达娃张扬民族意识和宗教意识的策略

从文化角度描写少数民族生活，极力张扬少数民族的民族意识和宗教意识，这在从 80 年代就开始写作的作家那里表现得尤为充分。回族作家张承志在 1991 年发表了他著名的小说《心灵史》，这是张承志在作品中张扬回族的民族意识和宗教意识最强烈的作品。张承志在 80 年代就发表了描写回族人民生活和精神的作品，他在表现回族特色时，大都

不用描写风俗风情或者贴回族标签的方法，一直以来都是以描写回族意识见长。他在80年代发表的描写回族生活的作品《残月》《黄泥小屋》《辉煌的波马》等作品，大都不采取描写风俗风情的手法，而是描写回族人的生存状态和心灵状态，那是在极其艰难的环境下靠信仰支撑的生活，那是在极其艰苦的条件下，追求人的信仰、人的自由、人的幸福生活的回族人的“念想”。在《残月》中，张承志通过杨三老汉的口说明“这个念想，人可能为它舍命呐”。“念想”就是回族人民的宗教信仰、坚持信仰的理念和对美好生活的向往，是在极其艰苦条件下对生命的支撑，实际上就是回族人民的民族意识和宗教意识。在回族人民这里，民族意识和宗教意识是合二为一的。这种运用民族意识和宗教意识来描写和传承回族文化的策略在《心灵史》中得到极好的发挥。

《心灵史》发表于1991年。张承志为了写作《心灵史》，从1984年就开始准备，他在六年时间里，深入中国西部，用了大量时间了解回民的教派，认识很多哲合忍耶教派的传人。当了解哲合忍耶的历史后，他也成为哲合忍耶的朋友和成员，有了深切的回族意识和宗教意识。他写作回族题材小说，不是为回族而写作，而是作为回族来写作。因此这种回族意识和宗教意识就如同血脉，在作为回族、作为哲合忍耶一员的张承志笔下汩汩流淌。张承志说：“我沉入了这片海。我变成了他们之中的一个。诱惑是伟大的。我听着他们的故事；听着一个中国人怎样为着一份心灵的纯净，居然敢在二百年时光里牺牲至少五十万人的动人故事。在以苟活为本色的中国人中，我居然闯进了一个牺牲者集团，我感到彻骨的震惊。”① 张承志以一个哲合忍耶的成员身份进行写作，用鲜明的回族意识、用明确的哲合忍耶意识写作《心

① 张承志：《心灵史》，花城出版社1991年版，第1页。

灵史》，这是张承志张扬民族意识和宗教意识的最强烈的写作。少数民族小说的汉语写作到了《心灵史》这里，经历了少数民族小说汉语写作从外在描写到内在表现再深入民族、宗教意识骨髓的真切感受的巨大变化，进入用汉语深刻表达真正少数民族意识的写作阶段。

《心灵史》首先描写了回族哲合忍耶教派沉重的历史。这是任何正史和野史都没有描写过的历史。哲合忍耶是乾隆年间诞生在西北黄土高原苦寒之地的穆斯林教派。创始人是马明心，哲合忍耶称之为道祖。马明心身穿粗羊毛衫传教，因为波斯语称粗羊毛衫为苏菲，因此哲合忍耶教派又被称作苏菲主义教派。哲合忍耶教派反对原教旨主义哲学，倡导人道、人性和人心，主张清心、节食、坐静。这是穷人的宗教，是生活在西北黄土高原上的回民在极其艰难的环境中、在极其苦寒的大地上支撑他们活下去的念想。这种穷人宗教将回民们从苟活中提升起来，在精神上成为他们抵御一切苦难的力量。清政府害怕这种“穷人的宗教”，害怕哲合忍耶，因此从乾隆时代开始进行血腥镇压，哲合忍耶的一代代领袖和教徒不断被杀戮、被监禁。一面是血腥的镇压，一面是信仰的坚贞，因此哲合忍耶以死作为信念，崇尚牺牲，“为主牺牲”即“舍希德”成为哲合忍耶的人生最高境界。这就是“血脖子教”的来历。哲合忍耶，本意是“高声赞颂”，但二百多年来外人却毫不知晓，因为任何历史文献都没有记载。张承志将哲合忍耶教派的历史描写出来，在回族历史上，在中国当代文学史上，张承志的《心灵史》都具有前所未有的意义。作品全面地客观地、充满崇敬心情地描述了哲合忍耶备受迫害和凌辱的历史和奋起抗争的历史，运用浓郁的民族意识和宗教意识描写哲合忍耶教派的沉重历史。

《心灵史》用“门”来划分段落，作品一共七门，每一门叙述一代导师，回族称之为“毛拉”，它一共叙述了七代导师。给人印象最深的是第一代导师马明心、第五代导师马化龙。

马明心，是中国哲合忍耶的第一代领袖。他是孤儿，9 岁时随叔叔到达也门，在也门苏菲主义教派长老门下学习了 15 年，25 岁时回国传教。马明心回到了他的故乡甘肃，给甘肃这片苦寒之地的回民带来了支撑他们活下去的“穷人的宗教”。马民心在甘肃，关心穷人、坚持操守、不谋私利，得到回民的爱戴。回民们在那苦寒之地苟活，接触到哲合忍耶教派的教义后，找到心灵的寄托，找到活下去的力量和人生的尊严。但是这种信仰遭到清政府的残酷镇压。哲合忍耶教徒跟随马明心奋起抗争，开始了第一场保卫信仰的圣战。道祖马明心被抓进兰州城，圣战在清朝军队的残酷屠杀下失败了，但教徒们不怕牺牲，他们为了救出教主，用自己的鲜血和生命做武器，前仆后继扑进兰州城。清朝的屠杀更加严酷，大量的教徒被杀害，大量清真寺被毁。马明心也被凌迟处死。这场圣战中虽然众多的多斯达尼被杀害，但心灵的信仰是清朝的暴力消灭不了的，哲合忍耶并没有被剿灭。

《心灵史》中重点描写的另一个哲合忍耶导师是第六代领袖马化龙，他毕生大力振兴哲合忍耶教派。同治年间，马化龙成为反清起义的领袖，他主持的金积堡道堂，成为大西北的反清中心。清政府派左宗棠率三路大军围住了金积堡。为使哲合忍耶教徒免遭灭绝，马化龙将自己绑起来走出东门，希望用自己一家三百多口的性命换回金积堡一带数万回民的生命。马化龙遭受 56 天酷刑折磨，最后被凌迟处死。但是杀戮摧毁不了哲合忍耶的信仰：

哲合忍耶的奥拉特即克勒，特别是其中的五十六遍“俩依俩罕、印安拉乎”使得伊斯兰教的晨礼更加纯洁和高贵。这种晨礼中坚守的正义和公道，鼓舞着人对理想的追求，证明着那遥远而永恒的真理。①

到民国后，回族人民这种遭受屠戮的状态得到一定改善，但是真正得到平等待遇是新中国成立以后。新中国一系列民族平等、民族团结政策将回族带到平等幸福的好时代，回族人民从此摆脱民族压迫的命运，成为中华民族中一个堂堂正正的民族。因此张承志说："我比一切画家更热爱你，梵·高，我比一切党员更尊重你，毛泽东。"就是基于对新中国少数民族民族平等、民族团结政策的歌颂。

其次，《心灵史》歌颂了哲合忍耶信徒的信仰坚贞的精神。《心灵史》歌颂哲合忍耶的集体精神品格，歌颂回族崇尚牺牲、为了信仰不惜牺牲生命的崇高精神。这里回族的民族意识和宗教意识合二为一。宗教意识是回民精神支柱。在西北那片苦寒之地，唯有坚定信仰，才使得回族人民一代又一代地生存下来。因此他们将信仰看作生命，甚至可以为信仰舍弃生命。在描写兰州的圣战时，张承志感慨：

历史上可能有过数不清的战争，但是不知道有没有这样的以失败为目标的战争。中国从来是一座最残酷的厮杀场，但是我不知道有过谁在格斗时只盼一死不愿存活。②

哲合忍耶教派信仰坚贞、品德崇高、人品高贵，为了信仰，他们愿意抛洒鲜血、舍弃生命："舍命不舍教，砍头风吹帽，前辈都是血脖子，我也染个红胡子。"③ 这种信仰的坚贞在哲合忍耶教派中成为一种生命

① 张承志：《心灵史》，花城出版社1991年版，第186页。
② 同上书，第47页。
③ 同上书，第259页。

基因，为后世人们留下心灵的榜样。

《心灵史》最根本的内涵是人道主义，是肯定人的尊严、人的价值，是提倡意志自由、人格独立、追求信仰的人道主义内涵。张承志说："我以我的形式，一直企图寻找一种真正的人道主义。"①《心灵史》不仅仅是描写回族人民的民族意识、宗教意识，张承志要强调的是信仰对人类的重要性。《心灵史》描写哲合忍耶的目的，是通过描写这个教派为了自由、为了信仰、为了理想的追求，歌颂信仰在人类历史上的重要性。是通过歌颂宗教的信仰，歌颂人道、人性、人心为最高准则的伟大信仰，以此歌颂信仰坚定、品格高尚、精神不灭的民族精神，给今天世风日下、物欲横流的社会提供一种崇高的心灵榜样。从这个角度来说，《心灵史》超越了一般只是表现民族文化内涵的少数民族汉语小说，达到文学的最高境界，那就是人道主义的高度。

扎西达娃的《骚动的香巴拉》是90年代发表的长篇小说，也是扎西达娃用汉语写作的第一部藏族长篇小说。这部作品通过描写西藏贵族凯西家族在20世纪的世事沧桑，用魔幻现实主义的手法展示20世纪西藏的历史、文化、宗教以及政治运动，描写藏族人在20世纪的历史命运和荒诞历史。

首先，作品具有藏族浓郁的民族意识和宗教意识，这是扎西达娃作品最基本的内涵。作品取名叫《骚动的香巴拉》，在于作者继续运用他在80年代作品《西藏，隐秘的岁月》《西藏，系在皮绳扣上的魂》等作品中反复描写的香巴拉意象。"香巴拉是佛教密宗修习者向往的北方极乐世界，后来便成了幸福乐园的代名词。传说它在神秘而遥远的北方，被白雪覆盖，为藏族人民世世代代寻觅追求。这片净土是整个民族

① 张承志：《心灵史》，花城出版社1991年版，第15页。

的梦想与希望，也是苦难艰辛的现世生活的安慰。”① 这是只有藏族人才有的意识和梦想。扎西达娃用这个意象作为标题，进一步展示和张扬藏族意识。作品中描写的那些魔幻现象，都是藏族文化的独特的现象。作品中的人们都苦苦寻找着香巴拉，虽然他们寻找的结局都是一样的，都是最后没有找到，但是他们每个人都没有停止寻找。香巴拉在作品中不断出现。小达瓦次仁具有常人没有的慧眼，一眼就看出羊皮上的神秘符号是一幅可以找到香巴拉的地图。但康巴流浪老人却绝不认同，老人认为只有靠双腿寻找和菩萨显灵才能找到。作品中琼姬是一个充满神秘征兆的藏族女性，她是一只被印度高僧所降服的千年巨蚊女王，因为宗教的限制，不能与人类的男性进行性接触，当和达瓦次仁相爱后，她又变成一只巨大的蚊子。贝吉曲珍具有神秘的预知未来的能力，能与鬼神相通，她的幽灵是凯西公馆的保护神，她在，凯西公馆就兴旺，她离开，凯西公馆就衰败。这些魔幻的现象，在外人看来是不可思议的，但在藏族人的思维中，却是事实。这些现象和藏族人的民族意识和宗教意识直接联系。扎西达娃运用魔幻现实主义手法将藏族历史、文化、宗教寓言式地表现出来，这是具有地道藏族意识和宗教意识的表现。因为藏族的宗教信仰和民族思维就具有生死轮回、前生后世、预兆占卜、幽灵显现等特点，这种特点是藏传佛教和藏族原始苯教在藏族人民心灵深处的影响。所以有人说藏族小说的魔幻现实主义的特点是客观魔幻现实主义，因为在藏族人民看来，这种充满魔幻特色的事情和现象，在西藏土地上是客观存在的，不是作家运用自己主观想象杜撰出来的。作家只是把藏族人的这种思维描述出来而已。

---

① 黄丽梅:《历史·梦幻·生命——扎西达娃〈骚动的香巴拉〉解析》,《西南民族学院学报》1997 年第 5 期。

其次，《骚动的香巴拉》通过一个具有四百年历史的家族的盛衰，运用魔幻现实主义手法描写了藏族人在20世纪的荒诞历史。作品描写贵族凯西庄园的兴衰，通过管家之子达瓦次仁的经历，描写一个西藏家族的历史。作品采取魔幻现实主义的手法，亦真亦幻地讲述大管家色岗·多吉次珠一家的人生沉浮及悲剧命运，藏族高原上追寻香巴拉的灵魂被扎西达娃描绘得神秘而生动。作者采魔幻现实主义手法，将20世纪整个西藏的历史文化、宗教习俗、历史变迁的内容由才旺娜姆的意识流动来表现，时间在才旺娜姆的意识中不是那么漫长，只是思维的一瞬间。整个小说都是一个梦，是一个女主人公去往凯西庄园的漫长的没有尽头的梦。在这个梦中，有藏族历史的变迁、庄园的盛衰、宗教的神秘、个人的情仇、文明的渗透等。用这个梦将西藏20世纪百年的历史浓缩在凯西庄园。我们从才旺娜姆的意识中可以看到西藏过去的庄园历史，可以看到民主改革的变迁，还可以看到“文革”中对藏族人信仰的破坏。但是不管在什么时代，藏族人的民族意识和宗教思维从来没有改变，藏族人思维萦绕在这个作品中，绵延不息。

（二）90年代新作家对民族意识和宗教意识的张扬

在90年代走上文坛或者在90年代创作出优秀作品的少数民族汉语作家创作的汉语小说，从作家的民族分布以及少数民族小说类别来看，比80年代大大增加了。除了80年代开始写作的少数民族作家外，90年代出现一批新的少数民族汉语小说家，这批少数民族汉语小说家可分为两批。一批是这些民族在以往已有小说家开始创作，但90年代又出现了一批新的小说家，比如藏族作家央珍、梅卓；蒙古族作家郭雪波、巴根；维吾尔族作家阿拉提·阿斯木；满族作家赵玫、叶广芩、庞天舒；回族作家石舒清、白山；土家族作家叶梅、田耳等。另一批是这些少数民族以前没有汉语小说家，在90年代出现了该少数民族的第一批汉语小说家。这主要是一些人口较少的民族出现了少数民族小说家，并开始少数民族小说创作。比如锡伯族、鄂伦春族、纳西族、怒族、裕固族、普米族、阿昌族、黎族等都出现了少数民族汉语小说家并发表了一批少数民族汉语小说。这批90年代走上少数民族汉语写作文坛的小说家，虽然刚开始写作，但是他们却站在前人的肩膀上，没有重复50—70年代少数民族汉语作家的老路，没有采取只是外在描写少数民族风俗风情的方法，一开始写作就进入少数民族汉语写作的高层阶段。他们一开始写作就张扬少数民族的民族意识和宗教意识，从文化的深层角度描写少数民族的生活、反映少数民族的文化心理。

藏族作家央珍的《无性别的神》发表于1997年，是当代第一部藏族女作家用汉语写作的长篇小说，获得了全国第五届少数民族长篇小说奖。这部作品和扎西达娃的魔幻现实主义小说不同，是一部现实主义小说，作品以儿童的视觉，以藏族德康家的二小姐央吉卓玛的人生命运为主线，描写了20世纪50年代西藏的历史变迁。这部作品的主要特点，是对20世纪50年代藏族不同类型的庄园贵族生活的不同状态，对20世纪上半叶的藏族官员、僧人、佣人等不同阶层的人物做了详细的描述。作品通过一出生就“命运不祥”、不符合贵族规范、具有善良之心的央吉卓玛的眼睛，看取西藏当时各色人等的命运，同时又主要描写央吉卓玛在寻找美好未来的过程中的成长经历，表现一个民族的时代变迁。这部作品具有典型的藏族意识。这种民族意识不是采用描写西藏为净土的浪漫写法，也不是采用将西藏描写为“野蛮之地”的传奇写法，而是描写了真实的西藏，这是“文明与野蛮、信仰与亵渎、皈依与反叛、生灵与自然交融”[①] 的世界。对于宗教意识，央珍采用现实主义的客观视角来描写反映西藏人民的宗教信仰和精神世界，没有对宗教采取批判的态度。央珍站在一个藏族人的立场上，对藏族人民的宗教信仰进行平和的描写。作品通过央吉卓玛的感受，描写宗教在藏族人的情感中是一种超脱和享受。比如描写央吉卓玛出家受剃度的感受：“蓦然间，她有一种飘然升华之感，仿佛背上添了一双翅膀。”[②] 这是只有藏族人才会具有的民族情感和宗教意识。作品运用现实主义的手法描写出这种意识，具有客观和现实的作用。

回族作家石舒清一开始写作就尽力张扬回族的民族意识和宗教意识。石舒清的家乡在宁夏回族自治区的西海固，是地道的回族穆斯林。西海固是一片充满伊斯兰文化且十分贫瘠的土地，石舒清生长在这里，具有浓郁的回族意识。他对母族的历史、文化、现状有深入骨髓、深入血缘的感受和理解。他有表达回族意识、描写西海固这片土地上回族同胞的强烈愿望。他把描写回族的生活、精神和内心世界，作为一个回族作家的义务。因此他一开始写作，就站在自己的家乡立场描写自己民族和自己民族的信仰。石舒清说：“我很庆幸自己是一个少数民族作者，我更庆幸自己是一个回族作者……回回民族，这个强劲而又内向的民族有着许多不曾表达难以表达的内心的声音。这就是使得我的小说有无尽的资源。像《清水里的刀子》《清洁的日子》《节日》《小青驴》《旱年》《红花绿叶》等能被《人民文学》《十月》《民族文学》等刊物发表，又被《小说选刊》转载就是明证。[③]” 石舒清希望用汉语将回族内

---

① 央珍：《走进西藏》，《文艺报》1996 年 2 月 9 日。

② 央珍：《无性别的神》，中国青年出版社 1994 年版，第 266 页。

③ 石舒清：《自问自答》，《小说选刊》2002 年第 2 期。

心世界里那许多不曾表达而又难以表达的东西表达出来，用小说形式将回族的日常生活、朴素情感和信仰追求描写出来，用充满热爱的情感将只有回族人才有的思维和意识描述出来。因此“石舒清立足于回族的内心世界、立足于贫瘠而充满信仰的西海固，为自己的民族写作，为自己乡亲写作。因此他极力张扬回族的民族意识和宗教意识，立志写出真正回族的小说。”①

石舒清主要描写当下回族人民的生活和信仰，描写西海固回民在极其艰难的环境下依靠信仰生活的状态，他描写生活在西海固地区的回族人民的“念想”，那是在苦寒之地支撑他们生活下去的信仰，因为有了这种信仰，回族人民将艰难困苦的生活过得平静而幸福。在《沉重的季节》《月光下的村子》《逝水》《清水里的刀子》等作品中，石舒清描写回族人民在艰难的处境中、在贫苦的生活中用“念想”战胜一切的生活态度。《逝水》就是这种表达的典型作品，作品描写虔诚的穆斯林老太太姨奶奶，她孤苦无依、生活艰难，但她信仰虔诚，遵守伊斯兰教的所有清规戒律，在饮食上，严格遵守穆斯林的戒律，不是清真食品绝对不吃。姨奶奶能依靠信仰战胜她遇到的任何苦难，信仰使得姨奶奶内心深处总被幸福和宁静填满，那是信仰给予回族人民的心灵慰藉。除此之外，姨奶奶还具有善良、清洁、关心弱者等美好品德，这种品德也是回族人民共同的美好品德。

《清水里的刀子》获得了鲁迅文学奖，是石舒清的代表作，也是迄今为止他最好的作品。这部作品描写一头即将被宰杀的老牛，在知道自己的死期（即在清水里看到与自己有关的那把刀子）之后，就从此不

---

① 杨彬：《叙述神圣、格调悲壮、意象圣洁——当代回族小说的审美特色》，《海南师范大学学报》2012 年第 10 期。

吃不喝，它这样做，是希望死去时，自己有一个清洁的内里。这是一部描写回族人生死观的具有浓郁回族意识的小说，作品中对回族人的平静生死观、回族人的虔诚的宗教信仰、回族人强大的生命力、回族人“两世吉祥”的价值观都描写非常到位。“《清水里的刀子》只有几千字，却把一个民族的清洁精神溶于字里行间，坚硬沉重与柔软轻盈得到了统一，生存与死亡都获得肯定，蕴含着回族穆斯林‘两世吉祥’的价值理念。”① 作品中对于具有回族浓郁内涵的意象“清水”描写得丰富而具有张力。“清水”是回族文化中的著名意象，和“明月”一样，包含回族人民的“清洁”精神。这部作品将“清洁”和回族人生死观结合起来，将回族人民的伊斯兰信仰、清洁的精神表达得丰富而鲜明。“清水”意象在其他著名的回族汉语小说中也有鲜明的表达，比如《穆斯林的葬礼》中关于新月葬礼中清水洗礼的描写，比如张承志在《最净的水》中关于用最清洁的水净身的描写，都在纯净的穆斯林文化中将“清水”神圣化了。

土家族作家叶梅的小说《撒忧的龙船河》采用土家族和汉族对比描写的方法，张扬土家族的民族意识。《撒忧的龙船河》中的覃老大、覃老二和巴茶是世世代代生活在龙船河的土家人的代表，而莲玉则是山外汉族人的代表。他们之间对万事外物、对男女之情的看法有很大差别，他们之间的爱情悲剧、人生的悲欢离合，其原因就在于土家族和汉族人巨大的文化差异。在爱情方面土家人奉行的是相爱就是两情相悦，没有汉族人那么多贞洁观念，但是汉族姑娘连玉则具有汉族人典型的“贞操观”，结合了必须“娶我”。两种文化的相互碰撞，给覃老大和莲

---

① 李鸿然：《中国当代少数民族文学史论》（下卷），云南教育出版社2004年版，第633页。

玉都带来迷惑、带来麻烦，也带来一生的悲剧。覃老大和莲玉两人的结合，象征着两种文化的交融。两种不同文化交融的最初碰撞、相融，总会有不适应，甚至会带来悲剧。但是，民族文化的融合是必然的，就如同覃老大和莲玉有了儿子、孙子，他们二人的后代实则是两种文化的融合的象征。叶梅在作品中虽没有明确说两种文化的优劣，但作为土家族作家的叶梅，字里行间对土家人的淳朴、善良、蓬勃的生命力，以及那基于两情相悦的相处方式，那对与大自然搏斗的力量和智慧都有掩饰不住的赞美。《撒忧的龙船河》中对土家人宗教信仰有详细的描写，土家人的宗教信仰和回族、藏族有所区别，土家族的宗教信仰是图腾崇拜、超自然崇拜和祖先崇拜。土家族的宗教意识和民族意识合二为一，对生死的看法、对情爱的观念都在土家人的生活中展现出来。《撒忧的龙船河》中第一次用文学的笔法描写土家人的丧葬习俗，描写了土家族著名的跳“撒忧尔嗬”。土家人对生死具有独特旷达的看法，当人死去后，土家人认为他只是走向另一段旅程，亲朋好友不用悲伤，应该跳起“撒忧尔嗬”欢快地将他送走。作品中覃老大去世，妻子巴茶没有哭天喊地，而是在场坝里掌灯，十几个土家汉子为他跳起“撒忧尔嗬”，“笑逐颜开的气势非凡的为覃老大送行”。[①] 丧事喜办、哀而不伤，是土家人独特的丧葬习俗，也是土家人旷达的生死观。

三　神话思维写作——以乌热尔图汉语写作为例

“神话思维是人类由蒙昧时代过渡到文明时代的发展历程中所形成的一种特定的思维形式。它体现了人类对自然和人生的一种神性体验，

① 叶梅：《撒忧的龙船河》，《中国作家》1992 年第 4 期。

是人类把握自然、超越自然的一种手段，同时也是对初期人类社会雏形的超人性的阐释，标志着人类思维由低级的原始思维向高级的逻辑思维的进化。”① 德国著名哲学家卡希尔在其著名的《神话思维》中认为：神话思维不是抽象思维而是具象思维，神话思维是象征思维，神话思维是不分物我的思维。因此，神话思维具有主体和客体交融、天人合一的特点，图腾膜拜和巫术信仰是神话思维的最基本形式，是对神秘生命的原始理解。神话思维随着人类的发展，不断减少，但是神话思维却在人类的心灵深处留下隐秘、深沉的印记。从人类发展的历程来看，越是发达的民族，神话思维保留得越少；反之，越是欠发达的民族，神话思维保留得越多。从中国各个民族的发展来看，少数民族的神话思维比汉族保留得多。

90 年代的少数民族小说的汉语写作，在经过了描写少数民族风俗风情，张扬民族宗教意识和民族意识等方法以后，找到一种传承和传播少数民族文化的新的方法，那就是运用少数民族的神话思维描写少数民族意识。这种只有少数民族才具有的神话思维，使得少数民族小说的汉语写作具有了真正的少数民族思维，获得少数民族小说真正的独有的特质。

鄂温克族作家乌热尔图在 90 年代发表的《你让我顺水漂流》《灰色驯鹿皮的夜晚》《丛林幽幽》《在哪儿签上我的名》《萨满，我们的萨满》等小说，相对于他 80 年代用汉语写作的小说，在突显鄂温克族的民族意识和宗教意识的基础上，更多地采用了鄂温克族的神话意识来结构小说的方法，从而达到了真正表达鄂温克族思维的写作高度。鄂温克族是一个有语言没有文字的民族，乌热尔图拿起笔来用汉语写作，作为

---

① 高一农：《神话思维的基本特征》，《晋阳学刊》2000 年第 6 期。

一个想要传承和传播鄂温克族文化的作家，必须找到鄂温克族不同于汉族的文化特质才能达到真正传承和传播鄂温克文化的目的。在 80 年代，乌热尔图采用的是突显鄂温克族的民族意识和宗教意识的方法，这已经让他的小说具有浓郁的鄂温克族特色。但是，具有浓郁的鄂温克族思维的乌热尔图，觉得还有更加贴切的方式来表达鄂温克族文化。他终于找到了，那就是鄂温克族的神话和神话思维的描写和展示。

（一）鄂温克族人和动物合二为一的思维

这是神话思维，是不分物我的思维，是不以人为主体、人和动物相通相融的思维，是所有动物都平等的思维。在鄂温克族神话中有很多人熊成婚、熊是鄂温克族的祖先等故事。乌热尔图就采用鄂温克族这种神话思维，构思了小说《丛林幽幽》。在《丛林幽幽》中，赫戈蒂是一头具有神秘力量的大母熊，她具有主宰人的情感和生活的能力。乌妮拉被熊挠了肚子，结果就生出熊孩赫戈。后来赫戈和母亲一起杀死赫戈蒂，却发现赫戈蒂就是额沃，是奇勒查家族的老祖母。这种描写就是采用鄂温克族独有的关于熊和人通婚以及熊是鄂温克族祖先的神话思维，是将动物视为同类、动物具有人的意识的神话思维的具体表现。除了对熊的看法具有特殊的神话思维，对鹿也是采用这种神话思维来描写。鹿是鄂温克族人的朋友，是和人具有一样思维和情感的朋友，他们的忧伤就是人的忧伤。《老人和鹿》《雪》等作品中的关于鹿的描写，就是运用这种神话思维进行的。鄂温克族老人认为只有鹿的声音才是他心目中的歌。在《雪》中，乌热尔图描写鹿就采用人的思维，鹿是通灵的动物，鹿能够托着人的灵魂远行。因此鄂温克人能够听懂鹿唱的忧伤的歌，那歌是这样唱的：

妈妈，妈妈，你肩上沾了什么？妈妈，妈妈，你肩上怎么红啦？我的孩子，没有什么，从山坡跳下来，山丁子树叶沾在身上。妈妈，妈妈，你怎么哭啦？妈妈，妈妈，你为什么躺下？我的孩子，你可要记住，两条腿的人呐，让我的眼流泪；我的孩子，你可要记住，两条腿的人呐，让我的心淌血……①

这是鄂温克族特有的神话思维，这种神话思维也就是鄂温克族的民族思维。当人们听懂了鹿的歌声，那对鹿的理解，就不认为人是万物的主宰，从鹿的忧伤，看到人对鹿对大自然的破坏和杀戮，从而提醒人们要尊重动物、尊重自然。

（二）鄂温克族对自然敬畏的思维

鄂温克族对自然有敬畏之心，这种敬畏之心包括对自然的敬畏和对动物的敬畏。对自然的敬畏在于鄂温克族人从不认为人可以改变自然，他们认为人只能在自然中获得有限的东西，不能按照自己的欲望去贪婪地索取。这从他们的狩猎生活中对动物的态度可以看出来。鄂温克族是个狩猎民族，他们对待动物有着今天看来可持续发展的思维。他们为了生存必须猎杀熊，但是他们又敬仰熊、畏惧熊，认为熊是他们的祖先，因此熊具有超自然的神秘力量。这在《丛林幽幽》中有突出的表现，熊是人的老祖母，从而说明了鄂温克族将熊作为图腾的缘由。在《棕色的熊》中描写了鄂温克族对熊的敬畏心理，“我”从小就耳濡目染看到父辈们对熊的敬仰和畏惧之情：宰杀了熊后，猎手都很伤心。吃熊肉时，要学乌鸦叫，并要说明不是人在吃熊肉，而是乌鸦在吃熊肉。熊死

① 乌热尔图：《你让我顺水漂流》，作家出版社1996年版，第42页。

后要把熊的骨架放到高高的树上安葬。“我”15 岁时，独自拿起猎枪去打猎，在与熊的搏斗中、从熊的凶猛中经历了紧张和恐惧，明白了祖祖辈辈敬畏熊的原因。在乌热尔图的小说中，读者了解了鄂温克族人对熊的敬畏之情。鄂温克族人从不直接称呼熊的名字，而是称作祖父（鄂温克族语言叫“合克”），或者称作祖母（鄂温克族语言叫“额沃”），或者直接称作熊神（鄂温克族语言叫“阿米坎”）。萨满是能通灵的人，因此萨满经常自称熊神。人与熊的关系如此，人和其他动物的关系也是如此，比如《七岔犄角的公鹿》，少年敬畏公鹿的彪悍、勇猛、力量，敬畏公鹿勇斗饿狼的勇敢，把公鹿当成心目中的英雄。在危急时刻为帮助公鹿自己负伤，将那有着七叉犄角的公鹿放走，并由此得到一直不喜欢他的继父的喜爱。鄂温克族特别喜欢鹿，尤其是驯鹿。他们把鹿当作自己的亲人，也当作孩子们学习的榜样。在《雪》中，猎人伦布列、多新戈和申肯大叔为了活捉一头鹿，和鹿进行了一场艰苦卓绝的搏斗。作者在这篇小说中，描写人和鹿的角逐，作者用充满敬仰、热爱的情感描写鹿的特点：高傲、自尊、勇敢、顽强，尤其令鄂温克族人敬仰的是鹿追求自由的精神。鄂温克族猎人在和鹿的较量中，学习鹿的美好品德，和鹿共享山林。这是鄂温克族特有的思维，这种敬畏自然、敬畏动物的思维，在当今时代具有非常重要的意义。当人类对自然、对人类的朋友不怀有敬畏之心，而对自然疯狂掠取、对野生动物疯狂屠杀而破坏生态平衡，必然给人类自己带来灭顶之灾。因此人们通过阅读乌热尔图的小说，应该得到启发和警醒。

（三）鄂温克族的萨满思维

鄂温克族信仰萨满教。“萨满，被称为神与人之间的中介者。他可以将人的祈求、愿望转达给神，也可以将神的意志传达给人。萨满企图以各种精神方式掌握超级生命形态的秘密和能力，获取这些秘密和神灵奇力是萨满的一种生命实践内容。”① 萨满是通神之人，他能将鄂温克族人的历史、心灵、愿望融为一体，能表达鄂温克族人神秘的心灵以及神秘的文化。乌热尔图在他的作品中采用萨满的思维，采用神性、神秘等特征描写鄂温克族人的生活和心灵，表达对自然的敬畏对祖先热爱之情。萨满因为具有通灵的功能，所以能表达鄂温克族人对自然、对动物、对历史、对文化的独特思维，那是具有原始特征的、神秘的、人类童年的思维。萨满的表达就是鄂温克族人精神和文化的表达。在很多作品中，乌热尔图采用萨满作为叙述者、回忆者，萨满用神性思维描述事物，在外人看来神秘的不可知的事物，在萨满看来却是实际存在的。这种方法有人说是西方的魔幻现实主义手法，实际上这是萨满思维，是鄂温克族人特有的神性思维，也许只是和拉美的魔幻现实主义手法重合了。我觉得乌热尔图不是移植拉美的魔幻现实主义手法，而是其萨满思维或者说鄂温克族的神性思维和拉美的魔幻现实主义方法在某些方面的重合。萨满有很多禁忌，这种禁忌和前面所说的对自然敬畏、对动物敬畏的情感是一致的。而且，这种敬畏之感主要是通过萨满来表达的。《萨满，我们的萨满》和《你让我顺水漂流》中作者用详细的笔触描写了两位萨玛。《你让我顺水漂流》中的卡道布和《萨满，我们的萨满》中的达老非，这两位萨满都具超越常人的神性，能和神灵通话，甚至能预知自己死亡的方式。作者运用崇敬的情感描写萨满，将萨满作为鄂温克民族的象征。在《萨满，我们的萨满》中，作者描写了萨满达老非的神性特征。他是

① 百度百科：《萨满教》，http：//www.baike.com/wiki/%E8%90%A8%E6%BB%A1%E6%95%99。

一个通晓一切的人，他活着能通晓过去和未来，死后还能带走很多人。他被雷击不死，经常声称自己是熊，因此人们也就叫他“老头儿”，“老头儿”是鄂温克族对公熊的称呼。达老非能预知未来，可以给人托梦。作品中就有达老非给“我”（鄂温克少年）托梦的描写：

> 在一个没有月亮的夜晚，达老非走进了我的梦，他告诉我，明天东山太阳发热的时候，你走进一片树林，你会看见它的脚印，听到它的声音，并同它打个照面。①

第二天“我”按照梦境来到森林，一切如梦境一样，巨熊站在那里，却没有撕咬“我”，那巨熊竟然带着老人特有的慈祥表情仔细地端详着“我”，然后悄然远去。作者就这样运用萨满的思维描写鄂温克族人的特点。另外，乌热尔图浓墨重彩地描写萨满，是替日渐失去家园的鄂温克族表达强烈的忧患意识。他的作品具有忧伤之感，因为鄂温克族赖以生存的森林日渐减少，鄂温克族可以狩猎的动物日渐减少，这个狩猎民族要逐渐失去家园和祖祖辈辈传下来的生活方式。在《你让我顺水漂流》中，作者就用这种忧伤和忧患的情感描写萨满卡布道，这是鄂温克最后一位萨满。他以无比忧伤的口吻预言森林的火灾，那是他对鄂温克族人赖以生存的森林的巨大忧伤之感，对即将被大火毁灭家园的预示和悲伤。他还预言自己将死在“我”的枪口下，因为已没有可以树葬的巨大树木，于是嘱咐“我”将他的尸体投入河中，让他顺水漂流。这里既有对萨满神性的描写，又具有象征意义，象征着鄂温克族人即将失去森林、失去狩猎生活方式、失去家园的令人担忧的前景。有时，乌热尔图觉得只用神性、用魔幻、用象征都不足以表达他那巨大的忧虑，

① 乌热尔图:《你让我顺水漂流》，作家出版社 1996 年版，第 159 页。

因此有时就在作品中利用作品人物的口直接呼吁：希望人能够“爱动物，爱林子，爱河流，爱鹿……就像爱你的亲兄弟，爱你的母亲……人永远离不开森林，森林也离不开歌。”这是乌热尔图本着一个民族的呼吁，也是本着人类的呼吁。

乌热尔图运用以上这些鄂温克族的思维来进行小说创作，就是本着一个鄂温克族人的心灵来写作。乌热尔图运用汉语描写鄂温克族人的生活和心灵，用汉语传承鄂温克族的历史文化、思想信仰，其最好方式就是用汉语描写鄂温克族的民族意识、宗教意识，而最有效的方法就是用汉语描写鄂温克族的思维，这种思维不管用什么语言表达，都是鄂温克族的思维，是鄂温克族区别于汉族和其他民族最鲜明的标志。这是乌热尔图对鄂温克族文学、对中国少数民族文学的贡献之一。而乌热尔图对中国当代文学，对少数民族文学的贡献之二，在于他小说中那基于鄂温克族的强烈的环保意识，那对人类破坏自然、不敬畏自然的状态的揭露和批判，提醒人们应该敬畏自然、敬畏动物、和自然和谐相处，对当今疯狂攫取自然、屠杀野生动物的人们具有极大的启示和警醒作用。乌热尔图这种环保意识，这种对人类的警醒作用，是采用对鄂温克族人那敬畏自然、敬畏动物的神话思维的描写，对破坏自然、无限攫取自然的后果的描写来实现的。鄂温克族的优良品质经由乌热尔图的描写，展示了鄂温克族优秀的民族品质，比如正直、礼貌、毅力、殷勤周到、少粗鲁和少野蛮贪心、永不怯懦、永不背叛等，这是人类都应具备的优秀品质。随着社会的发展，很多人对于自然疯狂攫取，对金钱无限崇拜，对人类的朋友不断杀戮，已经给人类带来了极大的伤害，森林缩小、野生动物灭绝、沙尘暴雾霾铺天盖地等，人类已经受到了破坏自然的惩罚。但是很多人还没有警醒。乌热尔图的小说给人类提供了敬畏自然的警示，但愿人们能从乌热尔图的小说中得到启示和警醒。

这类运用少数民族思维描写少数民族生活心理，表达敬畏自然、关爱野生动物的小说还有很多。比如土家族作家李传锋的动物小说、蒙古族作家郭雪波的生态小说、佤族作家董秀英的小说、藏族作家扎西达娃的小说等。少数民族作家运用汉语描写少数民族思维，用少数民族思维来塑造人物、设置情节、表达主题，从而达到了真正传承和传播少数民族文化的目的。这是从少数民族文化内部对少数民族文化的描写和传承，比起只是从外部描写或者只是作为主流意识形态的少数民族表现来说，这类作品具有更高的思想价值和艺术价值。

第四节　文化交融过程中少数民族文化的坚守

一　新世纪少数民族汉语小说的发展现状

少数民族汉语小说在90年代的基础上继续发展。进入新世纪后，中国的市场经济进入深层次和全面发展的时期。在这个过程中，少数民族文化和少数民族作家也面临着新的挑战。现代化的不断冲击，使得少数民族文化不仅受汉族文化的影响，而且受全球化的冲击。少数民族文化在现代化冲击下出现碰撞、交融的趋势。因此新世纪的少数民族小说的汉语写作不像90年代以前那样，只是单一的张扬少数民族意识，而是要探讨少数民族文化和汉族文化交融、少数民族文化和西方文化的碰撞等深层次问题。新世纪少数民族小说的汉语写作，不再只是表达少数民族文化融入汉族文化、西方文化的努力，而是开始采用双重视角，在不断融合的文化中保持少数民族文化。从少数民族汉语作家来看，新世纪主要的少数民族汉语作家还是90年代走上文坛的作家，比如阿来、叶梅、郭雪波等。但是遗憾的是，一批在90年代写作了许多优秀少数民族汉语小说的作家停止了写作，比如著名回族作家张承志，比如鄂温克族作家乌热尔图。但有一批新的少数民族汉语作家走上文坛，这批作家既有一些人口较多的少数民族的作家，也有一些人口较少的少数民族的作家。进入新世纪以后，中国作家协会吸纳了55个少数民族作家会员，说明少数民族文学取得了突出的成就。

新世纪以来，少数民族文学的最高奖项——少数民族文学“骏马奖”一共评了五届，即第七届、第八届、第九届、第十届，第十一届。在这五届评奖中，少数民族汉语小说一共有35部作品获奖。第七届少数民族文学骏马奖于2002年9月揭晓，有4部少数民族汉语长篇小说获奖，分别是朝鲜族作家李慧善的《红蝴蝶》、达斡尔族作家孟晖的《盂兰变》、蒙古族作家郭雪波的《大漠狼孩》、回族作家马之遥的《亚瑟爷和他的家族》。有9部中短篇小说集获奖，分别是哈萨克族作家朱马拜·比拉力的《蓝雪》、仫佬族作家鬼子的《被雨淋湿的河》、苗族作家向本贵的《这方水土》、哈尼族作家朗确的《山里女人》、壮族作家黄佩华的《远风俗》、满族作家金瓯的《鸡蛋的眼泪》、土家族作家田永红的《走出峡谷的乌江》、苗族作家赵朝龙的《蓝色乌江》、锡伯族作家陈铁军的《有种打死我》。第八届少数民族文学骏马奖有6部少数民族汉语小说获奖。有2部长篇小说获奖，分别是满族作家关仁山的《天高地厚》，阿昌族作家罗汉的《紫雾》。有4部中短篇小说集获奖，分别是达斡尔族作家萨娜的《你脸上有把刀》，土家族作家叶梅的《五月飞蛾》，回族作家石舒清的《伏天》、布依族作家杨打铁的《碎麦草》。第九届少数民族文学骏马奖总共有5部少数民族汉语小说获奖。有2部汉语长篇小说获奖，分别是仡佬族作家王华的《雪豆》、蒙古族作家郭雪波的《银狐》。有3部中短篇汉语小说集获奖，分别是满族作家于晓威的《L形转弯》、东乡族作家了一溶的《挂在月光中的铜汤瓶》、哈萨克族作家叶尔克西·胡尔曼别克的《黑马归去》。第十届少数民族文学骏马奖共有5部少数民族汉语小说获奖。有3部长篇汉语小说获奖，分别是朝鲜族作家金仁顺的《春香》、藏族作家达珍的《康巴》、布依族作家潘灵的《泥太阳》。有2部中短篇小说获奖，分别是仡佬族作家肖勤的《丹砂》、回族作家李进祥的《换水》。第十一届少数民族文学骏马奖有6部汉语小说获奖。有3部长篇小说获奖，分别是土家族作家李传锋的《白虎寨》、侗族作家袁仁琮的《破荒》、维吾尔族作家阿拉提·阿斯木的《时间悄悄的嘴脸》。有3部中短篇小说集获奖，分别是回族作家马金莲的《长河》、纳西族作家和晓梅的《呼喊到达的距离》、壮族作家陶丽群的《母亲的岛》。笔者之所以这么详细地将这五届少数民族文学骏马奖获奖的少数民族汉语小说一一列举出来，是因为这五届少数民族文学骏马奖获奖作品基本上包括了2000年到2016年以来的少数民族汉语优秀小说。

综合新世纪其他少数民族小说汉语写作和骏马奖获奖小说的发展情况分析，新世纪少数民族小说写作有以下几个特点：

第一，新世纪以前就走上文坛的著名少数民族汉语作家继续创作了一系列优秀的少数民族汉语小说。

最著名的是藏族作家阿来，他获得茅盾文学奖的小说《尘埃落定》，虽然出版于1998年，但是获得茅盾文学奖却是在2000年。《尘埃落定》在新世纪之初获得茅盾文学奖以后开始大规模传播，给所有用汉语写作的少数民族作家提供了典范，为新世纪少数民族作家的汉语写作矗立了高峰，可以说《尘埃落定》开启了新世纪少数民族小说汉语写作新内涵的先河。进入新世纪后，阿来接着又出版了《空山》《格萨尔王》《遥远的温泉》等汉语小说；土家族作家李传峰出版了《白虎寨》《武陵王》等汉语小说、土家族作家叶梅发表了《五月飞蛾》《最后的土司》《歌棒》《玫瑰庄园的七天七夜》《银锭桥》等汉语小说；蒙古族作家郭雪波发表了《大漠狼孩》《银狐》等汉语小说；回族作家石舒清创作了《伏天》等汉语小说；维吾尔族作家阿拉提·阿斯木出版了《时间悄悄的嘴脸》等汉语小说。他们在原来的基础上进一步发展，将少数民族小说的汉语写作推进到民族文化交融中如何保持少数民族文化，民族之间如何团结、如何交融的深度，为新世纪少数民族小说汉语写作增加了厚度。

第二，一批新的少数民族汉语作家登上少数民族小说创作的舞台，开始新世纪的少数民族小说汉语写作。

土家族、苗族、朝鲜族、藏族、壮族、哈萨克族、锡伯族、回族、黎族等民族出现了一批新的少数民族汉语作家，他们在原来就有的本民族汉语小说基础上，继承前辈的创作传统，在此基础上继续创新。在弘扬民族文化、表达少数民族意识和民族文化的交融与发展等方面做了很多尝试和贡献。新世纪最有特点的是一些人数较少的少数民族汉语作家登上了文坛。所谓人口较少的少数民族，是指人口在10万人以下的少数民族，人口较少的少数民族有22个：“22个人口较少民族分别是：

乌孜别克族、高山族、鄂温克族、撒拉族、毛南族、俄罗斯族、怒族、阿昌族、德昂族、普米族、塔吉克族、布朗族、鄂伦春族、保安族、京族、塔塔尔族、独龙族、赫哲族、裕固族、门巴族、珞巴族、基诺族。”[①] 在新世纪以前的文学创作中，这些人口较少民族中有一些民族还没有自己的作家，或者有的民族只有诗人、散文家而没有小说家。新世纪以后，很多人口较少的民族有了母语小说，也有了汉语小说。人口较少的运用汉语写作的少数民族小说有达斡尔族作家孟晖的《孟兰变》、达斡尔族作家萨娜的《你脸上有把刀》、哈尼族作家朗确的《山里女人》、阿昌族作家罗汉的《紫雾》、东乡族作家了一容的《挂在月光中的铜汤瓶》、仡佬族作家肖勤的《丹砂》《暖》《我叫玛丽莲》《潘朵拉》等。其他少数民族出现了一批新的作家，比如藏族作家白玛娜珍的《拉萨红尘》《复活的度母》，藏族作家龙仁青的《锅庄》，格央的《西藏情人》《小镇故事》，蒙古作家萨娜的《彳亍行》、蒙古族作家千夫长的《长调》，黎族作家亚根的《婀娜多姿》《槟榔醉红了》，回族作家马金莲的《碎媳妇》《绣鸳鸯》，回族作家李进祥的《换水》《孤独成双》，回族作家马宇桢的《季节深处》，满族作家霍克的《娃噜嫂》，满族作家于晓威的《我在你身边》，纳西族作家和晓梅的《呼喊到达的距离》，壮族作家陶丽群的《母亲的岛》，等等，他们用汉语描写少数民族的文化、历史以及这些民族在现代化过程中的惶惑与欣喜；或用自己民族的视角，或用自己民族和汉族的双重视角描写在现代化进程中少数民族的心声。

第三，几位著名的少数民族汉语作家在新世纪停止了小说创作。

最著名的是回族作家张承志和鄂温克族作家乌热尔图。这是一个

① 钟进文主编：《中国人口较少民族书面文学研究》，民族出版社 2012 年版，第 1 页。

很值得研究的形象。张承志在写完《心灵史》后，宣称“终止自己”，其实就是宣布自己不再进行小说创作。90年代以后，张承志开始了散文创作，创作了《荒芜英雄路》《清洁的精神》等散文。张承志从他的《旗手为什么歌颂母亲》到《黑骏马》再到《心灵史》，用小说找到自己心灵的归属，并“用汉语创造了一个人所不知的中国”。大概他觉得难以再用小说这种形式形象化地表达他的内心世界，转而用散文可以更加清楚明了地表达自己的情感和主张。乌热尔图在90年代中期发表小说《丛林幽幽》以后也停止了小说创作，转向散文随笔创作和文化研究，他创作了《沉默的播种者》《述说鄂温克》《呼伦贝尔笔记》等文化随笔。他的这些文化随笔，从文化学、人类学、民族学、哲学等多方面描写鄂温克族的历史文化以及在现代化进程中民族文化被破坏、民族资源被盗用的现状，他不用小说而转用随笔对鄂温克族民族资源尽可能多地进行挖掘和整理，尽可能明白地表达鄂温克族的民族内涵以及一个即将失去自己家园和生活方式的民族的忧患情感，这种情感用小说好像难以深刻和明白晓畅地表达。于是，乌热尔图运用随笔和文化研究的方式来描述和表达鄂温克族的民族情感和民族状态。从这里可以看出，他们停止小说创作，并没有停止传承和传播本民族文化，他们只是找到另一种他们认为更有利的方式来传承和传播，找到用另一种更直截了当、更清楚明了的方式表达本民族的情感和状态。和他们以前的小说创作以及新世纪其他的少数民族作家所要表达、传达、传承、传播的内涵和目的是一致的，从而和少数民族小说汉语写作形成了传承和传播少数民族文化的多重方法和多重状态。

二 现代化进程中的文化坚守

在中国的现代化进程中，各个民族也在逐渐现代化。在这个过程中，各个民族普遍和其他民族交往，尤其是各个少数民族文化逐渐向汉族学习并逐渐出现和汉族融合的趋势，甚至还出现向西方文化学习并逐渐融合西方文化的趋势。这是一个令少数民族作家难以接受又不得不接受的过程。一方面，少数民族作家希望能保持自己的民族文化，在多元一体的文化格局中保持自己独特一元的特色。另一方面，少数民族作家又希望少数民族能够在现代化进程中接受先进文化，促使少数民族文化和主流文化、世界文化接轨。这是一个惶惑矛盾却又充满希望的时代。对少数民族作家来说，在这个时代，一方面他们接受民族现代化和民族融合的现实；另一方面，又力图在这个趋于融合的时代保持少数民族文化。在新世纪，少数民族小说的汉语写作在民族现代化和民族融合过程中保持少数民族文化的追求更加明显。

蒙古族作家郭雪波的小说就是力图在现代化过程中保持少数民族文化的典范，他的生态小说就是要在主流意识和现代化过程中极力表现蒙古族独特的生态意识。随着现代化的发展，人们对草原不断攫取，蒙古草原上因此不断沙化，因为草原被沙化，北方一到春天就出现大面积的沙尘暴。作为出生在科尔沁草原的蒙古族作家，对这种现状心急如焚，于是他拿起笔来创作“沙漠小说”和“动物小说”，其实“沙漠小说”和“动物小说”都是生态小说。蒙古人与草原和动物是唇齿相依的关系，草原被破坏，相生相伴的动物就会遭殃，动物遭殃，人的生活也会受到很坏的影响。他的小说表达了对草原不断沙化的忧患意识。他的小说《大漠魂》《沙狼》《银狐》《大漠狼孩》《白驹》《狼子》等作品都表达了这种忧思。首先，作为蒙古族作家，他的描写对象都是蒙古草原上的人和动物，他基于蒙古族对自然、对草原、对大漠、对动物的热爱，展示蒙古族特有的对自然、对动物、对草原、对大漠的生态意识。自然是蒙古族唇齿相依的环境，绿油油的草原是蒙古人民世世代代生活的地方，蒙古人民对动物充满了爱，这种爱是蒙古族特有的悲天悯人的爱，是蒙古族信仰佛教、喇嘛教、萨满教形成的独特意识，也是蒙古族世世代代和草原和动物和大漠和谐关系的表现。郭雪波用蒙古人的意识描写动物、描写沙漠、描写草原，表达对人类破坏草原、掠杀动物的状态强烈的忧患意识。作品将忧患意识和生态意识结合在一起展示蒙古人特有的民族意识。这种忧患意识和生态意识都是建立在蒙古族的民族意识和宗教意识上。郭雪波在 80 年代创作的《沙狐》，是他最早的生态小说。虽然他自己说在写这篇小说时并没有想到生态小说和沙漠小说的称谓，但是这确实是一部反映蒙古人民抗击草原沙化以及和动物相存相依的生态小说，为他以后的生态小说和沙漠小说奠定了良好的基础。这篇小说描写老沙头和女儿沙柳坚持在沙化的沙漠上种植植物，得到沙狐的帮助，并和沙狐建立了深厚的情谊，但这只沙狐却被林场大胡子厂长打死，留下两只沙狐幼崽。这篇小说获得了很多荣誉，首先根据《沙狐》改编的广播剧获得国家“五个一工程”奖，同时该作品还被选进联合国教科文组织出版的《国际优秀小说选》。郭雪波在新世纪继续张扬这种意识，发表了小说《大漠狼孩》，这是一部情节奇特的小说。胡喇嘛村长带着猎队，杀害了母狼家族，哺乳期的母狼叼走小龙，把小龙哺育成狼孩。小龙父亲苏克历经千辛万苦找回小龙，但小龙在母狼的抚育下已成为一个狼孩。父亲找回儿子，儿子却一心要回去找他的狼妈妈。狼孩在狼妈妈和荒野的呼唤下，离开人类的父亲，走向荒野。作品最为精彩的是描写狼孩掉进冰窟窿时，母狼毫不犹豫地跳进刺骨的冰窟窿要救出狼孩。那段描写惊心动魄。母狼没能救起她挚爱的狼孩，母狼和狼孩双双冻死，在冰雪的河里成为活标本，也成了感天动地爱的活标本。作品描写了母狼那执着的、纯粹的、没有任何功利的爱。相对于母狼的爱，人类的爱则掺杂了太多功利性的内容。

《银狐》也是郭雪波新世纪著名的生态小说。作品描写蒙古草原上神奇的银狐，这是一只吃了灵芝的银狐，因此它具有超人的灵气。小说中的主人公珊梅因为具有银狐的仙气而狐媚之至，因此受到人们的冷眼。她的丈夫对她施暴，村长则在她疯癫的时候强奸了她，绝望的珊梅选择自杀。将她救活的不是人类，不是他的亲人们，而是银狐。被救活的珊梅跟随银狐走向沙漠。在沙漠中，银狐如丈夫一般照顾她，给她带来食物，几次在危机中救珊梅的性命。于是沙漠中出现了令人惊奇的银狐和它的狐婆珊梅。作品采用人和狐狸对比的手法，表达了作者对利欲熏心的人类的批判，表达对动物良好品德的歌颂。作者描写这个故事，其目的是要警醒那些利欲熏心的人类，要保护动物，要敬畏自然，当人类掠杀完了动物，毁掉了赖以生存的自然后，人类也会毁灭。动物是人类的朋友，甚至是人类的救赎者。郭雪波在作品中，坚守蒙古族关于动物的文化意识，坚守蒙古族的生态意识，这是新世纪少数民族小说汉语写作的主要追求。

少数民族的优秀动物小说很多。因为少数民族和动物的关系、和自然的关系更加密切。少数民族对自然存有热爱、敬畏之心，对人类和人类的朋友有怜悯之心。这种独特意识是少数民族意识的鲜明表现。在郭雪波的《沙葬》中，云灯喇嘛热爱自然、敬畏自然、悲天悯物，他认为所有的生灵在地球上都是平等的，不分贵贱。爱护动物、爱护人类的朋友、和动物和谐相处，才不会给人类带来灾难。但是人类的欲望和贪婪却导致人去猎杀自己的朋友，给自己带来灭顶之灾。因此少数民族的热爱自然、敬畏自然、善待动物等意识，是人类现在仅存不多的能保护自然的意识，是人类最珍贵的意识。郭雪波将这种意识在他作品中大力张扬，希望能引起人们的警醒。其实这是郭雪波在民族文化现代化过程中逐渐弱化的境遇下，对民族文化的坚守。这种意识在当今社会中，具有警醒那些只追逐利益的人的作用，是环保、绿色、保护自然的意识，也是保护人类家园的意识。

土家族作家叶梅于2003年发表的《最后的土司》，将两种文化碰撞和交融描写得惊心动魄。小说依然采用土家人和汉族人对比的写法，张扬土家族的民族意识和宗教意识。叶梅小说民族意识的描写比宗教意识描写更加鲜明。《最后的土司》中覃尧是龙船河的最后一代土司，李安是闯入土家地区的汉族人，两种文化的冲突导致一系列悲欢离合的故事。汉族人李安因避战争祸闯入了覃尧的领地，因为冒犯了舍巴日的祭祀活动，被覃尧砍去了一条腿（实则是腿已受伤腐烂，砍去腿是为了保全李安的生命）。覃尧派最美的土家妹子伍娘去细心照料李安，伍娘爱上了李安，但是土家族的初夜权造成了李安、伍娘、覃尧三人的人生悲剧。作品对覃尧行使土司初夜权的处理颇有技巧，覃尧行使初夜权，不是土司对属下的权力占有，而是男人对女人真正的爱情。但是，伍娘却不爱覃尧，覃尧希望通过初夜权能得到自己喜欢的女人，而淳朴、虔诚、单纯的伍娘只是把土司当作神。在她的意识中，现出初夜是献给神的，对于世俗中的覃尧并不喜欢，因此，她坚决回到她爱的李安身边。汉族人李安觉得受到了极大的侮辱，将伍娘作为羞辱土司的工具肆意折磨。伍娘生下了孩子，覃尧为了得到自己的儿子，按照李安的要求割掉舌头。伍娘失去了孩子，这个对神最虔诚、命最苦的土家女子在舍巴日祭祀活动中跳舞直跳到气绝。作品通过这个悲欢离合的故事，将土家文化和汉族文化的碰撞描写得惊心动魄。作品浓墨重彩地描写了土家人舍巴日的祭祀活动，也描写了土家人和汉人完全不同的文化差别，伍娘的悲剧就是这样的文化碰撞造成的。虽然作品尽量客观地描写文化碰撞给彼此都带来伤害和影响，但是作为土家族作家的叶梅在情感上还是更多地倾向于土家族文化。从作品来看，土司覃尧比起李安要爽直、宽厚得多，对女人，土司覃尧比李安也要好得多。李安对伍娘的折磨以及最后带走孩子导致伍娘之死，主要是汉族文化在李安身上的突显。虽然两人都对造成伍娘之死负有主要责任，但从作品可以看出作者的情感倾向于土司覃尧。这里可以看出作者在描写文化碰撞和民族融合中，保持少数民族文化特色的追求。少数民族文化不能只是在自己封闭的传统和环境中发展，必须学习其他民族的先进文化，在特定情况下就是学习汉族文化，但是两种文化的碰撞必将造成很多不适应甚至是悲剧。少数民族文化和汉族文化的碰撞、融合是趋势，已经势不可当。但是在民族碰撞和民族融合过程中，不一定汉族文化就是最好的，也不一定少数民族文化就是落后的，两种文化都有各自的长处，应该取长补短。但是，取长补短并不意味着要丢弃自己的民族文化。保持民族文化，在民族融合中坚守自己的民族文化，坚持多元一体中的自己独特的一体，是当今少数民族作家的共识。少数民族在学习其他民族的文化时一定要坚守自己的民族文化特色，这是新世纪少数民族汉语作家的共同追求。

三　双重文化的平等视角——以阿来汉语写作为例

对包含两种或者两种以上民族文化写作的作品，有很多种概括。有的称作“边缘写作”，有的称作“跨族别写作”。“边缘写作”的概念是由英国籍印度裔作家萨尔曼·拉什迪首先提出来的，拉什迪具有印度文化、英国文化的多种文化背景，因此，他创作的作品也具有多重文化内涵，他把这种写作叫作“边缘写作”，是将自己边缘化，因为他自己在哪种文化中都不是主流。他认为两种文化有大小之分，对他来说，英国文化是“大”文化，印度文化是“小”文化，“大”文化是主流文化，“小”文化则是自己的母族文化。对于主流文化来说自己是边缘文化，但是母族文化又与自己如影随形，难以割舍，于是便有强烈的焦虑感。在当今社会中，只有融入主流文化才能得到更大范围的认同，但是自己却无论如何都离不开自己的母族文化。因此拉什迪感觉自己处在几种文化之间，处在大小文化之间，总处于边缘。这种观点被很多处于两种文化之间的作家认同。但是我认为，国家有大小，人口有多少，经济有强弱，文化没有大小。任何一种文化都有其他文化所不能代替的功能，世界上所有文化都是平等的。因此我认为，跨越两种或多种文化的作品不能叫作边缘写作，而应该称作双重文化写作或者多重文化写作。作家是认同边缘写作还是认同双重文化写作，在于作家如何看待文化。将文化看成大小还是看成平等是其关键。多重文化交融过程中，对文化交融的态度有两种。一种自认为是小文化的作家，因为对自己的母族文化缺乏自信，总希望融入大文化，母族文化割舍不了，主流文化又挤不进去，于是自认为是边缘人，从而出现焦虑感。第二种是虽然知道自己母族文化处于弱势，但却对自己的文化充满自信，认为文化没有大小之分，因此站在自己母族文化的基础上，积极、宽容地接纳外族文化，促使自己母族文化的发展，同时还认为自己的母族文化具有其他文化所无法替代的功能，对世界文化有着自己独特的贡献。阿来就是属于第二种作家。

阿来在他著名的文章《阿来：穿行于异质文化之间》中说“我是一个用汉语写作的藏族人”。表明他穿行于藏汉文化之间的状态。他对于藏汉文化的交汇、碰撞没有如批评家所说的那种焦虑症，因为他认为“在我的意识中，文学传统从来不是一个固定的概念，而像一条不断融汇众多支流，从而不断开阔深沉的浩大河流。我们从下游捧起任何一滴，都会包容了上游所有支流中的全部因子。我们包容，然后以自己的创造加入这条河流浩大的合唱。我相信，这种众多声音的汇聚，最终会相当和谐、相当壮美地带着我们心中的诗意，我们不愿沉沦的情感直达天庭”。[①] 阿来的这段话表明他对待藏汉文化的平等、包容的心态，阿来在两种异质文化中平等地穿行，这也是他运用双重文化视角创作《尘埃落定》的缘由。

少数民族小说汉语写作最典范的作品是阿来的《尘埃落定》，这部作品首先包含了我前面所描述的少数民族小说汉语写作的全部内涵和策略。《尘埃落定》用汉语对藏族的风俗风情做了详细的展示，对藏族的民族意识和宗教意识做了极力的张扬，采用藏族思维塑造人物、组织情节、看待万事外物。可以说这部作品包含了中国当代少数民族小说汉语写作从 20 世纪 50 年代到当今所有的创作特色、思想内涵和写作策略。而《尘埃落定》超越以往少数民族小说汉语写作新的特点，也是它获得读者和研究者最为称道的特点，则是阿来在作品中进行了有目的的双重文化写作。

---

① 阿来：《阿来：穿行于异质文化之间》，《中国文化报》2001 年 5 月 10 日。

《尘埃落定》通过对藏族麦琪土司由盛及衰的过程的描写，通过麦琪土司二儿子傻子的独特视角，运用魔幻现实主义等特殊的手法，描写既是藏族又是人类的共性的文化内涵。同时这部作品在描写藏汉民族的互相影响时，不是采用藏族文化是边缘文化、汉族文化是主流文化的思维，而是站在藏汉文化平等的视角，描写藏汉文化的交融和影响。这部作品将藏文化的特殊性和人类文化的普遍性相结合，将藏族的民族情感和人类的情感相结合，将藏汉民族的相互影响放在平等的地位来看待，构成了这部世界性作品的伟大内涵。

《尘埃落定》2000 年荣获第五届茅盾文学奖。获得茅盾文学奖的理由包括小说视角独特、有丰厚的藏文化底蕴、运用魔幻现实主义手法、语言富有魅力等，这些评论没有能够全面概括《尘埃落定》的内涵和贡献，起码对于阿来采用的藏汉文化交融的双重平等视角没有提到，因为前面提到的那些特点，其他的藏族小说也具有。阿来的独特之处在于他穿行于藏汉文化之间，用汉语描写藏族文化，站在藏汉文化平等的立场，描写藏汉文化交融中平等的民族意识。这种平等交融的意识，凸显在他作品的藏族文化描写、主要人物塑造以及蕴含其中的民族融合和平等意识之中。

（一）藏族文化的主体地位

作品虽然是用汉语写作，但作品中藏族意识非常明显。因此，《尘埃落定》是一部具有浓郁藏族意识的汉语小说，这是大家对这部小说的基本共识。

首先，阿来强烈认同他的藏族身份。虽然阿来不是纯粹的藏族血统，他父亲是回族，他母亲是藏族。他有一半的藏族血统，从母族身份来看，他既可以选择回族身份，也可以选择藏族身份。但他出生在四川阿坝藏区马尔康县，从小生活在藏区，在藏区长大，耳濡目染的都是藏族文化。因此，阿来对藏族有强烈的认同。他强调："虽然，我不是一个纯粹血统的嘉绒人，因此在一些要保持正统的同胞眼中，从血统上我便是一个异教，但这种排除的眼光、拒绝的眼光并不能消减我对这片大地由衷的情感，不能消减我对这个部族的认同与整体的热爱。"① 这种对藏族的认同和归属感，使得阿来浸润着浓郁的藏族文化；藏族文化的厚度，使阿来得到了其他民族包括汉族无法得到的藏族文学的内涵，他的视角和感受都是藏族化的，他的思维也是藏族思维。虽然阿来具有混血的身份，也受到藏族文化和汉族文化的多重影响，但是阿来站在自己母族文化的基础上，对藏族文化充满自信。因为自信，所以就不焦虑；因为不焦虑，所以就能包容；因此就能平静地学习外族的先进的东西，因为自信就能保持自己的民族文化，以自己的民族为自豪。

其次，《尘埃落定》中描写了藏族独特的风俗风情和康巴藏区独特的土司制度。作品中雪山、庄园、寺庙、草原构成独特的藏族自然环境和地理环境。作品中这样描写：

> 汉族皇帝在早晨的太阳下面，达赖喇嘛在下午的太阳下面，我们是在中午的太阳下面还靠东一点的地方……这个位置是有决定意义的。他决定我们和东边的汉族皇帝发生更多的联系而不是和我们自己的宗教领袖达赖喇嘛。②

藏区分为卫藏藏区、安多藏区和康巴藏区三部分。《尘埃落定》的

① 阿来：《大地的阶梯后记》，云南人民出版社 2000 年版，第 273 页。
② 阿来：《尘埃落定》，人民文学出版社 1998 年版，第 17 页。

故事发生在康巴藏区，这是藏族和汉族文化交融的地方。所谓土司，是元代以来中央政府对边缘少数民族部落首领的承认与加封。这是中央集权对少数民族地区管辖的一种方式。这种方式具有少数民族自治的雏形，是封建社会对少数民族地区的一种特殊的管理方式。土司必须承认中央集权，按时给朝廷进贡，在国家需要时为国家出兵打仗。在土司内部独立管理，土司则世袭罔替。有很多土司经历了很多朝代，有“铁打的土司流水的朝廷”的说法。这种土司一般和汉族交往较多，因此麦琪土司在打不过汪波土司时，就找出清朝皇帝颁发的五品官印，跋山涉水到中华民国四川军政府去状告汪波土司，并很快带回来了汉人黄特派员。这些很清晰地描写了藏族和汉族的关系。作品描写藏族生活习俗、饮食习俗，藏族人喜欢喝茶，藏族喜欢骑马，藏族独特的丧葬习俗等。藏族的丧葬方式有五种：塔葬、火葬、天葬、水葬和土葬。一般下层人只用水葬，比如奶娘夭折的儿子就沉入深潭水葬了。而贵族和喇嘛死后才可以火葬，土司的大儿子是贵族，被杀后就实行火葬。作品中有很多歌舞场面。作品中描写为了庆祝麦琪土司打败汪波土司，麦琪土司的官寨里举行了盛大的歌舞晚会：

> 大火烧起来了，酒坛也一一打开，人们围着火堆和酒坛跳起舞来。……我的哥哥，这次战斗中的英雄却张开手臂，加入了月光下的环舞。舞蹈的节奏越来越快，圈子越来越小，很快就进入了高潮。①

藏族习俗在阿来笔下写得生动而神奇。阿来极其熟悉藏族的物象，因此作品中大量描写藏民族特色的寺庙、喇嘛、官寨、经堂、酥油茶、

① 阿来：《尘埃落定》，人民文学出版社 1998 年版，第 31 页。

哈达、法器、帐篷等，还大量运用藏族的民族语言和宗教语言。这一切形成了《尘埃落定》鲜明的藏族文化特色。

《尘埃落定》还具有鲜明的宗教特色。藏族的主要宗教在藏传佛教，藏传佛教在藏族人民心中具有至高无上的地位，藏传佛教对藏族来说既是宗教信仰，又是生活方式。“宗教曾是藏族历史文化的魂灵和主宰。千百年来，从远古万物有灵的神话世界，中间经历苯教的自然崇拜，直到佛教盛行，佛陀的光环虚影笼罩雪域高原，宗教曾是藏民族社会一体化的意识形态；更有封建农奴制社会‘政教合一’的强化统治，宗教意识深深地浸润着人们的心灵，乃至使人们用‘神的心’去度人生，在虚无的理想彼岸，享受精神的安慰。”① 除了藏传佛教，还有原始苯教，苯教在藏族人心目中也具有非常重要的地位。《尘埃落定》中那位在麦其土司家族各种重大事务中发挥重要作用的门巴喇嘛，就是一位苯教巫师，他能够运用诅咒的方式驱走乌云，引来阳光。作品描写门巴喇嘛运用法术给麦琪土司的土地带来阳光，给敌人汪波土司带去冰雹，由此战胜敌人。对这种神秘的力量在藏族人民心中深信不疑。作品还用很浓重的笔触描写了从拉萨来的格鲁巴教派喇嘛翁波意西，他是一个佛学渊博、信仰坚定的喇嘛。虽然麦琪土司不喜欢他，但是他是一个能预知未来、看透事物本质的高僧，即使被割去了舌头，但依然具有智慧和尊严。

（二）藏汉文化的双重视角

《尘埃落定》是藏族作家的汉语写作的典型作品。阿来虽然是回藏血统，但是他受到的文化影响却是藏汉文化影响。他从小在藏区长大，

① 朱霞：《当代藏族文学的文化诠释》，《民族文学研究》1999 年第 4 期。

母语是藏区，他在小学开始学习汉语，但是三年级以前都听不明白汉语课。在三年级的一天，他突然听明白了汉语，从此汉语就成了他的第二母语。他后来考上中专后又系统地学习了汉语。阿来的汉语水平很高，处女作是诗歌，能用汉语写诗。因此，藏汉文化都对阿来有很深的影响。《尘埃落定》具有以藏族为主的藏汉文化的融合的特色，是一部运用藏汉双重文化视角、用汉语写作的藏族小说。阿来说："'我'用汉文写作，可汉文却不是'我'的母语，而是'我'的外语。不过当'我'使用汉文时，却能比一些汉族作家更能感受到汉文中的美。"他说"我是藏族人，我用汉语写作"，阿来由此形成了跨文化或者双重文化视角。《尘埃落定》最大的成就是塑造了傻子这个人物形象。这个人物形象的成功塑造包含了作者对于多重文化交融的理解。他站在藏族文化的主体上，描写这个汉藏混血儿的傻与不傻，从而在汉藏双重文化之间建立自己的独特文化视角。作品围绕傻子的人生故事展开，他的一生构成了作品的主要脉络，亲历了藏族土司由盛而衰直至土崩瓦解、尘埃落定的整个过程。傻子是作品的主角，他的经历、他的思维、他看世界的角度都包含着多重文化视角，是一个具有多重文化视觉的人物形象。

傻子是麦琪土司和汉人太太所生的混血儿，是土司父亲酒后乱性生出的傻儿子。

因此，傻子具有藏汉文化的双重视角和双重思维，他不完全是藏族父亲的思维，也并不全是汉族母亲的思维，他夹杂在藏汉两种文化之间。由此，傻子可以同时拥有两种不同的眼光、观点和心态。藏族父亲认为他没有藏族哥哥聪明，没有藏族土司一直以来都有的权力欲；汉族母亲认为他没有自己聪明，不知道也不想要更多的财产。这样在父母各一方看来，他都是傻子。而且傻子不明白为什么可以随意鞭打家奴，他也不明白土司们都生活在一片土地上，彼此还是亲戚为什么总要打仗。更不明白汉人和红汉人为什么能控制土司的命运，这肯定不是藏族土司的思维，因此麦琪土司不喜欢他，叫他傻子。他之所以傻，也是因为他在两种文化之中穿行，从而具有和纯种藏族血统的哥哥大不同的思维。因此，夹在汉藏两种文化视角之间的傻子就具有双重文化的特性，表面看起来是个傻子，实际上他是一个穿行于双重文化空间、领悟双重文化优点和缺点的聪明人。他可以在两种不同的历史、文化空间自由出入，按照人的本性评价双方的优劣长短；同时因为和土司们的惯常思维不一致，因此显得不合时宜，傻里傻气。傻子常常陷入不知道自己是谁的境地。“我”不像聪明人哥哥那样聪明，和藏族贵族们的思维常常不一样。因此在麦琪土司、土司太太及他哥哥看来，他就是傻子。其原因就是他是汉藏混血儿，是一个表面愚蠢实则聪明的傻子。这个傻子形象的多重内涵正好印证了汉藏文化交融的内涵。关于聪明人和傻子的表述，在很多民族的文学和哲学中都有描写。关于傻子大智若愚的特点，也在很多民族的文学作品中有描述。看到《尘埃落定》中的傻子，我们会很快想到贾宝玉、郭靖、阿古顿巴等人物。可见，傻子这个人物已经超越了藏族文化，具有人类的共性。同时作品描写了麦琪土司庄园里各色人等的贪欲、享乐、复仇、追逐权力等特点，这也是人类的共性。汉藏文化融合到人类的共同特性中，就形成了文化的和谐美。

傻子这个人物设置十分巧妙，作品将主人公设置为傻子具有丰富的文化内涵。作品描写傻子二少爷很多不同于常人的傻话和傻事，他每天早上醒来第一句话就是问“我”是谁，“我”在哪里。他总是说出和做出很多让父亲、母亲、哥哥以及周围人看来很傻的话和事。但实际上这些话却充满了哲理，说出了事情的真相，傻话实际上都是真话。比如

“哥哥因为我是傻子而爱我，我因为是傻子而爱他”。这句话仔细分析就包含很多的内涵，哥哥因为“我”是傻子而爱“我”，是因为“我”是傻子，傻子是不会也没有能力和哥哥争夺土司的继承权；而“我”是傻子，自然不会知道哥哥多么的不希望我聪明，甚至还有杀死“我”的想法，因此“我”还是爱哥哥。“聪明人就是这样的，他们是好脾气又是互不相让的，随和的又是固执己见的”。这句话实际上说明了聪明人的“聪明”实质。

傻子形象具有藏汉文化交融的特色。傻子这个形象包含了藏族文化，也包含着汉族文化，是藏汉文化交融的典范。藏汉优秀文化的和谐交融，形成了这个具有人类共性的形象。

首先，傻子形象的塑造受到藏族机智人物阿古顿巴的影响。阿古顿巴是藏族民间故事中的机智人物。阿来还以这个人物为原型写过一篇小说《阿古顿巴》。阿古顿巴是个专跟贵族、官员作对的下层人物，他是类似阿凡提的人物，常用最简单的方式去对付贵族们最复杂的心计，并且常常获胜。这是藏族文化的延伸，藏族文化内涵在傻子身上得到充分表现。

其次，傻子具有汉族文化中老庄哲学的大智若愚的内涵。庄子认为，理想的人应该“大智若愚”“大巧若拙”，傻子在小事情上傻，但在大事情上则充满智慧，因此傻子具有大智若愚的特点。说他傻，从世俗、从土司家正统的观点来看，他与世无争、不识时务，不热衷权力，一切顺乎天性，不威胁别人，同情下人和奴隶，与他家被称为聪明人的哥哥形成鲜明的对比。但是他又不傻，在大事上大智若愚。在麦琪土司种了几年罂粟获得大量财富后，其他土司也争相种植，麦琪土司问是继续种罂粟还是改种粮食时，傻子毫不犹豫地建议选择种粮食。因而当别的土司因大面积种植罂粟导致饥荒时，麦琪土司领地的粮食却获得极大的丰收。他拿出粮食拯救灾民，获得老百姓的爱戴，也为自己获得尊敬。他在叔叔的启示下，将哥哥修的堡垒变成边境市场，在藏族土司地区最先开始了边境贸易，以和平方式解决土司之间的矛盾冲突。麦琪土司、土司太太以及大少爷都认为二少爷是傻子，但是来这里传教的新教格鲁巴教派的传教士翁波意西却一直认为傻子不傻，傻子具有超人的智慧，智慧的翁波意西总能和傻子达成默契。因此翁波意西说："都说二少爷是傻子，可我要说你是聪明人，因为傻才聪明。"小说结尾傻子感叹："是的，上天叫我看见，叫我听见，叫我置身其中，又叫我超然物外，上天是为了这个目的，才让我看起来像个傻子的"①。这段话准确地诠释了傻子的大智若愚的特点。傻子的大智若愚还表现在他特别善于中庸之道，会审时度势，认清自己的位置，在纷繁复杂的关系中能游刃有余。因此和他聪明哥哥比起来，实际上要聪明得多。亲人中他最喜欢他叔叔，因为叔叔"他不是什么都要赢的那种人"。实际上不是什么都要赢的人就是深谙中庸之道的人，虽然傻子没有说出中庸之道这个概念，但是他的所作所为是符合老庄哲学的内涵的，作品通过傻子——这个藏族土司少爷诠释了老庄哲学的天命观。

最后，傻子的形象包含汉族文化儒家文化的特色。傻子虽然偶尔也有残暴的时候，但善良仁慈还是傻子的主要特点。他对待下人仁慈，对待小厮们宽厚，会为下人挨打而流泪，真心地为翁波意西的不平遭遇伤心；当别的土司领地上的人因饥馑快要饿死的时候，他指挥下人用大锅炒麦子进行施舍，挽救了很多人的生命。这里我们可以看到儒家文化中的"仁义"内涵，所谓"仁"就是具有不忍之心，就是善良之心。傻

① 阿来：《尘埃落定》，人民文学出版社 1978 年版，第 378 页。

子就是具有不忍和善良之心的人，这种品质是麦琪土司和他的哥哥所没有的。麦琪土司经常告诫傻子要把下人当成牲口，大少爷经常拿起枪来拿奴隶当靶子。和他们比起来，傻子具有更多的仁慈之心，因此他得到老百姓和下人的爱戴。这与儒家的“仁义”内涵和佛教的慈爱、悲天悯人的内涵是一致的。傻子身上凝聚着藏族民间文化、藏族佛教文化、汉族儒家文化、汉族老庄文化等多重文化的精髓，从而使得傻子具有多重文化视角、多重文化思维。

傻子和贾宝玉也有很多相似的地方。首先，两人的生平和命运相似：两人都是贵族大庄园的公子，一个是麦琪土司庄园，一个是贾府；两人都亲历了自己的家庭由盛及衰的过程，傻子是经历了麦琪土司由盛及衰直至“尘埃落定”，贾宝玉则经历了从钟鸣鼎食之家到“白茫茫大地真干净”。两人的结局都很悲惨，一个被仇人杀死，一个出家做了和尚。其次，两人都是大庄园中有“异秉”的人，一个傻，一个痴。傻子在麦琪土司的官寨里，傻里傻气，让他的父亲——麦琪土司恨铁不成钢；而贾宝玉则讨厌功名利禄，讨厌读圣贤书，也让他的父亲贾政恼怒不已。还有这两人都具有当时社会中所缺乏的善良仁慈的特点，尤其是两人都对女人很好，对女仆和丫鬟好，把他们当人看。贾宝玉对晴雯、袭人的态度是把她们当作自己的姐妹，傻子则对女仆卓玛非常仁义，他们对自己的下人小厮也都很好。他们相似的原因，可以说阿来受到《红楼梦》的影响，也可以说藏族思维、汉族思维抑或满族思维在很多方面是共通的。我们甚至可以看到傻子和郭靖相似的地方，他们都是大智若愚的典型。阿来要表达的是：各个民族具有各自的特点，但是作为人类有很多方面是有共通性的。从傻子的形象可以看出，他首先是一个藏人，一个具有鲜明藏族文化特色的人物，但又是具有汉族道家文化、儒家文化特色的人，这些优秀的人类文化特色集中在傻子身上，说明人类具有很多共通性。阿来穿行在藏汉文化之间，在保持自己民族文化的基础上，用平等视角看待各种文化，同时探讨人类的共同特性。《尘埃落定》对两种文化平等视角的采用，对两种文化互相包容的心态，对众多民族文化和谐融合状态发展起到很好的启示作用，也可以为我们今天的文化发展提供一条新的思路。阿来的汉语写作为我们提供了少数民族用汉语描写少数民族生活、表达少数民族意识、传承少数民族文化的创作典范，也为我们提供了在中华民族一体中进行跨文化跨族别写作的榜样，不仅仅对当代中国的少数民族作家，也为当代汉语作家提供了可以借鉴的写作经验，那就是在全球化的进程中既向先进文化学习，又要保持自己的文化特色。世界不能只是一元的，多元的世界才会丰富多彩，因此 56 个民族构成的中华民族才是丰富多彩、辉煌灿烂的。民族之间必须要能沟通、理解交融、美美与共，那么汉语——56 个民族的族际共同语将是实现沟通、理解、交融、团结、共同发展、共同进步的主要工具。正如曹顺庆所说，“阿来以其原创性的书写，让我们看到了中国当代文学真正走向多民族文学、真正走向世界文学的一种可能”。[①] 阿来运用汉语写作藏族小说，就是利用族际共同语为多元一体文学发展、为多民族文化发展做出的突出贡献，其最主要的是对当今中国文学发展所做出的贡献。

可见，少数民族小说汉语写作有四种创作状态：第一，只是在作者处标示为少数民族，作品没有少数民族思维和少数民族特色。第二，用少数民族外在的特色写作，主要用地理空间、风情风俗、

---

① 曹顺庆：《中国多民族历史书写与文学书写——阿来的意义》，《阿来研究（一）》，四川大学出版社 2014 年版，第 9 页。

节日仪式等外在的东西进行标签式写作。第三，运用少数民族文学思维进行写作，突出少数民族意识。第四，在民族文化交融中采取双重或者多重文化视角写作，表现在不断交融中少数民族文学的开放态度。

按照我在绪论中对少数民族文学的界定，第一种不属于少数民族文学，就不再赘述。第二种写作是浅层次的写作，是贴标签式的写作，没有深入少数民族文化的精神内核，一般初学者常常如此。第三种写法是成熟的少数民族文学写作，这种写法常常突出少数民族意识，这是文化研究思潮中少数民族的创作和研究的特点，这种写作已经达到少数民族文学创作的较高层次，但是过于注重民族意识，过于注重文化特色，会出现本民族文化中心主义思维，即自己的民族都是好的，对于自己本民族文化有着极端的自豪感和优越感，对于其他文化则要么忽视，要么轻视，描写自己的民族文化都是自我褒扬，很少反思和批判的声音。迄今为止，少数民族作家还没有出现一位如鲁迅那样敢于剖析自己民族劣根性的作家。第四种写法具有很好的前景。我们现在处于民族融合之中，这已是人类文明发展的趋势。因此我们在信息飞速发展的时代，首先要坚守民族文化，同时要以开放的心态迎接民族文化交融的新时代，客观公正地放眼全球化语境中的文化动态建构。

不管哪种写作方法，都应该遵守以下两点基本原则：

少数民族文学的最根本主题是爱国主义主题，是维护国家统一、民族团结的主题。不管你是哪个民族，你都是中华民族的一元。我们是多元一体的中华民族，一体是中华民族，多元是56个民族。这个原则是克服本民族中心主义缺陷的根本原则。

不管你采取以上哪种方法创作，文学的最根本的要求是审美，最高的艺术水准是审美标准。在立意、选材、构思、表达各个方面都必须用审美性、文学性、艺术性要求。少数民族文学不是特殊文学，不是仅仅有少数民族思维、少数民族文化意识就可以了，同样必须具有高超的艺术水准。不仅要有杰出的文化价值，还必须要有杰出的文学价值。这是克服少数民族文学过于强调文化性而审美性不强的弊端的原则和方法。

第四章　当代少数民族小说汉语写作的独特贡献

第一节　更深层次传承少数民族文化

当代运用汉语写作的少数民族小说一直以传承少数民族文化为自己的主要目的，这是少数民族小说汉语写作的突出成就和独特贡献。这种成就和贡献主要表现在以下几方面：少数民族作家明确凸显少数民族身份、强烈认同自己的民族文化、鲜明表达自己民族的族群体验、执着追溯母族的血缘等。同时，少数民族汉语作家追求新型集体认同，认同中华民族的多元一体的格局，并在现代化进程中追求少数民族文化的现代化以及现代性的表达。

一　凸显少数民族族属身份

当代少数民族汉语作家突出的特点，首先是凸显少数民族族属身份。所谓的凸显少数民族作家族属身份，不是仅仅在身份证上具有少数民族族属身份，而是在小说创作中凸显自己的少数民族族属身份，在公开场合宣称自己的少数民族族属身份，在小说创作中凸显少数民族意识。少数民族作家为自己的民族自豪而凸显少数民族族属身份，在作品中张扬自己的民族意识，就是凸显自己民族意识的一种自豪的表现，这是根植于自己血缘和基因的自豪感。这种自觉对母族的归属，是真正对自己民族的血缘的认同，对自己的民族犹如子女对母亲父亲一样，具有为自己民族自豪、为自己民族奉献和担当的情感。总的来说，就是对自己民族文化传统的认同。因为有这个认同感，他们凸显自己的少数民族族属身份，就会在小说中鲜明地表达少数民族作家独特的民族意识、文化意识和审美意识。当代少数民族小说汉语作家，作为少数民族小说汉语写作的创作主体，他们凸显少数民族族属身份、认同自己民族文化的状态是清醒和强烈的。他们知道，凸显少数民族族属身份、热爱自己的民族、为自己民族而自豪是传承和传播本民族文化的最根本的基础。作为自己民族文化的传承者和自己民族心理的表达者，少数民族汉语作家只有回归自己的民族中去，才能不是用汉语表达汉族意识，才能用汉语表达少数民族意识，因此凸显少数民族族属身份是传承和传播少数民族文化、描写少数民族生活、表达少数民族心声的基础。

当代少数民族作家的民族族属身份是在新中国成立后才得以确定的。新中国成立之前，并没有少数民族的称谓。孙中山建立中华民国时提出五族共和，实际上只包括汉满蒙回藏五个民族，这种提法没有概括中国领土上的所有民族。在国民党统治时期，没有人公开承认自己的民族成分，作家也是如此。连民族身份都不敢承认，在写作时当然也就不能公开张扬少数民族意识、表现少数民族特色了。老舍是满族，但他在解放前不敢公开承认自己的少数民族族属身份。沈从文具有土家族、苗族的血统，但在解放前也没有明确表明自己的民族族属身份。他是在解放后才公开承认自己是苗族。1949年9月颁布的《中国人民政治协商会议共同纲领》中明确指出："各个少数民族均有发展其语言文字、保持或改革其风俗习惯及宗教信仰的自由。"从此，少数民族这一称谓普遍用于新中国的各种文件、法律、传媒之中。从1953年开始，国家开始进行少数民族的识别工作。经过三个阶段近40年的民族识别工作，55个少数民族得以确定。新中国坚持民族一律平等政策，因为很多少数民族在解放前处于极端落后的状态，有的少数民族甚至还处在原始社会时期。为了全国各族人民共同发展、共同进步，党和国家采取一系列措施帮助少数民族发展经济、文化。在这样的情况下，我国各族人民在填报各种表格时开始写入民族成分，少数民族作家在发表作品时，在其名字后面开始标注具体民族身份。少数民族作家开始凸显自己的民族身份，为自己的民族而自豪，并运用文学形式开始描写自己民族的历史、现实、文化、心理。这是新中国民族团结、民族平等、各民族共同发展进步的一个鲜明特点。老舍解放后公开承认自己是满族，属于正红旗。就是在这样的民族身份的凸显过程中，老舍开始写作具有浓郁满族特色的小说《正红旗下》。可惜"文化大革命"开始以后，老舍遭受残酷批斗，投湖自杀，导致《正红旗下》没有写完。但从已完成的部分来看，这部用汉语写作的满族小说描写满族生活和旗人文化、刻画典型的满族人物，生动地描写了满族人心理素质、生活习惯和事态习俗，是一部优秀的用汉语写作的满族小说。老舍在解放前写过很多优秀的作品，比如《四世同堂》《骆驼祥子》等，在没有凸显自己民族身份时，他这些作品也没有很突出的满族特色。在解放前老舍没有将自己的写作重点关注到满族文化、满族生活上来，究其原因是当时少数民族地位低下。新中国成立以后，老舍公开表明自己的满族身份后才开始认真关注自己满族的生活，在作品中表现出浓郁的满族意识。可见，凸显少数民族身份，与表现少数民族意识有直接的关系。

伴随新中国一同成长的少数民族作家，他们在少数民族身份识别中明确了自己的族属身份，在民族平等政策中感受到民族平等、民族团结的氛围，又熟悉自己的民族生活。因此，他们在写作时就观照自己民族的历史、现状，描写自己民族的新生活。我们所说的凸显少数民族族属身份，是指少数民族作家以自己的少数民族身份而自豪，他们在任何场合都公开自己的民族身份，并且在言行中凸显自己的少数民族特色。少数民族作家在写作时也是如此，他们在写作时首先想到自己的族属身份，为自己的民族而自豪，同时升腾起来的是对于本民族的责任心、使命感。因此，他们在写作时就会描写和表现自己民族的文化特色。回族作家张承志一直宣称“我是回民的儿子”，哈萨克族作家夏侃直接说自己就是哈萨克，满族作家叶广芩宣称自己的祖姓是叶赫那拉氏。云南作家张坤华在年轻时因为人为原因填报成汉族，但后来他经过查访，知道自己是彝族，在近花甲之年将自己的族属改为彝族。他说：“我想我不会靠在我的名字前面加上‘彝族’称号而照顾我容易发表作品或给自己弄个什么‘少数民族文学奖’。我理所当然地，由血由肉由根由枝由叶由花由果就应该是彝族，而且是当之无愧于祖先的彝族。我宣告我是彝族，是为了不忘祖先，不忘我的民族，并以此为荣为动力而不断创作出更多更好的彝族文学来！”① 回族作家石舒清庆幸自己是回族作家，

① 张昆华：《不忘祖先》，《文艺报》1996 年 6 月 7 日。

因为自己的民族有无尽的写作资源："我很庆幸自己是一个少数民族作者，我更庆幸自己是一个回族作者……回回民族，这个强劲而又内向的民族有着许多不曾表达的内心的声音。这就使得我的小说有无尽的资源。"① 从某种角度来说，凸显自己的民族身份，就是凸显自己民族的民族主体意识，这种主体意识包含自己民族最独特的血缘、基因和心理内核，那么在作品中表现出来的就是质感鲜明的少数民族生活、少数民族思维和少数民族意识。对此哈尼族作家莫独鲜明而明确地表示："不敢相忘的，是自己的族名。"

但是，不是所有具有少数民族族属身份的作家都写作少数民族小说，换句话说，不是所有具有少数民族族属身份的少数民族作家都凸显自己的少数民族族属身份。不凸显自己少数民族族属身份的少数民族作家，自然不会刻意去描写少数民族生活，不会刻意去展示少数民族意识，这些具有少数民族族属身份的少数民族作家基本上汉化了。他们从不在公开场合承认自己的少数民族族属身份，发表作品时也不专门标注自己的民族身份，自然他们的作品也没有少数民族特色。少数民族族属身份只是在他们身份证上得以展示。比如，具有满族身份的作家王朔、柯岩、关仁山，具有回族身份的池莉和陈村，从未见他们自己在作品前标注民族身份，有时候他们的作品在转载或者选本时，名字前标有他们的民族身份，或者有些研究者在研究少数民族文学时给他们冠以民族身份，那只是少数民族文学研究者一厢情愿的表达，而不是他们自己主动的行为；他们在任何公开场合也没有强调自己的民族身份，他们的作品也没有任何自己母族的特色，和其他任何一个汉族作家写作的作品没什么区别，区别只在于题材不同、风格不同，而不是民族特色不同。广西

① 石舒清：《自问自答》，《小说选刊》2002年第4期。

作家鬼子，他具有仫佬族身份，但是鬼子并不认同自己的仫佬族身份。其原因比较复杂，鬼子其实只有四分之一的仫佬族血统，他母亲是壮族，他反而有二分之一的壮族血统。鬼子在他的文章《艰难行走》中明确地表示，自己的小说创作与仫佬族没有关系，他说："我那民族的身份并没有给我以创作的影响，原因可能是我们那民族演变到了我们这些人的时候，已经和汉人没有太多可以区别的东西了，除了语言，我真的找不到完全属于我们自己的东西来。……对现实而言，那些东西除了充当标签的功能，我不知道对我们那个民族还存在什么更本性的意义。[①]"可见，鬼子并不认同自己的民族族属身份，尤其是不认同自己身份证上那个民族的文化。有人分析过鬼子有意回避自己少数民族身份的原因，说他是为了逃离"曾经让他饱含耻辱的民族土语"。[②] 他的小说《被雨淋湿的河》《上午打瞌睡的女孩》《瓦城上空的麦田》等小说主要内容是书写下层人们的苦难，没有涉及仫佬族生活，也没有仫佬族意识。因此，具有少数民族身份的作家在其生命历程中受到多少自己民族文化的滋养，或者说，这些作家在成长过程中，少数民族文化对他起到的是什么样的影响？少数民族身份对作家来说，是幸福的回忆，还是苦难的记忆？这些都会对少数民族作家的写作选择起到至关重要的作用。

鬼子是生活在少数民族地区的作家，他在广西罗城仫佬族自治县度过了他的青少年时期，但是他却不凸显自己的仫佬族身份，写作的作品也没有仫佬族特色。这样的例子是比较独特的。大多不凸显少数民族身份的少数民族作家，主要是生活在汉族地区或者大都市，他们从小接受

① 鬼子：《艰难行走》，《作家》2001 年第 2 期。

② 唐桃：《少数民族作家的身份认同——以广西仫佬族作家鬼子为例》，《哈尔滨学院学报》2011 年第 3 期。

的是汉语教育，耳濡目染的是汉族文化，他们除了具有少数民族身份以外，对自己民族的文化知之甚少。王朔出生在南京，成长在北京，他是在部队大院里长大的干部子弟，他的父母作为革命干部对满族文化知之甚少，因此王朔在家庭中也没受到满族文化的熏陶。他的创作基于对他这一代北京人的了解，基于那些反抗传统、调侃正经的北京年轻人的了解。他的写作实际上是源于他对北京汉族年轻人的了解。王朔自己除了身份证上的满族标志外，和一个北京汉族人没任何区别。因此王朔从没在任何公开场合表明自己的满族身份，也没在发表的任何作品后面标上满族身份。所以说，他是满族作家，但他的作品不是满族小说。著名作家池莉也是如此，池莉出生在湖北省仙桃市，就是原来著名的沔阳县，成长于武汉市，她一开始写作，就是新写实小说的代表作家，作品就有鲜明的武汉地域特色。她所有的作品都没有涉及回族生活，更没有回族意识，池莉本人也从没有在公开场合宣称自己的回族身份，也从没有在其作品后面标明回族身份，因此池莉是回族作家，但她的作品不是回族小说。还有具有满族身份的作家关仁山、具有回族身份的陈村、具有满族身份的柯岩等，他们都只是在身份证上是满族、回族，从没被人称作过满族抑或回族作家。这样的例子还可以举很多。这些具有少数民族族属身份的作家，他们有时被评论家称为少数民族作家，但他们自己既不公开宣称自己是少数民族作家，也不宣称自己的作品是少数民族小说。他们的作品没有少数民族特色，因此他们的作品不是少数民族小说。所以说，凸显少数民族身份是作家认同少数民族文化、张扬少数民族意识、追溯少数民族血缘、表达族群体验的最基本的因素，也是少数民族小说汉语写作的基本因素。

二 弘扬少数民族文化

少数民族小说的汉语写作张扬少数民族意识，描写少数民族生活，展示少数民族历史、文化、心灵以及现实生活。其内核是张扬少数民族意识，弘扬民族文化。这是区别少数民族汉语小说和汉族小说以及汉族的少数民族题材小说的主要因素。少数民族意识包括民族意识和宗教意识。

首先，运用汉语写作的少数民族小说强烈地张扬民族意识，为少数民族小说的内在表达提供了良好的范式。

展示自己民族的意识、描写自己民族独特的精神、以自己的民族文化为自豪、凸显自己的少数民族身份的少数民族汉语作家的审美追求就是本民族独特的审美追求，在作品中用汉语鲜明地展示自己民族的文化、自己民族的心理、自己民族的各种生活形态。少数民族意识的最表面化和一目了然的表现是凸显少数民族风俗风情。20 世纪 50 年代，少数民族小说汉语写作突出的标志就是少数民族的风俗画描写。20 世纪 50—70 年代的中国小说创作，由于政治的浸染，当时的主流小说难以以“风俗画”和“风俗史”为其审美追求，而是以政治导向和意识形态为其审美追求。但少数民族小说在 50—70 年代却在国家明确尊重少数民族的风俗习惯、民族平等的政策下，即使要求文学为政治服务，少数民族汉语小说依然表现出少数民族的风俗画和风情画的特点。比如玛拉沁夫在 20 世纪 50 年代发表了《科尔沁草原的人们》《茫茫的草原》《花的草原》等小说，虽然这些小说和 20 世纪 50 年代的小说一样，具有很强的政治色彩和阶级斗争特色。比如《科尔沁草原的人们》就是讲述一个蒙古族姑娘在放牧途中，发现并追击一个反革命分子的故事。

这是一个政治色彩很浓厚的小说，但是也是蒙古族风俗风情特色浓郁的小说，玛拉沁夫用汉语描写了蒙古族浓郁的草原氛围和丰富多彩的蒙古族风俗画。和玛拉沁夫同时，彝族作家李乔创作了著名的彝族长篇小说《欢笑的金沙江》，这是描写彝族人民在中国共产党领导下翻身得解放的小说，描写了彝族人民从奴隶到主人的巨大喜悦。在当时的主流意识形态中，作品将翻身得解放这一20世纪50年代的主体叙事放在彝族地区，大量地描写彝族地区的风俗风情，突显彝族的民族特色。20世纪50—70年代的少数民族小说，和此阶段的文学思潮一样，跟随当时的政治主流思潮，主要是描写革命斗争历史、阶级斗争题材、人民翻身得解放、民族解放、民族团结、新人新风尚等主题，具有浓郁的政治色彩。其和当时的汉族同题材小说不同的是，这些故事发生和展开的场域是在少数民族地区，读者可以感受到浓郁的少数民族风俗风情特色，为读者提供了少数民族人民在20世纪50年代的生活图景，这种和汉族小说不同的陌生化特色，给读者带来新鲜感和新奇感；从主流意识来说，则是汇入新中国翻身得解放叙事的少数民族音符，从而将此阶段的少数民族小说的汉语写作和汉族小说区别开来。但是此阶段这些少数民族的风俗风情只是外在描写，只是当时意识形态故事发生的环境，这个阶段的少数民族的风俗风情描写没有上升到文化层面，只是政治书写的表面渲染和风情陪衬。

进入新时期以后，少数民族小说的汉语写作在改革开放的环境中发生了很大的变化，“文学为人民服务、文学为社会主义服务”的“新双为”方针取代“文学为工农兵服务、文学为政治服务”的“旧双为”方针以后，新时期的少数民族小说的汉语写作关于风俗画和风情画的描写发生很大的变化。此阶段少数民族小说的汉语写作处在承前启后的过程中。一方面，这阶段的少数民族小说的汉语写作，承接着十七年的主要少数民族小说汉语写作的方法，依然在主流思潮中穿插少数民族风俗风情。但是另一方面，在作品中，风俗习惯已不再是政治的附属品，不再是政治话语的陪衬，少数民族的风情和文化从背景和陪衬的低下地位上升而成为当时少数民族小说的主角，成为少数民族民族意识的文化主体。同时少数民族小说的汉语写作对风俗习惯的描写不再停留在表面，不再作为阶级斗争故事的背景展开，风俗作为少数民族文化和少数民族意识的承载者，具有承载少数民族历史内涵和文化底蕴的主体性作用，并通过少数民族风俗画和风情画的描写，表现一个民族的内涵甚至是人类的共性。再者，新时期的少数民族小说的汉语写作不再只是描写少数民族风俗的外在形态，不再只是描写少数民族独特的服饰、独特的节日这些外在的表现，而是通过将这些风俗主体化，成为一个民族的文化主体。少数民族的风俗画描写从陪衬到主体，从外在到内在，从背景到主角，成为80年代后少数民族小说汉语写作的鲜明追求。除了对少数民族风俗画风情画的描写发生变化以外，新时期少数民族小说的汉语写作通过对少数民族的心理、思维的多层次描写，从本质上张扬少数民族意识、弘扬少数民族文化。

在这样的创作理念指导下，新时期的少数民族小说的汉语写作出现了一系列优秀作品：代表作品有藏族作家阿来的《尘埃落定》《空山》《格萨尔王传》，回族作家霍达的《穆斯林的葬礼》，回族作家张承志的《黑骏马》《心灵史》，蒙古族作家玛拉沁夫的《活佛的故事》，藏族作家扎西达娃的《西藏，系在皮绳扣上的魂》《骚动的香巴拉》，藏族作家央珍的《无性别的神》，蒙古族作家郭雪波的《大漠狼孩》《银狐》，土家族作家李传峰的《最后一只白虎》，土家族作家叶梅的《最后的土司》《撒忧的龙船河》，满族作家叶广芩的《黄连厚朴》《梦也何曾到谢桥》《采桑子》，鄂温克族作家乌热尔图的《七叉犄角的公鹿》《丛林幽幽》，满族作家朱春雨的《血菩提》，等等。这些少数民族小说已经达到了这个时期小说创作的前沿水平，其中，《穆斯林的葬礼》《尘埃落定》分别获得了茅盾文学奖，可见其在当代文学史上极高的地位。这些作品中少数民族的风俗习惯已成为标示着该民族本质的文化特色，描写也从表层深入深层，不仅仅展示外在的色彩，而是展示各个民族心灵及其人性。最重要的是，少数民族作家已有强烈的少数民族自觉意识，少数民族作家的普遍追求是张扬少数民族意识，将民族风俗审美化。

其次，当代少数民族小说的汉语写作张扬少数民族的宗教意识，为当代文学的宗教描写提供了成功的范式。

宗教意识是少数民族民族特色的一种独特表现。当代少数民族人民的生活和宗教密切相关。我国有自己的宗教信仰的少数民族有近 20 多个，很多少数民族地区有浓厚宗教氛围。“维吾尔族、回族、哈萨克族、东乡族、撒拉族、保安族、塔吉克族、塔塔尔族、克尔克孜族、乌孜别克族等十个民族中大多数人信仰伊斯兰教，宗教的教义教规影响着他们的思想意识和行为规范，也影响着他们的文学艺术。”“藏族、蒙古族、土族、裕固族、门巴族等民族的大多数人信仰藏传佛教，这些民族人民的思想意识、行为规范和文学艺术活动深受藏传佛教的影响。”“南传上座部佛教对傣族、布朗族、阿昌族、德昂族、佤族的影响，萨满教对大部分或一部分满族、锡伯族、达斡尔族、鄂温克族、鄂伦春族和赫哲族的影响，相当深刻，且鲜明地表现在这些民族的当代社会生活与文学艺术创作中。”① 在这样的情况下，这些少数民族小说的汉语写作或多或少都会涉及宗教文化。但是描写宗教文化的状态在不同时期是不同的。在1950—1979年这个阶段，宗教信仰尤其是宗教意识是不在主流意识形态的容许范畴内的，所以这个阶段描写宗教信仰和宗教意识的很少。20世纪50—70年代，对宗教的态度是按照当时主流意识对马列主义的观点的接受程度来进行观照的。马克思说：“宗教里的苦难既是现实苦难的表现，又是对这种现实苦难的抗议。宗教是被压迫生灵的叹息，是无情世界的感情，正像它是没有精神的制度的精神一样。宗教是人民的鸦片。”② 列宁在马克思论述的这个基础上进一步强调：“宗教是麻醉人民的鸦片——马克思的这一句名言是马克思主义在宗教问题上全部世界观的基石。”③ 因此在这个阶段，宗教在意识形态中是反动的，是欺骗、毒害人民的工具。20世纪50—70年代的少数民族小说的汉语写作对宗教描写主要采取两种态度：一是采取回避的态度，在作品中完全不涉及宗教；二是采取批判的态度，将宗教全部作为欺骗人民的鸦片。有的少数民族小说偶尔会涉及宗教，但不是从宗教信仰的角度进行描写，也不是从少数民族信教群众的主体角度去描写宗教，而是采取批判的态度，将宗教看成是毒害人民的精神鸦片。

新时期以后，宗教问题得到进一步的研究，关于宗教的本质的讨论也呈现出多元的状态。很多研究马克思宗教本质的学者发现，关于宗教是人民的鸦片一说，不能概括马克思关于宗教本质研究的全部，马克思

---

① 李鸿然：《中国当代少数民族文学史论》上卷，云南教育出版社2004年版，第55—56页。

② 中共中央马克思恩格斯列宁斯大林著作编译局编：《黑格尔法哲学批判导言》，《马克思恩格斯全集》第1卷，人民出版社2009年版，第4页。

③ 《列宁选集》第2卷，人民出版社1972年版，第375页。

关于宗教的本质研究还有宗教是生产关系的总和、宗教是意识形态的特征、宗教是人类掌握世界的一种特殊方式等论述。同时，在新时期，党和国家进一步强调尊重少数民族宗教信仰，因此对于宗教的态度发生了很大的变化。在这种情况下，少数民族小说的汉语写作对于宗教的态度和观念也发生了很大的变化。有很多少数民族作家将宗教看成是少数民族的一种文化现象，在小说创作中对宗教进行正面描述，在作品中采用正面的、审美的、积极的态度描写该民族宗教信仰的文化精神、宗教的神秘性以及宗教的意象世界。大家知道，藏族是一个信仰藏传佛教和藏族原始苯教的民族，藏族人民的生活方式和宗教信仰紧密结合。藏传佛教和藏族的原始苯教都具有浓郁的神秘色彩，尤其是藏传佛教在藏族人民心中具有至高无上的地位，藏族人民善于用神的思维看待万事万物。那么真正深入藏族人民心灵深处和灵魂深处，就不可能不触及藏传佛教。藏族小说在新时期之前很少，藏族小说在进入新时期以后出现井喷现象，出现了扎西达娃、色波、诺杰·洛桑嘉措、益希单增、多杰才旦、降边嘉措、阿来、央珍、梅卓等一大批描写藏族人民历史和现实、生活和灵魂的优秀藏族汉语作家。他们在进行藏族汉语小说创作时，很自然地描写藏族人民的宗教信仰，描写藏族人民常用的宗教思维，用神的意象承载藏族人民的神秘世界和神秘心灵，这种神秘性成为新时期藏族小说的独特审美追求。回族是一个全面信仰伊斯兰教的民族，这个民族是在中国境内、在中国历史中形成的民族，是中华民族的一分子。回族没有自己的语言，回族小说都用汉语写作。回族作家用汉语写作，那么要表达回族的民族特色和民族意识，必然要涉及回族的宗教信仰。回族的宗教信仰是伊斯兰教信仰，因此新时期回族小说都具有浓厚的伊斯兰教色彩。新时期回族著名小说如《穆斯林的葬礼》《心灵史》《清水里的刀子》《穆斯林的儿女们》《碎媳妇》《绣鸳鸯》等都具有浓郁的伊斯兰宗教特色，作品中的人物是信仰伊斯兰教的人民，心理是具有伊斯兰信仰的民族心理，观念是伊斯兰教的观念。伊斯兰信仰已融进回族人的心中，形成强大的心理基础和情感特质。那么描写回族人民的生活就不可能回避宗教，宗教特色是回族小说鲜明的主要特色之一。满族、鄂温克族、鄂伦春族等民族主要信仰萨满教，因此朱春雨、乌热尔图等创作的小说具有浓郁的萨满教特色，那种人神合一、敬畏自然的观念在作品中的表现，就是萨满教的影响和特色。而南方很多少数民族则明显受到上座部佛教的影响，这种宗教信仰又不同于藏传佛教和汉族佛教的特色，呈现在作品中就形成了不同的文化特色和审美特色。

三　表达少数民族审美体验

当代少数民族小说汉语写作的另一突出贡献，是表达少数民族的独特的审美体验。这既是对当代文学的贡献，也是对少数民族美学的独特贡献，更是对中华美学的很大贡献。少数民族小说的汉语写作具有独特的少数民族审美体验。这种不同于汉族的审美体验，是少数民族不同于汉族的独特之处。表达少数民族审美体验主要有两方面：首先，少数民族具有独特的审美对象，将这种独特的少数民族审美对象按照少数民族审美追求独立出来。其次，是按照少数民族思维和文化创造独特的少数民族意象，以此来表达少数民族的独特审美体验。

（一）少数民族独特的审美体验

少数民族汉语小说有很多的审美资源，如李鸿然所说：“当代中国一位作家或一个民族的写作资源，至少可以包括以下几个方面：（一）

现实的和历史的社会生活；（二）本民族从古至今的文学成果和文学资料；（三）中华民族的从古至今的社会生活、文学成果和文献资料；（四）世界各民族从古至今的社会生活、文学成果和文献资料；（五）当今世界政治、经济、文化活动特别是文学活动的信息等。”① 可见少数民族小说汉语写作其最重要的审美资源是少数民族的历史文化和现实生活，包括少数民族的风俗风情、音乐舞蹈、作家文学、民间文化、宗教文化等。其中风情风俗和宗教文化又是主要的审美资源。而少数民族的民间文学非常丰富，犹如浩瀚的大海。比起汉族来，少数民族的民间文学尤其是史诗有着更加突出的影响，我国有《格萨尔》《江格尔》《玛纳斯》三大著名史诗，还有《嘎达梅林》《阿诗玛》《召树屯》《望夫云》等著名的民间叙事诗，还有如天上星星一样丰富的少数民族故事、歌谣、神话、谚语等，这些资源都成为当代少数民族汉语作家取之不尽、用之不竭的丰富审美资源。同时中国文学史上有很多优秀的古代少数民族作家文学，为当代少数民族汉语作家提供了直接可以借鉴的、丰富的审美资源。在中国古典文学史上，有很多著名的少数民族优秀作品。满族古代作家文学取得的成就不低于汉族古代文学的成就。满族作家曹雪芹的小说《红楼梦》是中国古典四大名著之一，小说《红楼梦影》是著名满族女作家顾太清著名的续写《红楼梦》的大作，同时顾太清也是满族著名女词人。纳兰性德是清朝著名词人，与朱彝尊、陈维嵩并称“清词三大家”。他们为满族文学的创作立下丰碑，也为当代满族作家树立了良好的榜样；藏族古代作家文学也取得了突出的成就，最突出的是藏族诗人仓央嘉措的诗歌、藏族小说家才仁旺阶的小说《颇罗

① 李鸿然：《中国当代少数民族文学史论》（上卷），云南教育出版社2004年版，第60页。

鼐传》和《勋努达美传》等，他们为藏族文学留下了优秀的作家文学，也为当代藏族作家提供了学习的范本。文学史上维吾尔族作家文学主要是诗歌，著名的维吾尔诗人哈吉甫和尤格拉克的诗歌是维吾尔作家文学的瑰宝，为维吾尔族文学创作提供了丰富的审美资源。彝族、纳西族也在历史上出现过著名的作家，他们的文学遗产一直影响着当代的彝族、纳西族作家。在现代文学史上，苗族著名作家沈从文、满族著名作家老舍创作了很多优秀的作品，虽然他们在此阶段没有对民族意识进行自觉的展示和描写，但是他们的创作成就极大地鼓舞了当代少数民族汉语作家。少数民族文化资源还有少数民族的音乐舞蹈。少数民族能歌善舞，几乎每一个少数民族都是音乐家和舞蹈家，他们的音乐舞蹈是他们生活的主要组成部分，描写少数民族生活绝对离不开少数民族的音乐舞蹈。音乐舞蹈是另一种文学，音乐舞蹈中都有很多优秀的文学成分。少数民族的民歌丰富而生动，读起来是诗、唱起来是歌、跳起来就是舞。音乐、舞蹈和文学三者的融合构成了少数民族生活的方方面面，构成少数民族的日常生活。少数民族一直都在诗意地栖居，少数民族的生活充满了诗性美、浪漫感。这些审美体验自然会激发少数民族汉语作家的写作欲望，创作出充满少数民族审美特色的少数民族汉语小说。[①]

当代少数民族的主要审美资源是当代少数民族的生活。20 世纪 50—70 年代，少数民族小说汉语写作的审美对象和此阶段汉族文学的审美对象一样，主要描写发生在少数民族地区的翻身得解放、阶级斗争、民族团结等故事，在主流意识形态中对少数民族的风俗风情进行审美描述，在风俗风情方面充分表达少数民族的审美体验。少数民族小说的汉语写作主要描写少数民族翻身得解放的巨大变化以及民族团结、民

① 杨彬：《当代少数民族小说的审美论域》，《湖北社会科学》2013 年第 4 期。

族进步的新人新事新风尚。但是，此时的少数民族小说汉语写作和汉族小说的汉语写作的不同就在于，虽然都是表达当时的主流意识观念，但少数民族小说的汉语写作则呈现出少数民族风情画和风俗画的审美体验，呈现出和汉族文学抑或主流文学不一样的审美特色。进入新时期后，少数民族小说汉语写作的审美体验从表面进入内部，将少数民族文化作为少数民族审美体验的主要内容。少数民族文化包括少数民族历史、少数民族文化、少数民族宗教、少数民族思维方式等，这些内在的文化意蕴进入少数民族小说汉语写作的审美资源中，大大地扩展了少数民族小说汉语写作的审美体验，也大大扩展了少数民族美学的研究范畴。因此新时期的用汉语写作的少数民族小说，极力追求独特的少数民族的审美体验，形成了独特的少数民族审美特色。比如，“张承志写作了《心灵史》，以哲合忍耶教派的崇高、壮美的精神，推崇回教民族的崇高之美。达西扎娃的《西藏，系在皮绳扣上的魂》《西藏，隐秘的岁月》《风马之耀》等作品，描写在神秘民间文化和神秘宗教文化影响下的藏族生活，展示了西藏小说的神秘、浪漫、传奇之美。鄂温克族作家乌热尔图则以鄂温克族的狩猎和驯鹿生活为背景，讲述鄂温克族人与自然的故事，描写即将失去居住地的狩猎民族在森林被砍伐、家园被破坏的状态下的忧伤心境，呈现出独特的忧郁之美。”①

阿来将藏族文化中独特的审美因素用汉语表达，用汉语表达藏族的文化意识、审美经验。他的《尘埃落定》《空山》《格萨尔王传》等小说都充满了藏族诗性、神秘性、神性的审美意蕴。首先藏族是一个充满诗意的民族，这种诗意和这个高原民族对世界的看法有密切关系，在那种苦寒之地，藏族人民用诗意化解苦难，看待万事万物，这就是藏族独

---

① 杨彬：《当代少数民族小说的审美论域》，《湖北社会科学》2013 年第 4 期。

特的诗性叙事，阿来说：“诗性之美在我的文学观念里，是所有艺术应该有的东西，审美最基本、最核心的东西就是诗意。如果把诗意的东西抽掉，我不知道我们的审美原则还能确定在另外的什么样的学问的基础之上。”① 因此阿来的小说大都采用诗意的语言，营造诗意的氛围。不管是叙事还是感觉描写都充满诗意，比如感觉描写：“她的奶水像涌泉一样，而且是那样甘甜。我还尝到了痛苦的味道，和原野上那些花啊草啊的味道。而我母亲的奶水更多的是五颜六色的想法，把我小脑袋涨得嗡嗡作响。”这种想象特色，是只有藏族才有的特点，具有一种常人所没有的诗性表达。另外，藏族是一个具有神性的民族，因此藏族的诗性是“神性诗性”。这种“神性诗性”将神秘藏传佛教和藏族古老而原始的苯教结合起来，传达出一种藏族特有的神性特征。这种“神性诗性”将灵魂死亡都描写得具有诗意。比如《空山》的第一部《随风飘散》中描写孤独少年格拉的灵魂：“格拉突然明白过来，那天，他已经跟着奶奶一道走了……明白了这一点，他就感到，魂魄开始消散了。他勉力再次走到恩波面前，其间，脸上做出不同表情，但恩波没有看见，勒尔金也没有看见……格拉还想看看母亲，但他只往前走了两步，就觉得脚步飘起来了，然后，有清脆的鸟鸣随清风飘过来，他所有的意识都消散了。”这段描写将死去的灵魂写得如此富有诗意，他一改其他有关死去的灵魂恐怖、狰狞、可怕的状态描写，将一个少年死去的灵魂和清风、鸟鸣联系在一起，充满诗意。这种描写首先具有藏族人对灵魂的审美观，将神秘的事情日常化审美化，是藏族小说的内在本质，阿来用汉语描写出来，给读者陌生化的审美体验。

---

① 阿来：《文学的诗性表达》，《草地》2013 年第 1 期。

（二）少数民族独特的审美意象

“所谓意象，就是客观物象经过创作主体独特的情感活动而创造出来的一种艺术形象。简单地说，意象就是寓‘意’之‘象’，就是用来寄托主观情思的客观物象。”① “审美意象即对象的感性形象与自己的心意状态融合而成的蕴于胸中的具体形象。”② 因此，意象是包含着主体独特内涵、主观情感的物象。少数民族汉语作家是少数民族小说独特的审美主体，少数民族汉语作家的审美追求是极力张扬少数民族的民族意识和宗教意识，少数民族小说的汉语写作的审美对象是少数民族的历史和现实以及少数民族的独特文化，从而形成独特的少数民族体验。完成少数民族审美体验一个很重要的因素就是少数民族独特的审美意象，这些审美意象是少数民族作家用来表达少数民族文化主观情思的特殊意象，这些物象因为包含了少数民族的独特审美体验而不同于汉族意象，独特的少数民族意象又在作品中呈现出独特的少数民族内蕴。更为有意思的是，少数民族小说汉语写作是用汉语描写少数民族的意象，就使得少数民族小说汉语写作中的审美意象具有双重张力。一方面。少数民族小说汉语写作中的意象具有少数民族的独特的所指；另一方面，少数民族小说汉语写作中的审美意象因为是用汉语描述的，因而会引导读者将少数民族的审美意象和汉族审美意象进行对比，激起汉语的张力，具有独特的意蕴。这种张力会牵引着读者的思绪在少数民族内蕴和汉族内蕴之间来回比较与思考，从而增加少数民族意象的丰富内涵和复杂特色。

首先，少数民族小说汉语写作的“象”具有独特的少数民族之

---

① 百度百科：《意象》，http：//baike. baidu. com/view/711. html？tp＝2_ 11。

② 百度百科：《审美意象》，http：//baike. baidu. com/view/1363864. html？tp＝0_ 11。

“意”。

少数民族的意象是在少数民族漫长的历史发展中逐渐形成的，这些少数民族的意象运用少数民族常见的物象表达少数民族的文化和意识。当代少数民族汉语作家将这些少数民族耳熟能详的意象用汉语表达出来，令人耳目一新，从而增加了汉语的少数民族内涵，用这种民族的审美意象表达少数民族的文化意识，对于表达少数民族的民族意识、宗教意识、民族思维起到画龙点睛的作用。回族小说中经常使用“月亮”意象。“月亮”这个物象在回族文化中和汉族文化内涵不同。“月亮”在回族文化中包含着回族的伊斯兰信仰，包含着穆斯林的“清洁”精神，因此，“月亮”这个“象”在当代回族小说汉语写作中就包含回族独特的“意”，是回族特有的审美意象。霍达小说《穆斯林的葬礼》中女主角取名叫“新月”就包含有回族文化的多重意蕴，一方面，这个名字是具有浓郁回族气息；另一方面，饱含了作家霍达对这个穆斯林少女的喜爱之情，同时还有“新月”没有变成“圆月”的巨大遗憾及悲剧感。《穆斯林的葬礼》中用“月”和“玉”来给作品每章命名：序曲：月梦；第一章：玉魔；第二章：月冷；第三章：玉殇；第四章：月清；第五章：玉缘；第六章：月明；第七章：玉王；第八章：月晦；第九章：玉游；第十章：月情；第十一章：玉劫；第十二章：月恋；第十三章：玉归；第十四章：月落；第十五章：玉别；尾声：月魂。整个作品都在“月”和“玉”的笼罩下氤氲地推进，构成了一首由“月”和“玉”组成的忧伤的歌，从而全面地表达了霍达对“月”意象的熟悉和热爱。而在张承志的小说中，“月亮”这个“象”被张承志表达出更多的回族穆斯林之“意”。张承志在他的《心灵史》《辉煌的波马》《黄泥小屋》等回族小说中，反复用“月亮”表达回族的信仰、念想。他的作品中描写了各种各样的月："弦月""新月""残月""镰月""铜月""圆月""满月"等。这些不同的月亮在张承志小说中具有不同的所指。"弦月"和"残月"表达了张承志对穆斯林在艰难困苦中信仰的坚贞。月亮是穆斯林心目中的信仰的象征，看见月亮，哪怕是残月，哪怕是天上没有月亮，能看见清真寺顶上的铜月亮，都会给贫苦的穆斯林以心灵的慰藉。而"圆月""满月"则表达了穆斯林圣光普照心灵的圣洁与虔诚。因此在《心灵史》的结尾，张承志用了一首关于"圆月"的诗歌作结："今夜，淫雨之后的天空上/终于升起了皎洁的圆月/我的心也清纯/它朴素得像沙沟四下的荒山/然后，我任心灵轻飘/升上那清风和银辉/追寻着你，依恋着你，祈求着你，怀念着你。"[①] 这种独特的回族审美意象，包含了丰富的回族穆斯林文化，并在这独特的审美追求中，展示了回族庄严、崇高、清洁、圣洁的审美风格。

藏族文化中的月亮意象也和汉族文化中的月亮意象有很大的区别。汉族文化中月亮的阴晴圆缺包含着人生的悲欢离合，是思乡、团圆、离愁、相思的载体，也是闲适、宁静、永恒、神秘的象征。但在藏族文化中，月亮则是圆满与安详的象征，有更多佛教的意味。阿来说他写下"月亮"这两个字，就没有汉文化月亮意象的内涵，月亮只和青藏高原这个地理天文景观相联系。藏汉文化中不同的月亮意象的"意"不同，但都用汉语"月亮"描写，这个词语，使得月球这个独特的象就具有了文化张力，读者在阅读藏族作家的作品时，月亮的文化张力就会带着读者去来回领会藏族文化、汉族文化的不同和相同含义，会自觉地引导作者去对比、去领悟其中的意蕴。阿来说："作为一个写作者已经把一种非汉语的审美经验成功融入了汉语。这种异质文化的东西，日积月

---

① 张承志：《心灵史》，花城出版社 1991 年版，第 208 页。

累，也就成为了汉语的一种审美经验，被复制，被传播。这样，悄无声息之中，汉语的感受功汉语的经验性的表达就得到了扩展。”①

其次，少数民族作家创造性地运用少数民族意象。

当代少数民族汉语作家在传承少数民族文化，充分地运用少数民族的独特意象表达少数民族文化方面做出了很多的贡献。进入新时期以后，少数民族汉语作家在此基础上，对少数民族的审美意象进行主体化的创造，给少数民族的传统文化意象赋予新的生命。在少数民族小说汉语写作中引进现代、后现代手法，使得少数民族小说中汉语写作的审美意象有了多样化的表现。新时期少数民族汉语作家在少数民族传统的审美体验中加入新的体验，在少数民族的审美范式中加入新的元素。比如新时期藏族作家，他们具有很强的藏族主体意识，在藏族小说的汉语写作中创造性地运用藏族意象。这种意象包含了藏族藏传佛教和原始苯教文化的神秘色彩和主体意识，藏族汉语作家将心境主体化，创造出极具主体色彩又具有宗教氛围的审美意象，形成神秘、空灵、传奇、超现实、魔幻的审美特色，“在当代藏族作家中，很难找到‘旁观者’，‘我’的蓬勃生机、旺盛的精力、喜怒哀乐的情绪和道德需要的情操，都化在作品中，造成心物叠映、天人交感，产生了魔幻般的心理意象和怪诞的时空意象，把现实情态化、意象化，以表现对自然的观照、对社会的观照和对人生的观照。”② 因此，新时期的藏族作家创造性地运用藏族意象，将藏族神秘意象和藏族的神性思维及神秘文化融合在一起，形成意象的强大张力。这种张力使得能指和所指之间形成多条通道，形成新时期藏族汉语小说的隐喻性、不确定性和多种意义性。“神秘是恐

① 阿来：《汉语：多元文化共建的公共语言》，《当代文坛》2006 年第 1 期。
② 朱霞：《当代藏族文学的文化诠释》，《民族文学研究》1999 年第 4 期。

怖的忠实伴侣，没有某种难以名状的神秘性氛围，文学艺术的美必然荡然无存。当代藏族文学的神秘性，是藏族文学的审美传统的一以贯之的魅力所在。而这种魅力，正是源于雪域文化的神秘性，并因此使当代藏族文学在中华文学中独树一帜。”① 在现实中，藏族是用神的思维、神的眼睛去看待世界、理解世界的民族，新时期藏族作家将这种神的思维化为神的意象，神的意象是藏族特有的意象；同时藏族汉语小说中的“神”的意象不同于一般意象，一般的意象是人赋予物象以人的精神和灵魂，或者是给一个抽象的情感找一个物象做载体。而“神”本身就具有精神，具有灵魂，甚至还具有人所没有的超自然能力。“神”作为意象不仅仅如一般意象那样只是人赋予其抽象的含义，“神”本来就有丰富的、人不可能穷尽的抽象的内涵。那么神无处不在，神无所不能，神的意象既具有一般意象的多向性，又具有神秘莫测的超现实的神秘性。阿来、扎西达娃、才旦等藏族作家，都创造性地运用藏族的神的意象创作小说，就如同藏族人民虔诚地信仰神一样，藏族作家构思小说都必然运用神的意象作为小说的主要意象。

阿来在创造性地运用少数民族意象的过程中，为其他少数民族作家运用汉语写作提供了很好的典范。正如曹顺庆所说：“阿来将藏民族文化中的审美习性和因子，用汉语做了不可能完全同化的审美表达，他的叙事往往充盈着一种别样的诗意。这话总诗意蕴藉着灵性的世界观，弥散着不可解释的宿命感和神秘感，在寓言式的情节中酝酿着精神的回归与宗教的皈依，试图在神性和人性的中间地带，搭建起一个灵性主体。阿来通过他出色的想象力、象征、寓言的建构，细腻的描述能力以及那些影藏在纯粹的汉语表述背后藏民族独特的审美习性，生发出独特的

---

① 朱霞：《当代藏族文学的文化诠释》，《民族文学研究》1999 年第 4 期 。

‘陌生化’的审美体验。这种‘陌生化’自始至终贯穿在整体性的叙事策略中。”① 阿来的这些审美的独特性，进一步说明了少数民族作家运用汉语进行少数民族文化、少数民族意识表达的创造性特点，用汉语表达少数民族文化因子与审美体验，形成了一种既熟悉又陌生的效果，达到增加少数民族审美内涵又丰富中华民族的审美体验的效果，成为少数民族小说汉语写作的独特贡献。

四　追溯少数民族血缘

执着追溯少数民族血缘的少数民族汉语作家，主要有两类：第一，描写整个少数民族的历史，追溯整个民族的历史血缘；第二，回归少数民族意识。追溯个人的母族血缘。第一类少数民族汉语作家主要出生在少数民族聚居区，他们非常热爱自己的民族文化，对自己的民族生活有如自己身体一样的熟悉，他们一般开始写作大都是描写自己民族的现实生活，通过对自己民族当下生活的描写，表达自己的民族意识。通过一段时间的写作后，这些少数民族作家逐渐深入地了解自己民族的历史，自己民族的血缘，便开始写作一些追溯自己整个民族历史、自己整个民族血缘的民族历史小说。第二类少数民族汉语作家大都出生在杂居区、汉族地区或者是大都市，他们开始写作小说时，大都没有写作少数民族小说，大都写自己比较熟悉的题材而非少数民族题材。比如朱春雨写军旅生活，因为他是军人；金仁顺写青年女性的都市生活，因为她熟悉都市女性的生活。但是他们的血缘终究牵引着他们，去寻找他们民族的历史和血缘，开始写作少数民族小说，并大都描写少数民族历史题材小

① 曹顺庆：《中国多民族历史书写与文学书写——阿来的意义》，《阿来研究》（一）卷首语，四川大学出版社 2014 年版，第 1 页。

说，以此去追溯母族的历史、文化和血缘。

（一）追溯整个民族的民族血缘

少数民族汉语作家在创作少数民族汉语小说时，鲜明地表达出自己的民族意识，这种民族意识与自己民族的历史、血缘、家族、文化有密切的关系，少数民族历史是少数民族的“骨血”。因此追溯少数民族的血缘，其最明显的表现就是用汉语描写自己民族的历史，通过对自己民族历史的描写，去追溯自己民族的血缘。在少数民族汉语作家创作的汉语小说中，描写本民族历史的小说占有较大的比例，比如，回族作家张承志的《心灵史》、藏族作家阿来的《格萨尔王》、蒙古族作家郭雪波的《青旗·嘎达梅林》、蒙古族作家苏赫巴鲁的《成吉思汗传》、锡伯族作家郭基南的《流芳》、锡伯族作家傅查新昌的《泰尼巴克》、藏族作家丹珠昂奔的《吐蕃史演义》、土家族作家叶梅的《最后的土司》、土家族作家李传峰的《武陵王》系列、土家族作家吕金华的《容米桃花》、朝鲜族作家金仁顺的《春香》等，这些作品描写自己民族的历史，从自己民族的历史中去追寻自己民族的精魂、追溯自己民族的血缘。

张承志的小说《心灵史》是用小说追溯民族血缘的优秀作品，作品描写了哲合忍耶教派的悲壮历史。这部作品就是张承志用追溯血缘的方式，在漫长的回族历史中找到了哲合忍耶，将哲合忍耶教派的悲壮历史用充满激情的抒情小说形式描写出来，将宗教、历史、小说三者合一，创造出一种独特的追溯回族血缘的方法，描写哲合忍耶悲壮的历史以及自己作为一个回族个体对自己血缘和历史的回归，站在人道主义立场上，从回族的历史和个人的血缘中探讨人类历史的美好共性。张承志

“并不仅仅写一个民族、一个宗教群体，只不过借用这一个侧面，以期表达探讨人类所共有的精神世界，追求人类在历史演进中曾经拥有过而如今失落的那些可贵的东西。也就是说，张承志透过这一个侧面，将其升华为人道主义的高度来认识、反映。显然，在他笔下描写的场景、形象大多表现出的不是独自饮泣的悲苦，不是格调低下的愁怨，而是一种富有历史感的悲壮”。[①] 张承志对哲合忍耶教派历史的描写，就是回顾回族悲壮的历史，就是追溯回族的血缘，从群体角度追溯整个民族的历史与血缘。

阿来在完成了让他享有盛誉的《尘埃落定》之后，又完成了《格萨尔王》的写作。《格萨尔王》本来是藏民族的史诗，阿来的《格萨尔王》是“重述历史”的创作。阿来说，他写这部小说，是为了打破西藏所谓的神秘感，让人们从生活出发，从历史角度了解藏族人。[②] 实际上阿来是想通过描写藏族历史上伟大的格萨尔王来追溯藏族人的历史。阿来站在现代的立场上对传统的格萨尔王进行了新的“重述”。阿来用双线结构小说，一条以史诗《格萨尔王》为主线，追溯格萨尔王这个藏族传奇英雄的历史，这条线索描写格萨尔王的神子诞生、赛马称王、雄狮归天的传奇英雄的一生。另一条线索是以当代说唱艺人晋美为主线描写格萨尔王的传唱奇迹。晋美，这个草原上不识一字、一只眼睛还瞎的牧羊人，因为数次在梦中和格萨尔王、和菩萨交流后，成为一个能从头到尾演唱完整的《格萨尔王》史诗的人。晋美的演唱反复地告诉读者，是与我们同一个时代的晋美在讲述那个古老的故事，他的演唱将古老的历史和现实联系起来，让读者感受到古老藏族历史延续到现在的现

① 马有义：《中国当代回族文学的审美特征》，《青海社会科学》2005 年第 7 期。
② 阿来：《想借助〈格萨尔王〉表达敬意》，《信息时报》2009 年 10 月 13 日。

实。通过藏族古今对比，既说明了历史血缘传承到当今的漫长历程，也说明藏族历史血缘的生机勃勃、绵延不绝。正如阿来所说："晋美的存在实际上为读者提供了今人的视觉。通过晋美梦里梦外的讲述，让小说既有过去的线索，也有今天的线索，一前一后，就让两条线索之间的藏族社会现实有了对比，也能让小说的宏大叙事与细致的心理刻画水乳交融，既富有民族特色，同时也不乏时代精神。"① 阿来对格萨尔王故事进行重叙，目的是回溯藏族历史，追溯藏族的血缘，并用现代性观照历史，将历史和今天联结起来，从而张扬藏族英雄主义意识，带领读者领略那充满传奇和神秘的历史空间，在人类童年的神话视域中，去领会人类的英雄情结、自然观念，从而反观我们的当今世界。为此阿来强调认同和选择自己族属身份是因为："我是一个回族与藏族的混血儿，所以选择藏族作为自己的族别，仅仅是因为，从小在藏区长大，生活的习惯最终决定了我自己血缘上的认同感。"②

2014 年，阿来创作并出版了他另一部历史著作《瞻对》，这依然是一部追溯自己民族历史的著作，他自己说这是一部非虚构作品而不是小说。这是一部追溯康巴藏族历史的著作，书的全名是《瞻对：一个两百年的康巴传奇》，主要描写康巴方言叫瞻对的这个地方和清朝政府的冲突以及瞻对最终融入国家的过程。实际上是阿来对自己民族历史的一次沉重的回溯，也是对自己民族历史文化的理性传承。作品描写瞻对这个康巴藏区近两百年的历史，描写这个地方两百年来的大大小小的战争。作者采用的是历史写法，通过查阅历史书籍、查找历史文献，到瞻对去做田野调查等方法，试图呈现历史事实，发掘历史真相。从某种角度上

① 阿来：《想借助〈格萨尔王〉表达敬意》，《信息时报》2009 年 10 月 13 日。
② 阿来：《大地的阶梯》，人民文学出版社 2001 年版，第 140—141 页。

来说，这是阿来对自己民族历史和民族血缘的一次追寻。同时在这部作品中阿来还对自己的民族进行了反思。他在《瞻对》中说，“数百年来，靠武力与阴谋争夺人口与地盘，就是这些豪酋增长自身实力的唯一方法，除此以外，他们似乎从来不知道兴办教育，改进生产技术，扶持工商，也有富厚地方人民，集聚自身实力之效。于是，都是在密室中阴谋计算，光天化日下劫财夺命，历史就陷入一种可悲的循环。更可悲的是置身其中的人并不觉得可悲，反而在冲突文化中培植出一种特别的英雄崇拜。崇拜豪杰、膺服强梁。在这样的风气中，全民都被驱赶到一条家族结仇、复仇、再结下新仇的不归路上。”① 其实《瞻对》不是一部小说，阿来自称是非虚构纪实文学。不管是历史著作也好、文化考察也好、非虚构文本也好，反正不是用小说的形式写作。关于这种写作方式，阿来自己有明确的界定：“《瞻对》是一部历史纪实文学，我本来准备写成小说……我实地考察以后发现，关于瞻对的故事并不只是一部民间传说，他是当地实实在在发生过的一系列历史事件……原本我是从事虚构文学创作的，但是在追踪这个故事的过程中我发现，这些历史真实发生过的种种事情已经非常精彩了，根本不用你再去想象和虚构什么。”② 于是阿来就采用非虚构的方式进行写作。对于瞻对的历史来说，阿来不需要再虚构，只需要记录，如此追溯民族历史、追溯民族血缘更加具有质感。不知道阿来下一部作品是虚构的小说，还是非虚构的作品。我不希望阿来和张承志、乌热尔图一样，从此不再写小说，只写这种更“真实”的文字。阿来最突出的才华是写小说，是他那超越常人的虚构能力，我们更喜欢小说家阿来。

---

① 阿来：《瞻对：一个两百年的康巴传奇》，四川文艺出版社 2014 年版，第 341 页。

② 阿来、杜羽：《对藏文化的现代反思》，《文艺报》2014 年 1 月 17 日。

不管怎么说，《瞻对》都是阿来对自己民族历史和民族血缘的一次神圣的追寻，这既是对自己民族历史、民族血缘的追寻，也是对自己民族的进一步认识和反思，归根结底就是对自己民族的热爱，是对自己的民族文化的一种理性传承。

丹珠昂奔的《吐蕃史演义》也是一部运用汉语描写藏族历史的藏族小说。这部作品取材于藏族古代历史，描写了吐蕃从第一代赞善赤赞普到最后一代赞普郎达玛的1000余年的历史，对藏族吐蕃时期的历史运用史诗性的笔墨做了详尽的描写。在小说中，作者对松赞干布这一历史人物花费很多的笔墨，详细地描写了松赞干布的丰功伟绩。他不仅为西藏创制藏文、官制和法律，还第一个娶了汉族公主——文成公主。这是第一位娶汉族公主的藏族王。文成公主后来成为度母，受到藏族人民的尊崇和爱戴。丹珠昂奔用汉语写作《吐蕃史演义》，表明他作为藏族作家对藏族历史的崇拜之情，同时也表明了他对汉藏“和为一家”的美好祝愿。

郭基南是居住在新疆的锡伯族人，新疆伊犁地区的锡伯族是18世纪中叶被清朝政府从东北地区（主要是沈阳）迁徙过来的。1757年，清朝为了加强新疆的兵力、边疆防务和开垦边疆，征调锡伯族官兵及家属3000余人，从东北迁徙到新疆。这3000多锡伯族人历经了一年零五个月的艰苦征程，到达新疆的伊犁地区，这就是被锡伯族人称为“西迁”的事件。“西迁”在锡伯族人的记忆中刻骨铭心，在锡伯族人心里留下重大的影响。郭基南的《流芳》三部曲全面地描写了西迁事件，描写了锡伯族人民经历了饥荒、瘟疫、雪崩、死亡等各种灾难后终于到达伊犁地区的艰难历程。作品歌颂了锡伯族人民面临艰难处境时团结一致、克服困难、齐心协力共渡难关的感人精神，同时歌颂在西迁途中沿途各族人民给予的帮助和扶持。通过对西迁事件的还原，深沉地回忆锡伯族这段难忘的历史。郭基南用汉语描写这段锡伯族的历史，一来是为了追寻锡伯族的血缘，要让锡伯族子孙永远记住锡伯族的历史，二来希望在更大范围内传播锡伯族的历史和文化。正如新疆民族文学研究所所长艾比布拉·阿布都沙拉木所说的："无论是写人与社会、人与自然、人与人、人与宗教、人与道德、人与传统、人与文化等诸多错综复杂的关系，郭先生都立足锡伯族独特的历史文化背景，站在今天的高度，忠于史实，尽可能透视锡伯族的民族精神、民族文化，开掘民族灵魂，认识民族自身，从而达到对民族灵魂的发现与重铸之目的。"① 另一个锡伯族作家傅查新昌，也在他小说中用汉语描写锡伯族的西迁历史，追溯母族的历史和血缘。他在短篇小说《大迁徙》中再现了锡伯族西迁的历史，既写出了西迁时难离故土的不舍情怀以及西迁途中艰苦卓绝的历程，又写出了锡伯族人为了边疆的安宁，毅然决然踏上征途的大义和决心。傅查新昌用今天的心灵去感受民族祖先的心灵，去理解自己民族的历史，认同自己民族的血缘。他的另一部小说《泰尼巴克》则描写了锡伯族完成西迁到达新疆后的历史风云，以更为繁复的结构、更为深沉的情感描写锡伯族两大家族五代人之间的恩怨纠葛，歌颂了锡伯族民族英雄捍卫民族尊严、保卫祖国的丰功伟绩，也谴责了卖国求荣的民族败类。更为独特的是，傅查新昌采用了魔幻现实主义手法描写锡伯族的秘史，采用加入作者主体性和个人性体验的方法，运用超验性特性，亦真亦幻地描写锡伯族逝去的先祖们的生活。实际上，《泰尼巴克》可以称作锡伯族的史诗，具有史诗的部分虚幻、整

① 郭从远：《锡伯族历史的画卷——读长篇系列小说〈流芳〉》，《新疆作家》1998 年第 1 期。

体真实的特点。傅查新昌运用这样的方法回到自己的民族历史中，追溯自己的民族血缘。

（二）追溯个人的母族血缘

另外一部分少数民族汉语作家，在追溯个人的血缘的历程中认同自己的民族血缘，在回归本民族意识的过程中，追溯个人的母族血缘。这类少数民族作家大多是青少年时期不居住在少数民族聚居区，早年写作的作品大都没有少数民族特色。但是，民族的血脉具有神秘的牵引力，引导着、牵引着这些具有少数民族血统的作家去追溯和探寻自己的民族血缘。在写作了很多汉族文学作品后，由于对自己少数民族血缘的追溯和探寻，回归少数民族意识，开始写作少数民族小说。

当代回族小说的汉语写作是这种回归少数民族意识、追溯个人的母族血缘的典型代表。在历史上，有很多回族作家用汉语进行创作，历史上也出现过“回儒”，并且在诗词曲赋等方面取得突出的成就，但是这些创作都极力汉族化，没有回族意识和回族特色。新中国成立以后，在中国共产党尊重少数民族的生活习惯和宗教信仰的政策指导下，出现了韩统良、丁一波、胡奇、哈宽贵等回族汉语作家，他们发表了一定数量的反映回族人民生活的作品，但没有描写回族的宗教信仰，没有表现回族独特的民族意识和宗教意识。进入新时期后，党和国家进一步加强尊重少数民族的宗教信仰的政策。在这样的环境下，新时期的少数民族汉语作家开始从正面描写宗教信仰，从文化角度思考宗教的本质，因此回族作家便开始正面描写回族的伊斯兰教信仰，并从宗教角度表达回族的审美追求。于是在80年代，回族小说开始表达回族独特的民族意识和宗教意识。“马之遥的小说《古尔邦节》成为新时期回族作家突破民族禁忌自觉践行民族体裁创作的发轫作，随后有白练《朋友》、马连义的《回民代表》、金万中的《小河弯弯》、郑国明的《来五养牛》、丁一波的散文《盖碗茶》、马治中《方迷新传》、查舜《月照梨花湾》等一系列作品，都以强烈的民族自觉挖掘民族生活展现民族风情，在回归民族体裁、探索民族艺术手法上走出了实质性的一步，使得回族作家创作开始茁壮成长。"[①] 但此时的回族小说的汉语写作主要是对回族的风俗风情的描写，还没有对回族的民族意识、宗教意识做深入的表现。进入90年代以后，关于宗教的认识逐渐从政治角度过渡到文化角度，回族作家开始自觉追求民族意识、宗教意识、文化意识。创作内容从外在深入内里，从回族的外在风俗风情描写，深入追溯自己民族的历史文化、宗教信仰、心理特征深处，深入挖掘回族内在的民族精神、民族心理、民族性格等内涵，他们从以往对回族以外的生活的关注转向到对自己母族回族的关注，从而回归少数民族意识，追溯少数民族血缘。

回族作家的个人创作也大都经历了从不表达回族意识到追溯回族血缘的过程。张承志是回族汉语作家的代表。张承志在内蒙古草原插过队，本科在北大历史系学习，后在中国社会科学院民族历史语言专业攻读硕士学位。他毕业后在中国社会科学院民族研究所工作，因为他当时主要研究蒙古族以及北方各民族历史，因此走遍了中国北方的大地，他热爱这块大地的人民，北方大地是他生命的土地。他说："我希望我这回又一次勾勒我生命的三块大陆——内蒙古草原、新疆文化枢纽、伊斯兰黄土高原"。[②] 张承志按照这三块大陆的顺序安排他小说创作的顺序，

① 杨文笔：《"文化自觉"下的回族作家回族化创作》，《昌吉学院学报》2009年第1期。
② 张承志：《绿风土·后记》，作家出版社1994年版。

先发表了描写蒙古族生活而不是回族生活的小说《黑骏马》和《骑手为什么歌唱母亲》。这期间，他发表了小说《北方的河》，这是他对北方河流的一次深度扫描，这部作品并没有少数民族特色。但是，张承志是回族，他终究会去关注和探寻自己的母族，回族的血脉牵引着张承志开始走向自己的母族，寻找母族的历史和血缘，从此开始创作具有浓郁回族特色和回族意识的回族小说，用汉语创作了一系列优秀的回族小说：《心灵史》《错开的花》《黄泥小屋》《辉煌的波马》《残月》等。这些小说都是用汉语对回族历史、回族血缘的追溯，这既是张承志追溯母族血缘的努力，也是张承志回归少数民族意识的汉语小说创作的鲜明表现。

朝鲜族作家金仁顺从小出生和生活在矿区，而不是生活在朝鲜族聚居区。她走上文坛时，并不是一开始就写作朝鲜族小说。她早期的小说主要描写都市女性生活，爱情是她小说的主题，她主要作品有《爱情冷气流》《爱情试纸》《绿茶》《彼此》等。但她是朝鲜族，总有一天民族的血缘会牵引着她去追寻自己的母族，探寻自己的民族历史。2009年，金仁顺发表了长篇小说《春香》，这部作品获得了第十届少数民族骏马奖。这是朝鲜族作家金仁顺用汉语写作的朝鲜族小说，和她以往写作的汉语小说不一样。以往她写的是汉语汉族小说，而《春香》则是汉语朝鲜族小说，是她追寻朝鲜族血缘、回归朝鲜族文化的一次努力。按照她自己的话说，这是一次回故乡、回历史之路，其实就是追寻自己的母族、追寻自己母族文化血缘之路。金仁顺充满感情而感慨地说："我写《春香》，是在我的想象中对她的形象进行定格的，在我自己的文字镜像中，春香美艳或者平凡，都不重要，重要的是，她有血有肉，有独立的思想。而描摹、重塑这个形象的过程，对于在汉语中间长大的我，也可以说是一条特殊的回故乡、回历史之路。”①

春香是朝鲜族著名传说《春香传》中的人物，是朝鲜族家喻户晓的人物。金仁顺选择对春香重新演绎，是因为春香是具有浓郁朝鲜族特色的人物。春香本身承载着朝鲜的文化因素，承载着朝鲜族的独特历史，尤其因为金仁顺是朝鲜族，民族的血在她血管里流淌，她终于回归到她的民族，为自己的民族唱一曲深沉的民族文化之歌。因此，只有朝鲜族女作家金仁顺才会这么顺利地找到春香，并给春香以浓郁的朝鲜族特色的新的演绎，那是她的民族血脉引领着她走向这个饱含朝鲜族文化的历史人物，然后来重新演绎。这种演绎既是对母族历史、文化、血脉的追寻，也是用当下的观念对母族文化的一种传承和发扬光大。我们很多少数民族作家在汉语环境中长大，有很多人甚至都不懂自己母族的语言了。但是，母族的血缘会牵引他们走向自己的母族，于是他们用汉语去描摹自己母族的历史，同样母族的血脉会指引他们去感受祖先的历史、想象母族的光荣，甚至去体味祖先的感觉，于是汉语成为他们传承和传播自己民族的极好的工具，既描写了自己的民族，又让更多人了解自己的民族文化。金仁顺是这类少数民族作家的典范。

五　民族意识与时代观念的融合

少数民族小说的汉语写作最基本的追求是张扬少数民族意识、传承少数民族文化。少数民族小说的汉语写作是伴随着新中国文学的发展而成长起来的，因此少数民族小说的汉语写作在张扬少数民族意识的同时追求时代观念，伴随着当代文学的发展一同发展。作为当代文学的一部

① 蒋淑媛、岳立媛：《吉林省著名作家金仁顺〈春香〉获文学创作骏马奖》，《长春晚报》2012 年 10 月 19 日。

分，少数民族小说的汉语写作必然包含时代精神和现代意识的时代观念。在张扬少数民族意识的同时，少数民族小说的汉语写作必然包含时代的习俗时尚、审美趋势、心理导向和社会情绪。最根本的是，少数民族小说汉语写作的性质和新中国文学一样，都是社会主义的文学。少数民族小说的汉语写作如果只是仅仅表达少数民族意识，而不展示时代特征和时代观念，那么必然会导致少数民族小说汉语写作的民族文化狭隘立场。从新中国少数民族小说汉语写作的内容来看，少数民族小说汉语写作一直以来既坚持张扬少数民族意识，保持少数民族文化特质，又将少数民族意识和新中国社会主义各个时期的时代观念结合起来，形成少数民族意识和社会主义时代观念相融合的独特的新中国少数民族汉语小说。

（一）表达翻身得解放的喜悦，认同新中国的国家政治

新中国成立之初的少数民族作家，大都是随着新中国成立而翻身得解放的少数民族人民，或者是经过革命斗争历程的少数民族革命干部，他们深切地感受到翻身得解放的喜悦，亲身经历了少数民族人民从奴隶到主人的巨大变化，亲眼看到社会主义新中国建设的奇迹，他们发自内心地想用文学表达这种喜悦和心声。在伴随新中国颂歌的节拍的同时，各个少数民族作家发现要描写少数民族的翻身得解放的巨大变化，必然要描写各个少数民族独特的民族风俗和特色，使得这些少数民族作家描写出和汉族文学不一样的风俗风情，从而在20世纪50年代的颂歌大合唱中加进了少数民族独特的歌唱。这个时期的少数民族小说主要是汉语写作，少数民族汉语作家极力表现对少数民族翻身得解放的幸福感和平等感，对新的民族国家和新的平等的民族关系有强烈的认同。

20世纪50年代，蒙古族汉语作家玛拉沁夫发表的都是认同新中国政治、汇入新中国社会主义国家建构的小说。《科尔沁草原的人们》是中国当代文学史上最早描写蒙古族人民翻身得解放，保卫新政权、新生活的小说。这篇小说和当代文学史上20世纪50年代的主流小说一样，是一部描写蒙古族人民保卫革命新政权的阶级斗争故事，该作品表达了对新中国、对新生的革命政权的强烈的认同感，具有很强的政治色彩和阶级斗争特色。该作品和当时主流小说不同的是，作家采取了将这个阶级斗争故事设置在蒙古草原上的策略，凸显蒙古族的风情风俗。玛拉沁夫的《茫茫的草原》更加鲜明地表现了认同国家政治的特色。作品描写抗日战争胜利后内蒙古人民在中国共产党领导下的革命斗争故事，和当代文学史上此阶段描写革命斗争的红色经典小说的主题完全一致。该小说和当时汉族小说的不同在于展示蒙古族的风俗风情，使作品具有蒙古族特色。这就是少数民族小说汉语写作的独特之处。玛拉沁夫是当代蒙古族小说汉语写作的开山者之一，为当代蒙古族汉语小说创作树立了良好的开端。彝族作家李乔也是运用汉语写作的少数民族作家，其写作追求的也是表达翻身得解放的喜悦，歌颂共产党的民族政策，表达对新中国的政治认同。他的《欢笑的金沙江》也是积极认同国家政治的少数民族汉语小说。在当时普遍的描写翻身得解放的主流叙事中，采取大量描写彝族的风俗风情的方法，表达翻身得解放的喜悦。李乔运用汉语写作的彝族小说，和新中国当时的主流小说一样，认同新的国家政治，表达彝族人民对新中国的热爱，歌颂共产党的民主改革政策给彝族人民带来的幸福生活。李乔是新中国彝族第一个小说家。著名少数民族文学研究专家、回族学者李鸿然把李乔称为“彝族小说之父”。壮族作家陆地《美丽的南方》则将20世纪50年代的主流叙事——土地改革运动叙事在壮乡展开，热情歌颂土地改革运动对壮族农民的巨大影响，直接描写壮族地区的土地改革运动，这是少数民族汉语叙事认同新中国国家政治的鲜明表现。

50—70年代的少数民族小说的汉语写作，是中国当代文学的一部分，这个时期是毛泽东文艺思想指导文艺的时期。这个时期的当代文学主要特点是文学为政治服务，少数民族小说的汉语写作亦如此。此阶段的少数民族小说的汉语写作有着鲜明的政治色彩，其主题是认同新中国的国家政治，其内容是歌颂新中国、表现各民族在翻身得解放中的巨大喜悦。这个阶段的少数民族汉语作家真心实意地为新中国的民族政策而欢呼，在国家主流意识形态的各个方面，少数民族汉语作家都以诚挚的心态参与其中，成为建构中华民族多元一体文化格局、建构社会主义多民族国家的歌唱中的独特音符。

（二）改革开放历程中少数民族发展的时代特色

进入新时期以后，少数民族地区和汉族地区以及沿海地区一样，进行改革开放。新时期之初的少数民族小说的汉语写作有很大部分是描写改革开放过程中少数民族人民的生活、心理、观念的变化，以及在这变化中民族意识和时代观念的逐渐融合的过程。新时期改革开放对少数民族地区来说，其主要变化是市场经济的进入，从而给少数民族地区带来翻天覆地的变化。如果说毛泽东时代带领少数民族人民政治上翻身，那么改革开放则带领少数民族人民经济上翻身。进入新时期后，少数民族地区的农业区和牧业区都和汉族地区一样实行了生产责任制，同时，国家对少数民族地区给予了特殊政策，为少数民族地区的经济发展注入活力。尤其是国家西部大开发战略的实施，对我国西部少数民族地区的经济文化发展提供了极好的机会，也为少数民族文学提供了极好的机会。

80 年代初期的少数民族小说的汉语写作，主要描写少数民族人民在改革开放过程中的变化。此阶段少数民族小说汉语写作和 80 年代文学思潮一致，主要描写改革开放过程中少数民族人民对过去极“左”思潮的揭露，对改革开放的歌颂，以及对改革开放过程中新的观念对传统观念冲击的思考。土家族作家蔡测海在 1982 年发表了小说《远处的伐木声》。该作品通过一个土家族少女阳春择偶的变化描写改革开放对于土家人传统观念的改变以及土家人民对于美好新生活的向往。这个作品和贾平凹的小说《小月前本》有异曲同工之美，都是描写改革开放给少女择偶观带来的变化。《远处的伐木声》中的阳春和《小月前本》中的月月都在改革开放过程中，抛开父辈给定的亲事，凭着自己对美好生活的向往、对真正爱情的追求，找到自己的真爱，并都离开封闭的山村，走向都市。只不过一个是发生在南方的土家山寨，一个发生在北方的汉族农村。从这点可以看出，80 年代的少数民族小说的汉语写作积极表达当时的时代观念的特点，同时也说明了少数民族和汉族人民在追求美好生活、追求美好爱情方面具有异曲同工之美。而著名土家族老作家孙建忠则在 80 年代发表其著名的小说《醉乡》，这是新时期第一部描写土家族现实生活的长篇小说，作品将土家族的民族风俗和改革开放的时代特色结合起来。这部小说随着新时期改革小说思潮的步伐，描写了在实行联产承包保责任制过程中土家人的巨大变化和新旧观念碰撞的喜怒哀乐。一方面，作品描写了浓郁的土家风俗风情，那到处都是油菜花的美丽土家山寨，那土家族豪放的喝酒场面，那土家人特有的把酒当水喝的豪情，以及土家人特有的淳厚勇武、善良倔强的性格都在《醉乡》中得到鲜明的表现。另一方面，通过贵二这个人物在改革开放前后发生的巨大变化，展示改革开放对土家族人们带来的美好新生活的主题。土家族作家孙建忠将一个改革故事在土家山寨铺开，紧紧跟随80年代的时代脉搏，深刻把握时代观念，将土家族人民在80年代的“改革与守旧、贫困与富裕、愚昧与科学、宗法意识与民主的矛盾冲突在广阔的社会背景下错综呈现”。[①] 孙建忠的小说创作，“鲜明地揭示现实矛盾、描绘改革在民族地区和少数民族人民心中掀起的浪潮，表达作家对新旧势力相互消长的爱憎立场，从而直接以文学介入生活、推进生活”。[②] 从而形成将少数民族意识和改革开放的时代观念相融合的特色。

进入新世纪以后，少数民族地区的生活随着社会的发展，随着改革的深入，发生了巨大的变化。新世纪少数民族汉语写作比较多的是回归历史、追溯血缘，描写现实的少数民族小说不多。但在2013年，我们欣喜地看到土家族著名作家李传峰又给我们献上一部有关土家族新农村建设的力作，那就是长篇小说《白虎寨》。这部小说通过一个土家山寨白虎寨的“80后”年轻人——幺妹子从外出打工之地回乡，带领一群年轻人改变土家山寨落后面貌的故事，描写了土家山寨白虎寨在新农村建设中的巨大变化，歌颂了以幺妹子为首的土家族年轻一代为改变土家山寨的落后面貌而努力奋斗的精神，歌颂了在新农村建设中各级政府、各种人物为少数民族地区的新农村建设所做的切实的贡献，是一首土家山寨的新农村建设之歌。作品将当今最富现实的题材——新农村建设设置在土家山寨，不仅具有强烈的现实性，还具有浓郁的民族特色。

《白虎寨》描写的是2008年以后的土家山寨，一场金融风暴将在外

① 《民族文学研究》评论员：《民族特质、时代观念、艺术追求——对少数民族文学创作理论的几点理解》，《民族文学研究》1986年第8期。

② 同上。

打工的幺妹子、春花、秋月、荞麦逼回了白虎山寨，使得这群年轻的打工妹开始认真观察自己的家乡。虽然已到了2008年，但白虎寨依然贫穷，最大的问题是敲梆岩如天险一般阻断了白虎寨与外界的联系，连电都没通，全寨人均收入处在贫困线以下。在这样的现实困境中，本来还准备外出打工的幺妹子在父亲——老支书的指导下，在全村人的期盼中，在一群土家年轻人的支持下，留在白虎寨任村支书，带领着白虎寨的土家人开始改变贫穷、建设新农村的奋斗。他们抢来了农业技术员，给白虎山寨通了电，发展烟叶、魔芋种植，将漫山遍野的寮叶销到山外，给白虎寨带来了新气象，改变了白虎寨的贫穷落后的面貌。尤其是白虎寨人通过不断努力，历尽艰辛、一波三折地修通了白虎寨通向山外的公路，也修通了白虎寨的幸福之路。

《白虎寨》具有强烈的现实主义精神，作者站在现实主义高度，用现实主义的笔触描写土家族山村白虎寨到了2008年依然贫穷的现状。因为白虎寨山高路险，到了新世纪，白虎寨依然没通电、没通车，老年人靠天生活，年轻人外出打工，是最贫困的山村。作者将小说定位在2008年颇具深意。因为2008年的金融危机，导致幺妹子们回到白虎寨，这样的描写具有现实性和合理性。幺妹子回乡不是她头脑发热，也不是如以往描写先进人物那样先天具有很高的觉悟，而是在被逼回家乡后，看到家乡的贫穷落后才激起了她改变家乡的决心，在走还是留的问题上，幺妹子也是经过好多次的思想斗争。因此幺妹子留下来成为改变白虎寨的带头人具有合理的因素，使人信服。

《白虎寨》具有鲜明的时代特征。在幺妹子带领白虎寨人改变贫穷落后面貌的同时，党和国家的“三农”政策、惠农政策，甚至湖北省政府的“三万”行动都给白虎寨进行新农村建设带来政策的、政府的支持，因此幺妹子等土家青年正是在这样大好的形势下，在这样难得的机遇中开始他们土家山寨新农村建设的伟大事业。

《白虎寨》正视现实问题，写出了新农村建设中的阴暗面。作者在描写土家山寨的新农村建设中，不是一味歌颂，而是正视新农村建设的矛盾和问题，将各级政府中的腐败、不作为以及传统思想的阻拦写得深刻而清晰。白虎寨的干部班子涣散，支书长年病痛，没法工作，村长则自己出去打工，不履行职责；乡党委书记长年霸占着公车，乡长想使用一次，司机都使绊子；乡长在工作中更多的是和稀泥，县委则更多地关注已成新农村建设的样板的村寨——金寨村；在公路建设的关键时期，因为塌方导致工程停工，同时白虎寨的新农村建设示范点被取消，工程队要撤走，迫切希望通车的白虎寨人不准他们撤走，导致了群体事件……白虎寨在新农村建设中的问题不断出现。作品将土家山寨改革中的痛苦、艰难描写得深刻而细致。

但是，这部作品是土家山寨新农村建设的奋斗之歌，是具有正能量的改变土家山寨贫穷落后面貌的昂扬之歌，作者在“80后”的土家新一代农民身上寄托了巨大的希望，也给予读者巨大希望。作者一扫很长一段时间对农民的苦难、愚昧、灰色的描写，将中国新农村建设的欣欣向荣的景象，将新一代青年农民奋发图强、积极进取的精神展示出来。这部作品将是以后新农村建设题材的潮头，将会引领大批热爱农村、关注农村的作家从正面描写农村生活，形成新农村建设文学思潮。在此之前，描写新农村建设的文学作品，比较有名的有赵本山的电视剧，比如《刘老根儿》《马大帅》《乡村爱情》以及描写北方新农村建设的电视剧《喜耕田》等，这些作品首先打破了底层写作中对农村农民苦难、灰色的描写，正面描写农村和农民的新气象，但是这些作品大都是描写北方农村，而且有些关于农村的作品有不太像农村的弊端。因此，《白虎寨》是第一部正面描写南方农村尤其是第一部正面描写土家族新农村建设的优秀土家族汉语作品。

《白虎寨》不仅具有强烈的现实性，而且具有浓郁的土家族特色。这是作为土家族作家的优势。作为土家族作家，李传峰对土家族的历史、文化、风俗习惯有稔熟的掌握，对自己的母族有强烈的热爱之情，对土家山寨的当今现状了然于心。李传峰在他的创作生涯中，对土家族的历史文化、风俗风情、民族意识有积极的追求。因此，作者在创作《白虎寨》时，就将现实性和民族特色结合起来，展示出独特的土家族民族和文化特色。

取名《白虎寨》，饱含了作者对土家文化的热爱和追寻。首先作者将一个当下热门的新农村建设的故事放在土家山寨，采用少数民族的空间叙事，将读者带到具有浓郁土家族民族特色的土家族地区，给读者带来不同于汉族的异域之感，并带来陌生化、新鲜的审美感受。其次，作品取名《白虎寨》，饱含着作者浓郁的热爱母族之情。白虎是土家族的图腾，土家族是巴人后裔，土家族传说土家先人巴务相死后化成白虎，世世代代庇护着土家子孙。李传峰在他的《最后一只白虎》中描写了白虎的历史文化内涵以及土家族和白虎相互保佑、相互依存的关系。《白虎寨》是描写当下土家人生活的作品，作者将满腔热爱土家文化、崇敬白虎之情都化作这个寨名，化作这个作品名。通过白虎寨，我们可以遥想土家族的历史、纪念土家先人廪君王，包含丰富的土家族历史文化内涵。

除了作品名包含丰富的土家文化内涵外，作者还采用正面描写的方式，对土家的历史文化、风俗风情都做了丰富的展示。首先作品通过金幺爹的讲古，通过顾博士的考察，穿插土家族的白虎图腾的来历、土家白虎兵抗击倭寇的历史，描写土家族悠久独特的历史文化；其次，通过老红军守墓人，描写白虎寨在中国革命斗争历史中做出的巨大贡献。白虎寨既是少数民族地区，也是革命老区，这里曾是红军的伤病医院，当时的土家人为了掩护红军伤病员做出过巨大的牺牲；再次，作品还通过赵书记的言行，描写"文化大革命"中，白虎寨人如何利用敲梆岩天险，赶走造反派，保护了赵书记。这些历史在小说中有条不紊地被描写出来，将白虎寨的历史文化和现实结合在一起，既有厚重的历史文化，又有鲜活的现实场景。历史文化、民族文化和当下白虎寨新一代的土家人的奋斗经历结合起来，使得这部土家山寨的新农村建设小说具有立体感。

作品还描写了浓郁的土家族风俗风情，这些风俗风情在李传峰笔下熠熠生辉。所谓风俗是"一种传统力量而使社区分子遵守的标准化的行为方式"。① 风俗是一个民族文化的重要组成部分。东汉班固《汉书》卷二八（下）《地理志》上说："凡民察五常之性，而有刚柔缓急音声不同，系水土之风气，故谓之'风'，好恶取舍动静无常，随君上之情欲，故谓之'俗'。"其明确说明了自然条件不同而形成的特点称为"风"，由社会环境而形成的特点称为"俗"。土家族经过几千年独特的发展，形成了和汉族不同的风俗。在衣食住行、婚丧嫁娶、节日礼仪、信仰禁忌等方面都有独特的地方。作品中描写土家族风情的地方比比皆是。比如穿，土家族有自己独特的服饰，在抢农业技术员的时候，春花"穿了一件土家绣花红袄，格外显眼"②；比比如住房，白虎寨人大多

① ［俄］马林洛夫斯基：《文化论》，费孝通等译，中国民间文艺出版社 1987 年版，第 30 页。

② 李传锋：《白虎寨》，作家出版社 2014 年版，第 47 页。

数还住着吊脚楼；比如吃，土家人吃腊蹄子火锅、合渣、榨广椒炒腊肉等土家特色菜肴；幺妹子妈妈一年四季在家织土家织锦西兰卡普；土家妹子能歌善舞，一开口就是优美的土家民歌“五句子”，一挥手就会跳“摆手舞”。这些描写在作品中作为一种方法，成为凸显土家民族特色的策略。

作品中关于土家风俗风情的描写除了白虎寨的日常生活以外，还浓墨重彩地描写土家族独特的丧葬习俗。我们在一些土家族作品中看到过关于土家族“跳丧”的习俗，比如叶梅的小说《撒忧的龙传河》中就大篇幅地描写了土家族“跳丧”的场景。但是《白虎寨》中则描写了一场“跳活丧”的细节。这是在其他描写土家族生活的文学作品中没有见过的。田国民为父亲平叔办“活丧”，在平叔还活着时，设好灵堂，“今天是给活人办丧事，‘亡人’平叔好端端的坐在那黑棺之前，卷起一只大喇叭筒烟拿在手上，笑的眼睛都眯缝了。”[①] 这种对死亡顺应自然、超脱而轻松的观念，这种人还活着就做一场“跳丧”（跳撒忧儿嗬）的习俗，只有土家族才有，这是将死亡看成自然归宿的民族才有的独特的生死观。作品在描写这场“活丧”时，惊心动魄。在那些土家老人热烈的跳撒忧儿嗬过程中，已经瘫痪多年的平叔竟然站立起来：“他猛地一跃而起，踉跄了几步，居然加入了跳丧的队伍……平叔已经按捺不住的激动，神助似的，醉意而跳，天地仿佛也一起跳动，要让他把多年没跳动的舞步都挥霍一空。”[②] 在这跳丧中，忽然“平叔双手向上，猛地跃了一步，一下子就扑在地上去了”。[③] 活丧变成了死丧，平叔的死给白虎寨带来的不是悲哀而是欢乐，大家尽情跳丧，尽情唱“撒

---

① 李传锋：《白虎寨》，作家出版社 2014 年版，第 176 页。

② 同上书，第 177 页。

③ 同上。

忧儿嗬”。李传峰在作品中充满陌生化地、惊心动魄地描写了土家族的“活丧”风俗，这是在以往任何文学作品中都没有看到过的独特风俗。作者不是静止的描写风俗，而是将风俗和故事、风俗和生命、风俗和文化水乳交融结合在一起，形成了李传峰土家族小说汉语写作的独特风格。

总之，《白虎寨》用现实主义的笔触描写了土家山寨的新农村建设图景，塑造了一批社会主义新农村建设的有血有肉、丰富生动的土家形象，为新世纪少数民族文学画廊增添了土家族文学新形象。同时该小说运用汉语表现浓郁的少数民族特色，将新农村建设故事设置在土家山寨，将现实性和民族特色结合起来，奏响一支充满现实性和民族特色的土家山寨的新农村建设之歌。

将少数民族生活和时代特色结合起来，用汉语描写少数民族在新的时代的前进步伐，同时，将少数民族的风俗风情、历史文化和时代特色结合起来，形成了少数民族小说汉语写作的现实主义特色。

第二节　更大范围传播少数民族文化

一　汉语是56个民族的族际共同语

中华民族由56个民族组成，汉族和55个少数民族在中国的土地上平等和睦地生活，形成了多元一体、和而不同的中华文化。费孝通先生在《中华民族的多元一体格局》中就中华民族多元一体格局的特点做了清晰的阐述，他认为中华民族多元一体格局有一个核心——汉族，汉族人口占中华民族的92%，少数民族人口占8%。汉族和少数民族杂居在一起，少数民族大都有自己的少数民族语言，但汉语已逐渐成为中华民族的通用语言。“在中华文明的漫长的复杂的发展过程中，汉语是中华民族的‘共同母语’”。“自古以来，我国境内一些少数民族一直有着在保留本民族的‘第一母语’的同时逐步习得并使用这一‘共同母语’进行本民族历史文化叙事的传统。新中国成立后，汉语自然成为法定的国家语言供56个民族共同平等使用。”①。在这样的情况下，中国当代少数民族作家写作就出现了既有汉语写作，又有母语写作，还有双语写作这样的复杂写作状态。这一切都源于中国是一个多民族国家，既有各个少数民族语言，又有汉语，为沟通交流方便，汉语便成为族际共同语。

中国是一个多民族的国家，各个民族除了使用各自母语以外，还需要一种能彼此交流、共同理解的语言作为共同交际的语言。汉族是中华民族的主体，汉族在政治、经济、文化等方面都具有主体地位，在经济生产和科技文化方面具有先进性。因此汉语成为56个民族的族际共同语言，成为新中国的法定国家语言，汉字成为全国各民族的通用文字。同时，汉语是中国的代表语言，是联合国的工作语言之一。1982年宪法规定：“国家推广全国通用的普通话”，所谓“全国通用”，就是56个民族共同使用的意思。汉语使得汉族和少数民族之间、少数民族和少数民族之间、使用不同语言的少数民族之间，拥有了通用的族际共同语言。

中国各个民族使用汉语，在解放前是一个自发的过程，没有经过专

① 罗庆春、王菊：《“第二母语”的诗性创造》，《小说评论》2008年第3期。

门的教育。解放后，汉语的普及率很快，是因为在少数民族地区开始双语教育。从自然学习过程中来看，散聚区的少数民族汉语普及率高，聚居区的少数民族汉语普及率稍低。而在民族聚居区，少数民族使用汉语的情况又有不同的特点：首先是城镇普及率高，其次是交通发达的少数民族村寨较高；从人群来说，干部、学生、商人和城镇居民的汉语普及率要高于文化水平较低的农牧民；从年龄阶段来看，青壮年则比老年普及率高。解放后，国家为了提高少数民族地区的文化水平和汉语水平，在少数民族地区采取双语教学。应该说，少数民族地区的双语教学是一个很好的措施。一方面，可以加强少数民族语言的学习，这是体现民族平等、民族团结、增强民族自信心的措施；另一方面，可以大幅度提高少数民族的汉语水平，使得少数民族掌握族际交际语，获得更好融入中华民族大家庭的途径。

从当代社会的语言使用情况来看，由于汉语是中国的法定语言、中华民族的通用族际共同语，因此汉语就成了少数民族的“第二母语”。汉语在中国当代社会中处于如此重要的地位，作为法定国家语言，不仅各个民族之间沟通依靠汉语作为族际共同语言，更为主要的是，国家的主要媒体如电影、电视、网络、报纸、杂志主要运用汉语；高考、公务员考试等国家考试也主要是运用汉语。因此，汉语是少数民族兼用的第二语言和族际共同语言。据少数民族语言研究专家戴庆厦分析：“经过数千年的发展，汉族和当代少数民族之间在语言使用上目前大体形成了这样的情势：大多数少数民族在以本民族语言作为主要交际工具的同时，还普遍使用汉语。根据粗略统计，20 世纪 80 年代的使用‘民族语—汉语’的双语人口约有 1806 万人，转用汉语的人口约有 1069 万人，二者相加有 2875 万人，约占当时（1982 年）少数民族总人口 6643 万的43%。如果再减去回族及未识别民族成分的僜人的人口，那么我国有一半的少数民族人口已经不同程度地掌握了汉语。”① 这还只是80年代的统计，随着少数民族地区改革开放的推进，随着时代的发展，掌握汉语的少数民族已大大超过了这个比例。

二 少数民族母语小说的传播局限

从描写少数民族生活、表达少数民族意识来说，母语小说具有先天的优势，具有最好的描写少数民族生活和表达少数民族意识的特点。语言是文学表达情感的最有效的手段，也是最有效的承载民族文化的载体，因为：“具有文化属性的语言和作为文化群体的民族有着与生俱来的天然的联系，语言一开始就是作为民族的共同语而出现的，语言具有民族性，这是毋庸置疑的事实。”② 因此，当代少数民族有一部分作家采用母语写作，就是运用母语来描写自己的民族文化，表达对自己民族的认同。相对于运用非母语的表现方式，母语肯定是最好的方式。少数民族语言天然地承载着少数民族历史和文化，正如曼纽尔·卡斯特所说：“作为符码系统的语言可以将历史和文化的形态加以具体化，让人们可以在没有日常沟通所表现出的符码崇拜的情况下，也能够共享符码系统。”③ 作为少数民族文化和历史共享的“符码系统”，母语成为表达民族认同、民族意识、民族情感最好的工具。但是鉴于中国当代各个少数民族使用语言的情况，以及汉语在中国居于主体地位的状态，母语小

① 戴庆厦、何俊芳：《多元一体与中国少数民族语言》，《山西大学学报》（哲学社会科学版）2002年第2期。

② 龙长吟：《民族文学学论纲》，湖南文艺出版社1997年版，第295页。

③ ［美］曼纽尔·卡斯特：《认同的力量》，曹荣湘译，社会科学文献出版社2006年版，第52页。

说的传播范畴很小，少数民族母语写作的小说，只能在懂本民族语言的读者范围内传播，在汉族以及其他少数民族读者范围内就没办法传播，形成了少数民族母语小说的传播局限。要想让少数民族母语小说在汉族以及其他少数民族传播，那么少数民族母语小说必须翻译成汉语或其他民族的语言才能进行传播。但是，翻译的作品大大失去了母语小说的韵味，失去了母语小说的独特魅力。而且现在少数民族母语小说的翻译状况还处在比较不发达的状况，现在整个国家比较缺乏少数民族文学翻译人才，将汉语文学作品译成少数民族语言的比较多，而将少数民族语言文学作品翻译成汉语的相对比较少。原《塔里木》杂志主编艾尼瓦尔·阿布都热依木说："我们现在的文学翻译队伍中，将汉语文学作品译成维吾尔语的人比较多，但能够准确地将维吾尔语等母语文学作品翻译成汉语的人很少。这种严重失衡的局面，极大地影响了维吾尔族作家在全国的知名度。"① 不仅维吾尔语文学翻译有这种情况，蒙古语、朝鲜语、藏语、彝语等文学都存在这种情况。甚至有很多优秀的少数民族母语作家，因为他们的作品没有被翻译，或者是翻译得不到位，很多优秀的少数民族母语小说没有进入更多读者的视野，也没有进入更多评论家的视野。很多优秀的少数民族母语小说，因为缺少好的翻译，只能在少数民族地区很狭窄的范围传播。国内能发表母语文学的杂志只有《民族文学》一本，远远达不到大量发表少数民族母语汉译作品的需要。从《民族文学》创刊的30年多来看，仅仅发表了千余篇母语文学汉译作品。虽然现在《民族文学》有了专门发表蒙古语、藏语、维吾尔语、哈萨克语、朝鲜语五种母语的杂志，对于发表蒙古语、藏语、维吾尔

① 王珍：《新疆少数民族母语文学创作与翻译：架起心灵沟通的桥梁》，《中国民族报》2010年7月23日。

语、哈萨克语、朝鲜语少数民族的母语文学作品有了专门的阵地和平台，当然这些母语文学杂志在这些少数民族地区传播少数民族文学和文化起到极大的作用。但是，这些作品的发行量还是相对少，尤其是对广大汉语读者以及其他少数民族读者来说，没有办法阅读。中国作家协会每年都出版《中国当代少数民族文学翻译作品选》，但是相对于 55 个少数民族丰富多彩的母语文学作品来说，被选入的作品比例很小。同时，由于翻译人才缺乏，大量少数民族作家的母语作品没有被翻译成汉语，有的少数民族作家的母语作品只是部分被翻译，不能窥见少数民族母语作品的全貌。比如蒙古族作家满都麦，他用蒙古语创作了 260 多篇小说，但是翻译成汉语的不到六分之一。不懂蒙古语的读者和评论家只能看到那些翻译成汉语的六分之一的作品，还有六分之五的作品没法看到，因此，买都麦的大量蒙古语小说都没有进入更多读者和主流评论家的视野。而对于那些还不是很有影响和视野还未超越本民族范畴的少数民族母语作家，他们的小说有的还是零翻译。这些作品，就不可能在本民族之外有读者，也就不会在全国文学界有影响，当然也就达不到在更大范围内传播少数民族文化的目的。

三　更大范围传播少数民族文化

少数民族小说汉语写作可以克服少数民族母语小说的传播局限，在更大范围传播少数民族文化。少数民族小说的汉语写作传播少数民族文化在不同时期有不同的表现，十七年间主要传播少数民族的风俗风情，新时期则在传播少数民族风俗风情的同时传播少数民族文化。少数民族作家用汉语创作小说，可以克服少数民族母语小说的传播局限，实现在更大范围传播少数民族文化的目的。

十七年的少数民族小说汉语写作采用展示少数民族风情风俗的策略，使得全国读者通过这些少数民族的汉语小说了解到各个少数民族风俗风情，获得陌生化的审美体验，也使得少数民族的风俗风情文化得到更大范围的传播。尤其是十七年的几位著名的少数民族汉语作家创作的少数民族汉语小说，在全国影响很大，给全国读者传播了少数民族文化，让更多读者了解更多的少数民族风情。尤其是以玛拉沁夫为代表，包括扎拉嘎胡、安柯钦夫等作家形成的蒙古族汉语作家群，他们创作的《科尔沁草原的人们》《茫茫的草原》《红路》《金色的兴安岭》等蒙古族汉语小说，一方面让读者了解蒙古族人民翻身得解放、保卫新生革命政权、移风易俗的心路历程；另一方面让读者从这些作家颇具少数民族风情风俗的描写中，了解了蒙古族独特的风情风俗，了解了生活在草原上的蒙古族人民的生活状态以及民族特色。尤其是玛拉沁夫，开创了蒙古族草原文化小说的先河，为中国当代文学增添了独特的蒙古族色彩。

以李乔为代表的包括苏晓星、普飞、李纳等作家的彝族汉语作家群，则以他们创作的《欢笑的金沙江》《彝山春好》《门板》等作品，展示了彝族的风情风俗，让读者通过他们的小说了解到生活在金沙江畔的彝族人民特有的生活状态以及民族特色。尤其是当代彝族小说奠基人李乔，他是第一个用小说这种文体描写彝族生活的作家，他在描写彝族人民翻身得解放的故事中注重彝族风情风俗的展示，被著名评论家冯牧评价为："是一本既能鼓舞人们的社会主义和爱国主义热情，又能给读者许多丰富有趣的社会知识的优秀作品。"[①] 这里所谓的丰富有趣的生活知识，其实就是作品中有关彝族的风俗风情的描写。因为

① 冯牧：《谈〈欢笑的金沙江〉》，《冯牧文集》（第一卷），解放军出版社 2002 年版，第 114 页。

李乔是彝族作家，他熟悉彝族生活，熟悉彝族独特的意识，对彝族人民的心理和性格有深刻的理解，因此他在写作中极力追求展示彝族的少数民族风俗风情，对彝族人民的描写就非常到位。李乔开启了彝族当代小说的先河，被称为“彝族小说之父”。其主要特点就是其在当时的受压迫人民翻身得解放的政治叙事中，凸显了彝族的风俗风情特色。

以壮族作家陆地、土家族作家孙建忠、白族作家杨苏、侗族作家滕树嵩等为代表的南方少数民族汉语作家群，则在描写南方各少数民族歌颂新中国幸福生活、土地改革等叙事中展示南方各少数民族的风俗风情，使得读者通过他们的小说了解了壮族、土家族、白族、侗族、苗族等民族的风情风俗。壮族作家陆地创作的长篇小说《美丽的南方》，描写壮族地区的土地改革运动，将这个和中国当代文学主流一致的土地改革运动故事设置在壮族地区，在作品中展示壮族的民族风情和自然风光，最突出的是描写了南国风光，高大的榕树、美丽的木棉树、美丽如盆景的山倒映在碧绿的江水里，陆地用充满激情的笔触描写美丽的壮乡图景以及壮族人民特有的风俗习惯，比如最具壮族人民特点的对歌、祭祀榕树奶奶的原始崇拜、“不落夫家”的民俗习惯、“三月三”的扫墓风俗等，让读者通过这部小说了解在南方广西的壮族人民的风情风俗。十七年的土家族汉语作家不多，最著名的是土家族作家孙建忠。孙建忠 1938 年出生于湖南吉首一个土家族农民家庭，从小接受汉语教育，他念过“私塾”，也上过新式学堂。1951 年，孙建忠考入湘西第二师范学校，在这里他阅读了古今中外大量的文学名著，给他以后的写作奠定了坚实的基础。1956 年孙建忠开始小说创作，以后陆续发表了《小皮球》《铁山儿女》《五台山传奇》等小说。孙建忠的土家小说在十七年中不多，他主要的土家族优秀作品都是在新时期后发表的。但是，他在十七年的小说中也在努力描写土家族的风俗风情，表现土家族小说的独特之处。比如他的《五台山传奇》就是在十七年开始极力表现土家族特色的小说，虽然不如他新时期创作的土家族小说特色那么明显，但是仔细分析，这篇小说还是具有土家族特色。《五台山传奇》采用离别、重逢再离别的故事框架，描写一对土家族夫妻悲欢离合的故事。作品描写田天陆、向小妹这对土家族夫妻，为了逃避地主的压迫，逃到深山老林生活，在杳无人烟的山林的艰难而幸福的生活。但是土匪却抢走向小妹，向小妹不堪凌辱，投江自杀，被一个好心的船工救起，为了感谢船工的救命之恩，向小妹和船工结为夫妻。解放后，田天陆经过千辛万苦找到了向小妹，而向小妹却已是他人的妻子，田天陆毅然成全了向小妹和船工的夫妻情分，自己孤独一人离去。作品在这里展示了土家人的美好心灵，土家人这种淳朴、善良、高尚的品德在这传奇的故事里得到充分的展示，也表达了对新中国给土家人带来幸福生活的歌颂。故事发生在土家族聚居区五台山里，土家族的三个大姓是覃、田、向，故事主人公姓田和向，就是土家族特有的姓氏。作品展现出湘西土家族的清新之风。孙建忠一直都坚持以描写土家族的历史和现实为主要目的，努力把土家族的生活和文化呈现给读者。他说："我来自土家族。土家族是中华民族大家庭中一个几乎被历史遗忘了的少数民族，人口四百多万，主要分布在湘鄂之西，川黔之东。由于种种原因，这个民族未曾出现过有影响的作家，因此也没有产生很多书面文学。我被称之为土家族第一代作家。于是我义不容辞地以繁荣本民族的文学事业为天职，决心用自己的笔，记录下土家族的历史和现实，以强化本民族的自我意识，与其他民族能够在平等的地位上对话，促进彼此间相互认识和理解。”[①] 因此，李鸿然说孙建忠“是土家族小说的拓荒者和奠基人”。

进入新时期以后，少数民族的55个少数民族都有了自己的少数民族作家，过去没有作家的少数民族也有了少数民族汉语小说，出现了满族作家群、藏族作家群、回族作家群、鄂温克族作家群、土家族作家群等。这些少数民族作家继承当代文学头二十七年中少数民族汉语小说的特点，在主流思潮中穿插和突显少数民族的风俗风情，通过小说为新时期提供了更多的少数民族风俗风情。但是，新时期的少数民族汉语小说不仅仅是外在描写少数民族风俗风情，而是将风俗风情作为少数民族的文化进行深入的展示。

藏族小说汉语写作为读者提供了当代藏族丰富的风俗风情和藏族文化，让读者了解了雪域高原藏族人民的民族风情和宗教习俗。阿来、扎西达娃、央珍、梅卓等的汉语写作，描写了各个不同藏区藏族人民的不同风俗风情。阿来主要描写康巴藏区藏族人民的风俗风情。《尘埃落定》描写康巴藏族土司的文化特色，这里藏族和汉人联系比其他藏区要多，因此这里呈现出汉藏文化融合的特色。作品描写了麦琪土司所辖土地上藏族人的风俗风情，描写了在土司为最高权力的土地上，藏族奴隶的悲惨生活，藏族下层人可以随时被鞭打、割去舌头甚至处死；作品也描写了藏族土司的生活，他们养尊处优、具有无上权力，在巨大的官寨里为争夺权力而你死我活。作品还描写了康巴藏区的宗教习俗，和卫藏藏区不同，这里的宗教是被土司所控制的，苯教喇嘛得依附于土司而生活，而新来的藏传佛教格鲁巴教派派来的传教者翁波益西则被麦琪土司

---

① 杨羽仪主编：《世界文化名人传略》，中华文化出版社1992年版，第261页。

割去了舌头。作品描写了苯教的神秘性，苯教喇嘛可以为土司作法，让冰雹落在敌人的土地上，让太阳照耀在麦琪土司的土地上。而翁波益西则未卜先知，具有超人的预知能力和智慧。扎西达娃的小说采用魔幻现实主义的手法描写藏族的风俗风情和藏族的宗教文化，从其展示的风俗风情来看，作品更多描写的是卫藏藏区的风俗风情，这里的藏族人民和汉族的交往相对少些，对宗教的信仰更加虔诚。《西藏，系在皮绳扣上的魂》《骚动的香巴拉》等作品，将藏族的风俗风情融会贯通在扎西达娃魔幻的描写中，虽然采用魔幻的手法描写，但是藏族的风俗风情、藏族的宗教文化则被作者描写得浓郁且神秘：那对净土香巴拉的追寻、那萦绕在藏族人心目的神性与神秘，都给读者带来深厚的藏族文化熏陶。央珍是青海藏族，她生活在安多藏区，因此更多描写的是安多藏区的风俗风情。这里的藏族风俗、藏族文化和康巴藏区、卫藏藏区也有区别。央珍的《无性别的神》则采用现实主义的笔法，描写在作者眼里平常的西藏。作者用平实和客观的眼光，描写藏族人民的生活，在历史变迁中，描写藏族人民的宗教生活，也描写藏族人的世俗生活，在雪山、草地、喇嘛庙的藏族风情和藏族文化中，展示藏族人民对美好生活的向往。

新时期回族汉语作家的创作，主要是展示回族的宗教习俗，为读者全面地展示了回族穆斯林的伊斯兰教信仰。回族穆斯林的伊斯兰教信仰不仅是宗教习俗，而且是生活习俗。因为回族穆斯林的宗教信仰渗透到回族生活的各个方面。在霍达的《穆斯林的葬礼》中，小说全面展示了穆斯林婚丧嫁娶、宗教修习等文化习俗，尤其是对穆斯林葬礼的展示更为全面和深刻。《穆斯林的葬礼》在当代文学史上，第一次全面展示了回族穆斯林的生活习俗、宗教信仰。尤其是，霍达采取用正面、审美、尊敬、圣洁的笔触描写宗教信仰，为中国当代文学描写宗教信仰提供了一条良好的途径。张承志则从历史和现实两个方面描写回族穆斯林的宗教信仰和现实生活，《心灵史》从历史角度，通过对哲合忍耶教派悲壮历史的描写，歌颂哲合忍耶坚贞的信仰，为了信仰可以不惜牺牲生命，不惜抛头颅、洒热血，这种对信仰的歌颂在《心灵史》中得到极大的张扬。这是哲合忍耶的历史，也是回族的文化。《辉煌的波马》《黄泥小屋》则在现实中描写西北回族人的艰难生活，支撑回族人民在西北苦寒之地生活下去的就是信仰，是宗教的心灵之光照耀着他们，使得他们战胜苦难，顽强生活并生生不息。石舒清的小说主要面向宁夏西海固的回族人民的生活，这里是回族的聚居地，也是缺水干旱苦寒之地。石舒清的小说描写西海固回族人民的风俗风情、宗教信仰，用回族思维构筑他的汉语小说。他的代表作《清水里的刀子》不仅描写了回族人的丧葬习俗，而且通过对那头看见清水里的刀子就不吃不喝老牛的描写，从深层次展示了回族人民的“两世吉祥”的生死观。

鄂温克族小说的汉语写作是在新时期才出现的。鄂温克族小说汉语写作全面地展示了东北这个人口不足一万人的民族的风俗风情、民族文化。鄂温克族汉语作家乌热尔图的创作为当代文学提供了鄂温克族独特的民族文化描写。鄂温克族是一个狩猎民族，他们世世代代生活在森林中，和森林和动物相依相伴，形成了特有的敬畏自然、善待动物的环保文化。但是人类对自然、对森林的破坏，使得这个以狩猎为生、以森林为家的民族即将失去狩猎生活方式、失去家园。乌热尔图描写这个民族即将失去家园的忧患和悲伤。读者在乌热尔图的小说中，可以看到鄂温克族人的萨满教信仰，看到鄂温克族人特有的神话思维，看到鄂温克族人将动物看成祖先的文化。乌热尔图张扬鄂温克族特有的敬畏自然、善待动物的民族文化，试图抵御当今人们对自然的破坏，引起人们的警醒。

在汉语成为56个民族的族际共同语言的状况下，很多少数民族作家掌握了民汉双语，因此当代少数民族作家除了纯粹的母语写作和汉语写作外，还有双语作家，既使用母语写作，又用汉语写作。即便是这样，当代少数民族小说母语写作仍然只占10%左右，而汉语写作占90%以上。少数民族汉语小说采用汉语描写少数民族生活、展示少数民族文化，汉语成为少数民族作家的“第二母语”。少数民族双语作家在进行汉语写作时，他们一方面具有少数民族历史、文化、生活等丰富的资源；另一方面将这种少数民族文化特色用汉语表达出来，相对于将母语小说翻译成汉语小说，少数民族作家自己采用汉语写作，相当于“同声传译”，能更准确地用汉语传达少数民族文化，表达少数民族情感和描写少数民族思维。比起翻译作品来说，少数民族作家的汉语写作的艺术性更高，表达少数民族特质更准确。双语写作有更大的优势，可以伸手抓住两个世界，少数民族作家的汉语写作可以在民、汉两种文化中穿行，可以充分利用民、汉两种语言之间的张力进行挪用、转化，从而可以扩展汉语的内涵，扩大少数民族文化的传播范围和加强少数民族文化传播力度。有很多少数民族作家已充分认识到这一点，游刃有余地利用自己掌握的双重文化、双重语言的优势，为自己的母族，也为中华民族提供优秀的少数民族汉语小说，从而为少数民族小说汉语写作跨文化、跨族际传播做出了突出的贡献。比如彝族作家阿蕾既用彝语创作，又用汉语创作。她用彝语创作是为了更好地运用自己的母语，她用汉语创作是为了在更大范围内传播彝族文化。因为阿蕾的彝语和汉语都好，有时她还采取先用彝语写作然后转为汉语写作，或者先用汉语写作再转为彝语写作的方法。她知道要想让她的作品能在更大的范围内传播，必须用汉语写作；要想更好地表达自己民族的情感，最好用彝语写作。她在两种文化和两种语言之间穿行时，汉语小说成为在更大范围传播少数民族文化的良好工具。而著名的藏族作家阿来，他一直宣称“我是藏族人，我用汉语写作”，他的小说《尘埃落定》《空山》《格萨尔王》都是用汉语写作，但都是藏族汉语小说。这些作品都是具有浓郁的藏族文化特质的小说。阿来自己说他的作品是穿行于异质文化之间：“从童年起，一个藏族人就注定要在两种语言之间流浪。在就读的学校，从小学，到中学，再到更高等的学校，我们学习汉语，使用汉语。回到日常生活中，又依然用藏语交流，表达我们看到的一切，和这一切所引起的全部感受。在我成长的年代，如果一个藏语乡村背景的年轻人，最后一次走出学校大门时，已经能够纯熟地用汉语会话和书写，那就意味着，他有可能脱离艰苦而蒙昧的农人生活。我们这一代的藏族知识分子大多是这样，可以用汉语会话与书写，但母语藏语，却像童年时代一样，依然是一种口头语言。汉语是统领着广大乡野城镇的语言。藏语的乡野就汇聚在这些讲着官方语言的城镇的四周。每当我走出狭小的城镇，进入广大的乡野，就会感到在两种语言之间的流浪，看到两种语言笼罩下呈现出不同的心灵景观。我想，这肯定是一种奇异的经验。我想，世界上会有越来越多的人加入这种体验。我想，正是在两种语言间的不断穿行，培养了我最初的文学敏感，使我成为一个用汉语写作的藏族作家。”[①] 阿来这段话清楚地说明了少数民族作家运用汉语写作的缘由和目的。阿来运用汉语写作并充分利用汉语传达藏族浓

① 阿来：《穿行于异质文化之间》，《中国文化报》2001年5月10日。

郁的文化、描写藏族生机勃勃的生活、表达准确的藏族意识，因为这，阿来的《尘埃落定》获得茅盾文学奖，获得全国读者和评论家的极大关注，同时也在更大范围内传播了藏族文化。假如《尘埃落定》是用藏语写作的，肯定达不到作品现在的传播力度和传播宽度，而且不管谁翻译，都达不到阿来自己直接运用汉语表达藏族文化的高度。

读者通过少数民族汉语小说或者翻译成汉语的小说作品了解少数民族风俗风情、少数民族文化、少数民族历史、少数民族生活，汉语成为中华民族的族际共同语言，因此少数民族小说汉语写作在传播少数民族文化方面比母语小说的传播力度更大、传播的范围更广。玛拉沁夫的蒙古族汉语小说，传播了蒙古族人民的风俗风情、历史文化；彝族作家李乔的彝族汉语小说，传播了彝族人民的风俗风情、历史文化；壮族作家陆地的壮族汉语小说，传播了壮族人民的风俗风情、历史文化；藏族作家阿来的藏族汉语小说，传播了藏族人民的风俗风情、历史文化……不胜枚举。这些少数民族汉语作家通过他们的汉语写作，通过文学想象参与了中华民族的政治（民族团结）、文化（民族发展）建设，用小说的方式表达了对中华民族的认同和自己民族的认同，同时也在全国范围内传播了自己民族的文化。

第三节　扩展汉语的少数民族内涵

如上节所说，少数民族新的汉语写作具有扩展汉语内涵的作用。当代少数民族小说的汉语写作，采用汉语传承和传播少数民族文化。汉语是中华民族的族际共同语言。当代少数民族汉语作家将自己的母语称作第一语言，将汉语称作第二母语。少数民族汉语小说开创了少数民族小说的新的叙事方式。以少数民族作家特有的文化意蕴和创作的内容建立少数民族小说的发展趋势，为中华民族增添了少数民族小说这一独特的文学类型，丰富了中国当代文坛。少数民族作家采用汉语表达少数民族思维，对汉语的内涵进行扩张，在汉语的能指和所指之间建立少数民族的语义范畴，用汉字描写少数民族文化内涵，用汉语达到少数民族内涵的表达效果。

一　穿插汉语标识的少数民族语言

少数民族汉语作家采用汉语写作最初的目的，是更深层次传承少数民族文化，用汉语表达少数民族内涵。他们在使用汉语时，除了运用汉语表达以外，还采用很多方法来改换汉语，在汉语中增加少数民族语言和少数民族文化因素，增加汉语的少数民族语义。

十七年的少数民族小说的汉语写作，其主题和内容和汉族汉语写作的主流文学史一致。但是，当时的少数民族作家的汉语写作，却采用了很多不同于汉族作家汉语写作的方法，使得少数民族小说的汉语写作凸显出不同于汉族小说的陌生化特色。其方法是在其叙事过程中，常常会穿插一些用汉语标示的少数民族语言，穿插一些少数民族谚语、少数民族敬语祝词，以此展示少数民族特色。这是少数民族小说作家力图增加汉语的少数民族内涵的努力。这种努力主要是十七年少数民族作家进行少数民族汉语小说创作的一种方法，也是在语言方面表达少数民族特色的一个重要举措。

（一）穿插汉语直译的少数民族语言

十七年的少数民族作家在创作少数民族汉语小说时，除了采取少数民族地理空间设置、少数民族风俗风情描写以及少数民族典型物象运用外，还采用穿插汉语直译的少数民族语言来展示其少数民族的特色。所谓的汉语直译的少数民族语言，就是用汉语的语音来直译少数民族语言，又被称作少数民族语言的汉译音拼。比如，十七年的蒙古族汉语小说中就穿插很多汉语直译蒙古语。在蒙古族汉语小说中，“额吉”是母亲、老大娘的意思，“那达慕”是蒙古族的体育大会的意思，“特古日克”是圆的意思，“阿日德”是百姓、公民的意思，“嘎贝亚腾”是功臣的意思，“巴彦”是富裕的意思，“乌苏”是水的意思，“达哈”是翻毛皮的意思，“浩特”是村子的意思等。十七年的蒙古族小说的汉语写作中常常穿插这些汉语直译蒙古语，增加小说的蒙古族特色。蒙古族作家安柯钦夫的小说《在冬天的牧场上》，就穿插了很多汉语直译蒙古语，比如：

> 从她翻毛的达哈（翻毛大衣）下面路出油亮的牛皮马鞭，外面是翻毛的山羊皮鞋套。
>
> 羊群的咩咩叫声，划破了哈特（蒙古人居住的自然村）的寂静。①

蒙古族作家朋斯克的中篇小说《金色的兴安岭》也穿插了很多汉语直译蒙古语，比如：

---

① 中国作家协会编：《新中国成立60周年少数民族文学作品选·短篇小说卷》第1卷，作家出版社2009年版，第54页。

黑喇嘛笨重的点点大方脑袋，操着满口乌珠尔沁口音说：“哎，达日噶（长官），你是好人。”①

这篇小说的蒙古族人的名字都具有蒙古族内涵，比如巴特尔是“英雄”的意思，哈尔夫是“黑小子”的意思，巴雅尔是“喜”的意思，温都苏是“根”的意思等，这些蒙古族名字没有翻译成汉语表达，而是采用直译方式，因而有很强的蒙古族特色。玛拉沁夫也在作品中穿插很多直译蒙古语，比如小说《花的草原》里的描写，杜古尔解放前是“终身不得骑马的奴隶”，解放后则成为一个“阿日德”（公民）；杜古尔与家乡的长跑小将们比赛时要跑到耶娜根茂都（爱情之树）那边绕上一圈才能返回，等等，都是运用穿插汉语直译蒙古语的方式，来显示小说的蒙古族特色。

（二）穿插少数民族谚语

十七年的少数民族作家进行汉语写作时通过语言张扬少数民族特色的另一个方法，是穿插少数民族谚语。谚语是一个民族最具文化特色的语言，“谚语是民间集体创造、广为流传、言简意赅并较为定性的艺术语句，是民众的丰富智慧和普遍经验的规律性总结。恰当地运用谚语可使语言活泼风趣，增强文章的表现力。”② 穿插少数民族谚语能增强少数民族特色，并能更准确地表达少数民族文化内涵。在这方面蒙古族著名作家玛拉沁夫在他的汉语写作中有突出的表现。玛拉沁夫的《科尔沁草原的人们》篇幅不长，但是作品中运用很多蒙古族的谚语。比如，萨

---

① 中国作家协会编：《新中国成立60周年少数民族文学作品选·短篇小说卷》第1卷，作家出版社2009年版，第7页。

② 百度百科：“谚语”，http://baike.baidu.com/view/23790.htm。

仁高娃在等候恋人的时候碰上了反革命分子，作品就用“放走豺狼的人，是草原的罪人”给萨仁高娃以力量。当萨仁高娃和反革命分子宝鲁格斗，因体力不支晕倒致使宝鲁逃跑后，作者又运用蒙古族谚语“打围只打了兔毛没有打着兔子是可耻的”来激励醒了的萨仁高娃去继续追捕敌人；当宝鲁放火烧了草原后，作者又运用“荒火是草原的死对头”，说明宝鲁的阴毒和萨仁高娃救火的勇敢；后来还用“瞎子爬一辈子，也爬不出科尔沁草园”说明蒙古族人民对于抓住宝鲁的信心。这些蒙古族的谚语，为这篇在当时很普通的抓获敌特的故事增添了蒙古族特色，并且能更好地增加语言表达的生动性和鲜明性。

彝族作家李乔在《欢笑的金沙江》中运用了很多谚语来显示小说的彝族特色，比如“金杯配玉盏，瓦盆子配粗碗”“哪一只鸟雀起身早，它就能多啄一粒粮食”“不吃羊的狼没见过，不打娃子的奴隶主没有过”“猫儿放火，烧得了山林”等。这些谚语都是彝族人民在长期的生活和劳动中总结出来的饱含彝族人民智慧的通俗语句。运用这些谚语，一来可以提高作品的生动性和新鲜感；二来可以增强小说的彝族特色。

（三）穿插少数民族歌谣

穿插少数民族歌谣也是十七年的少数民族小说汉语写作增强少数民族特色的举措之一。

民间歌谣是民间文学的典型代表，是民间最美的诗歌，具有生动的语言、丰富的想象、精巧的构思等特点。尤其是少数民族的民间歌谣更是一座丰富的民间诗歌宝库。民间歌谣分为劳动歌、生活歌、时政歌、仪式歌和情歌等。在十七年的蒙古族小说汉语写作中，作家们运用穿插蒙古族民间歌谣的方法，显示蒙古族文学特色。比如玛拉沁夫就在长篇小说《茫茫的草原》中穿插蒙古族的赞词、祝词。蒙古族的赞词、祝词是蒙古族民间歌谣中仪式歌谣的一种。在献马仪式上，祝词家满怀深情地唱道：

> 它那飘飘欲舞的秀美长鬃/好像闪闪放光的金伞随风旋转/它那炯炯发光的两只眼睛/好像一对金鱼在水中游玩/它那抖擞笔挺的两只耳朵/好像湖面上盛开的莲花瓣/它那震动大地的洪亮嘶鸣/好像动听的海螺发出的声音/它那宽大而通畅的鼻孔/好像巧匠编织的盘肠/它那潇洒而秀气的尾巴/好像色调醒目的彩绸/它那坚硬的四只圆蹄/好像风驰电掣的风火轮……①

这是蒙古族祝词家对马的赞颂，也是蒙古族的民间歌谣。只有蒙古族这个视马为兄弟的民族才会这样去赞颂马，从而让读者了解到蒙古族民间歌谣的丰富和博大。

十七年的彝族作家也采用穿插彝族民间歌谣来增强小说彝族特色的方法，苏晓星、李纳、李乔等彝族作家，在他们反映的彝族人民翻身得解放以及彝族人民的新生活叙事中穿插彝族歌谣以显示彝族特色。苏晓星的短篇小说《马帮一日》中，当马帮队长深情地弹起月琴时，马上就有人顺着月琴的调子唱起了情歌：

> 只要你挂在我心上的时候/一切都难不住我/枯枝搭桥我走得过/悬岩挡路我飞得上/路远，我变股狂风吹来/天黑，我擎着太阳照亮……②

---

① 玛拉沁夫：《茫茫的草原》（上部），人民文学出版社 1980 年版，第 89—93 页。
② 苏晓星：《彝山春好》，上海文艺出版社 1960 年版，第 23—24 页。

这是一首具有浓郁彝族特色的情歌，为了爱情，能够走过枯枝搭的桥，能够飞上悬崖，能变成狂风将路拉近，能在黑夜里擎着太阳。这首情歌运用彝族特有的物象，表达爱情的执着和热烈，而且充满新奇而浪漫的想象。李纳在小说《婚礼》中也穿插了优美的彝族歌谣：

> 相交要学长流水，细水长流不断根，相交要学千年藤子万年树，分开除非树倒藤断根……①

这是彝族人民对于友谊的一种独特比喻，表明彝族人民对于朋友之情无比忠诚的美好品德。

以上几种方法，都是十七年的少数民族汉语作家增加汉语的少数民族语义。这种方法一般被称为“汉语加汉译民族语”。这种方法给汉语增加少数民族特色，也增加少数民族汉语小说的文化特色。对少数民族小说的汉语写作来说，这种方法清晰地表达了少数民族作家对自己民族的认同，使得少数民族特色更加鲜明，也解决了用汉语书写不能完全表达少数民族语言内涵的难题。“汉译民族语”一来丰富了汉语词汇，二来直接表达少数民族语言内涵，使得少数民族语言的原汁原味渗透到汉语表达中，凸显出少数民族文化的独立性与不可替代性，从而使得少数民族作家的汉语写作和汉族作家创作的少数民族题材小说有了明显的区别。

二　增加汉语的少数民族宗教词汇

新时期以后的少数民族汉语作家在进行汉语写作时，一方面继续采取十七年中少数民族汉语作家常用的“汉语加汉译民族语”方法，在

---

① 李纳：《李纳小说选》，四川人民出版社 1982 年版，第 126 页。

少数民族汉语小说中加进少数民族的民族语言；另一方面随着少数民族汉语小说的宗教意识的增强，开始采取增加少数民族宗教词汇的方法来增强少数民族小说汉语写作的宗教特色。这种方法，一方面增强了少数民族小说汉语写作的宗教意识，另一方面增加了汉语的宗教词汇，增强了汉族的宗教表现功能。

新时期在少数民族小说汉语写作中大量使用宗教语言，用宗教语言加强少数民族小说的宗教特色，这种现象在回族作家霍达、张承志的小说中有鲜明的表现。

霍达的《穆斯林的葬礼》描写穆斯林的伊斯兰宗教信仰的方法，除了塑造具有典型回族特征的人物、描写丰富的回族风俗风情之外，在作品中大量使用穆斯林的宗教用语。这是其强化宗教意识和民族意识的一种有效方法。回族是使用汉语的民族，但是在使用汉语的过程中，回族一直在汉语中夹杂着一些阿拉伯语或者波斯语词汇，这些语言主要是宗教用语，其目的就是将回族和汉族及其他民族区分开来，以此保持自己的民族特性。《穆斯林的葬礼》有许多穆斯林生活的礼仪描写，且使用了一些穆斯林日常用语。如见面时互打招呼说的“按赛俩目而来坤”和“吾而来坤闷赛俩目”，即“求真主赐给您安宁”和“求真主也赐安宁给您”；称呼朋友、同胞、兄弟叫“朵斯提”，对祖父的称呼为“巴巴”，称呼清真寺的掌教为“阿訇”，称呼真主为“安拉”，称呼宗教上有很高声望的长者为“筛海”。还有很多独特的回族语言穿插其中，比如“依玛尼”（信仰）、“罗赫”（灵魂）、“口唤”（许诺）、“无常”（死）、“堵施蛮”（仇人）、“耶梯目”（孤儿）等。这些阿拉伯语或波斯语词汇的夹杂使用，充分展示了回族文化特色，尤其展示了伊斯兰教特色。这种增加回族宗教语言的方法，再现了回族人民语言使用情况。

因为回族在其形成和发展过程中，回族穆斯林虽然使用汉语，大量吸收汉文化，但是一直都顽强地保持着自己的文化特性，其回族文化特性的标志：有独特的生活习惯——不吃猪肉，独特的宗教信仰——信仰伊斯兰教，独特的语言习惯——汉语中夹杂宗教语言。这是回族人民的实际生活现状。霍达运用出色的文学方式再现了回族穆斯林的生活现状，也再现了回族人民的语言使用情况。霍达在使用回族的宗教语言的时候，为了让汉族读者能明白宗教语言的含义，采取了在宗教语言后直接用括号加以解释的方法，这样一来可以解除读者的阅读障碍；二来对回族宗教语言和宗教文化做了汉语标识，起到普及回族民族文化和回族宗教文化的作用。霍达在《穆斯林的葬礼》中用充满激情的文字对回族民族语言和宗教语言做了诗意的描写，并且表达了回族人民运用这些语言的亲切、自豪之情：

> 这时，那老者朝他微微躬身，右手抚胸，道一声：“按赛俩目而来坤！”梁亦清一惊，慌忙答礼，也是右手抚胸，微微躬身：“吾而来坤闷赛俩目！”他们说的是什么？对于穆斯林来说，这是完全不必翻译的，前者是“求真主赐给您安宁！”后者是：“求真主也赐安宁给您！”这是穆斯林见面时的相互祝福，表示具有共同的血统和信仰。这是全世界穆斯林的共同语言，无论他们走到天涯还是海角，都能凭借着熟悉的声音找到自己的同胞。①

这段文字充分说明了回族宗教语言对于回族人民的重要性，其中包含回族的情感、回族的文化、回族的历史以及他们凭借这种语言找到同胞的凭证。这样的语言在作品中出现，让读者凭借这种异质的词汇了解

---

① 霍达：《穆斯林的葬礼》，人民文学出版社2005年版，第15页。

回族文化，同时也扩充了汉语的民族词汇和宗教词汇。

著名作家张承志创作的回族汉语小说中使用回族宗教语言尤为突出。他在《心灵史》《残月》《黄泥小屋》《辉煌的波马》等作品中大量使用宗教语言。打开《心灵史》，里面回族的宗教语言比比皆是。张承志小说中的宗教语言是张承志强烈认同回族及回族信仰的鲜明表现，是他创造性地描写回族的族群记忆的主动、有意识的做法。除了《穆斯林的葬礼》中出现的那些穆斯林宗教语言以外，《心灵史》还大量运用了穆斯林宗教语言，比如拱北（圣徒墓）、克拉麦提（奇迹）、多斯达尼（哲合忍耶民众）、穆勒什德（导师、圣徒、领袖）、毛拉（引路人、圣徒）、都哇尔（祈求）、海德耶（施散）、俩依俩罕（万物非主）、印安拉乎（只有真主）、卧里（圣徒）、主麻日（周五聚礼）、太斯达尔（缠头白巾）、卡费勒（敌人、异教徒）、束海达依（为圣教牺牲）、卢罕（灵魂）、色百布（前定、原因）等，这些语言是哲合忍耶回民的宗教语言，是他们捍卫信仰的明确标志。张承志采用两种方式对这些宗教语言进行注释，第一种和《穆斯林的葬礼》一样，在宗教词汇后面用括号直接注明，第二种是采用页脚注释。这样使得读者没有阅读障碍，同时也用汉语传播了这些宗教语言。可以说，张承志在《心灵史》中运用这些语言，是他张扬民族意识和宗教意识的一种策略，是张承志自觉的、有意识的行为。这种方式表明了张承志强烈的回族认同意识，同时也是为了在更广大的阅读范围内传承和传播哲合忍耶的精神，唤起所有读者（回族和非回族）的认同。同时这些宗教语言的运用增加了汉语的宗教词汇，在汉语语境中增添了异族语言的词汇，通过这些词汇指引读者去领会回族文化的内涵，从而达到张扬回族意识和宗教意识的目的。同时也扩展了汉语的民族内涵和宗教内涵，增加了汉语的表现力。

三　扩展汉语的少数民族内涵

随着少数民族小说汉语写作的成就越来越高，少数民族汉语作家使用汉语越来越娴熟，同时也创造出更多的方法和技巧更好地用汉语传承和传播少数民族文化，同时他们的创作方法和创作技巧也越来越丰富、越来越高超。少数民族作家在使用汉语表达少数民族文化内涵时，不再仅仅采用穿插和增加少数民族语言和宗教语言的方法增加民族特色，而是从外及里，开始了对汉语的语义、词汇、语法按照少数民族语言进行转换，用汉语表达少数民族内涵，用汉语表述少数民族思维，从而开始了从跟随汉语到改造汉语的过程，这种改造使得现代汉语具有了民族化的特色。其结果是，增强了汉语表达少数民族文化内涵的功效，增强了汉语的表达能力和理解能力，增加了汉语的少数民族内涵，扩大和加强了汉语的表现力及交际功能。

少数民族作家采用汉语写作，少数民族宗教词汇和民族词汇都是用汉字标示的。汉字的语义应该表达的是汉族的文化内涵，但随着少数民族汉语作家在写作中的探索，使汉字的语义在特定的语境中改为少数民族内涵的语义，从而用汉语表达少数民族思维、少数民族文化，少数民族具有了自己独特的不同于汉族的审美意象。从某种角度来看，这是语言的跨文化交际的一种特殊现象。比如月亮。在汉族文化中，“月亮”是一个有鲜明内涵的审美意象，月亮意象包含团圆、宁静、思念的内涵。中国古典诗词中的月亮，常常是团圆的象征，寄托着亲人团聚的期待和愿望，是思乡和思恋亲人的憧憬：“举头望明月，低头思故乡”“今夜月明人尽望，不知秋思落谁家”“望月怀远，明月千里寄相思”，都是月亮意象的鲜明表达。月亮在古诗词中还是离愁别绪的载体：“思悠悠，恨悠悠，恨到归时方始休，月明人依楼。”“月光不谙离恨苦，斜光到晓穿朱户。”汉族人使用汉语时，汉语和汉文化是同步的，汉语的能指和所指都是汉文化内涵。但是少数民族作家在运用汉语时，和汉族文化是有差异的。“月亮”在回族文化中有着和汉族文化不用的含义，回族之“月”表达的是穆斯林信仰，表达的是圣洁、清洁之意。回族汉语作家在汉语写作中，采用将月亮之象表达回族文化之意的手法，在汉语中增加少数民族的文化之意。张承志的小说《残月》，用“残月”之象表达西北穷山沟老人杨三老汉靠清真寺残月支撑，咬牙度日，表达的是回族人的虔诚信仰和那不死的“念想”。“新月”“弦月”“圆月”都是回族对伊斯兰教信仰的表达。张承志在他的《残月》《黄泥小屋》《辉煌的波马》《心灵史》中，用“残月”和“弦月”表达信仰对于回族人民的慰藉，象征着回族苦难沉重的历史；“满月”“圆月”则表达圣光照耀、无比圣洁、无比崇高之意，表达回族穆斯林信仰的虔诚。

藏族作家阿来对少数民族的汉语写作有自己的很多见解。他真切地领悟到用汉语表达少数民族文化之意的美妙之处，他在很多文章中表达了用汉语表达藏族文化的作用和意义。他在《阿来：用汉语写作的藏族人》《汉语：多元文化共建的公共语言》等文章中反复表达了用汉语表达藏族文化意象的作用及对汉语发展的意义。他说：“如果汉语里的月亮是思念与寂寞，那么藏语里的月亮则是圆满与安详。我如果能将这种感受很好的用汉语表达出来，人们读后，这东西在懂汉语的人群中传播，一部分人因此接受我这种描绘。那么，我可以说，作为一个写作者已经把一种非汉语的感受成功地融入了汉语，这种异质文化的东西，日积月累，也就成为汉语的一种审美经验，被复制，被传播。这样，悄无声息之中，汉语的感受功能，汉语的经验性的表达就得到了扩展。”① 阿来就是采用这种方法，将藏族的文化意蕴用汉语表达，反言之就是给汉语增加藏族文化意蕴。

少数民族作家在进行汉语小说创作时，他们用汉语写作，但他们极力要表达的是少数民族意识和少数民族思维。阿来把这种创作体验称作一种奇异的体验，并预言将有越来越多的人加入这种体验。采用非母语进行创作，这种现象在世界上其他民族中也存在。比如，苏联的吉尔吉斯的钦吉斯·艾特玛托夫就是这样的作家。他是一个采用俄语创作的吉尔吉斯作家，虽然他声称自己是一个双语作家，但他主要的作品都是用俄语创作的，他的著名作品《白轮船》《一日长于百年》都是采用俄语创作。艾特玛托夫不同意作家只能用母语创作的观点，认为除母语之外还可以掌握另一种语言，而且用另一种语言可以寻找到新的反映形式，是从新的语言观察世界的补充手段。艾特玛托夫的感受和实践对于中国当代少数民族作家汉语写作来说具有很好的指导意义。阿来在他的小说中，就采用汉语表达藏族文化，将汉语作为描写藏族文化新的反映形式。在阿来的《尘埃落定》中，读者发现他的很多语言具有隐喻的特点，就如同写诗一样，他的语言用意象激起汉语的张力，读者阅读时常常要在语言的能指和所指之间的意义来回穿梭，才能明白其中所表达的含义，从而给语言增加了丰富的内涵。而汉语的能指在阿来特定的语境中，总是把读者引导到藏族文化内涵之中，即引导到藏族文化的所指之中。这是因为，藏族文学传统中常常运用隐喻、象征、比喻等方法，喜欢借物喻人，具有诗性智慧。这种诗性智慧具有藏传佛教的主体性。也就是说，意象所指什么意，不是一成不变的，其意可以是接受者的意，

① 阿来：《汉语：多元文化共建的公共语言》，《当代文坛》2006 年第 1 期。

也可以是说明者的意。阿来将藏族特有的诗性智慧用汉语表达出来，从而使得汉语具有藏族的表达方式。因此读者在《尘埃落定》中，常会看到这样的句子：

> 奶娘把我从母亲手中接过去……我尝到了痛苦的味道，和原野上那些花啊草啊的味道，而我母亲的奶水更多的是五颜六色的想法，把我的小脑袋涨的嗡嗡作响。
>
> 办了一会公事，母亲平常总挂在脸上的倦怠消失了，她的脸像有一盏灯在里面点着似的闪烁着光彩。
>
> 她觉得自己非常聪明，但我觉得聪明人也有很蠢的地方。我虽然是个傻子，却也自有人所不及的地方。于是脸上还挂着泪水的我，忍不住嘿嘿笑了。
>
> 我望她一眼，她也大胆地望我一眼，这样，我就落入她眼睛的深渊不能自拔了。①

这样的例子在《尘埃落定》中不胜枚举。每个句子都如同诗歌一样具有象征意义，充满诗意。这是将藏族文学特色用汉语表达的最好例证，同时又符合傻子那不同常人的跳跃不定的思维，一举两得。

少数民族作家在运用汉语写作时，不是被动地学习，而是主动、积极地学习。这种主动学习一来是因为少数民族作家为了更好地传承和传播少数民族文化，只有汉语才能更好地胜任；二来是充分认识到汉语的主体性地位和优势，认识到汉语具有的与时俱进和包容吸纳的特点。阿

---

① 阿来：《尘埃落定》，人民文学出版社 1998 年版，第 5、6、7、10、21 页。

来不仅是著名的藏族汉语作家，实际上还是著名的藏族文学研究者。他除了写作藏族小说以外，发表了很多文学研究和文学评论文章，他用这些文章表达自己的文学主张。阿来说："中国少数民族语言与汉语之间的关系就是这样一个问题，中华人民共和国成立以来，统一的国家政体当然是导致官方语言、主体民族语言强势扩张的主要原因，这样的事实，在任何国家都概莫能外，但这仅仅是唯一的原因吗？这样的西方语境中，中国语言问题就是这样被解读的。如果是这样，元与清，以及其他一些中国历史上的少数民族建立的国家政权最终都放弃本族语言而不约而同以汉语为官方语言的事实，就不能得到合理的解释。而在今天，如果没有自新文化运动以来重新焕发生机的汉语言，恢复对新事物、新知识、新的思想方法的表达能力，并把这种能力与口头语言进行最大限度的对接，单靠政策的支持，要在四面八方如此迅速的扩张也是难以想象的。"① 阿来以一个藏族作家对汉语的理解，高屋建瓴地说明了汉语作为官方语言、作为中华民族的族际共同语、作为个少数民族公共语言的特质，也说明汉语对于少数民族作家写作的意义和作用。阿来一直在主动积极地学习汉语，同时在汉语中融进藏族文化内涵，增加汉语的藏族文化内涵。阿来也清楚地看到少数民族作家运用汉语描写少数民族生活、展示少数民族意识对汉语内涵的丰富。少数民族作家在运用汉语写作过程中，不断地加强少数民族的体验和思维，从而增加汉语的少数民族内涵，增加汉语的少数民族质感和韵味。也就是说，自从少数民族作家进行汉语写作后，汉语就不仅仅是表达汉族的内涵了，部分汉语已经是表达少数民族的内涵了，这样就大大扩展了汉语的表现力，提高了汉语表现少数民族情感和思维的效能，为汉语更好地成为族际共同语，为

---

① 阿来：《汉语：多元文化共建的公共语言》，《当代文坛》2006年第1期。

汉语更好地为少数民族服务做出了独特贡献。阿来说：“汉语在扩张过程中，吸收了很多像我这样的异族人，加入到汉语表达者的群体中来。这些少数民族的加入者，与汉族相比，永远是一个少数，但从绝对数字来讲，也是千万级以上的数字，放在全球来看，这是好多个国家的人口数。当这些人群加入到汉语表达者的行列中来的时候，汉语与汉民族就不再是一个等同的概念了。这些异族人通过接受汉语为主的教育，接受汉语，使用汉语，会与汉民族人作为汉语使用者与表达着有微妙的区别。汉族人使用汉语时，与其文化感受是完全同步的。而一个异族人，无论在语言解释层面上有多么成熟，但在主体感受上却是有一些差异存在的。”① 阿来以自己的写作为例，明确感受到自己和汉族作家使用汉语的不同之处。这种差异性，恰好说明语言的丰富性与张力感。只有差异才能带来丰富，只有丰富才有趣味，只有趣味才有美感，一切人文表达概莫能外，语言也是如此。少数民族作家使用汉语的差异性，是少数民族汉语作家对中华民族的沟通和团结、对汉语的发展、对传承传播少数民族文化所做的多重贡献。第一，汉语作为中华民族的族际共同语，需要更多地顾及少数民族的表达和思维，那么少数民族汉语作家采取的很多方法很好地解决了这一问题，使得少数民族读者从中感觉到亲切感。第二，少数民族汉语作家的这些努力，使得汉语不再仅仅是汉族的语言，而是中华民族的共同语言，这样就可以加强少数民族对中华民族的进一步认同，对民族团结、民族融合具有良好的作用。

同时，阿来还在他的文章中明确表达少数民族作家运用汉语写作的另一个意义是，更好地表达自己民族的文化意识。有人认为少数民族作家在使用汉语写作时，会随着少数民族作家掌握汉语的娴熟度而丢失本

① 阿来：《汉语：多元文化共建的公共语言》，《当代文坛》2006 年第 1 期。

民族的意识和文化。但是阿来不同意这种观点，他说："在少数民族作家中，中国大面积能熟练把握自如操持汉语的人群出现的时候并不太长久，这个群体虽然都有较强的民族自尊心，但真正具有文化自觉文化意识的人还不太多，但这样的人确已经开始群体性地出现。在我比较熟悉的少数民族作家群体中，好多人在汉语能力越来越娴熟的同时，也越来越具有本民族文化自觉，就是这些人，将对汉语感受能力和审美经验的扩张，做出他们越来越多的贡献。"① 阿来在这里其实表达了两个意思，一个是少数民族作家进行汉语写作时，要注意少数民族的民族文化意识，要防止运用汉语写作而完全汉化的趋势。在运用汉语写作时，要具有自己民族的文化自觉，表现自己民族的文化意识和民族意识。另一个是对少数民族作家的汉语写作充满的信心，因为这些少数民族汉语作家不是越来越汉化，不是完全用汉语表达汉族意识，而是越来越具有用汉语表达民族意识和民族文化的能力。从而使得少数民族小说的汉语写作从语言到人物、从形式到结构、从主题到内容都具有民族自觉性，为中华民族呈现出丰富多彩的文学作品。

第四节　扩大当代文学的版图

一　增加少数民族汉语小说新兴文学门类

旧中国没有少数民族这个概念，更没有少数民族小说这一概念。老舍、沈从文等的小说创作从没有过少数民族身份的标示。伴随着新中国

① 阿来：《汉语：多元文化共建的公共语言》，《当代文坛》2006 年第 1 期。

民族成分的识别与确定，少数民族文学应运而生。著名文学大师茅盾为少数民族文学命名，因此新中国少数民族小说大量出现。新中国少数民族小说分为母语小说和汉语小说，母语小说因为用少数民族文字创作而具有浓郁的少数民族特色。但是，少数民族母语小说因为翻译人才少、翻译不到位等局限，还由于很多少数民族缺乏运用自己语言写作小说的能力，因此当代少数民族母语小说较少。运用汉语写作的当代少数民族小说占主要部分，运用汉语写作的少数民族小说我们称为少数民族汉语小说。

十七年的少数民族汉语作家在进行创作时，他们对新中国新生活欢欣鼓舞，真诚地感谢共产党为少数民族带来的幸福生活，因此少数民族汉语小说内容都是和十七年的主流文学一样，真诚地进行政治叙事，这政治也是少数民族人民高兴地认同的政治。因此十七年的少数民族汉语小说的内容和主题就是民族的革命斗争历史、翻身得解放、歌颂新中国人民幸福生活、新中国移风易俗等，这些和主流文学也即汉语文学一致。但是少数民族汉语作家不是汉族作家，他们在这些政治叙事中，还是极力展示少数民族风情风俗，尽量展示少数民族文化，从而让少数民族汉语小说不同于汉族小说，成为新中国当代文学史上一种新型门类。十七年的少数民族汉语作家贡献最大的有玛拉沁夫、李乔、陆地等，他们都发表了长篇小说，各自开创了蒙古族汉语小说、彝族汉语小说、壮族汉语小说的先河，为当代少数民族汉语小说的发展做出了突出的贡献。

新时期少数民族汉语小说取得了更大的成就，除了那些从 20 世纪 50 年代就开始创作的老作家继续创作以外，出现了很多新的少数民族汉语作家。尤其是经过新时期三十多年的发展，少数民族汉语小说已经从原先的边沿地位到达了前沿地位，原先没有作家的少数民族都有了自己的作家，尤其是那些人口较少的少数民族也都有自己的少数民族作家。最为突出的是，中青年作家在少数民族汉语小说方面取得突出成就，如藏族作家扎西达娃运用魔幻现实主义手法对藏族历史和现实的描写；回族作家张承志、霍达运用强烈的回族意识描写回族历史和现实，将回族小说创作成就提高到很高的地位。藏族作家阿来因其《尘埃落定》获得了茅盾文学奖，成为藏族文学的一个标杆。满族作家叶广芩用儿童眼光对满族文化娓娓道来，作品中渗透着深沉的满族文化内涵的《黄连厚朴》《采桑子》。土家族作家李传峰、叶梅则在土家历史和现实中寻找土家文化之根，为土家族人民描写一首首波澜壮阔的土家族奋斗之歌。朝鲜族作家金仁顺在进行较多非朝鲜族特色小说创作后，出版了具强烈朝鲜族特色意识的《春香传》，开启了金仁顺追溯民族血缘的回乡之旅……这些少数民族作家的汉语创作，已经达到了这个时期小说的前沿地位。

少数民族汉语小说经过六十多年的发展，已经成为中国当代文坛上一个风格鲜明、作品众多、成绩突出的文学创作门类。

二　扩大当代文学版图

按照一般文学史的分法，当代文学主要是按照题材来分类。十七年，一般分为革命斗争历史小说、农业合作化运动小说，或者按照当时主流分法，分为工业题材、农业题材、军事题材，即当时主流评论界所常说的工农兵题材。但是在这些题材之外，还有一种包含这所有题材的小说类型，那就是少数民族小说。少数民族小说尤其是少数民族汉语小说的出现，扩大了中国当代文学的版图。十七年的所有题材都可以运用少数民族题材来表现，从此中国当代文学便有了少数民族汉语小说这样的新小说类型。少数民族汉语小说以其全国人民都能阅读的文字，以其汉族读者没有见过的少数民族风俗风情的特色，在中国当代文学史占有一席之地。在很多中国当代文学史的编写中，都会有专门一章来描述少数民族文学，少数民族文学在当代文学史占有一定的比例。张钟等编的《当代文学概观》共有五编，除了第二编“散文创作”之外，每一编都有专门一节论述少数民族文学。郭志刚等编写的《中国当代文学史初稿》也有专门一章描述少数民族文学。复旦大学、山东大学等22院校联合编写的《中国当代文学史》，在第一册第一编第三章中有“玛拉沁夫等兄弟民族作家的创作”的章节。王庆生主编的《中国当代文学》，也用了专门一章描述少数民族文学。虽然少数民族文学在这些文学史中描述得不是很完全，而且对什么是少数民族文学界定还比较含混，但是这些文学史的编写专家却实实在在地看到少数民族文学的成就，在文学史中增添了少数民族文学这一文学门类。这些当代文学史在描述少数民族文学时，除了介绍部分少数民族民间文学外，主要是介绍少数民族作家文学，尤其是少数民族小说占有很大的比例，从各种的文学史来看，进入当时文学史家视野的主要是少数民族汉语小说。一方面，少数民族汉语小说和少数民族母语小说比起来具有比例大、作品多、成就突出的特点；另一方面，因为少数民族母语小说翻译的作品少、翻译水平低，因此难得进入这些编写当代文学史专家的视野，而且当代文学史的编写专家主要是汉族专家，基本上不了解少数民族母语小说，少数民族母语小说基本上没有进入当代文学史之中。因此少数民族汉语小说扩大了中国当代文学的版图，打破了汉族文学垄断中国当代文学史的不均衡状态，使得中华民族多元一体的文化建设有了具体的实绩。

三　丰富中国当代作家的构成成分

新中国少数民族汉语作家大量出现，形成了少数民族作家群，增加了中国当代作家的构成成分，打破了汉族作家垄断中国当代文学史的不均衡局面。在中国古代历史上，少数民族文学主要是民间文学。在现代文学史上，虽然有少数民族文学，但没有少数民族概念，也没有人公开承认自己的民族成分。新中国的民族平等、民族团结政策，使得当代少数民族作家开始填报自己的民族成分，并在自己的名字后面加上民族成分。也正是在这样的民族平等、民族团结的大好形势下，少数民族作家大量出现，少数民族小说尤其是少数民族汉语小说大量出现。十七年中少数民族汉语作家群出现了蒙古族作家群、彝族作家群、满族作家群、南方少数民族作家群等，虽然很多少数民族在十七年中还只是出现少量的作家或者还没有出现本民族的作家，但是，这几个少数民族汉语作家群的出现，标志着中国当代文学正在发生巨大的变化，也标志着中国少数民族文学发生着深刻的变化。一方面增添了中国当代文坛的作家构成成分，改变了中国当代作家的组成结构；另一方面，中国少数民族文学实现了创作主体由从口头向书面、由集体向个体的巨大转变。尤其是少数民族作家的汉语写作，扩大了少数民族文学由民间传播到书面传播的途径，取得了由本民族传播到全国传播的巨大成就，少数民族作家已成为中国文坛上不可或缺的重要成分，他们运用小说创作自觉地传承传播少数民族文化。最重要的是，少数民族作家的汉语写作，扩大了少数民族作家的构成成分。除了少数民族母语作家外，少数民族汉语作家成为一个令人瞩目的具有文化张力的做出了突出贡献的作家群体。

和十七年的少数民族作家比起来，新时期的少数民族作家群更多、更大，每个作家群的人数大大增加了。少数民族作家群中少数民族汉语作家占绝大多数，这刚好契合少数民族汉语小说占少数民族小说 90% 的状态。这些少数民族作家群中的作家有少部分是从十七年中开始写作的老作家，大多是新时期开始写作的中青年作家。新时期有很多以前没有作家的少数民族形成了汉语作家群：藏族作家群、回族作家群、鄂温克族作家群、土家族作家群、蒙古族作家群、景颇族作家群、壮族作家群、达斡尔族作家群、鄂伦春族作家群等。这些少数民族群中的汉语小说作家人数多、成就突出。下面是各个少数民族作家群中的少数民族汉语作家：回族作家群有张承志、霍达、石舒清、查舜、马之遥、马金莲等；鄂温克族作家群有乌热尔图、杜拉尔梅、涂克冬·庆胜、敖蓉等；藏族作家群有阿来、扎西达娃、央珍、益希单增、降边嘉措、丹珠昂奔、次仁罗布、意西泽仁、梅卓等；蒙古族作家群有玛拉沁夫、郭雪波、巴根、千夫长、佳俊、白雪林等；土家族作家群有孙建忠、蔡测海、李传峰、叶梅、陈川、黄光耀、田苹、吕金华等；景颇族作家群有玛波、石锐、岳丁等；壮族作家群有陆地、韦一凡、黄佩华、农穆等；达斡尔族作家群有萨娜、哈斯巴图尔、昳岚、阿凤、苏华、巴依尔、乌云巴图等；鄂伦春族作家群有敖长福、阿冬、空特乐、敖荣凤、孟代红等。尤为突出的是新时期出现了一批少数民族女作家，因此，有人将人数众多的少数民族女作家称作少数民族女作家群，作家有霍达、叶广芩、叶梅、梅卓、央珍、景宜、边玲玲、阿蕾、萨仁图亚、杜拉尔梅、金仁顺、田金莲、田苹等。这些少数民族汉语女作家，对少数民族历史文化、宗教信仰、风俗风情做了深入的描写。其最突出地描写了少数民族女性的生活，展示了少数民族女性不同于汉族的独特的女性意识。少数民族的女性意识比起汉族的女性意识有很大的区别，各个少数民族文化中对待女性的态度有所不同，但少数民族中有更多的尊重女性、尊重母亲、男女平等的特点，这对于研究当代女性文学有很好的参照作用，当代少数民族汉语小说创作增添了女性作家群这一亮丽的风景。

进入新时期后，少数民族汉语小说得到更大发展。十七年的少数民族作家只在有限的少数民族中出现，而新时期以后少数民族作家大量出现，尤其是人口较少的少数民族也有了自己的第一代少数民族作家。随着时代的发展，少数民族作家不断增加。从中国作协会员这个角度可见，少数民族作家不断增加和发展的态势。从中国作家协会的统计数字来看，中国作协中的少数民族会员逐年增加，1980 年是 125 人，1986 年就增加到 266 人，1998 年少数民族会员达到 625 人。进入新世纪以后，中国作家协会一直采取各种措施加强少数民族文学建设。在每年中国作家协会的年度报告中都用专章总结少数民族文学的发展成就。新世纪中国作家协会注重培养和发现人口较少的民族的作家，在以前没有中国作家协会会员的少数民族：毛南族、德昂族、水族、高山族、门巴族、珞巴族、塔塔尔族、赫哲族、基诺族、独龙族、布朗族等人口较少的民族中都有作家加入了中国作家协会。到 2009 年，55 个少数民族都有了本民族的中国作家协会会员。2012 年，中国作家协会又发展了 67 个少数民族会员。迄今为止，中国作家协会会员 9686 人，少数民族会员 1117 人，少数民族作协会员占中国作协会员的 10% 左右。从这组数据可以看出少数民族文学的发展状态，少数民族作家成为当代作家中重要的组成部分。尤其是这 1117 名少数民族作家中包含 55 个少数民族，显示出中国当代作家构成成分的多元和丰富，从作家这个角度显示了中华文化多元发展的美好态势。

结　语

当代少数民族小说的汉语写作取得了突出的成就。在用汉语更深层次传承少数民族文化、更大范围传播少数民族文化、增加汉语的少数民族文化内涵、扩大当代文学版图等方面做出了突出的贡献。但少数民族小说汉语写作也存在很多的不足，甚至有一些现在还没有克服的缺陷。这种不足和缺陷主要表现在两方面：一是过分沉溺于自己民族文化中，对自己民族文化的张扬多于对自己民族文化的反思，对自己民族的民族意识尤其是宗教意识缺乏批判意识，为自己民族歌颂和宣扬的居多，对自己民族批判的比较少。可以说，中国当代少数民族小说还没有出现如鲁迅小说一样敢于对自己的民族进行犀利的批判、深刻的审视的作品。如果不能正视自己民族的问题，不能剖析自己民族的弊端，难以对自己的民族有客观的认识，使得少数民族汉语小说的发展缺乏自省意识，而导致客观性和深刻性有所欠缺。二是有些少数民族作家运用汉语写作的小说具有汉化的趋势。这种汉化趋势表现在只是描写少数民族的一些外在风俗风情，一些少数民族的穿着打扮，而缺乏展示少数民族内在的文化内涵；有的用汉语写作的少数民族小说中的少数民族人物说着完全汉化的语言，行为做派一看就是汉族人的特点，就像是穿着少数民族外衣的汉族人在那里做一些表演，显得不伦不类。这种汉化描写，虽然在少数民族小说的汉语写作中不是占很大的比例，但还是有一些存在。这是值得注意和防范的。

从少数民族汉语小说的发展历程来看，少数民族汉语小说的出现是为了用小说描写少数民族生活、传承传播少数民族文化。因此当少数民族采用汉语写作的时候，就采取突出少数民族特色的方法和汉族文学区别开来。当代少数民族汉语作家都热爱自己的民族，认同自己的民族文化，强化自己的民族身份。当他们拿起笔来的时候，首先是歌颂自己民族的优秀品质，以此表明自己作为本民族一员的责任、作为民族之子的担当。这个历程分为两个阶段。第一阶段是20世纪50—70年代。这个阶段的少数民族汉语作家在创作的时候，首先是真心歌颂中国共产党带领少数民族翻身得解放的历史巨变，因此主动在当时的政治叙事中增加少数民族小说一元。由于当时的政治环境及少数民族作家文化素养等影响，此阶段少数民族汉语作家还处在学习过程中，因此，少数民族汉语小说采用在政治叙事中穿插少数民族风俗风情的策略进行创作。在描写少数民族风俗风情过程中，少数民族汉语作家依照主流意识形态审美观念来选择和描写少数民族的风俗风情，因此选择的都是本民族的精华，是符合当时审美要求的风俗风情。对于那些落后的、不符合当时审美要求的风俗风情基本上不描写，即使有涉及，也是浅尝辄止，没有对自己民族的落后的风俗风情进行批判和反省。第二个阶段是进入新时期以后。这个阶段的少数民族汉语作家不满足于第一个阶段只是描写少数民族的风俗风情的表面化策略，采取张扬少数民族的民族意识、宗教意识、民族思维等策略，将少数民族汉语小说推进到新的阶段，使得新时期的少数民族汉语小说从外及里、由浅入深地传承传播少数民族文化。但是，从新时期少数民族汉语小说的整体来看，此阶段的少数民族汉语小说以传承传播少数民族文化为己任，从正面的、审美的、歌颂的角度张扬少数民族的民族意识、宗教意识和民族思维，较少对少数民族的民族意识、宗教意识、民族思维进行批判和反思。尤其是那些新时期著名的少数民族汉语作家，他们在张扬本民族的民族意识、宗教意识、民族思维等方面做得全面而深刻，但沉溺于本民族的文化传统中，批判意识和反思意识不强。回族作家霍达在《穆斯林的葬礼》中张扬回族的民族意识和宗教意识，采取无比尊敬和骄傲的笔触描写回族的伊斯兰信仰，作品整体充盈着作为一个回族作家对母族热爱和骄傲的情感。张承志以“回民长子”的身份，对回族的民族意识和宗教做了极大的张扬。尤其是在他的《心灵史》中，张承志沉入哲合忍耶教派中，充满崇敬地描述回族哲合忍耶教派为了信仰不怕牺牲的崇高精神，用极大的激情张扬回族的民族意识和作家意识。石舒清的回族小说，也是采用正面张扬回族意识和宗教意识的方法进行创作。其他少数民族著名汉语作家，比如藏族作家阿来、扎西达娃，鄂温克族汉语作家乌热尔图，蒙古族汉语作家郭雪波，土家族汉语作家叶梅、孙建忠等都是采取张扬少数民族民族意识和作家意识的方法进行少数民族汉语小说创作，这是少数民族汉语小说取得成功的主要方法，也是少数民族汉语小说值得继续发扬光大的良好传统。少数民族作家从自己的血缘去热爱自己的民族、认同自己的民族文化，他们这种追求是基于少数民族本质的写作，也是他们为少数民族做出的独特贡献。但是，他们对自己的民族文化的批判意识和反思意识不强，没有从更深层次去反思和反省自己民族落后的民族文化，从而缺乏深刻性。从当代少数民族汉语小说整体来看，没有如鲁迅那样对自己民族的劣根性做鞭辟入里的反思、反省和批判的作品，不能不说是一大缺憾，形成这个现象的原因很复杂。关注和研究这种现象对于推进少数民族小说汉语写作的发展，使少数民族汉语小说真正达到全国、全世界的最高水平都将具有重要作用。

另有一个问题，汉族作家描写少数民族生活的作品，即我们常说的少数民族题材创作是否可以克服这种弊端呢？关于汉族作家描写的少数民族题材的小说，学界有很多争论。对于汉族作家描写的少数民族题材小说是不是少数民族小说有不同的看法，有人认为属于少数民族小说，有人认为不属于少数民族小说，不过有更多学者认可“少数民族题材”小说的提法。在中国当代文坛上，有很多汉族作家创作了很多优秀的少数民族题材小说，比如著名汉族作家王蒙，他创作的“在伊犁”系列小说，就是汉族作家描写新疆少数民族生活的作品；汉族作家红柯发表了一系列描写西北边疆少数民族生活的小说，他的作品有的描写维吾尔族的生活，有的描写蒙古族的生活，有的描写回族的生活；还有汉族著名女作家迟子建的获得茅盾文学奖的长篇小说《额尔古纳河右岸》，这部描写鄂温克族生活的长篇小说，以最后一个鄂温克族女酋长的自述，讲述了鄂温克这个即将失去家园、即将失去民族的生活方式的民族的巨大忧伤。她的描写和鄂温克族作家乌热尔图的描写有什么差别？这是一个值得研究的课题。这些汉族作家将他们的目光对准少数民族生活，用汉族人的眼光对少数民族的文化习俗、宗教信仰、现实生活做详细的描述。汉族作家站在旁观者的角度，对少数民族的民族文化、宗教信仰、风俗风情做客观的描写和判断，可以克服少数民族作家基于自己母族情感过分主观的缺点，可以对少数民族文化做出客观的判断，对少数民族文化进行反思、反省和批判。但是汉族作家缺乏少数民族所具有的民族情感和民族意识，缺乏基于民族血缘的对少数民族的热爱和民族文化的认同，因此又可能出现另一种弊端，那就是对少数民族文化的忽略甚至不尊重，会出现如马建《亮出你的舌苔或空空荡荡》那样伤害少数民族感情的小说。

少数民族小说的汉语写作在进一步发展中，它的成就有目共睹，它存在的问题也有待于研究者去做进一步的考察。

参考文献

一　小说作品类

[1] 玛拉沁夫:《茫茫的草原》(上部),人民文学出版社 1980 年版。

[2] 玛拉沁夫:《花的草原》,作家出版社 1962 年版。

[3] 李乔:《欢笑的金沙江》,人民文学出版社 1956 年版。

[4] 陆地:《美丽的南方》,广西人民出版社 1979 年版。

[5] 扎拉嘎胡:《小白马的故事》,新文艺出版社 1957 年版。

[6] 苏晓星:《彝山春好》,上海文艺出版社 1960 年版。

[7] 李纳:《李纳小说选》,四川人民出版社 1982 年版。

[8]《新生活的光辉——兄弟民族短篇小说选》,人民文学出版社 1960 年版。

[9]《中国新文艺大系(1976—1982)少数民族文学集》,人民文学出版社 1984 年版。

[10] 霍达:《穆斯林的葬礼》,人民文学出版社 2005 年版。

[11] 张承志:《心灵史》,花城出版社 1991 年版。

[12] 扎西达娃:《西藏,隐秘的岁月》,长江文艺出版社 1993 年版。

[13] 扎西达娃:《骚动的香巴拉》,作家出版社 2010 年版。

[14] 乌热尔图：《乌热尔图小说选》，内蒙古人民出版社 1986 年版。

[15] 乌热尔图：《你让我顺水漂流》，作家出版社 1996 年版。

[16] 降边嘉措：《格桑梅朵》，人民文学出版社 1980 年版。

[17] 央珍：《无性别的神》，中国青年出版社 1994 年版。

[18] 阿来：《尘埃落定》，人民文学出版社 1998 年版。

[19] 阿来：《空山》，人民文学出版社 2005 年版。

[20] 阿来：《格萨尔王》，重庆出版社 2009 年版。

[21] 陆地：《瀑布》第一部《长夜》，中国青年出版社 1980 年版。

[22] 益希单增：《幸存的人》，人民文学出版社 1981 年版。

[23] 孙建忠：《醉乡》，上海文艺出版社 1986 年版。

[24] 朱春雨：《血菩提》，作家出版社 1990 年版。

[25] 蓝怀昌：《波努河》，漓江出版社 1987 年版。

[26] 蔡测海：《母船》，作家出版社 1986 年版。

[27] 叶梅：《五月飞蛾》，中国文联出版社 2004 年版。

[28] 石舒清：《石舒清小说自选集》，宁夏出版社 2008 年版。

[29] 叶广芩：《采桑子》，北京出版社 2010 年版。

[30] 郭雪波：《大漠狼孩》，中国文联出版社 2003 年版。

[31] 郭雪波：《郭雪波小说选集》，台湾商务印书馆有限公司 2009 年版。

[32] 艾克拜尔·米吉提：《艾克拜尔·米吉提短篇小说精选》，人民文学出版社 2011 年版。

[33] 阿拉提·阿斯木：《蝴蝶时代》，文汇出版社 2012 年版。

[34] 李传锋：《退役军犬》，湖北少年儿童出版社 2005 年版。

［35］中国作家协会编：《新中国成立 60 周年少数民族文学作品选——短篇小说卷》，第 1—4 卷，作家出版社 2009 年版。

［36］中国作家协会编：《新中国成立 60 周年少数民族文学作品选——中篇小说卷》，第 1—5 卷，作家出版社 2009 年版。

［37］玛拉沁夫、吉狄马加主编：《中国少数民族文学经典文库》，云南人民出版社 1999 年版。

［38］张承志：《张承志文学作品选集》，海南出版社 1997 年版。

二　学术著作类

［1］李鸿然：《中国当代少数民族文学史论》（上卷），云南教育出版社 2004 年版。

［2］李鸿然：《中国当代少数民族文学史论》（下卷），云南教育出版社 2004 年版。

［3］特·赛音巴雅尔：《中国少数民族当代文学史》，内蒙古教育出版社 2009 年版。

［4］钟敬文：《中国少数民族文学基础教程》，中央民族大学出版社 2011 年版。

［5］梁庭望、黄凤显：《中国少数民族文学》，山西教育出版社 2003 年版。

［6］吴重阳：《中国当代少数民族文学概观》，中央民族学院 1986 年版。

［7］梁庭望、李云忠、赵志忠：《20 世纪中国少数民族文学编年史》，辽宁民族出版社 2006 年版。

［8］钟敬文：《中国人口较少民族书面文学研究》，民族出版社

2012 年版。

[9] 陈祖君：《汉语文学期刊影响下的中国当代少数民族文学》，中国社会科学出版社 2009 年版。

[10] 杨彬、田美丽、沙媛：《当代少数民族小说的审美特色研究》，中国社会科学出版社 2012 年版。

[11] 李晓峰、刘大先：《中华民族文学史观及相关问题研究》，中国社会科学出版社 2012 年版。

[12] 戴庆厦：《中国少数民族语言使用现状及其演变研究》，民族出版社 2010 年版。

[13] 马丽蓉：《20 世纪中国文学与伊斯兰教文化》，安徽教育出版社 2000 年版。

[14] 汤晓青：《多元文化格局中的民族文学研究——中国社会科学院民族文学所建所 30 周年论文集》，中国社会科学出版社 2010 年版。

[15] 雷锐：《壮族文学现代化的历程》，民族出版社 2008 年版。

[16] 黄晓娟、张淑云、吴晓芬：《多元文化背景下的边缘书写——东南亚女性文学与中国少数民族女性文学的比较研究》，民族出版社 2009 年版。

[17] 吕豪爽：《中国新时期少数民族小说研究》，河南大学出版社 2011 年版。

[18] 戴庆厦：《现代语言学理论与中国少数民族语言研究》，民族出版社 2003 年版。

[19] 关纪新：《20 世纪中华各民族文学关系研究》，民族出版社 2006 年版。

[20] 徐其超、罗布江村：《族群记忆与多元创造——新时期四川少数民族文学》，四川民族出版社 2001 年版。

[21] 丹珍草：《藏族当代作家汉语创作论》，民族出版社 2008 年版。

[22] 耿予方：《藏族当代文学》，中国藏学出版社 2001 年版。

[23] 马丽华：《雪域文化与西藏文学》，湖南教育出版社 1998 年版。

[24] 联合国教科文组织编：《世界文化报告（2000）——文化的多样性、冲突与多元共存》，关世杰译，北京大学出版社 2002 年版。

[25] 乐黛云：《跨文化之桥》，北京大学出版社 2002 年版。

[26] 樊星：《当代文学与多维文化》，武汉大学出版社 2005 年版。

[27] 费孝通：《中华民族多元一体格局》，中央民族学院出版社 1989 年版。

[28] 於可训：《当代文学建构与阐释》，武汉大学出版社 2005 年版。

[29] [美] 本里迪克特·安德森：《想象的共同体：民族主义的起源与散布》，吴叡人译，上海人民出版社 2005 年版。

[30] [俄] 艾特玛托夫：《对文学与艺术的思考》，陈学讯译，新疆大学出版社 1987 年版。

[31] [美] 萨姆瓦：《跨文化传通》，陈南、龚光明译，生活·读书·新知三联书店 1988 年版。

[32] [美] 爱德华·萨义德：《东方学》，王宇根译，生活·读书·新知三联书店 1989 年版。

[33] [法] 丹纳：《艺术哲学》，傅雷译，人民文学出版社 1983 年版。

[34] [美] 弗雷德里克·詹姆逊:《新历史主义与文学批评》,张京媛译,北京大学出版社 1993 年版。

[35] [英] 马林洛夫斯基:《文化论》,费孝通等译,中国民间文艺出版社 1987 年版。

[36] [英] 雷蒙·威廉斯:《关键词:文化与社会的词汇》,刘建基译,生活·读书·新知三联书店 2005 年版。

[37] [英] 特里·伊格尔顿:《马克思主义与文学批评》,文宝译,人民文学出版社 1980 年版。

[38] [美] 弗雷德里克·詹姆逊:《文化研究与政治意识》,王逢振译,中国人民大学出版社 2004 年版。

[39] [英] 乔·艾略特:《小说的艺术》,张玲等译,社会科学文献出版社 1999 年版。

[40] [美] 丹尼尔·贝尔:《资本主义文化矛盾》,赵一凡等译,生活·读书·新知三联书店 1989 年版。

[41] [美] 塞缪尔·亨廷顿:《文明的冲突与世界秩序的重建》,周琪、刘绯、张立平、王圆 译,新华出版社 2002 年版。

[42] [美] 菲利克斯·格罗斯:《公民与国家——民族、部族和族属身份》,王建娥、魏强译,新华出版社 2003 年版。

[43] [德] 哈贝马斯:《后民族结构》,曹卫东译,上海人民出版社 2002 年版。

[44] [德] 卡西尔:《人论》,甘阳译,上海世纪出版集团 2003 年版。

[45] [英] 迈克·克朗:《文化地理学》,杨淑华、宋慧敏译,南京大学出版社 2005 年版。

[46] [美] 阿里夫·德里克:《民族与民族主义》,王宁译,中央编译出版社 2002 年版。

[47] 中共中央马克思恩格斯列宁斯大林著作编译局编:《黑格尔法哲学批判导言》,《马克思恩格斯全集》第 1 卷,人民出版社 2009 年版。

[48] [美] 曼纽尔·卡斯特:《认同的力量》,曹荣湘译,社会科学文献出版社 2006 年版。

[49]《列宁选集》第 2 卷,人民出版社 1972 年版。

[50] 中共中央统战部编:《民族问题文献汇编》,中共中央党校出版社 1991 年版。

[51] 金炳镐:《民族理论通论》(修订本),中央民族大学出版社 2007 年版。

[52] 费孝通主编:《中华民族研究新探索》,中国社会科学出版社 1991 年版。

[53] 玛拉沁夫:《中国新文艺大系(1976—1982)少数民族文学集》,中国文联出版社 1984 年版。

[54] 中国作家协会编:《新中国成立 60 周年少数民族文学作品选——理论评论卷》第 1—2 卷,作家出版社 2009 年版。

[55] 黄任远等:《鄂温克族文学》,北方文艺出版社 2000 年版。

[56] 马丽蓉:《20 世纪中国文学与伊斯兰教文化》,安徽教育出版社 2000 年版。

[57] 丁石庆:《双语文化论纲》,中央民族大学出版社 1999 年版。

[58] 王列生:《世界文化背景下的民族文学道路》,安徽教育出版社 2000 年版。

[59] 姜飞：《跨文化传播的后殖民语境》，中国人民大学出版社2005年版。

[60] 冯牧：《冯牧文集》第一卷，解放军出版社2002年版。

[61] 黄伟林：《中国当代小说家群论》，中央编译出版社2004年版。

[62] 龙长吟：《民族文学学论纲》，湖南文艺出版社1997年版。

[63] 马丽华：《雪域文化与西藏文学》，湖南教育出版社1998年版。

三　期刊论文类

[1] 单超：《试论民族文学及其归属问题》，《中央民族学院学报》1983年第2期。

[2] 王炜烨：《拓深与扩大：少数民族文学评论对策》，《内蒙古社会科学》1997年第2期。

[3] 钟进文：《中国少数民族母语文学现状与发展论析》，《北方民族大学学报》（哲学社会科学版）2012年第1期。

[4] 罗庆春、王菊：《“第二母语”的诗性创造》，《小说评论》2008年第3期。

[5] 罗庆春：《永远的家园——关于中国当代少数民族母语文学的思考》，《中国民族》2002年第2期。

[6] 戴庆厦：《语言竞争与语言和谐》，《语言教学与研究》2006年第2期。

[7] 赵金灿：《语言态度与少数民族新创文字的前景》，《北方民族大学学报》（哲学社会科学版）2010年第5期。

[8] 马卫华:《论满族文学的跨语际研究》,《广西民族大学学报》(哲学社会科学版)2012 年第 1 期。

[9] 杜秀丽:《新疆哈萨克族使用汉语现状调查研究》,《伊犁师范学院学报》(社会科学版)2012 年第 3 期。

[10] 黄南津、唐未平:《当代壮族群体使用汉字、古壮字情况调查与分析》,《广西大学学报》(哲学社会科学版)2007 年第 8 期。

[11] 费孝通:《简述我的民族研究经历和思考》,《北京大学学报》1997 年第 2 期。

[12]《中共中央国务院关于进一步加强民族工作,加快少数民族和民族地区经济社会发展的决定》,《光明日报》2005 年 6 月 1 日。

[13] 滕星:《中国少数民族双语教育研究的对象、特点、内容与方法》,《民族教育研究》1996 年第 2 期。

[14] 戴庆厦、董艳:《中国少数民族双语教育的历史沿革》,《民族教育研究》1996 年第 4 期。

[15] 阿来:《文学表达的民间资源》,《民族文学》2011 年第 9 期。

[16] 陈丽琴:《壮族当代小说民族风情描写的审美意蕴(之一)》,《广西社会科学》2002 年第 6 期。

[17] 郑庆君:《从〈骆驼祥子〉看汉语话语中的物象描写》,《湖南社会科学》2004 年第 1 期。

[18] 阿牛木支:《金沙江文化在彝族文学中的表述》,《大众文艺》2012 年第 2 期。

［19］向云驹：《摹仿的产生与深化——当代少数民族文学发展理论思考之二》，《固原师专学报》1995 年第 2 期。

［20］本刊评论员：《新中国的产儿——三十五年来的少数民族文学》，《民族文学》1984 年第 2 期。

［21］蓝怀昌：《希望，在淡淡的哀愁中走来》，《南方文坛》1988 年第 6 期。

［22］乌热尔图：《写在〈七叉犄角的公鹿〉获奖后》，《民族文学》1983 年第 5 期。

［23］杨文笔：《“文化自觉”下的回族作家回族化创作》，《昌吉学院学报》2009 年第 1 期。

［24］黄丽梅：《历史 · 梦幻 · 生命——扎西达娃〈骚动的香巴拉〉解析》，《西南民族学院学报》1997 年第 5 期。

［25］雷庆锐：《人生的困境与存在的荒诞——论扎西达娃〈骚动的香巴拉〉中的存在意识》，《北方论丛》2011 年第 2 期。

［26］央珍：《走进西藏》，《文艺报》1996 年 3 月 9 日。

［27］石舒清：《自问自答》，《小说选刊》2002 年第 2 期。

［28］杨彬：《叙述神圣、格调悲壮、意象圣洁——当代回族小说的审美特色》，《海南师范大学学报》（社会科学版）2012 年第 10 期。

［29］高一农：《神话思维的基本特征》，《晋阳学刊》2000 年第 6 期。

［30］朱霞：《当代藏族文学的文化诠释》，《民族文学研究》1999 年第 4 期。

［31］张昆华：《不忘祖先》，《文艺报》1996 年 6 月 7 日。

［32］鬼子：《艰难行走》，《作家》2001 年第 2 期。

[33] 唐桃：《少数民族作家的身份认同——以广西仫佬族作家鬼子为例》，《哈尔滨学院学报》2011 年第 3 期。

[34] 杨彬：《当代少数民族小说的审美论域》，《湖北社会科学》2013 年第 4 期。

[35] 马有义：《中国当代回族文学的审美特征》，《青海社会科学》2005 年第 7 期。

[36] 阿来：《想借助〈格萨尔王〉表达敬意》，《信息时报》2009 年 10 月 13 日。

[37] 郭从远：《锡伯族历史的画卷——读长篇系列小说〈流芳〉》，《新疆作家》1998 年第 1 期。

[38]《民族文学研究》评论员：《民族特质、时代观念、艺术追求——对少数民族文学创作理论的几点理解》，《民族文学研究》1986 年第 8 期。

[39] 罗庆春、王菊：《"第二母语"的诗性创造》，《小说评论》2008 年第 3 期。

[40] 戴庆厦、何俊芳：《多元一体与中国少数民族语言》，《山西大学学报》（哲学社会科学版）2012 年第 2 期。

[41] 王珍：《新疆少数民族母语文学创作与翻译：架起心灵沟通的桥梁》，《中国民族报》2010 年 7 月 23 日。

[42] 杨彬：《从边缘到前沿——中国当代少数民族小说 60 年的发展演进》，《名作欣赏》（文学评论）2009 年第 12 期。

[43] 朱斌、陈爱萍：《一体化身份认同的现实语境探析》，《西北民族大学学报》（哲学社会科学版）2012 年第 2 期。

[44] 赵志忠：《少数民族文学在中国文学史上的地位》，《中央民

族大学学报》（哲学社会科学版）2001 年第 5 期。
[45] 曹顺庆：《三重话语霸权下的少数民族文学研究》，《民族文学研究》2005 年第 3 期。
[46] 汤晓青：《比较文学视阈下的中国各民族文学关系研究》，《民族文学研究》2006 年第 1 期。
[47] 罗庆春、刘兴禄：《“文化混血”：中国当代少数民族文学文化构成论》，《民族文学研究》2006 年第 1 期。
[48] 李咏梅、黄伟林：《当代少数民族文学叙事模式的流变及原因》，《民族文学研究》2012 年 2 期。
[49] 李思思：《关于中国少数民族文学的传播学思考》，《湖北师范学院学报》（哲学社会科学版）2010 年第 2 期。
[50] 张永刚、唐桃：《少数民族文学民族认同与创作价值问题》，《文艺理论与批评》2010 年第 1 期。
[51] 杨春：《深厚的民族文化功底与高度的汉文化修养——当代少数民族文学创作断想》，《民族文学研究》2001 年第 1 期。
[52] 赵志忠：《试说 21 世纪少数民族文学发展基本趋势》，《民族文学研究》2003 年第 3 期。
[53] 樊义红：《民族认同的危机与文学建构——以当代中国少数民族小说为考察中心》，《云南社会科学》2011 年第 5 期。
[54] 刘华：《谁是少数民族作家？——对作家“民族身份”的文学人类学考察》，《民族文学研究》2006 年第 3 期。
[55] 周景雷：《民族身份的超越与现代性的救赎——近十年少数民族生活长篇小说论》，《当代作家评论》2011 年第 6 期。
[56] 范庆超：《新世纪中国少数民族作家的创作取向》，《社会科

学家》2010 年第 7 期。

[57] 蔡晓龄：《21 世纪中国少数民族作家的角色定位及其深化》，《民族文学研究》2002 年第 1 期。

[58] 杨荣：《政治视角制约下文学书写的意义与限度——从陆地〈美丽的南方〉说开去》，《玉林师范学院学报》2007 年第 6 期。

[59] 陈永春：《民俗与民族文学审美研究》，《内蒙古民族大学学报》（社会科学版）2010 年第 6 期。

[60] 刘俐俐：《汉语写作如何造就了少数民族的优秀作品——以鄂温克族作家乌热尔图的作品为例》，《学术研究》2009 年第 4 期。

[61] 欧阳可惺：《再谈少数民族文学批评中的宗教意识》，《中南民族大学学报》（人文社会科学版）2005 年第 5 期。

[62] 赵志忠：《试说 21 世纪少数民族文学发展基本趋势》，《民族文学研究》2003 年第 3 期。

[63] 傅钱余：《论仪俗与当代少数民族小说的审美特质》，《西华大学学报》（哲学社会科学版）2013 年第 1 期。

[64] 杨彬：《少数民族文学入史现状及入史策略》，《湖北大学学报》2015 年第 2 期。

四 学位论文

[1] 冯冠军：《坚守与超越——新疆少数民族双语作家研究》，博士学位论文，新疆大学，2006 年。

[2] 罗四鸰：《当代少数民族作家的身份建构与小说创作》，博士学位论文，复旦大学，2011 年。

[3] 朱华：《中国少数民族汉文创作与美国华裔英文创作比较研究》，博士学位论文，中央民族大学，2011 年。

[4] 韩春晓：《蒙汉双语教育背景下汉语教学的社会语言学研究——以锡林浩特市蒙古语授课中小学为例》，博士学位论文，中央民族大学，2012 年。

[5] 徐美恒：《论藏族作家的汉语文学》，博士学位论文，兰州大学，2005 年。

[6] 佟额尔敦仓：《玛拉沁夫小说创作民族文化解读》，博士学位论文，内蒙古大学，2011 年。

[7] 带兄：《当代蒙古族汉语小说研究》，博士学位论文，内蒙古大学，2011 年。

[8] 杨艳伶：《新时期藏地汉语小说视野中的阿来及其意义》，博士学位论文，兰州大学，2012 年。

[9] 吕豪爽：《文化超越与审美创新——中国新时期少数民族小说精品论》，博士学位论文，山东大学，2007 年。

[10] 李翠香：《新时期“中国少数民族文学”发展与文学思潮演进的关系研究——以“全国少数民族文学”“骏马奖”获奖小说为考察对象》，硕士学位论文，福建师范大学，2011 年。

[11] 杨红：《边缘的吟唱：“西藏文学”之于“寻根文学”——以〈西藏文学〉（汉文版）（1984—1988）为重点的考察》，硕士学位论文，华东师范大学，2005 年。

[12] 董雪梅：《论 90 年代以来的新疆汉语长篇历史小说创作》，硕士学位论文，新疆大学，2008 年。